Northern Star

Die Rosenborg-Saga

Band 1

Inga Schneider

# Northern Star

## Die Rosenborg-Saga

## Band 1

SAGA Egmont

Originalausgabe

im Vertrieb bei Egmont Verlagsgesellschaften mbH



Covergestaltung: Karol Kinal
Coverabbildungen: Shutterstock
Satz aus der Minion Pro: Karol Kinal
Druck und Bindung Mazowieckie Centrum Poligrafii, Marki

ISBN 978-3-98750-010-7


SAGA Egmont www.saga-books.com

Dieser Titel erscheint auch als E-Book und Hörbuch.

Für Julia.
Immer zusammen und niemals allein!

# PROLOG

Nikolaj Bjerregaard stand an der Flügeltür seines Büros und sah aus dem Fenster. Vor ihm lag die großzügige Gartenanlage des Rosenborg, die an ihrem Ende direkt an den weißen Sandstrand grenzte. Sogar das Meer konnte er von hier aus sehen. Es war schon ein unsagbar schönes Plätzchen, an dem seine Familie vor einigen Jahrzehnten dieses Fünf-Sterne-Hotel hatte errichten lassen. Das musste er ihnen lassen, auch wenn er es hasste. Die Bjerregaards hatten Geschmack.

„Tut mir leid, dass ich keine besseren Nachrichten für dich hab, Mann."

Erik Larsen stellte sich neben ihn, die Hände wie immer lässig in die Hosentaschen gesteckt. Nikolaj sah zu ihm rüber und schüttelte den Kopf.

„Hände gehören nicht in die Taschen ... so wird aus dir nie ein seriöser Geschäftsmann", sagte Nikolaj und lachte, obwohl ihm alles andere als zum Scherzen zumute war.

„Wer sagt denn, dass ich das möchte? Du bist der Geschäftsmann, ich nur dein kleiner Angestellter." Erik winkte ab und lachte ebenfalls.

„Natürlich."

Nikolaj biss sich auf die Lippe und konzentrierte sich wieder auf den Garten vor ihm. Er hatte erst vor ein paar Wochen die Leitung des Rosenborg auf Bornholm übernommen, nachdem sein Vater den bisherigen Manager wegen Illoyalität gefeuert hatte. Es passte ihm nicht, dass er mal wieder die Kohlen aus dem Feuer holen und das Hotel irgendwie durch die Sommersaison bringen musste. Schließlich hatte er eigene Pläne und Projekte, die in Kopenhagen auf ihn warteten. Und jetzt auch noch das.

„Du bist dir wirklich sicher?“, hakte Nikolaj noch einmal nach und widmete sich wieder dem eigentlichen Grund ihrer Unterhaltung.

Erik nickte. „Zu einhundert Prozent.“

„Dann hab ich wohl keine andere Wahl.“

„Nein.“

Nikolaj legte den Zeigefinger an die Lippe und schwieg. Er wusste, dass seine Arbeit hier auf Bornholm nicht leicht werden würde. Schließlich war es einst das Lieblingshotel seiner Mutter gewesen, und Erinnerungen an sie gab es quasi an jeder Ecke.

Er schaute auf den Schreibtisch, der schräg hinter ihm stand. Eriks Blick folgte Nikolajs und blieb an einem kleinen, schwarzen Buch hängen, das aufgeschlagen auf der Schreibtischunterlage lag.

„Sie hat wirklich geschrieben, dass sie um ihr Leben fürchtet?“, fragte Erik und blieb skeptisch.

„Sagen wir mal so: Sie hat gewusst, wozu meine Familie im Stande sein kann“, antwortete Nikolaj knapp, ging zum Schreibtisch herüber, nahm das Büchlein in die Hand und zitierte: „‚Ein Bjerregaard tötet, was er liebt. Das ist mir heute so bewusst geworden, dass es mir eiskalt den Rücken herunterlief. Ich hoffe, dass seine Liebe zu mir nicht so groß ist, wie er behauptet. Ansonsten ist es schlecht um mich bestellt. Das spüre ich.'"

Nikolaj legte das Buch beiseite und strich mit dem Zeigefinger über die zittrige Handschrift seiner Mutter. Es wirkte, als hätte sie die letzten Zeilen in ihrem Tagebuch in höchster Eile geschrieben.

„Das ist krass, Nikolaj", sagte Erik. „Danke für dein Vertrauen und ... dass du es mir vorgelesen hast."

„Hör zu", begann Nikolaj leise und rückte näher an Erik. „Niemand weiß von Mutters Tagebuch, geschweige denn davon, dass ich es besitze. Nicht einmal meine Geschwister. Und es ist besser, wenn niemand jemals davon erfährt." Nikolaj schaute erneut auf das Tagebuch und seufzte. Er wusste genau, wie brandgefährlich dieses Buch für die Zukunft seiner Familie war, sollte es jemals in die falschen Hände geraten.

„Du kannst dich auf mich verlassen. Das weißt du!", antwortete Erik und sah auf seine Uhr. „Ich muss los. Wir bekommen gleich eine Reisegruppe von High Society. Das bedeutet jede Menge gut betuchte Seniorinnen, die hier auf der Insel noch einmal den Sommer ihres Lebens erleben wollen." Erik rollte mit den Augen, klopfte Nikolaj auf die Schulter und ging zur Tür.

„Übrigens: Ich möchte Gitte Sörensen in meinem Büro sehen. Sofort!", gab Nikolaj Erik mit auf den Weg.

Erik sagte nichts, sondern nickte nur knapp, um Nikolaj zu zeigen, dass er ihn gehört hatte. Er öffnete die Tür und rannte direkt in eine zierliche dunkelhaarige Frau, die durch die Wucht des plötzlichen Aufpralls nach hinten stolperte.

„Oh." Erik sah erschrocken nach vorne und schüttelte irritiert den Kopf. „Tja, Mann, was soll ich sagen. Sie ist schon da!" Er zeigte auf Gitte, die mit gesenktem Blick vor ihm stand. Hatte sie etwa gelauscht?

Nikolaj zupfte seinen Hemdkragen zurecht, ging zum Schreibtisch und versteckte das Tagebuch seiner Mutter in einer Schublade. Es war besser, wenn es nicht so offen in seinem Büro herumlag.

Er ging zur Tür und räusperte sich.

„Komm rein, Gitte. Wir haben dringend etwas zu klären!"

Gitte schlich an Nikolaj vorbei, während er mit grimmiger Miene die Tür hinter sich schloss.

# KAPITEL 1

*Kopenhagen. Elf Monate später.*

Die Sonne schien viel zu grell, als Nikolaj Bjerregaard aus dem Aufzug stieg. Instinktiv kniff er die Augen zusammen und tastete in der linken Innentasche seiner Jacke nach seiner Sonnenbrille, doch sie war nicht da. Um auf Nummer sicher zu gehen, suchte er auch noch die anderen Taschen ab. Ohne Erfolg. Oh Gott, er musste die Brille heute Früh bei *ihr* vergessen haben. Schon als er sie gestern Abend ins MASH ausgeführt hatte, hatte er ein komisches Gefühl gehabt. Und nach dem Essen wollte er es einfach schnell hinter sich bringen, ein wenig Druck ablassen, Spaß haben. Warum er trotzdem die ganze Nacht geblieben war, wusste er nicht. Aber als er vor ein paar Stunden aus ihrer kleinen Wohnung in Hvidovre geschlichen war, war er extra leise gewesen, nur um sie ja nicht aufzuwecken.

Nikolaj war einfach nicht der Typ für Abschiede. Weder für lange noch für kurze. Und die Tatsache, dass er jetzt seine Sonnenbrille bei ihr liegen gelassen hatte, ärgerte ihn ungemein. Nicht, dass die Brille besonders teuer oder gar seine einzige gewesen wäre. Zu Hause hatte er eine ganze Schublade voll davon. Aber darauf, *sie* so schnell noch einmal wiederzusehen, hätte er gut verzichten können. Und es passte ihm gar nicht, dass sie einen Beweis für ihre gemeinsame Nacht hatte. Wer weiß, was sie damit anstellen würde? Es wäre nicht das erste Mal gewesen, wenn eine Frau sich in der Presse hervortun wollte, nur weil er sich mit ihr eingelassen hatte.

Natürlich wusste sie, wer er war. Jeder wusste das. Wenn Nikolaj abends durchs Kopenhagener Nachtleben zog, war er meist nicht lange allein. Ganz egal, wohin er ging. Dänemarks Regenbogenpresse hatte er es zu verdanken, dass jeder weibliche Single in Kopenhagen seinen Namen kannte.

„Kopenhagens begehrtester Junggeselle“ hatten ihn die bunten Blätter schon vor ein paar Jahren getauft. Seitdem liefen ihm die Frauen in Scharen hinterher. Dabei waren sie an ihm als Person kaum interessiert. Vielmehr ging es ihnen darum, etwas vom Glanz und Glamour, der seine Familie umgab, abzubekommen.

„Meine Familie“, murmelte Nikolaj und konnte sich ein süffisantes Lächeln nicht verkneifen.

Die Bjerregaards zählten zu den reichsten Familien des Landes und besaßen mehrere Hotels, darunter die beiden mehrfach ausgezeichneten Luxushotels Rosenborg København und Rosenborg Bornholm. Sie waren einflussreich und verkehrten in den höchsten und feinsten Kreisen der Gesellschaft. Es kam durchaus vor, dass er mit dem dänischen Kronprinzen zusammen eine Regatta segelte oder sein Vater und dessen neue Frau zum Galadinner bei Hofe waren. Sie waren ganz oben in der Gesellschaft angekommen – und jeder in der Familie war stolz darauf, auch wenn es offen niemand zugeben würde. Das gehörte sich nicht.

Nikolaj schlenderte über die Dachterrasse des Hotels, vorbei am schwarzgefliesten Pool, in dem vergangene Woche noch hochkarätige amerikanische Politiker geplantscht hatten. Das ganze Rooftop samt Bar hatte dafür gesperrt werden müssen, nur damit einige der mächtigsten Männer der Welt nach Einbruch der Dunkelheit in dem beleuchteten Becken schwimmen und die Aussicht auf das nächtliche Kopenhagen genießen konnten.

Nikolaj blieb stehen und sah sich um. Der Panoramablick von hier oben sei atemberaubend, versicherten die Gäste ihm immer wieder, wenn er sie hier oben zufällig antraf. Auch wenn er sich natürlich längst daran gewöhnt und kaum noch ein Auge dafür hatte.

Der schwarze Diamant, die Dänische Königliche Bibliothek, funkelte glitzernd direkt gegenüber vom Rosenborg in der Sonne. Sein Blick glitt nach rechts, vorbei an Børsen mit dem Turm aus ineinander verschlungenen Drachenschwänzen und Schloss Christiansborg, dem Zentrum der Macht und Sitz der Regierung.

Es stimmte, die Aussicht von hier oben war prachtvoll. Wie alles im Rosenborg.

Schon jetzt am frühen Vormittag pulsierte rund um das Luxushotel im Herzen von Kopenhagen das Leben. Die Kanalboote schipperten Touristen aus aller Welt vorbei an den zahlreichen Sehenswürdigkeiten, die diese Stadt zu bieten hatte: Schloss Amalienborg, die Königliche Oper und, ach ja, die kleine Meerjungfrau. Wie konnte er die nur vergessen?

„*God morgen,* Nikolaj.“ Christian, einer der Barkeeper, grüßte ihn freundlich, als er zum Tresen ging. Der Barkeeper war gerade dabei, die Bestände der Rooftop Bar zu sortieren. „Kaffee?“

Nikolaj nickte dankend und sah sich um. Von seinem Vater war weit und breit noch nichts zu sehen. Dabei waren sie für zehn Uhr verabredet gewesen. Er schaute kurz auf die Uhr. Es war schon kurz nach. Der alte Patriarch verspätete sich sonst nie. Schon im Kindesalter hatte er Nikolaj eingetrichtert, dass Pünktlichkeit eine der wichtigsten Tugenden sei, wenn man im Leben respektvoll behandelt werden wolle.

Nikolaj nahm seinen Latte und setzte sich unter einen der weißen Sonnenschirme im hellgrau gestalteten Loungebereich. In seinem Kopf hämmerte es. Er hatte einen typischen „Zimmermann“, wie man in Dänemark sagen würde. Es war ein bohrender Kopfschmerz, eindeutig durch zu viel Alkohol in der vergangenen Nacht hervorgerufen. Seine Augen brannten durch das gleißende Sonnenlicht, das von den weißen Schirmen und hellen Fliesen nur noch mehr reflektiert wurde. Es war wirklich viel zu hell heute. Durch die vielen Pflanzen hindurch beobachtete er, wie die ersten Hotelgäste auf die Terrasse kamen. Sofort zog der schwarze Pool in der Mitte der ansonsten weißen Umgebung ihre Blicke auf sich. Beeindruckt steckten sie ihre Köpfe zusammen. Er wusste, was sie dachten. Das Design der Dachterrasse war einzigartig, preisgekrönt und hatte die Familie jede Menge Kronen gekostet. Juwel hatte die Presse es einmal genannt. Immerhin war es das erste seiner Art in Kopenhagen gewesen, auch wenn inzwischen das eine oder andere Hotel versuchte, es zu kopieren. Dem Rooftop des Rosenborg konnte so schnell nichts das Wasser reichen.

Schwarz, Weiß und Gold waren die dominierenden Farben. Die Fliesen im Pool bestanden aus feinsten italienischen Mosaiksteinen in dunklen Schwarznuancen, die selbstverständlich alle handsortiert waren. Im Zusammenspiel mit dem Wasser ergaben sie ein nahezu perfektes Bild von Tiefe und sorgten dabei für eine optische Täuschung. Stand man am Beckenrand, hätte man denken können, das Wasser im Pool war tatsächlich schwarz, was dazu führte, dass mancher Badegast erst einmal zögerlich seinen Fuß hineinhielt, um sich davon zu überzeugen, dass es wirklich klares Wasser war.

*„God morgen."*

Die flache, ausdruckslose Stimme seines Vaters riss ihn aus seinen Gedanken. Nikolaj setzte sich in seinem Sessel auf, sah sich um und entdeckte den alten Patriarchen an der Bar. Kurz überlegte er, ob er zu ihm gehen sollte, doch er verschob den Gedanken schnell wieder. Sollte sein Vater doch zu ihm kommen. Immerhin hatte er um diesen Termin gebeten. Nicht umgekehrt.

„Es geschehen noch Zeichen und Wunder. Du bist tatsächlich pünktlich." Jørgen Bjerregaard gesellte sich zu seinem Sohn an den Tisch und setzte sich in einen der Loungesessel.

Nikolaj überhörte den provokanten Ton in der Bemerkung seines Vaters. Er war einfach noch viel zu müde und hatte keine Lust auf Streit. Nikolaj lehnte sich wieder zurück und wünschte sich einmal mehr an diesem Morgen, er könne seine Augen hinter einer dunklen Sonnenbrille verstecken. Sein Vater sah aus, als wäre er einer alten 1980er-Jahre-Serie entsprungen. Er trug einen dunkelblauen Anzug, die Krawatte bis zum Anschlag hochgebunden, die wenigen silbergrauen Haare, die ihm zwischen den ausladenden Geheimratsecken geblieben waren, hatte er nach hinten geföhnt. Er war komplett oldschool angezogen, trug wie immer ein weißes Einstecktuch in der Brusttasche seines Jacketts. Nikolaj kannte niemanden, der heutzutage noch so herumlief.

Wie immer, wenn er sich mit Nikolaj auf dem Rooftop traf, trank Jørgen nur einen Espresso. Für mehr hatte er meist keine Zeit.

„Einen Espresso hat man viel schneller ausgetrunken als zum Beispiel einen großen Milchkaffee. So muss man sich nicht allzu lange mit Personen aufhalten, die einem lästig sind. Die Termine kann man mit einem Espresso kurz und knapp halten. Ist die Tasse leer, kann man auch das Gespräch beenden. Merk dir das, mein Junge“, hatte Jørgen ihm einmal gesagt, als er Nikolaj einen seiner unschlagbaren Ratschläge fürs Geschäftsleben geben wollte.

Nikolaj war nicht entgangen, dass sein Vater auch stets nur einen Espresso trank, wenn er ihn zu sich zitiert hatte. Offenbar war es für seinen Vater die charmante Art, Nikolaj zu zeigen, dass er sich nicht lange mit ihm aufhalten wollte. Sein Vater hatte ihm nie den Eindruck vermittelt, als wäre er ihm sonderlich wichtig. Seine Mutter, Ellen, war da ganz anders gewesen. Sie war der ruhende Pol in der Familie gewesen, diejenige, die jeden Einzelnen wertgeschätzt und alles zusammengehalten hatte.

Seine Gedanken schweiften ab. Fünf Sterne. So hatte seine Mutter die Familie stets bezeichnet. Die Familie, zu der neben seinen Eltern auch noch sein Bruder Frederik und seine Schwester Louise zählten.

„Jeder von uns ist ein einzelner Stern, aber zusammen sind wir so wertvoll wie die fünf Sterne eines Hotels", hatte sie immer gesagt.

Nikolaj runzelte die Stirn. Sie waren schon lange keine fünf Sterne mehr.

Das Räuspern seines Vaters holte ihn zurück ins Hier und Jetzt.

„Was gibt's?" Nikolaj nippte an seinem Milchkaffee, schließlich hatte er alle Zeit der Welt und gab sich betont gelassen.

„Es geht um NOVA." Jørgens Stimme senkte sich, die eisblauen Augen waren streng auf seinen Sohn gerichtet.

„Mhm", machte Nikolaj, als hatte er sich schon denken können, dass es darum ging.

Seit zwei Jahren war er Manager mehrerer exklusiver und vor allem nachhaltiger Boutiquehotels. Neben zwei Hotels in Kopenhagen gab es auch eines in Aarhus sowie auf Bornholm. Nachdem er jahrelang in den beiden Hotels seines Vaters gearbeitet hatte, hatte Nikolaj vor ein paar Jahren das Bedürfnis verspürt, etwas Eigenes ins Leben zu rufen. Doch ihm fehlten die finanziellen Mittel dazu, um so ein großes Projekt alleine, ohne die Hilfe seiner Familie, zu stemmen. Sein Vater hatte ihm daraufhin den Bereich Neuentwicklung innerhalb des Hotelimperiums übertragen, in der Hoffnung, Nikolaj würde weitere Rosenborg'sche Luxushotels ins Leben rufen, nur mit einer jüngeren, moderneren Zielgruppe. Doch die Boutiquehotels, die entstanden waren, entsprachen nicht Jørgens Vorstellungen. Seiner Ansicht nach waren sie zu klein und nicht prunkvoll genug, um den Namen Rosenborg zu tragen. Dass jene kleinen Hotels, in jeweils bester Lage, mit wenigen Zimmern und einem hohen Maß an Exklusivität, aber genau das waren, was junge, moderne Leute unter Luxus verstanden, war an ihm vorbeigegangen. Trotzdem kam auch Jørgen nicht umhin zuzugeben, dass Nikolaj Erfolg mit NOVA hatte. Vor allem ausländische Touristen waren verrückt nach den Hotels.

„Ich höre." Er setzte sich aufrecht hin, verschränkte die Arme vor der Brust und drückte den Rücken durch, um sich noch ein wenig größer zu machen. Es war die übliche Drohhaltung, die er oft an den Tag legte, wenn er seinem Vater gegenübersaß.

„Ich will, dass wir expandieren. Auch wenn es sich mir nicht erschließt, aber NOVA hat Erfolg. Und Maurice Johnson hat mir erzählt, dass er sich mit seinem Hotel aus Hamburg zurückziehen wird. Das ist die Chance für uns, auch außerhalb Dänemarks Fuß zu fassen." Jørgen kramte sein Mobiltelefon hervor und schob es über die schwarze Glasplatte des Tisches. Nikolaj warf einen flüchtigen Blick auf das Display und sog die Luft zwischen seine Vorderzähne. Er war kurz davor, zu explodieren. Er hasste es, wenn sein Vater über seinen Kopf hinweg Entscheidungen traf.

„Das ist das Hotel, um das es geht. Es liegt in bester Lage, in Hafennähe. Zweiundfünfzig Zimmer, alle hochwertig ausgestattet. Wir müssten nur wenig investieren. Hier und da ein wenig frische Farbe und der übliche NOVA-Chic. Im Herbst könnten wir eröffnen. Der Kaufvertrag ist schon unterschrieben. In zwei Wochen können wir mit dem Umbau beginnen."

„Du hast was getan?", brach es aus Nikolaj heraus. „Bist du jetzt vollkommen übergeschnappt? Hast du vergessen, dass Entscheidungen von solcher Tragweite gemeinsam getroffen werden? Was bildest du dir ein, einfach so über meinen Kopf hinweg zu bestimmen?"

Die Begeisterung seines Vaters für das Objekt konnte Nikolaj nicht teilen. Er kannte die Hotels, die Maurice Johnson, Hotelmogul aus Großbritannien und enger Freund der Familie, betrieb. Sie konnten NOVA nicht auch nur ansatzweise das Wasser reichen. Die Zimmer waren ohne stimmiges Konzept und rein zweckmäßig eingerichtet. Darüber hinaus meist viel zu klein und unmöglich geschnitten. Statt modern und minimalistisch wie das NOVA, kam Johnsons Hotel karg und altmodisch daher. Es dürfte schwierig werden, ein King-Size-Bett darin unterzubringen.

Typisch für seinen Vater. Es zeigte, wie wenig er sich mit NOVA auskannte. Wie wenig er seinen Sohn und das, was ihm etwas bedeutete, kannte.

„Irgendjemand muss Entscheidungen treffen, wenn es ums Wohl der Firma geht. Und würdest du dich nicht ständig in irgendwelchen Betten herumtreiben, sondern das machen, wofür du bezahlt wirst, wäre ich nicht gezwungen, über deinen Kopf hinweg zu entscheiden." Jørgen Bjerregaard war bedacht darauf, möglichst leise zu sprechen, damit die anwesenden Hotelgäste nichts von ihrem Disput mitbekamen. Trotzdem war der abfällige Klang in seiner Stimme nicht zu überhören.

„Das ist eine Lüge, und du weißt das!" Nikolaj ballte die Hand zu einer Faust und haute sich damit vor Frust gegen das Knie. Der pochende Schmerz hinter seinen Schläfen nahm zu, wie immer, wenn er sich zu sehr über seinen Vater aufregte. Er war so wütend. Seit Jahren war er so wütend. Auf sich, auf seinen Vater und das Leben, das ihm auf so üble Weise mitgespielt und alles zerstört hatte, was ihm lieb gewesen war. Vielleicht wären die Dinge anders verlaufen, wenn …

Er sah zu Jørgen herüber, der ihm selbstgefällig gegenübersaß. Für einen Moment bekam er beinahe Mitleid mit seinem Vater, der plötzlich so alt und grau hinter der ganzen arroganten Fassade wirkte. Aber dann dachte er an das, was damals geschehen war. Und sein Mitleid verflog.

Er versuchte, sich zu beruhigen. „In zwei Wochen, sagst du?", fragte Nikolaj schließlich, um gute Miene zu bösem Spiel zu machen, aber die Wut in seinem Magen wollte einfach nicht verschwinden. Immer wieder boxte er mit der einen Faust gegen seinen Oberschenkel.

„Ja. Da die Zeit drängt, habe ich auch schon mit Handwerkerfirmen gesprochen, die den Umbau realisieren könnten. Ich …"

„Wie ich sehe, hast du bereits alles geregelt. Auch wenn du es nicht hören willst, aber darf ich dich daran erinnern, dass *ich* der Geschäftsführer der NOVA-Hotels bin?"

Die Worte schienen an seinem Vater förmlich abzuperlen, als wäre er mit einer Schicht aus Telefon überzogen.

„Und darf ich dich daran erinnern, dass ich als dein Vater jede Menge Geld in ‚deine' Hotels investiert habe? Ohne mich und ohne den guten Namen unserer Familie hättest du noch nicht mal ein Hostel eröffnen können." Jørgen sprach wie gewohnt ruhig und besonnen. Der Klang in seiner tiefen Stimme ließ keinen Zweifel daran, wer das Oberhaupt der Familie war.

„Also stell dich nicht so an. Andere Söhne würden ihrem Vater die Füße küssen, wenn er ihnen ein Leben, wie du es hast, auf dem Silbertablett servieren würde."

„Ein Leben, wie ich es habe …“, sagte Nikolaj mühsam beherrscht. Ein Leben, das du zerstört hast, dachte er bitter.

„Glaub nur nicht, dass du etwas Besseres bist, Nikolaj. Nur, weil du das Glück hattest, als ein Bjerregaard geboren zu werden. Das ist ein Privileg, ich weiß, aber kein Grund, sich darauf auszuruhen. Steig endlich von deinem hohen Ross herunter.“

„Pff“, machte Nikolaj und wich dem stechenden Blick seines Vaters aus. Er verachtete ihn dafür, dass er sich immer wieder in alles einmischte. Nach dem Studium war es seinem Vater nicht schnell genug damit gegangen, Nikolaj aus dem Management des Rosenborg zu kicken. Um genau zu sein, hatte es nicht mal ein Jahr gedauert. Nikolaj hatte gerade die Idee der Boutiquehotels zur Sprache gebracht. Zunächst hatte er sich darüber gefreut, dass ihm sein Vater dieses eine Mal zumindest keine Steine in den Weg warf, ihm die neue Aufgabe mit der Neuentwicklung gegeben hatte und ihn scheinbar unterstützt hatte. Doch zu welchem Preis? Es war nicht seine Hotelkette, so wie er es zunächst geplant hatte. Er war nur der Manager. Sein Vater hatte sich einen einflussreichen Platz im NOVA-Aufsichtsrat gesichert, und keiner der anderen Mitglieder wagte es, ihm in seiner Meinung zu widersprechen. Im Prinzip war NOVA nichts anderes als Rosenborg – in beiden Hotels hatte Nikolaj nichts zu sagen, wenn es darauf ankam.

„Und du solltest dein Deutsch verbessern. Es klingt lausig.“ Jørgen sah seinen Sohn über den Rand seiner kleinen Espressotasse von Royal Copenhagen im Design Black Fluted Mega an, die mit ihren schwarzen Bemalungen einen Kontrast auf dem weißen Porzellan bildete und sich damit perfekt in das Konzept der Dachterrasse integrierte. Er verzog keine Miene.

„Ich habe Deutsch in der Schule gelernt. Das sollte reichen. Außerdem sprechen doch eh alle Englisch", konterte Nikolaj, dessen Geduldsfaden mittlerweile dünn wie der Faden einer Spinne war. Es war zwar Jahre her, dass er Deutsch auch wirklich gesprochen hatte, aber das musste er seinem Vater ja nicht unter die Nase reiben.

Jørgen ignorierte seinen Sohn. „Um NOVA auf dem deutschen Markt gut zu positionieren, habe ich eine Agentur beauftragt, sich darum zu kümmern. Sie werden dir unter die Arme greifen. Ich würde vorschlagen, du begleitest mich nach Hamburg."

„Ich brauche niemanden." Es fiel ihm immer schwerer, seine Wut im Zaun zu halten.

„Wir fahren heute noch nach Hamburg. Du wirst mich begleiten, Sohn! Das ist keine Bitte." Jørgen nahm einen letzten Schluck von seinem Espresso, stellte die Tasse auf den Tisch und stand auf.

„Wage es ja nicht, noch einmal Dinge über meinen Kopf hinweg zu entscheiden." Nikolaj stand ebenfalls auf und hob den Zeigefinger, als wolle er seinem Vater drohen.

Für einen Moment standen sich beide gegenüber, als wären sie bei einem Duell im Wilden Westen. Es schien, als wäre jeder der beiden Männer bereit, jeden Moment seinen Colt zu ziehen.

Sie hatten noch nie einen guten Draht zueinander gehabt, aber seiner Mutter war es gelungen, dass Nikolaj und sein Vater sich zumindest respektierten. Wie oft hatte sie sich zwischen die beiden gestellt? War zwischen die Fronten geraten, wenn sie versucht hatte, Nikolaj in Schutz zu nehmen und sein Handeln zu entschuldigen. Und wie oft hatte Nikolaj sich vor seine Mutter gestellt, wenn seine Eltern sich gestritten hatten. Und das hatten sie dauernd. Auch an jenem Tag, an dem seine Mutter seine beiden Geschwister ins Auto packte, das Haus verließ und Nikolaj alleine zurückließ … seitdem war nichts mehr so, wie es einmal gewesen war.

Nikolaj sah seinen Vater an und versuchte, sein Pokerface zu deuten. Doch Jørgens Blick blieb ausdruckslos und unnahbar.

„Also gut, begleitest du mich nach Hamburg?", fragte Jørgen schließlich und sah ihn dabei mit diesem Der-Klügere-gibt-nach-Blick an, den Nikolaj so sehr hasste. Er klang dabei so beiläufig, als hätte es ihren Disput gar nicht gegeben.

„Das kannst du vergessen." Ohne ein weiteres Wort schob sich Nikolaj an seinem Vater vorbei und marschierte, ohne nach links und rechts zu gucken, in Richtung Aufzug. Er musste sich dringend abreagieren.

Im Aufzug kramte er sein Smartphone aus der Hosentasche und wählte *ihre* Nummer. Es tutete einige Male, bevor sie ranging.

„Wir treffen uns zum *frokost* bei Ida. Zieh dir was Hübsches an. Und nimm meine Sonnenbrille mit", sprach er in den Hörer, ohne sie überhaupt zu Wort kommen zu lassen.

# KAPITEL 2

*Hamburg*

*Was machte sie hier nur?*

Es war nicht das erste Mal am heutigen Tag, dass Emma sich diese Frage stellte. Seit drei Stunden saß sie mit ihren Kollegen in einem riesigen Saal mit Stuckdecken, Kristall-Kronleuchtern und viel zu rutschigem Parkettboden. Und die ganze Zeit über hatte sie, mehr oder weniger angestrengt, über die Seminaraufgabe nachgedacht.

„Was sind wir?", hatte Mimi, die Seminarleiterin, die viel zu hohe Schuhe trug und verblüffende Ähnlichkeit mit Barbara Schöneberger hatte, ganz früh am Morgen gefragt.

„Wir sind Le de Luxe, eine der exklusivsten und angesagtesten Marketing- und PR-Agenturen in Hamburg", hatte Emma daraufhin geantwortet.

Doch irgendwie war ihre Antwort bei den anderen nicht gut angekommen.

Selbst Bea, ihre etwas füllige Agenturchefin, deren Markenzeichen ein aufgesetztes, stets präsentes Lächeln war, hatte sie über den Rand ihrer goldumrandeten Pilotenbrille strafend angefunkelt.

Seitdem hatte Emma sich aus dem Seminar so gut es ging herausgehalten. Doch das schien jetzt nicht mehr möglich zu sein.

„Was genau sind wir?", wiederholte Mimi und starrte zunächst in die Runde und dann auf ihre sündhaft teuren Jimmy Choos, die davon zeugten, dass sie mit einem einzelnen Workshop viel mehr Geld verdiente als Emma in einem Vierteljahr.

Sie musste gestehen, dass sie ihren Kopf abgeschaltet hatte, als es darum ging, herauszufinden, welche Farbe am besten die Werte der exklusiven, erfolgreichen PR-Agentur widerspiegeln würde.

„Wir sind gold!"

Emma zuckte zusammen, als Mimi unvermittelt in die Hände klatschte. Als wäre es ihr Stichwort gewesen, klatschten auch ihre zwanzig Arbeitskollegen begeistert. Was zum Teufel hatte das mit ihrer Arbeit als PR-Agentin zu tun?

Während um sie herum das Chaos ausbrach, blieb Emma still auf ihrem Stuhl sitzen. Zur Sicherheit sah sie sich links und rechts nach einem geeigneten Fluchtweg um. „Was sind wir?", rief Mimi.

„Gold!", riefen die anderen.

„Was sind wir?"

„Gold!"

„Was?"

„Gold. Gold. Gold. Wir sind gold!"

Wie ein Mantra schrien Emmas Kollegen den neuen Leitspruch von Le de luxe. Ihre Agenturchefin stand in der Mitte des Kreises und zündete allen Ernstes eine Konfettikanone. Binnen Sekunden regneten goldenes Konfetti und Glitzer in allen möglichen Größen auf die Teilnehmer hernieder. Daraufhin erhoben sich alle und tanzten ausgelassen in dem goldenen Glitzerregen.

Emma kam sich vor wie in einem Irrenhaus. Hätte sie nicht mit eigenen Augen gesehen, was gerade um sie herum passierte, sie hätte es nicht glauben können. Sie blinzelte ein paar Mal unruhig, als könne sie damit die Realität ausblenden, doch es klappte nicht. Drehten hier jetzt alle komplett durch?

Just in diesem Moment, in dem die Welt um sie herum verrückt spielte, fasste Emma einen Entschluss: Sie würde kündigen. Und zwar noch heute. Das Theater in der Agentur würde sie nicht länger mitmachen. Sie war zwar eine gute PR-Frau, aber für die Arbeit bei Le de Luxe einfach nicht geschaffen. Es war an der Zeit, neue Wege zu gehen.

„Ich bedanke mich für diesen fantastischen Workshop. Ihr wart großartig. Danke." Als würde Mimi auf einer großen Bühne stehen, legte sie theatralisch die Hand auf ihre Brust und machte eine so tiefe Verbeugung, dass man ihr in den Ausschnitt sehen konnte. Zwei männliche Kollegen reckten die Hälse und warfen sich vielsagende Blicke zu. *Spinner!* Emma schüttelte es bei dem Gedanken daran, was wohl gerade in den Köpfen der beiden vorging.

„Wir haben dir zu danken, liebe Mimi", sagte Bea, die Mimi in Theatralik in nichts nachstand und der Workshopleiterin um den Hals fiel, bevor sie sich wieder an ihre „Jünger" wandte. „Kommt, verabschieden wir Mimi gebührend!", forderte sie alle auf. „Und dann fahren wir zurück in die Agentur."

„Wir sind gold. Wir sind gold. Wir sind gold!"

*Jetzt reichte es wirklich!*

*

Die Agentur hatte ihr Büro in bester Lage. Das moderne Bürogebäude in der Hafencity lag zwischen Sandtorplatz und Grasbrookhafen und verfügte nicht nur über ein repräsentatives Foyer, sondern auch über einen exklusiven Conciergeservice.

Die Räume von Le de Luxe bestachen durch ihren schicken Industrial-Design-Look. Bodentiefe Fenster und noble Echtholzfußböden gab es in jedem Raum, und von den Decken hingen mehrere silbrig-glänzende s.Luce-Galerieleuchten, von denen eine so teuer war wie die Monatsmiete von Emmas Apartment.

Von vielen Büros aus, wenn auch nicht von ihrem, hatte man einen traumhaften Blick auf den Hamburger Hafen. Emmas Schreibtisch hingegen lag in der hintersten Ecke des Büros, abgetrennt durch ein paar klapprige Pappwände, die ihr bis zu den Schultern reichten. Privatsphäre gewann man dadurch nicht gerade, konnte doch jeder sehen, was sie machte, wenn er oder sie daran vorbeilief und den Hals ein wenig zu sehr nach oben reckte.

Von der überschwänglichen Euphorie, mit der sich die Kollegen nach dem Seminar in die Mittagspause verabschiedet hatten, war nicht mehr viel übrig, als Emma zurück in die Agentur kam. In den meisten Büros herrschte Katerstimmung. Ihre Laune hätte hingegen nicht besser sein können. Ihre Kündigungsfrist betrug vier Wochen zum Monatsende.

Im Klartext bedeutete das: Wenn sie heute kündigen würde, blieben ihr noch sechs Wochen in der Agentur.

Sie huschte an der Buchhaltung vorbei und nahm Kurs auf die Kaffeeküche, in der Beas Sekretärin Anita und zwei Praktikanten die Köpfe zusammensteckten.

„Hej." Emma grüßte kurz, nahm sich einen Kaffeebecher aus dem Schrank und stellte ihn unter den Luxus-Kaffeevollautomaten. Ihre uralte Filterkaffeemaschine zu Hause, die sie von ihrer Oma geerbt hatte, konnte damit nicht mithalten – die Maschine hier kochte den besten Kaffee, den sie je getrunken hatte.

Sie erinnerte sich daran, wie begeistert sie anfangs darüber gewesen war, dass Le de Luxe sie für den Job ausgewählt hatte. Zunächst hatte sie zwar nur alle möglichen kleinen Aufgaben wahrgenommen, wie Papiere sortiert und Kollegen auf Kundengespräche begleitet, letztlich aber mehr und mehr das Vertrauen ihrer Chefin gewonnen. Und seit einem Jahr hatte Bea ihr endlich einen eigenen Kunden überlassen: Maurice Johnson, Chef einer Londoner Hotelkette, die auch in Hamburg ein kleines Hotel betrieb. Wie sich im Laufe der Zeit herausgestellt hatte, war dies jedoch für sie der Anfang vom Ende bei Le de Luxe gewesen. Maurice Johnson hatte sich als arroganter, aufdringlicher Kunde erwiesen, der die PR-Arbeit einer Agentur zuweilen mit den Diensten eines Escort-Service zu verwechseln schien. Erst kürzlich hatte er während eines Arbeitsessens Emma seine Hand auf den Oberschenkel gelegt und ihr dabei lüsterne Blicke zugeworfen. Sie hatte ihn daraufhin zur Rede gestellt und auch ihrer Chefin davon berichtet, doch Bea hatte „den kleinen Vorfall", wie sie es nannte, einfach nur weggelächelt.

„Warum ist die Stimmung auf einmal so gedrückt? Sind wir doch nicht gold?“, fragte Emma und stellte sich neben Anita.

„Dir wird das Lachen noch vergehen“, zickte sie. „Jetzt, wo die Johnson Group ihr Hotel am Hafen schließt und die Agentur verlässt. Hast wohl keinen guten Job gemacht, was?“

„Maurice Johnson verlässt die Agentur?“ Emma versuchte, geschockt auszusehen, auch wenn sie innerlich jubelte. Vielleicht hatte Bea dem Blödmann doch noch gekündigt, nachdem er seine Finger nicht hatte bei sich lassen können.

„Bea möchte dich auf der Stelle sehen“, giftete Anita weiter.

Emma hörte nicht auf sie und reckte ihr Kinn. „Das trifft sich gut. Ich war gerade auf dem Weg zu ihr.“

*

Ganz untypisch für Bea war die schwere Mahagonitür ihres Büros geschlossen, als Emma wenige Minuten später davorstand. Sie klopfte an und fragte sich gerade, ob die dicke Tür das Klopfen überhaupt hinein ins Büro tragen würde, als sich die Tür öffnete und Bea ihren Kopf herausstreckte. „Ach, da bist du ja.“ Bea spielte mit dem Zeigefinger an ihrer ausladend runden Goldkreole herum. „Komm rein.“ Sie ging zum Schreibtisch zurück.

Emma trat ein und deutete auf die Tür. „Zumachen?“

Bea nickte. „Setz dich bitte.“

Im Gegensatz zu den anderen Räumen in der Agentur war Beas Büro riesig. An der einen Wand hing ein überdimensionales Porträt von ihr, das zweifellos nur dort hing, damit es ihr Ego streichelte. Ihr breites Lächeln wirkte in

Übergröße noch unechter und aufgesetzter, als es eh schon der Fall war, dachte Emma und ging weiter.

Vor dem Schreibtisch, ebenfalls aus edlem Mahagoniholz, der vor der großen Fensterfront mit Blick auf den Hamburger Hafen platziert war, machte sie Halt. Sie setzte sich auf den mit schwarzem Leder bezogenen Schwingstuhl, legte die Hände in den Schoß und wippte vor und zurück.

„Bea, ich muss dir reden!“, sagte Emma bestimmt. Am besten wäre es, wenn sie ihrer Chefin gleich den Wind aus den Segeln nehmen und kündigen würde.

„Emma“, unterbrach Bea sie und faltete die Hände auf dem Schreibtisch. Ihre Fingernägel strahlten in leuchtendem Rot und sahen, im Gegensatz zu Emmas, perfekt aus. „Was du zu sagen hast, tut jetzt erst mal gar nichts zur Sache. Ich habe einen Kunden für dich, der – sagen wir mal – eine ganz besondere Art von Betreuung braucht.“

Emma hob eine Augenbraue. Jetzt klang Bea tatsächlich wie jemand, der Escortladys an Männer vermittelte.

„Das passt mir im Moment nicht gut, denn …“, machte Emma einen neuen Anlauf, während Bea sie so gespannt ansah, als würde ihr Emma gleich die Zahlen vom Samstagslotto verraten. „… ich möchte kündigen.“ *Puh, geschafft!*

Einen Moment sagte Bea nichts, und Emma fragte sich, ob sie ihr überhaupt zugehört hatte. Dann räusperte sie sich und ging, als wäre nichts gewesen, zur Tagesordnung über. Mehr noch: Sie drehte den Spieß einfach um.

„Nachdem Maurice Johnson uns verlassen hat, wäre das tatsächlich ein Grund, dir zu kündigen. Trotzdem möchte ich dich nicht gehen lassen. Auch wenn mir deinetwegen einer unserer treuesten Kunden durch die Lappen gegangen ist.“

*Meinetwegen? Das soll wohl ein Scherz sein!?*

„*Ich* hab Maurice Johnson vergrault? Das kann doch nicht dein Ernst sein, Bea! Er hat mich angefasst, und als ich mir das nicht habe gefallen lassen, hat er den Agenturvertrag gekündigt", fasste Emma zusammen. „Und weißt du, was mich richtig aufregt? Dass du mich nicht in Schutz nimmst, sondern mir die Schuld in die Schuhe schieben möchtest. Ein Grund mehr für mich, nicht mehr für diesen Laden hier zu arbeiten." Emma lehnte sich in ihrem Stuhl zurück und verschränkte die Arme vor der Brust. Was bildete Bea sich eigentlich ein?

„Nun, das ist deine Sicht der Dinge, die ich dir natürlich auch zugestehe. Aber ich habe eine andere Sichtweise darauf. Es wäre lieb, wenn du mir die ebenfalls zugestehst", gab Bea sich diplomatisch.

Emma sah demonstrativ aus dem Fenster. Wollte Bea sie etwa nicht verstehen?

„Folgendes. Ich habe einen Auftrag erhalten und habe mich gefragt, ob du die Richtige dafür sein könntest."

Es war unfassbar, wie unerschütterlich Bea in ihrem Handeln war. Sie sah von oben bis unten an Emma herunter.

Unwillkürlich dachte Emma darüber nach, was sie heute Morgen angezogen hatte. Sie hasste es, wenn andere Leute sie musterten.

Emma schielte an sich herunter. Der Hosenanzug in Altrosa war zwar von H&M und noch aus dem vergangenen Jahr, aber durchaus noch tragbar. Die cremefarbene Bluse aus Polyester hätte glatt als Seide durchgehen können, und die Schuhe … sie zuckte zusammen. Was trug sie für Schuhe? Sie beugte sich leicht vor, sodass sie gerade so die Spitze ihrer

Pumps sehen konnte, die – verglichen mit dem restlichen Outfit – tatsächlich hochwertig und für ihre Verhältnisse mit rund hundert Euro auch teuer waren.

„Ich habe Kontakte zu einer Hotelkette aus Kopenhagen, die hier in Hamburg ihr erstes Hotel eröffnen möchte. Sagt dir NOVA etwas?" Während Bea sprach, hob und senkte sie ihre Arme, wodurch ihre breiten Goldarmbänder klimperten.

NOVA? Emma hatte keinen blassen Schimmer, wovon diese Frau redete. Sie hatte gekündigt und würde sich ganz bestimmt nicht noch auf einen neuen Schickimicki-Kunden einlassen.

„In einer Stunde bekomme ich Besuch von Jørgen Bjerregaard. Er ist der Senior-Chef der Rosenborg-Hotels in Kopenhagen und auf Bornholm. Vielleicht googelst du ihn vorher noch", sagte sie mit einem Hauch von Arroganz in ihrer Stimme.

„Das wird nicht nötig sein. Ich weiß, wer die Familie Bjerregaard ist", konterte Emma.

„Ach ja?" Bea stutzte, als hätte sie Emma so viel Allgemeinbildung gar nicht zugetraut, setzte dann aber unbeirrt fort: „Stell dich darauf ein, dass du den Sommer in Kopenhagen verbringen wirst. Danach kannst du gehen, wohin du willst!" Sie wandte sich wieder ihrem Computer zu, was Emma als eindeutiges Zeichen dafür wertete, dass ihr Gespräch zu Ende war.

# KAPITEL 3

Bjerregaard. Natürlich kannte Emma diesen Namen. In den vergangenen Monaten hatte sie kaum einen anderen Namen so häufig gehört wie diesen. Sie brauchte ihn ganz bestimmt nicht googeln.

Nach dem Gespräch mit Bea hatte sich Emma frustriert ihre Tasche geschnappt und war fluchend in den Aufzug gestiegen. Wie konnte Bea ihr nur so die Tour vermiesen? Sie hatte ihren Job gekündigt, verdammt noch mal. Aber Bea schien das gar nicht interessiert zu haben. Wie immer hatte sie die Belange der Agentur über die Wünsche ihrer Mitarbeiter gestellt. *Blöde Kuh!*

„Was hast du denn erwartet? Dass sie dich die nächsten sechs Wochen freistellt?"

Emma zuckte mit den Schultern. Was hatte sie erwartet?

„Es ist Beas gutes Recht, dich bis zu deinem letzten Arbeitstag in der Agentur zu beschäftigen." Gitte nahm die Flasche Sekt, die Emma auf dem Nachhauseweg gekauft hatte, und öffnete sie. Der Sektkorken schob sich mit einem solchen

Schwung aus der Flasche, dass er im hohen Bogen durchs kleine Wohnzimmer flog und an der Tür zum Flur auf dem Dielenboden landete.

Gitte zuckte mit den Schultern, schenkte die Gläser ein und reichte Emma eines.

„Auf deine Kündigung", prostete Gitte ihr zu.

Emma nippte an dem Sekt, der herrlich erfrischend auf ihrer Zunge prickelte, und lehnte sich im Sessel zurück. Was für ein Tag …

„Du weißt ja noch gar nicht, für wen ich die PR machen soll", meinte Emma und versuchte, so neutral wie möglich zu klingen, obwohl ihr das beim Gedanken an den Auftraggeber sichtlich schwerfiel. Außerdem wusste sie, dass es ihre Cousine bestimmt aus der Fassung bringen würde, wenn sie es erführe.

„Dann rück mal raus mit der Sprache", forderte Gitte ihre Cousine auf und setzte sich gespannt aufs Sofa.

Emma holte tief Luft. „Es wird dir nicht gefallen." Sie zögerte, wollte die Spannung aber auch nicht unnötig hochtreiben. „Es sind die Rosenborg-Hotels."

Gittes Miene verfinsterte sich schlagartig. „Was?"

„Die Bjerregaards eröffnen in Hamburg ein Hotel. NOVA oder so ähnlich. Ich soll den Sommer über in Kopenhagen verbringen, mir die NOVA-Hotels dort anschauen und dann für das geplante Hotel hier in Hamburg ein PR-Konzept entwerfen. Nichts Besonderes also", versuchte Emma den Auftrag herunterzuspielen. Sie wusste, dass ihr das angesichts der Tatsache, dass Gitte und die Bjerregaards eine gemeinsame Vergangenheit hatten, nicht gelingen würde. Zu viel war damals auf Bornholm passiert.

„Wirst du auch Kontakt zu *ihm* haben?“, fragte Gitte angespannt.

„Ich gehe fest davon aus. Wenn ich das richtig verstanden habe, ist er der Manager der NOVA-Sparte.“ Emma wunderte es, dass Gitte den Namen nicht aussprach, wo sie seit ihrer Rückkehr von Bornholm doch von nichts anderem als von Nikolaj Bjerregaard gesprochen hatte.

„Und du willst den Auftrag annehmen?“

„Hast du nicht eben selbst gesagt, dass Bea mich bis zu meinem letzten Arbeitstag beschäftigen kann?“

Gitte nickte.

„Wenn das so ist, habe ich einige Infos für dich.“ Sie stand auf und ging wortlos aus dem Zimmer. Emma blieb allein im gemeinsamen Wohnzimmer zurück und lauschte dem wohlvertrauten Streit ihrer Nachbarn in der Wohnung unter ihr. Es gab keinen Abend, an dem sich das Paar nicht in der Wolle hatte. Die würde sie in den sechs Wochen Kopenhagen schon mal nicht vermissen.

Nach einer Weile kehrte Gitte mit einem Schuhkarton zurück. Sie stellte ihn auf den Couchtisch und setzte sich.

„Bitte“, sagte sie und schob ihn in Emmas Richtung.

„Was ist das?“ Sie runzelte die Stirn.

„Das ist alles, was ich in den vergangenen Monaten über die Bjerregaards zusammengetragen habe. Alle möglichen Zeitungsartikel, die ich finden konnte, und so weiter.“

Emma hob skeptisch den Deckel des Schuhkartons und schaute hinein. Die Schachtel war bis zum Rand mit Artikeln gefüllt. Die Bjerregaards beim Opernbesuch, im Urlaub auf ihrer Yacht, posierend vor einem ihrer Hotels und auf dem

Familienanwesen in Gentofte. *So also sah das Understatement der dänischen Upper Class aus.*

„Gitte, das ist so schräg. Wo hast du das her?“ Emma nahm einen großen Stapel Zeitungsartikel aus dem Karton und legte sie sich auf ihren Schoß. Es wunderte sie nicht, dass ihre Cousine so eine Schachtel besaß. Gitte war eine ausgesprochen leidenschaftliche Sammlerin. Schon als Teenie hatte sie alles Mögliche von ihren Lieblingsbands zusammengetragen. Poster, Artikel, Bilder, jede noch so kleine Meldung war penibel ausgeschnitten und in einem Ordner aufbewahrt worden.

„Ich weiß nicht, irgendwie hatte ich das Gefühl, ich könnte das noch mal gebrauchen“, sagte Gitte und zuckte mit den Schultern.

Emma blätterte weiter durch die Seiten, bis sie auf ein Foto stieß, das ihre Aufmerksamkeit erlangte. Es zeigte einen jungen Mann, kaum älter als sie selbst. Die kurzen, blondgesträhnten Haare waren verwuschelt, und am Kinn war der Ansatz eines Dreitagebarts zu erkennen. Nikolaj Bjerregaard trug eine dunkelblaue Jeans und ein graues Leinenhemd. Die eine Hand hatte er lässig ans Kinn gelegt, die andere steckte in einer seiner Hosentaschen.

„Arroganter Mistkerl“, schimpfte Gitte über den Mann, der ihr vor knapp einem Jahr den Boden unter den Füßen weggerissen hatte.

Emma kniff die Augen zusammen und betrachtete ihn genauer. Auch wenn er auf dem Foto noch so nett in die Kamera lächelte, war er doch nicht besser als die anderen stinkreichen Männer, die in der High Society das Sagen hatten und keine Sekunde zögerten, ihre Macht auszuspielen. Die Firmenbosse, die meinten, sie konnten sich alles erlauben;

die sich über geltendes Recht hinwegsetzten und wie ein Rudel Wölfe zusammenhielten, wenn einer von ihnen Mist gebaut hatte. Nikolaj Bjerregaard war kein Deut besser als Maurice Johnson oder … Bea. Oh, wie sie all das satthatte!

Wie ein Häufchen Elend hatte Gitte damals vor ihrer Tür gestanden, nachdem Nikolaj Bjerregaard sie einfach gefeuert hatte. Und alles nur, weil sie sich in einen Gast verliebt hatte.

Gut, es war nicht irgendein Gast gewesen, mit dem ihre Cousine geschlafen hatte, sondern Stefan Andersson, schwedischer Stürmerstar in der dänischen Superliga und Freund von Nikolaj Bjerregaard. Doch die eigentliche Krux an dem Ganzen war, dass Stefan Andersson ein verheirateter, zweifacher Familienvater war. Und als die Presse Wind von der Affäre bekommen hatte und der Name Bjerregaard damit in Verbindung gebracht worden war, hatte ziemlich schnell festgestanden, wer die Verantwortung für den drohenden Skandal tragen musste.

Gitte war schneller gefeuert worden, als ein Paparazzo auf den Auslöser seiner Kamera drücken konnte.

Doch als wäre dies nicht demütigend genug gewesen, hatten die Männer anschließend einfach die Tatsachen verdreht.

Eine Woche nach Gittes Kündigung war ein Artikel in der Presse erschienen, der ihren Ruf in der Hotelbranche endgültig ruinierte und der Stefan Andersson als Opfer unerfüllter Fanliebe hinstellte. Darin hieß es, eine Affäre zwischen dem Fußballer und dem Zimmermädchen hätte es nie gegeben und sei vielmehr Wunschdenken einer kranken Stalkerin gewesen.

Allein beim Gedanken daran kam Emma vor Wut die Galle hoch. Sie sah zu ihrer Cousine herüber, die wie gebannt auf das Foto von Nikolaj Bjerregaard in ihrer Hand starrte.

„Weißt du was?“, brach es plötzlich aus Emma heraus. Sie riss Gitte das Foto aus der Hand und pfefferte es auf den Tisch. „Ich hab die Schnauze so voll von alldem. Es muss doch irgendetwas geben, womit wir es ihm heimzahlen können!“

Gitte rührte sich zunächst nicht, sondern schniefte in ein Taschentuch.

„Ich kann mir beim besten Willen nicht vorstellen, für jemanden wie ihn zu arbeiten. Nach allem, was er dir angetan hat. Das ist eh mein letzter Auftrag von Le de Luxe. Was hab ich also zu verlieren?“ Emma leerte ihr Sektglas in einem Zug.

„Deinen Ruf in der Werbebranche“, murmelte Gitte.

„Na und? Und wenn ich künftig Dänischkurse an der Volkshochschule geben muss. Wenn das deinen Ruf wiederherstellt, ist es mir das wert!“, antwortete Emma entschlossen und schenkte sich nach.

Gitte tippte mit dem Zeigefinger gegen ihre Stirn und spekulierte. Emma beobachtete sie genau. Vielleicht wusste sie tatsächlich etwas? Vielleicht gab es einen Punkt, an dem sie ansetzen konnten?

„Ich glaube, es gibt da tatsächlich was.“ In Gittes Augen blitzte es auf. „Wenn du mich fragst, haben die Bjerregaards jemanden getötet.“

„Was?“ Emma fiel aus allen Wolken. „Bist du dir da ganz sicher?“

Gitte nickte. „An dem Tag, an dem ich gekündigt wurde, habe ich ein Gespräch mitbekommen. Nikolaj erzählte seinem Kumpel, dass seine Mutter ganz offensichtlich Angst davor hatte, umgebracht zu werden.“

„Du meinst, die Bjerregaards haben Nikolajs Mutter auf dem Gewissen?“ Emma konnte es kaum glauben. „Du weißt schon, dass das üble Anschuldigungen sind. Ich meine, dafür brauchen wir Beweise.“

„Die du beschaffen kannst“, meinte Gitte trocken.

„Ich?“

„Es gibt ein Tagebuch der Mutter, das in Nikolajs Besitz ist. In dem Buch steht die Wahrheit über das, was damals wirklich passiert ist. Offiziell hatte Ellen Bjerregaard einen Autounfall. Irgendwo findest du in der Schachtel auch einen Artikel, der anlässlich ihres zehnten Todestages erschienen ist.“

Emma schaute ihre Cousine an. Es war erstaunlich, wie viel sie über die Bjerregaards wusste. Aber war das nicht eine Nummer zu groß für sie? Immerhin ging es um eine Mordanschuldigung.

Als würde sie Emmas Zweifel bemerken, stand Gitte auf und setzte sich neben Emma auf die Sessellehne. „Ich kann mir kaum vorstellen, dass sie wirklich jemanden getötet haben. Aber alleine der Verdacht würde ihren Namen ruinieren. Überleg mal, was das für ein Skandal wäre, wenn die Presse davon Wind bekommen würde?“

Emma nickte. „Und um Futter für die Presse zu haben, brauchen wir Ellen Bjerregaards Tagebuch“, fasste sie zusammen. Sie starrte einen Momentlang vor sich hin und nippte gedankenversunken an ihrem Sektglas. „Ich werde es besorgen“, sagte sie schließlich und drehte sich zu Gitte um. „Wir werden die Bjerregaards ruinieren. So, wie sie deinen Namen ruiniert haben. Es wird Zeit, dass wir den Mächtigen ihre Grenzen aufzeigen.“

# KAPITEL 4

*Kopenhagen*

Die Sonne schien von einem wolkenlosen Himmel, als Emma zwei Tage später in Kopenhagen eintraf. Sie war mit dem Zug gefahren, obwohl Bea dafür plädiert hatte, von Hamburg aus den Flieger zu nehmen. Die Anreise wäre sicherlich deutlich kürzer und vielleicht auch bequemer gewesen, aber Emma hatte sich alleine schon aus Protest für die Bahn entschieden. Nach langer Diskussion hatte Bea ihre Entscheidung schließlich akzeptiert.

„Solange ich nicht über fünf Stunden in einem Zug sitzen muss, soll's mir recht sein", hatte sie gesagt und belustigt abgewunken.

Emmas war's egal. Sollte ihre Chefin doch denken, was sie wollte. Vor ihr lag ein aufregender Job in Kopenhagen, der sie vermutlich den ganzen Sommer über auf Trab halten und mit Sicherheit auch an ihre Grenzen bringen würde.

Jørgen Bjerregaard hatte bei einem seiner Besuche bei Le de Luxe jede Menge Wünsche geäußert, die die neue Projektleiterin erfüllen sollte. Und zu ihrer Überraschung zählten neben der Marketing- und PR-Arbeit offenbar auch noch Knigge-Unterricht für die Angestellten zu ihren Aufgaben.

*

„Bring meinen Leuten bei, wie deutsche Geschäftspartner ticken. Wie müssen sie sich verhalten, um nicht ins Fettnäpfchen zu treten." Jørgen Bjerregaard saß mit übereinandergeschlagenen Beinen auf dem cognacfarbenen Lesersofa in Beas Büro und sah Emma herausfordernd an. Sein intensiver Blick klebte an ihr. Er fixierte sie förmlich mit seinen tiefblauen Augen. *Widerlich!*

Emma versuchte, sich nicht von ihm provozieren zu lassen. Was ihr nur mäßig gelang. Schon nach den ersten Minuten war ihr klar gewesen, dass Jørgen Bjerregaard ein durch und durch unangenehmer Mensch war. Seine Äußerungen waren in höchstem Maße anmaßend, und er war so von sich überzeugt, dass selbst Bea, die Kunden gegenüber nur selten verlegen war, es nicht wagte, ihm zu widersprechen.

„Nun, zuallererst erwarten deutsche Geschäftspartner sowie Deutsche allgemein, dass man Sie zu ihnen sagt. Besonders, wenn man sie vorher noch nie im Leben gesehen hat." Emma erwiderte Jørgen Bjerregaards stechenden Blick, und für einen Moment glaubte sie, dass er von ihrer Aussage irritiert zu sein schien. Seine Augen ließen von ihr ab, und sein Blick wanderte unruhig durch den Raum. Er schien es nicht gewohnt zu sein, dass man ihm sagte, wie er sich anderen gegenüber zu verhalten hatte. Eine Tatsache, die Emma sehr zufrieden stellte.

„Sehen Sie, so schnell tritt man ins Fettnäpfchen. Dabei ist es gar nicht böse gemeint. Weder von der einen noch von der anderen Seite." Emma zwang sich zu einem Lächeln.

„Scheint, als hätten Sie sich für die Richtige entschieden. Ich hab Ihnen ja gesagt, niemand könnte den Job besser ausführen als unsere Emma", sagte Bea selbstzufrieden.

„Mhm", brummte Jørgen Bjerregaard und widmete sich den weiteren Punkten im Vertrag.

„Gut." Der dänische Hotelmogul machte eine bedeutungsschwere Pause und sah aus dem Fenster. Er hatte freien Blick auf ein Containerschiff der dänischen Mærsk-Reederei und beobachtete eine Weile, wie Kräne damit beschäftigt waren, das Schiff mit unzähligen Containern zu beladen. Von der Entfernung aus betrachtet, wirkten sie wie bunte Legosteine, die dicht an dicht übereinandergestapelt wurden.

Emma sah Bea fragend an, die gelassen in dem Ledersessel saß und darauf wartete, dass Jørgen Bjerregaard bereit dazu war, das Gespräch fortzusetzen. Wer weiß, was für einen Deal die beiden untereinander ausgehandelt hatten?

Vermutlich würde Bea mit dem Projekt ein kleines Vermögen verdienen. Jørgen Bjerregaard machte zumindest nicht den Eindruck, dass er es sich nicht würde leisten können. Sein dunkelblauer Nadelstreifenanzug war maßgeschneidert, und in der Brusttasche steckte ein weißes Einstecktuch, auf das mit goldenem Garn die Initialen JB gestickt worden waren.

„Wann kann sie anfangen?", fragte Bjerregaard schließlich.

„Sobald sie gebraucht wird. Wir richten uns voll und ganz nach Ihren Bedürfnissen", antwortete Bea mit zuckersüßer Stimme.

„Dann in zwei Tagen."

Typisch, dass Emma mal wieder keiner gefragt hatte!

*

Als Emma aus dem Zug stieg, brauchte sie einen kurzen Moment, um sich in dem Gewühl, das um sie herum herrschte, zurechtzufinden. Der ICE war bereits voll gewesen, als sie in Hamburg eingestiegen war. Zum Glück hatte sie sich vorher einen Sitzplatz in einem Abteil reserviert, sodass sie wenigstens nicht hatte stehen müssen. Trotzdem taten ihr nach der über fünfstündigen Fahrt die Knochen weh, sodass sie sich erst einmal in alle Himmelsrichtungen streckte, als sie dazu wieder Gelegenheit hatte.

Emma sah sich um. Eine gewisse Line Holstrøm, eine Mitarbeiterin des Rosenborg, hatte ihr mitgeteilt, dass jemand sie vom Bahnhof abholen würde. Doch nachdem sich der Bahnsteig langsam leerte, wurde ihr klar, dass wer auch immer sie hatte abholen sollen sich entweder woanders aufhielt oder sie schlichtweg vergessen hatte. Sie tendierte zu Letzterem.

„Das fängt ja gut an", murmelte sie und checkte ihr Mobiltelefon, um zu prüfen, ob es eine kurzfristige Planänderung gegeben hatte, von der sie nichts mitbekommen hatte. Doch in den vergangenen fünf Stunden hatte sie, mal abgesehen von ein paar nervigen Newslettern, die sie schon lange hatte abbestellen wollen, weder E-Mails noch WhatsApp-Nachrichten oder gar Anrufe bekommen. *Mist!*

Wenn man sie vergessen hatte, würde sie irgendwie alleine zum Hotel fahren müssen. Oder vielleicht sogar gehen. So weit entfernt lag das Rosenborg nun auch wieder nicht. Sie kannte Kopenhagen, auch wenn es bereits einige Jahre zurücklag, seit sie das letzte Mal hier gewesen war. Aber sie würde sich hier zurechtfinden, war sie sich sicher.

„Also, packen wir's an!" Entschlossen griff sie nach ihrem Trolley und zog ihn hinter sich her.

Über eine große Rolltreppe gelangte sie in den oberen Teil des Bahnhofes, wo deutlich mehr Trubel herrschte als auf den Gleisen eine Etage tiefer.

Die Eingangshalle des Kopenhagener Hauptbahnhofs war riesig, aber längst nicht so groß, wie sie es in Erinnerung hatte. Trotzdem hatte der hübsche Bahnhof aus dem frühen 20. Jahrhundert kaum etwas von seinem alten Charme eingebüßt. Es war ein nicht sehr pompöser, aber dennoch durch und durch stilvoller roter Backsteinbau, dessen gewölbte Deckenkonstruktion zum Teil noch aus Holz war. Große, tiefe in die Eingangshalle hängende Kronleuchter tauchten alles in ein angenehm warmes Licht.

Langsam ging sie in Richtung Hauptausgang. Sie passierte eine Reihe kleiner Bistros und Cafés, in die Reisende sich zurückgezogen hatten, um vor der bevorstehenden Zugfahrt noch eine kleine Stärkung zu sich zu nehmen. Vor dem Lagkagehuset blieb sie stehen und warf einen Blick ins Schaufenster. Kanelstanger, Boller, Wienerbrød, Romkugler – eine süße dänische Köstlichkeit nach der anderen reihte sich aneinander.

Ihr Magen knurrte. Seit ihrer Abfahrt heute Früh in Hamburg hatte sie kaum etwas gegessen. Laut der E-Mail von Line Holstrøm würde sie Jørgen Bjerregaard und seinen Sohn im Hotel zum *frokost* – Mittagessen – treffen. Doch jetzt, wo man sie noch nicht einmal abgeholt hatte, war sie sich dessen nicht mehr so sicher. Was, wenn man sie wirklich vergessen hatte?

„Blödsinn!“, ermahnte sie sich und ging weiter in Richtung Ausgang. Sie wurde dafür bezahlt, dass sie hier war. Man würde sie nicht vergessen.

Draußen auf der Vesterbrogade herrschte reger Betrieb. Nachdem auch auf dem grauen, ungemütlichen Platz vor dem Bahnhof kein Chauffeur auf Emma gewartet hatte, war sie mit ihrem Trolley kurzerhand vor zur Straße gegangen. Wenn sie sich recht erinnerte, müsste sie nur die Vesterbrogade entlanggehen, um zum Rathausplatz zu kommen, von wo aus es nur noch ein kurzer Fußmarsch zum Rosenborg sein dürfte. Das Wetter war herrlich, weder zu warm noch zu kalt für diese Jahreszeit, und ideal für einen Spaziergang.

Emma bog nach rechts ab und folgte der geraden Straße. Links neben ihr lag das Royal Copenhagen, ein Hotel, das Dänemarks Designikone Arne Jacobsen in den späten 1950er-Jahren entworfen hatte. Sie hielt an und genoss es einen Moment vor diesem bedeutenden Gebäude zu stehen. Soweit sie wusste, hatte Arne Jacobsen alles an diesem Hotel, von der groben Planung bis ins kleinste Detail der Einrichtung, beeinflusst. Viele seiner dafür entworfenen Möbel, wie Schwan und Ei, waren inzwischen Designklassiker, sündhaft teuer und für jemanden mit einem so mickrigen Agenturgehalt wie Emma natürlich unerschwinglich. Auch eine Nacht in dem einstigen ersten Hochhaus der Stadt würde sie sich wahrscheinlich nie leisten können. Aber vielleicht würde sie den Sommer in Kopenhagen dazu nutzen, zumindest mal einen Blick in das Hotel zu werfen?

Sie widerstand der Versuchung, dem Wunsch auf der Stelle nachzukommen, und ging weiter. Vorbei am historischen Haupteingang des Tivoli, vor dem sich mehrere lange Schlangen gebildet hatten, bis zum Rathausplatz mit seiner blinkenden Leuchtreklame, die in allen möglichen Farben von den Dächern der umstehenden Gebäude funkelten. Dieser belebte Platz hatte nichts mit dem hyggeligen, beschaulichen Dänemark zu tun, das viele deutsche Touristen von ihrem Sommerhausurlaub an der dänischen Nordseeküste her kannten.

Hier am Rathausplatz tobte das Leben. Unzählige Autos und mindestens dreimal so viele Fahrräder tummelten sich auf den angrenzenden Straßen. Alles war groß und bunt und laut, und an jeder Ecke gab es etwas anderes zu sehen. Kopenhagen war Dänemarks größte Stadt. Und jeder, der sich auf diesem lebhaften Platz befand, sollte es sehen.

In Emmas Tasche vibrierte es. Sie zückte ihr Handy, und ohne aufs Display zu sehen, nahm sie ab.

„Hallo?"

„Wo zum Teufel steckst du?" Beas schrille Stimme drang zu ihr durch. Sie war ganz eindeutig mies gelaunt.

„In Kopenhagen. Am Rathausplatz, um genau zu sein", antwortete Emma knapp.

„Was machst du da bitte?", brüllte Bea so laut in den Hörer, dass sich ihre Stimme beinahe überschlug.

„Du hast mich doch nach Kopenhagen geschickt … Der Auftrag von Bjerregaard …" Emma wusste nicht, was genau Bea von ihr wollte.

„Das weiß ich auch", patzte Bea prompt zurück. „Ich meine, warum stehst du auf dem Rathausplatz und nicht am Bahnhof, so wie es abgemacht war?"

Ah, daher wehte der Wind. Offenbar war der Chauffeur doch noch aufgetaucht und suchte sie nun, oder Emma und er hatten sich schlichtweg in dem Getümmel verpasst.

„Ich habe gewartet, aber es war niemand da. Ich …", versuchte Emma die Situation zu erklären. Doch Bea unterbrach sie erneut.

„Gibt es dort einen Punkt, an dem man dich einsammeln kann?", fragte Bea ungeduldig.

Emma konnte sie sich gut vorstellen, wie sie an ihrem Mahagoni-Schreibtisch mit Blick auf ihr überdimensionales Porträt saß und ihre kurzen, stämmigen Beine unter dem Schreibtisch verschränkt hatte.

„H.C. Andersens Boulevard. Seitenstreifen am Tivoli. An den Bushaltestellen", antwortete Emma hastig. Etwas Besseres war ihr auf die Schnelle nicht eingefallen.

„Gut. Geh dorthin, und bleib dort, bis man dich holt", befahl die Agenturchefin und legte auf, ohne sich von Emma zu verabschieden.

„War wie immer nett, mit dir zu reden." Emma seufzte und steckte ihr Mobiltelefon zurück in die Tasche. „Noch sechs Wochen, dann bin ich sie endlich los."

*

Emma hatte sich ans hintere Ende des Seitenstreifens, in die Nähe einer offenbar stillgelegten Bushaltestelle gestellt. Auf keinen Fall wollte sie ein zweites Mal übersehen werden. Und so konnte sie sicher sein, nicht in dem Menschenrummel, der an den vorderen Bushaltestellen herrschte, unterzugehen. Immer wieder schaute sie auf ihr Handy, das sie fest umklammert in ihrer Hand hielt, seit Bea sie vor knapp zwanzig Minuten angerufen hatte. Wer auch immer sie abholen wollte, hatte offenbar sehr viel Zeit …

Es dauerte eine weitere Viertelstunde, bis ein silbergrauer Audi RS e-tron GT auf den Seitenstreifen bog und vor Emma zum Stehen kam. *Protziger ging's nicht?* Nicht einmal Bea besaß so einen Luxusschlitten. Das konnte unmöglich ihr Chauffeur sein! Sie schaute zurück auf ihr Handy und tat, als hätte sie nichts bemerkt.

Nach einer Weile wurde das Fenster auf der Beifahrerseite heruntergelassen.

„Emma Jakobsen?" Eine tiefe, sehr maskuline Stimme ertönte aus dem Inneren des Wagens.

Emma nickte irritiert, woraufhin sich die Kofferraumklappe des Audis öffnete.

Um einen Blick auf ihren mysteriösen Chauffeur zu erhaschen, ging sie in die Knie, doch just in dem Moment, als sie sich nach unten gebeugt hatte, war dieser bereits aus dem Auto ausgestiegen und …

„Suchen Sie etwas?"

… stand jetzt genau hinter ihr.

Emma zuckte zusammen. Hatte man ihm denn nicht beigebracht, dass man sich an Leute nicht anschleicht? Sie drehte sich zu ihm um und vergaß, dass sie ihren Trolley immer noch fest umklammert hatte. Der Rollkoffer geriet in Schwung und traf ihr Gegenüber in Höhe des rechten Knies.

Der Fremde sog die Luft heftig zwischen seinen Vorderzähnen ein und hielt sich mit schmerzverzerrtem Gesicht das Knie.

*Autsch!*

„Tut mir leid. Alles in Ordnung?“, fragte Emma unsicher und biss sich verlegen auf die Lippe.

„Nicht schlimm. Geht schon wieder“, sagte der Mann mit zusammengekniffenen Zähnen und streckte seinen Arm aus, als wolle er Emma unbedingt auf Abstand halten.

Er gab sich nicht einmal Mühe, zu verbergen, wie mies gelaunt er war, entriss Emma genervt den Trolley und verfrachtete ihn im Kofferraum. Ohne ein weiteres Wort stieg er zurück in den Wagen. Emma blieb verdutzt zurück, bis erneut das Fenster heruntergelassen wurde.

„Wollen Sie jetzt mitfahren oder nicht?“, blaffte er aus dem Auto heraus.

*Wie unhöflich!*

Emma öffnete die hintere Tür und setzte sich ohne ein weiteres Wort auf die Rückbank. Der Fremde beobachtete sie im Rückspiegel. Er kam ihr merkwürdig bekannt vor. Sie hätte schwören können, dass sie ihn schon einmal irgendwo gesehen hatte. Angestrengt versuchte sie, mehr von seinem Gesicht zu erkennen, konnte allerdings nicht mehr als seine türkisblauen Augen sehen, die sie durch den Rückspiegel hindurch anstarrten.

„Fahren wir!“, brummte der Mann und trat das Gaspedal durch, sodass Emma gerade noch Zeit hatte, sich anzuschnallen. Der Audi beschleunigte so stark, dass Emma nach hinten in den Sitz gedrückt wurde. Sie rauschten den H.C. Andersens Boulevard entlang, vorbei am Rathaus und dem Tivoli, über die Langebro, von wo aus Emma einen Teil des Hafens und den Schwarzen Diamanten sehen konnte. Am Amager Boulevard nahmen sie Kurs auf Christianshavn und kamen nach wenigen weiteren Minuten schräg gegenüber des Schwarzen Diamanten zum Stehen.

„*Sådan!*", sagte der Mann und stieg aus. *Der Typ hatte es echt eilig.*

Hastig folgte sie ihm, öffnete die Autotür und verließ das Auto.

„Jeppe wird das übernehmen und das Gepäck auf Ihr Zimmer bringen." Er reichte einem herbeigeeilten Pagen den Trolley und klatschte zufrieden in die Hände, als wäre er erleichtert, eine wichtige Aufgabe hinter sich gebracht zu haben.

Emma betrachtete ihn. Er war attraktiv, *sehr attraktiv*. Groß und schlank, mit breitem, muskulösem Oberkörper. Sein eleganter, dunkelblauer Anzug saß wie angegossen. Dazu trug er ein weißes Hemd ohne Krawatte und braune Schuhe. Seine dunkelblonden, widerspenstigen Haare glänzten im warmen Licht der Mittagssonne, während seine wahnsinnig blauen Augen Emma von oben bis unten musterten.

„Tut mir leid, dass ich mich noch gar nicht vorgestellt habe, aber Ihr Tiefschlag vorhin hat mich ein wenig aus dem Konzept gebracht", sagte er, als erinnere er sich plötzlich daran, dass er doch eine gute Kinderstube genossen hatte. Er streckte ihr die Hand entgegen und lächelte breit. „Nikolaj Bjerregaard."

„Nikolaj", entfuhr es Emma, und es klang beinahe, als hätte sie einen Geist gesehen. Sie schaute zurück zum Audi, den er direkt vor dem Hoteleingang geparkt hatte. Sie hätte es wissen müssen. Kein Chauffeur der Welt würde sie in so einem Schlitten vom Bahnhof abholen.

Warum zum Teufel hatte sie ihn nicht sofort erkannt?

Noch im Zug hatte sie seine Bilder auf Instagram studiert und versucht, sich jedes noch so kleine Detail einzuprägen, damit sie ihn auch ja erkennen würde, wenn sie ihn traf. *Hatte ja super geklappt …*

Jetzt, wo er vor ihr stand, sah er ganz anders aus als auf den Fotos. Seine Haare waren dunkler, und er wirkte älter. Nein, reifer. *Ach, Quatsch!* Aufregender. *Sexy!*

Würde man alle Klischees bedienen wollen, würde man wohl sagen, dass Nikolaj Bjerregaard aussah wie das Ebenbild eines Wikingers. Nur eben im maßgeschneiderten Designer-Anzug. Natürlich fehlte auch der obligatorische Wikingerhelm, obwohl auch der ihm bestimmt gut gestanden hätte. Wie Thor, der Donnergott.

Sie brauchte einen Moment, um ihre Stimme wiederzufinden.

„Emma … Jakobsen. Aber das wissen Sie ja schon." Sie lächelte und erwiderte den Händedruck.

Als sich ihre Finger berührten, war es, als hätte sie einen elektrischen Schlag bekommen, der ihr durch Mark und Bein fuhr. So etwas hatte sie noch nie erlebt. Es war, als würde sie von Hunderten kleinen Stromschlägen getroffen werden, die in Lichtgeschwindigkeit durch ihren Körper rasten.

Oder sie war einfach nur elektrisch aufgeladen, versuchte sie die Situation herunterzuspielen. Immerhin trug sie zu ihrer Jeans eine simple blassrosa Polyesterbluse.

„Wollen Sie mir die Hand brechen? Ist das Ihre Rache für den Schlag vorhin?" Emma deutete auf ihre Hand, die Nikolaj immer noch festhielt und kräftig schüttelte.

„'Tschuldigung", murmelte er und ließ ruckartig los. Sie machte ihre Hand einige Male auf und zu, um ihre Finger zu lockern. „Ich … war mit den Gedanken wohl ganz woanders", sagte er und ging an ihr vorbei in Richtung Hoteleingang.

„Das ist ja eine traumhafte Lage hier", sagte sie und hätte sich auf der Stelle dafür ohrfeigen können. Was für ein Touristengeschwafel. *Etwas Besseres war ihr wohl nicht eingefallen?*

Der Wikinger, äh, Nikolaj lächelte freundlich, vielleicht sogar ein wenig belustigt, und rieb sich über das stoppelige Kinn. „Gehen wir rein. Mein Vater wartet sicher schon. Immerhin sind wir über eine halbe Stunde zu spät."

Emma nickte. „Was wir definitiv nicht wären, wenn Sie pünktlich am Bahnhof erschienen wären", murmelte sie.

„Bitte?" Er drehte sich zu ihr um, die Hände in die Hüften gestemmt. „Sie hätten doch auch einfach dort warten können."

„Wie lange denn noch? Also, Sie kommen zu spät und machen *mir* jetzt Vorwürfe?" Emma schüttelte den Kopf. *Wie selbstherrlich konnte man nur sein?*

„Wissen Sie überhaupt, was hier verkehrstechnisch los ist? Ständig muss man aufpassen, dass man nicht irgendeinen Radfahrer auf der Motorhaube hat." Er begann, mit einem Arm unkontrolliert in der Luft herumzuwedeln.

„Kein Wunder, wenn man so viel PS unter der Haube hat, dass man die Straßen einer Großstadt mit dem Nürburgring verwechselt", fuhr sie ihn an.

„Was soll das jetzt heißen?", blaffte er, und seine Augen funkelten gefährlich.

„Das heißt, dass Sie nicht gerade langsam gefahren sind. Falls es Ihnen entgangen sein sollte: Sie hatten mich, also einen Menschen, mit an Bord, nicht einen Kasten Bier, dem es nichts ausmacht, wenn er bei einem Unfall kaputtgeht."

Sie verschränkte die Hände vor dem Oberkörper, in der Hoffnung, einen Schlusspunkt unter diese unsinnige Diskussion setzen zu können.

Nikolaj holte ein-, zweimal tief Luft, als besinne er sich auf seine guten Manieren, und winkte dann ab. „Wie auch immer, jetzt sind wir ja da. Gehen wir rein!“ Er drehte sich um und verschwand in der Drehtür des Hoteleingangs.

„Arroganter Schnösel“, brummte Emma, warf einen letzten Blick auf den Schwarzen Diamanten auf der anderen Seite des Kanals und folgte dem betörenden Duft von Nikolajs Aftershave ins Hotel.

# KAPITEL 5

Das Rosenborg hatte den zauberhaften Charme der historischen Grandhotels der 1920er- und 1930er-Jahre und konnte sich ohne Weiteres mit anderen berühmten Häusern wie dem Adlon in Berlin oder dem Ritz in Paris messen.

Die Lobby war riesig, luxuriös und ziemlich beeindruckend. Emma glitt förmlich über den Boden aus cremeweißem Perlino-Marmor und wusste kaum, wo sie zuerst hinschauen sollte. Überall schimmerte es in sanften Beige- und Goldtönen. Große, goldumrandete Spiegel an den Wänden ließen den Raum noch größer erscheinen. Auf einem runden Tisch in der Mitte der Lobby stand ein Ensemble aus unterschiedlich großen Rosendahl-Vasen. Darin: weiße Lilien und edle Skabonien, zartlila Lupinen, imposante Dahlien.

Emma blieb stehen, beugte sich zu einem der Sträuße herunter und roch daran. Die Lilien dufteten herrlich.

Sie sah hinauf zur vergoldeten Decke, von der ein großer, mehrarmiger Kronleuchter die gesamte Lobby in ein warmes Licht tauchte.

„Beeindruckt?" Nikolaj Bjerregaard stellte sich schräg hinter sie.

Ohne sich nach ihm umzudrehen, wusste sie, dass sein Blick auf ihrem Rücken ruhte, was sie zugegebenermaßen ziemlich beunruhigte. Seine Anwesenheit sorgte bei ihr für Gänsehaut. Sie fühlte ganz deutlich, wie sich unter ihrem Blazer ein Härchen nach dem anderen aufrichtete. Am liebsten hätte sie sich auf der Stelle geschüttelt, um das kribbelige Gefühl loszuwerden.

„Was wollen Sie jetzt von mir hören?" Sie drehte sich zu ihm um. Seine blauen Augen fixierten sie. „Dass das hier die luxuriöseste Hotellobby ist, in der ich jemals gestanden habe?" Sie bemühte sich, nicht zu offensichtlich mit den Augen zu rollen. *Es war mega luxuriös!*

„Zum Beispiel", antwortete er und grinste selbstgefällig.

Den Gefallen würde sie ihm auf keinen Fall tun. Emma räusperte sich und trat einen Schritt beiseite, um der aufgeladenen Situation zu entkommen. „Natürlich ist das hier ein ziemlich netter Laden."

„Nett?" Nikolaj Bjerregaard schmunzelte, griff unvermittelt nach ihrer Hand und zog sie in Richtung der Aufzüge. Was fiel ihm ein, sie wie ein kleines Kind zu behandeln, das er unbedingt mit etwas beeindrucken wollte?

„Dann warten Sie mal ab, bis Sie das sehen." Er schob sie in einen Aufzug und drückte den obersten Knopf. Kurze Zeit später schlossen sich die Türen, und der Lift setzte sich rasant in Bewegung.

In Emmas Bauch kribbelte es. Ob es an der hohen Geschwindigkeit des Aufzugs oder schlichtweg an Nikolajs Anwesenheit und seinem stechenden Blick lag, mit dem er sie immer wieder ansah, vermochte sie nicht zu sagen. Sie hatte auch kaum Zeit, darüber nachzudenken. Schon wenige

Sekunden später glitten die Türen lautlos wieder auf, und sie betrat die Dachterrasse des Hotels.

Ihr war, als wäre sie buchstäblich im ultimativen Luxus-Himmel angekommen. Eine solche Dachterrasse hatte sie zuvor noch nirgends gesehen. Die Äste der Palmen und sonstigen Grünpflanzen tanzten im seichten Sommerwind. Es gab eine Bar und einen Loungebereich. Und in der Mitte lag ein schwarz gefliester Pool, um den herum dunkelgraue Liegen mit weißen Auflagen gestellt waren.

„Wow“, entfuhr es ihr, als sie Nikolaj Bjerregaard in Richtung der Sitzecken folgte. „Sie haben recht. Das hier ist beeindruckend.“

Emma bemerkte, wie Nikolaj zufrieden lächelte, als sie den Pool bewundernd betrachtete, und es ärgerte sie, dass sie so offensichtlich gestarrt hatte und auf seine Masche hereingefallen war. Natürlich wusste ein Mann von seinem Format, wie sie reagieren würde, wenn sie mit all dem Prunk konfrontiert werden würde.

Nikolaj steuerte auf den Loungebereich zu, wo Jørgen Bjerregaard bereits Platz genommen hatte und auf sie wartete.

Als er Emma und Nikolaj kommen sah, erhob er sich langsam von seinem Sessel und reichte Emma die Hand.

„Willkommen in Kopenhagen, Fräulein Jakobsen“, sagte er und lächelte übertrieben höflich. „Sie sehen, ich habe meine Hausaufgaben gemacht und kenne mich mit den Umgangsformen gegenüber deutschen Gästen und Geschäftspartnern bestens aus.“

Emma erwiderte sein Lächeln und setzte sich auf das ihr angebotene Loungesofa.

Jørgen Bjerregaard hatte nichts von seiner unangenehmen Dominanz eingebüßt, seit sie sich vor zwei Tagen in Hamburg begegnet waren.

„Bitte sagen Sie doch einfach Emma", bat sie. „Fräulein klingt so … altmodisch."

Jørgen Bjerregaards Augen blitzten erstaunt auf, als hätte sie ihn mit ihrer Reaktion überrascht.

„Wie Sie wünschen. Dann … Emma." Er mühte sich um Freundlichkeit und wandte sich mit vorwurfsvoller Miene an seinen Sohn. „Ihr seid spät", sagte er knapp.

Nikolaj setzte sich neben Emma aufs Sofa und schenkte seinem Vater kaum Beachtung.

„Viel Verkehr." Er zuckte mit den Achseln und schaute demonstrativ in Emmas Richtung. „Da dauert es halt etwas, bis man am Ziel angekommen ist", betonte Nikolaj, worauf Emma einen leisen Seufzer ausstieß. Langsam konnte er die Sache doch echt mal auf sich beruhen lassen!

„Sie sind mit dem Zug gekommen, hab ich gehört. Du liebe Güte, gab es keinen Flug mehr?" Jørgen Bjerregaard lehnte sich in seinem Sessel zurück und schien belustigt. „Ich kann mich nicht erinnern, wann ich das letzte Mal Zug gefahren bin."

„Ich kann mich nicht daran erinnern, dass du überhaupt jemals Zug gefahren bist", kommentierte Nikolaj.

Jørgen Bjerregaard überging den Seitenhieb seines Sohnes, hob salopp die Hand und gab einem der Kellner ein Zeichen, woraufhin dieser in Richtung der Aufzüge verschwand.

„Ich hoffe, Sie haben Hunger, Emma. Ich habe das Restaurant ein kleines *frokost* für uns zubereiten lassen." Er schaute auf seine Uhr, als stünde er unter Zeitdruck. „Haben Sie Ihr

Zimmer schon bezogen?", fragte er rhetorisch, ohne Emma eine Chance zu lassen, antworten zu können.

Sie schüttelte den Kopf, was er jedoch gar nicht zur Kenntnis nahm.

„Wir haben uns gedacht …"

„Du hast dir gedacht", fiel ihm sein Sohn mit eisiger Miene ins Wort.

Jørgen Bjerregaard stockte einen kurzen Moment und setzte dann seine Rede unbeirrt fort.

„… dass Sie die erste Woche hier im Hotel wohnen werden, um einen Eindruck von dem zu bekommen, für was das Haus und der Name Rosenborg überhaupt stehen. Das ist äußerst wichtig, verstehen Sie?" Er machte erneut eine Pause und sah sich hektisch nach dem Kellner um, der noch nicht wieder aus dem Aufzug gekommen war, seit er die Dachterrasse vor ein paar Minuten verlassen hatte.

„Nur, wenn Sie wissen, was Rosenborg ist, haben Sie die Chance zu verstehen, was es mit NOVA auf sich hat." Er tippte ungeduldig mit der Hand auf sein Knie, während er sich erneut umsah.

Emma folgte seinem Blick. Es musste ja ein bombastisches *frokost* sein, wenn Jørgen Bjerregaard es so herbeisehnte, dachte sie und hatte Mühe, sich ein Schmunzeln zu verkneifen.

Es war irgendwie eine absurde Situation, in der sie sich gerade befand. Sie saß auf dem Rooftop eines der luxuriösesten Hotels Dänemarks. Neben ihr der Mann, der ihre Cousine beinahe um den Verstand gebracht hatte und den sie daher bis aufs Blut hassen müsste. Der aber so unfassbar attraktiv war, dass es ihr schwerfiel, den Blick von ihm abzuwenden.

Und der sie auch jetzt wieder so intensiv anschaute, als wäre sie ein ganz besonderer Stern, den noch nie jemand zuvor zu Gesicht bekommen hatte.

Es stand außer Frage, dass die beiden Männer, die sie umgaben, sich nicht viel zu sagen hatten. Während der eine in eine Art Trancezustand gefallen zu sein schien, anders konnte sich Emma nicht erklären, warum sich Nikolaj Bjerregaard, seitdem er sich hingesetzt hatte, kaum bewegt, geschweige denn geblinzelt hatte, vermied Jørgen Bjerregaard auf eine ziemlich peinliche Art jeglichen Blickkontakt mit seinem Sohn. Die Situation war durch und durch angespannt.

„Ein wirklich schönes Hotel haben Sie hier", meinte Emma, um irgendetwas zu sagen und die unangenehme Stille zu durchbrechen.

„Freut mich, dass es Ihnen gefällt", antwortete Jørgen Bjerregaard schmallippig. „Sie müssen die Verzögerung entschuldigen. Wären Sie pünktlich gewesen, hätten wir längst essen können." *Noch einmal fürs Protokoll: Es war nicht ihre Schuld!*

Sie besah sich die Terrasse. Ein paar Frauen in den Fünfzigern drehten im pseudo-schwarzen Wasser des Pools ihre Runden. Ihre runden Körper hatten sie in dezenten schwarzen Badeanzügen versteckt, während goldene Badekappen ihre Frisuren vor dem Wasser schützten. Wer trug heutzutage noch Badekappen? Ihre Köpfe sahen darin aus wie schwimmende Ferrero Rochers. Man musste wohl zur High Society gehören, um das verstehen zu können.

Im Augenwinkel sah sie, dass Nikolaj Bjerregaard immer noch in ihre Richtung schaute. Langsam wurde es wirklich unangenehm. Warum starrte er sie nur so an? Hatte sie einen Pickel im Gesicht, von dem sie nichts wusste? Oder, viel schlimmer, hatte sie ihre Lippen übermalt, als sie sich vorhin in Gedanken verloren frischen Lippenstift aufgetragen hatte? Nicht, dass sie jetzt aussah wie der Joker?

Vorsichtig und so unauffällig wie möglich fuhr sie mit dem Zeigefinger die Konturen ihrer Lippe nach, woraufhin sich Nikolaj leise räusperte.

„Pff. So einen Schwachsinn habe ich ja lange nicht mehr gehört. Nur, wenn Sie Rosenborg verstehen, werden Sie wissen, was es mit NOVA auf sich hat? Merkst du überhaupt, was du da redest?“

Himmel, wo kam der Gefühlsausbruch so plötzlich her?

Emma zuckte zusammen und beobachtete, wie Nikolaj binnen Sekunden einen hochroten Kopf bekam und die Ader in seinem Hals zu pulsieren begann. Seine Lässigkeit oder sein Desinteresse, *wer wusste das schon?*, war komplett verschwunden. Seine Wangen glühten, und er fuhr sich mit der rechten Hand unkontrolliert durch die Haare, als versuche er, nicht vor den anwesenden Gästen so derartig aus der Haut zu fahren.

„NOVA hat absolut nichts mit Rosenborg zu tun! Das sind zwei vollkommen unterschiedliche Konzepte. Die beiden Hotels haben nicht einmal die gleiche Zielgruppe. Sieh dich doch hier mal um.“ Er zeigte auf die schwimmenden Ferrero Rochers, die durch den plötzlichen Lärm aufgeregt ihre goldenen Köpfe im Wasser wendeten. *Was für ein Anblick!*

„Es ist, als wäre hier im Rosenborg die Zeit stehen geblieben. NOVA hingegen hat eine ganz andere, moderne

Linie. Luxus bedeutet nicht, dass alles in Gold gehalten und überladen sein muss. Wann geht das endlich in deinen Kopf hinein?“ Er wischte sich unruhig mit den Händen über die Oberschenkel. „Solange du das nicht verstehst, brauchen wir jemanden wie *sie* gar nicht!“

*Jemanden wie sie?*

Emma starrte erschrocken auf Nikolajs ausgereckten Arm, der eindeutig auf sie gerichtet war. Sie schluckte. Was sollte sie hier, wenn ihre Hilfe scheinbar gar nicht erwünscht war?

Irritiert sah Emma von Nikolaj zu Jørgen, dem der Gefühlsausbruch seines Sohnes kein bisschen zu berühren schien. Es schien fast so, als hätte er ihn erwartet.

Je mehr sich Nikolaj in Rage redete, und er redete sich wirklich um Kopf und Kragen, desto mehr schienen seine Worte an seinem Vater abzuperlen. Wie Öl auf einer Teflonschicht. Teflon-Jørgen saß einfach nur da, die Arme betont lässig auf den Armlehnen postiert und die Beine übereinandergeschlagen, und wartete mit dieser gewissen Arroganz darauf, dass sein Sohn seine Wutrede beendet hatte. Als es so weit war, räusperte er sich kurz.

„Bist du fertig? Dann können wir jetzt ja zum Essen gehen.“

Jørgen Bjerregaard knöpfte sich das hellgraue Jackett zu und drehte an seinen Manschettenknöpfen. Offenbar ein eindeutiges Zeichen dafür, dass das Gespräch für ihn beendet war.

*

Eine knappe Stunde später war Emma endlich auf ihrem Zimmer. Es war ein befreiendes Gefühl gewesen, die Tür hinter sich zu schließen und zum ersten Mal seit ihrer Abreise aus Hamburg wieder für sich allein zu sein.

Sie lag auf dem Kingsize-Bett in ihrem Superior Guestroom, der einfachsten Zimmerkategorie des Hotels, wie sie aus ihren Recherchen wusste, und starrte an die Decke. *Wo war sie da nur hineingeraten? Die Bjerregaards hatten doch alle einen an der Waffel.*

Aber das Zimmer war wirklich eine Wucht! Wie im gesamten Hotel, so war auch hier alles in warmen Beige- und Goldtönen gehalten. Von der Wandfarbe über den weichen Teppichboden, auf dem man wie auf Wolken lief, bis hin zu dem kleinen Schreibtisch neben dem Fenster, auf dem eine große goldene Vase mit weißen Hortensien stand. Alles war bis ins kleinste Detail perfekt aufeinander abgestimmt. Es harmonierte in einer Weise miteinander, die Emma beinahe unnatürlich vorkam. Es war, als wäre sie direkt in eines dieser ausgeleuchteten und inszenierten Instagram-Bilder geschlüpft. In eine Welt, die wenig real schien.

Ganz im Gegenteil zu der Bjerregaard'schen Familie. Von Harmonie hatte sie bei dem Treffen mit Jørgen und Nikolaj Bjerregaard jedenfalls nichts gespürt. Vielmehr war es, dass die beiden große Schwierigkeiten hatten, sich überhaupt in die Augen zu sehen. Und die Art, wie Nikolaj mit seinem Vater geredet hatte … Als hätte er nicht einen Funken Respekt vor ihm. Wie er ihn angesehen hatte. So voller … ja, Hass. Es war, als würden zwei Löwen um ein Revier kämpfen und keiner der beiden war bereit, dem anderen das Feld zu überlassen. *Auweia!*

Kein Wunder, dass Nikolajs Mutter Angst um ihr Leben gehabt hatte. Wenn die einzelnen Familienmitglieder so feindselig miteinander umgingen, wunderte sie nichts mehr.

Das *frokost* im schicken Rooftop-Restaurant war zwar köstlich gewesen, doch die Stimmung war nach Nikolajs Wutrede noch stärker vergiftet, als sie es ohnehin schon gewesen war.

Nikolaj Bjerregaard hatte während des Essens kaum ein Wort gesagt, sondern lediglich zwei Stjerneskud, Smørrebrød mit Schollenfilet, Mayonnaise, Rogen, Garnelen und Spargel, gegessen. Auch sein Vater schien bei Tisch kein Mann großer Worte zu sein, sondern hatte schweigend ein Smørrebrød mit Krabben und Ei sowie ein Glas Weißwein zu sich genommen.

Emma hatte auf Alkohol verzichtet, obwohl sie nach den bisherigen Ereignissen des Tages durchaus einen Gammel Dansk, eine Art Magenbitter, hätte vertragen können.

„Ich trinke nicht während der Arbeit", hatte sie gesagt und artig an ihrem Wasser genippt.

Es war das einzige Mal während des Essens gewesen, dass der Anflug eines Lächelns über Nikolaj Bjerregaards Gesicht gehuscht war. Emma war das nicht entgangen, hatte er ihr doch direkt gegenübergesessen. Sie hatte zu ihm herübergeschaut, und er hatte sie mit diesem Ja-sicher-Blick angeschaut, woraufhin sie sich ertappt gefühlt und ihm aus einem Impuls heraus unbeholfen zugezwinkert hatte.

*Sie hatte ihm zugezwinkert! Ging's noch?*

Sie konnte doch jemandem wie Nikolaj Bjerregaard, dem Erzfeind ihrer Cousine, nicht einfach zuzwinkern. Es war so typisch für sie. Da musste nur ein hübscher Mann um die

Ecke kommen, und sie warf all ihre Prinzipien über Bord. Obwohl … Emma dachte nach. Vielleicht war es genau das, was sie tun musste, um mehr über Nikolajs Vergangenheit zu erfahren. Sie musste sich irgendwie interessant machen, sein Vertrauen gewinnen und dieses verdammte Tagebuch finden.

Emma legte sich die Hände auf das Gesicht und stampfte mit dem Fuß in die Daunendecken.

„Oh nein, nein, nein", jammerte sie.

Nikolaj spielte doch in einer ganz anderen Liga als sie. Aber es ging ihr nicht aus dem Kopf, wie er sie angesehen hatte. Mal weich, mal gefährlich. Zwischenzeitlich hatte er sie sogar regelrecht angestarrt. Hatten seine Eltern ihm denn nicht beigebracht, dass sich das nicht gehörte?

Sie wurde nicht schlau aus ihm. Klar, er konnte bestimmt charmant sein, aber vor allem war er draufgängerisch, übellaunig und sehr von sich überzeugt. Und trotzdem wurde sie das Gefühl nicht los, dass da noch etwas anderes war. Als würde irgendein dunkler Schatten auf seiner Seele liegen, von dem er sich nicht befreien konnte.

*

„Was halten Sie davon, wenn ich Ihnen heute Abend Kopenhagen zeige?"

Auf dem Weg vom *frokost* zurück in die Lobby hatte Nikolaj Emma aus heiterem Himmel zur Seite genommen. Sie war stehen geblieben und hatte sich rücklings gegen eine Vitrine gelehnt, in der feinste Vasen von Royal Copenhagen standen.

Ihren ersten Abend in Kopenhagen hatte sie ursprünglich anders geplant. Sie wollte die Stadt gerne alleine erkunden. Hier gab es einige Orte, mit denen sie wundervolle Erinnerungen verband und die sie auf keinen Fall mit einem anderen Menschen, schon gar nicht mit selbstverliebten Menschen wie Nikolaj Bjerregaard, teilen wollte.

„Die Stadt würde ich lieber auf eigene Faust erkunden, wenn es Ihnen nichts ausmacht." Sie ließ ihn stehen und stieg in den ankommenden Fahrstuhl.

Er folgte ihr und stellte sich viel zu dicht neben sie. Ehrlich: Männer sollten dringend „Dirty Dancing" gucken! *Das ist mein Tanzbereich, und das ist deiner …* Was war daran nur so schwer?

„Dann würde ich Sie nach Ihrer Erkundungstour gerne zum Essen einladen."

Emma schüttelte den Kopf. Für heute hatte sie definitiv genug von den Bjerregaards gehabt.

„Ausreden lasse ich nicht gelten", sagte er und lächelte.

„Sie sind ganz schön hartnäckig."

„Und Sie sind dickköpfig!"

„Und Sie unverschämt!", konterte Emma und hoffte, dass sich die Fahrstuhltüren möglichst schnell wieder öffneten, was sie natürlich nicht taten.

„Ich will doch nur mit Ihnen essen gehen!", sagte er mit einer Stimme, als wäre ein Abendessen mit ihm der absolute Hauptgewinn für jede Frau.

„Und ich hab Ihnen gesagt, dass …"

„Schluss jetzt! Keine Widerrede!" Er legte seinen Finger auf ihren Mund, was zu einem erneuten Stromschlag an diesem Tag führte. Sie musste dringend diese Polyesterbluse loswerden. „Ich hole Sie um halb acht vor dem Hotel ab!" Ein Lächeln huschte über seine Lippen. „*Vor* dem Hotel", hatte er noch einmal betont und ihr zugezwinkert.

„Na gut", hatte Emma eingelenkt. Es hätte wohl keinen Sinn gemacht, Nikolaj zu widersprechen. Und schließlich musste sie ja etwas essen. „Aber seien Sie diesmal *pünktlich*!"

*

Sie stampfte ein weiteres Mal mit ihrem Fuß in die Matratze, als ob das irgendetwas an ihrer Lage ändern würde, und unterdrückte ein Schreien. Sie würde mit Nikolaj Bjerregaard essen gehen. Hoffentlich hatte er heute Abend bessere Laune. Ansonsten könnte es ziemlich anstrengend werden.

Neben ihr zwitscherte ihr Mobiltelefon. Sie drehte sich auf die Seite und suchte das Handy in ihrer Tasche, die neben dem Bett auf dem Fußboden stand. Es war eine Nachricht von Gitte.

*Und?*
*Bist du ihm schon begegnet?*
*Ich bin so neugierig.*
*Meld dich, sobald du kannst!*

Gitte.

Die hatte sie in dem ganzen Theater ganz vergessen. Emma atmete tief ein und aus. Auf der Stelle beschlich sie ein schlechtes Gewissen. Sie hatte versprochen, sich gleich nach ihrer Ankunft bei ihr zu melden.

*Bin gut angekommen und hundemüde.*
*Treffen uns später zum Essen.*
*Läuft bislang alles wie geschmiert.*
*Ich halte dich auf dem Laufenden.*

Emma schaltete das Handy auf lautlos und legte es auf den Nachttisch. Sie drehte sich zurück auf den Rücken und starrte einmal mehr in Richtung Decke. An der cremefarbenen Lampe über ihr war nicht ein einziges Staubkorn zu sehen. Alles in diesem Raum schien tatsächlich makellos zu sein.

*Oh, wie sie es hasste!*

# KAPITEL 6

Was war nur in ihn gefahren? Er wollte nicht mal, dass sie hier war, und jetzt hatte er sie sogar zum Essen eingeladen. *Zum Essen!* Und alles nur, weil sein Vater ihn provoziert hatte. Wieder einmal.

Er hätte bei dem Treffen heute Mittag nicht so ausrasten dürfen. Das gehörte sich nicht gegenüber Gästen. Und in seinen Augen war Emma Jakobsen nichts anderes als ein Gast. Wie alt mochte sie sein? Höchstens Ende zwanzig. Auf jeden Fall aber nicht älter als er. Was hatte sie schon für eine Ahnung vom Hotelgewerbe?

Nikolaj war absichtlich zu spät zum Bahnhof gekommen. Er hatte sich gesträubt, die deutsche Marketingexpertin, als die sein Vater sie angepriesen hatte, abzuholen. Seine Meinung zu den plötzlichen Expansionsplänen seines alten Herren hatte sich nicht geändert.

Doch dann hatte er aus einer Laune heraus ihren Namen gegoogelt und ein Bild von ihr auf Instagram gefunden. Für eine Marketingfachfrau war ihr Account ziemlich langweilig gewesen. Als würde es nur wenig Action in ihrem Leben geben. Kaum Fotos, und wenn dann nur Landschaftsaufnahmen oder irgendetwas, das sie gebacken hatte.

Lediglich das erste Bild ihres Accounts konnte seine Aufmerksamkeit erhaschen.

Es zeigte Emma Jakobsen am Elbstrand, eingehüllt in einen knallgelben Friesennerz. Ihre Füße steckten in blauen, beinahe kniehohen Gummistiefeln mit weißen Punkten darauf. Unter der gelben Kapuze lugten ein paar blonde Strähnen hervor. Und obwohl es zu regnen und stürmen schien, strahlte sie über das ganze Gesicht. Ihre grau-blauen Augen leuchteten so sehr, dass Nikolaj Mühe hatte, seinen Blick davon abzuwenden. *Wow!*

Doch als er sich umentschieden hatte und zum Hovedbanegård gefahren war, hatte er Emma weit und breit nicht entdecken können. Er hatte sie sogar über die Lautsprecher ausrufen lassen, aber niemand hatte sich an der Information gemeldet.

In seiner Not hatte er bei Le de Luxe angerufen, woraufhin die Agenturchefin, eine gewisse Beatrice, den Nachnamen hatte er schon wieder vergessen, versprochen hatte, Emma aufzuspüren. Was ihr schließlich auch gelungen war.

Und dann hatte er sie auf dem H.C. Boulevard einsammeln müssen. Eine blödere Stelle hätte ihr auch nicht einfallen können. Es war nicht einfach jemanden, den man nicht kannte, auf einer belebten Straße zu finden.

Doch seine Sorge diesbezüglich war unbegründet gewesen. Emma war ihm sofort aufgefallen. Das Leuchten ihrer hellblonden Haare hatte ihn förmlich angesprungen und war aus der Menge wartender Menschen, an denen er vorbeigefahren war, herausgestochen. Sie hatte ihn zunächst gar nicht wahrgenommen, sondern war in irgendeine Sache vertieft gewesen. Erst als er neben ihr angehalten und das Fenster heruntergelassen hatte, hatte sie aufgesehen.

Sie war hübsch. Noch hübscher als auf dem Insta-Foto. Ein wenig kleiner als er, schlank, blau-graue Augen. Vielleicht fand er sie sogar ein wenig attraktiv. *Ja, sie war verdammt attraktiv!* Und sie ging ihm seitdem aus für ihn unerklärlichen Gründen nicht mehr aus dem Kopf. Was ihm mehr zu schaffen machte, als er sich eingestehen wollte.

Sie war das, was er als typisch deutsch bezeichnen würde. Unentspannt und keinesfalls locker und, mein Gott, was hatte sie nur immer mit dieser Pünktlichkeit? Irgendwie süß ….

Und ausgerechnet sie sollte die Werbetrommel für sein Hotel in Hamburg rühren? Was hatte sein Vater sich nur dabei gedacht, als er sie für den Job ausgesucht hatte. Was sollte jemand wie sie ihm schon beibringen?

Es war lächerlich, dass sein Vater diese Hamburger Agentur überhaupt beauftragt hatte. Genauso lächerlich wie der Name der Agentur. Le de Luxe … wen sollte das beeindrucken?

„Pff", machte er einmal mehr, stieg in seinen Audi und brauste davon. Er musste weg vom Rosenborg, Abstand gewinnen, den Kopf frei bekommen.

Deutlich zu schnell raste er über den Amager Boulevard. Wenn ihn die Polizei jetzt anhalten würde, könnte ihn das seinen Führerschein kosten.

Sein Vater würde ausrasten, wenn es dazu kommen würde. *Ein reizvoller Gedanke!* Und die Medien würden sich wahrscheinlich auf die Geschichte werfen wie die Geier auf ein totes Tier.

„Ein Bjerregaard hat keinen Ärger mit der Polizei, sondern verhält sich vorbildlich. Vergiss das niemals", hatte ihm sein Vater schon als Jugendlicher gepredigt. Als hätte es ihn davon abhalten können, mit dem Gesetz in Konflikt zu kommen.

Für ihn hatte es eine Zeit gegeben, in der er alles getan hätte, um den mächtigen Fängen seines Vaters zu entkommen. Wahrscheinlich hätte er irgendwann einfach seine Koffer gepackt und wäre bei Nacht und Nebel abgehauen. So wie seine Mutter es gemacht hatte.

Nach einem Streit mit seinem Vater war sie einfach gegangen. Sie hatte seinen kleinen Bruder und seine kleine Schwester genommen, beide zu sich ins Auto gesetzt und war davongebraust. Nur ihn hatte sie zurückgelassen. Bei *ihm* zurückgelassen. Und dann war sie tot. Und er war schuld daran.

Die laute Hupe eines heranrasenden LKWs riss ihn aus seinen Gedanken. Es gelang ihm gerade noch rechtzeitig, den Audi zurück in die Spur zu lenken, bevor der Laster auf der Gegenfahrbahn an ihm vorbeidonnerte. *Wo war der so plötzlich hergekommen?*

Er pustete einige Male kräftig durch und lenkte den Wagen auf einen freien Parkplatz in der Nähe des Amager Strandpark. Er stieg aus und ging ein paar Meter. Vor ihm auf dem Wasser drehten Kitesurfer ihre Runden. Der Wind blies jetzt kräftiger. Vorhin in der Stadt war ihm das gar nicht aufgefallen.

Er ging weiter, bis er am äußersten Ende der Mole angekommen war. Wellen mit kleinen weißen Schaumkronen darauf durchwühlten den Øresund und schlugen an die dicken Felsen vor ihm. Von hier aus hatte man einen unverbauten Blick auf die Øresundbrücke, die sich am Horizont erstreckte und Dänemark mit Schweden verband.

Dass er ausgerechnet hierhergefahren war, wunderte ihn nicht. Er kam immer hierher, wenn ihm in der Stadt die Decke auf den Kopf fiel oder er es in der Nähe seines Vaters schlichtweg nicht mehr aushalten konnte. Was zugegebener Maßen oft der Fall war.

Mit diesem Ort verband er glückliche Kindertage. Kein Wunder: Es war einer der wenigen Orte in Kopenhagen, an dem er niemals mit seinem Vater gewesen war. Bestimmt liebte er ihn deshalb so sehr. Auch wenn sich im Strandbad heute etliche Besucher tummelten.

Seine Mutter und seine beiden Geschwister waren im Sommer auch oft zum Schwimmen hergekommen. Damals …, bevor sein Vater im Garten einen Pool hatte bauen lassen, der Fahrten ans Meer in seinen Augen überflüssig gemacht hatte.

Vielleicht würde er Emma heute Abend auch hierherbringen, nachdem er sie vom Hotel abgeholt hatte …? Warum sie sich ausgerechnet jetzt wieder in seine Gedanken schlich, konnte er sich nicht erklären.

Genauso wenig wie dieses ganze Expansions-Projekt, das sein Vater ohne sein Wissen in Gang gesetzt hatte und offenbar auf Teufel komm raus durchsetzen wollte.

Ein NOVA-Hotel in Hamburg zu eröffnen war etwas, das man nicht eben innerhalb weniger Monate aus dem Ärmel schüttelte. NOVA mochte zwar kein luxuriöses Grandhotel im Rosenborg'schen Sinne sein. Das hatte sein Vater ihm gegenüber schon viel zu oft deutlich gemacht. Weißen

Marmor und goldene Kronleuchter suchte man bei NOVA vergeblich. Trotzdem war das Design der Hotels exklusiv, nur eben auf moderner Ebene. Klein, fein und vor allem nachhaltig. Darauf hatte Nikolaj großen Wert gelegt. „Urban Eco Resort“ hatten die Medien diese neue Form von Hotels genannt. Von der Planung bis zum ersten Spatenstich hatte es damals zwei Jahre gedauert. Und jetzt sollte in Hamburg ein NOVA-Hotel binnen weniger Wochen aus dem Boden gestampft werden? Wem hatte sein Vater damit eigentlich etwas beweisen wollen?

Ihm, Nikolaj? Wollte er ihm beweisen, dass er immer noch das Familien- und Konzernoberhaupt war und an seiner Meinung bis zu seinem Tod niemand vorbeikam? Oder sich selbst, dass er immer noch das Zeug dazu hatte, mit seinem erfolgreichen, modern denkenden Sohn mitzuhalten?

Dabei war sein Vater alles andere als modern. Seine Ansichten und sein Auftreten waren genauso verstaubt wie seine Hotels. Er hatte einfach nicht begriffen, dass die Zeit der Grandhotels vorüber war. Sie waren in ihrer Protzigkeit in Nikolajs Augen einfach nicht mehr zeitgemäß.

Die Mehrheit seiner Generation definierte Luxus anders als die Generation ihrer Eltern. Heute galt für viele: Weniger ist mehr, man wollte sich eher aus der immer vollen, lauten und reizüberfluteten Welt zurückziehen. Zurück zu Naturmaterialien und nachhaltigen Wohnideen. Wenn sein Vater das doch nur verstehen würde. Vielleicht würde das Rosenborg dann auch weniger Verluste einfahren?

*Das musste es sein!*

Nikolaj fuhr sich im Affekt durch die dunkelblonden Haare, als ihm bewusst wurde, warum sein Vater so versessen darauf war, mit NOVA zu expandieren. Warum war er nicht schon früher darauf gekommen?

Während die beiden Rosenborg-Häuser in Kopenhagen und auf Bornholm in den vergangenen Jahren immer weniger Gewinn abgeworfen hatten, schrieb NOVA schon längere Zeit schwarze Zahlen. Die kleine Boutiquehotel-Kette hatte sich zum Zugpferd des Rosenborg-Imperiums entwickelt. Und jetzt war es an ihr, die Kohlen aus dem Feuer zu holen. Daher die Expansionspläne ins Ausland. Daher die plötzliche Begeisterung für ein Projekt, das für Jørgen Bjerregaard nie mehr als eine Beschäftigungstherapie für seinen übereifrigen Sohn gewesen war. Aber das Hotelgebäude in Hamburg entsprach überhaupt nicht seinem Konzept für NOVA. Wie sollte es dann an seinen Erfolg hier anknüpfen? Nikolaj ditschte einen flachen Stein ins Wasser, der nach drei kurzen Hüpfern von der Wasseroberfläche verschwand und zum Grund des Øresunds hinabsank.

Und noch eines wurde ihm klar: Er würde mit Emma Jakobsen nicht zusammenarbeiten. Niemals! Er würde sich von niemandem mehr reinreden lassen.

Sein Telefon klingelte. Er kramte es aus der Jackettasche und nahm ab.

„Erik, was gibt's?“

„Wollte nur hören, wie's gelaufen ist. Hast du sie schon zurück nach Hamburg geschickt?“ Erik klang, als würde er sich über ihn lustig machen.

„Noch nicht. Erst werde ich heute Abend noch mit ihr essen gehen.“

„Tu's nicht, Nikolaj. Vergiss nicht, dieses Mal geht's auch ums Geschäft“, mahnte Erik, doch Nikolaj wollte es nicht hören.

Er würde Emma heute Abend ins MASH ausführen, so wie er es mit all seinen Eroberungen machte. Wenn sie Glück hatten und das Wetter sich hielt, würden sie zunächst auf der Dachterrasse des Restaurants einen Drink nehmen und erst später zum Essen nach drinnen gehen. Die Aussicht vom Restaurant, das sich im zwölften Stock des Tivoli-Hotels befand, war atemberaubend und beinahe so gut wie von der Dachterrasse des Rosenborg. Das würde Eindruck auf sie machen, war er sich sicher.

„Ich werde heute Abend die ganz große Romantik-Nummer abziehen, sie nach allen Regeln der Kunst verführen", erzählte Nikolaj und grinste. *Oh ja, das hatte er drauf* – „Und morgen Früh fahre ich sie zum Bahnhof und schicke sie zurück nach Hamburg." Er klang selbstgefälliger, als ihm lieb war, und legte auf. Sie als Spielzeug zu benutzen war mies, das wusste er. Aber sein Plan für heute Abend stand. Erik sollte bloß nicht versuchen, ihn davon abzubringen.

Nikolaj bückte sich und warf einen weiteren Stein ins Wasser, der dieses Mal vier kleine Hüpfer auf der Oberfläche machte, bevor er verschwand. „Nach allem, was du mir angetan hast, werde ich dir nicht den Hintern retten, Jørgen Bjerregaard."

# KAPITEL 7

Wie schwer konnte es sein, ein Outfit zu finden? *Es war doch nur ein Essen!*

Zum wiederholten Male drehte sich Emma vor dem Spiegel und betrachtete das Kleid, das sie sich gestern noch bei Zara in der Mönckebergstraße in Hamburg gekauft hatte. Ein schwarzes Minikleid mit tiefem V-Ausschnitt und glitzernden Strasssteinchen an den Trägern. Gestern in der Umkleidekabine hatte es ihr noch so gut gefallen. Doch jetzt, wo sie es hier in Kopenhagen trug, stand es ihr einfach nicht mehr. Sie wirkte verkleidet. Es passte genauso wenig zu ihr wie knallroter Lippenstift.

Emma seufzte. In nicht einmal einer Viertelstunde würde Nikolaj sie vor dem Hotel abholen. Wenn er denn pünktlich sein würde … Und sie hatte nichts zum Anziehen. *Nichts!* Es ärgerte sie, dass sie so viel Zeit damit verbrachte, das richtige Outfit zu finden. Doch irgendwie wurde sie das Gefühl nicht los, dass sie keine weitere Chance bekommen würde, würde sie dieses Dinner heute Abend vermasseln.

Was brachte einen Mann wie Nikolaj Bjerregaard dazu, ausgerechnet mit ihr essen zu gehen? Sie war so anders als die Frauen, mit denen er sich sonst getroffen hatte – zumindest, wenn man den Fotos in Gittes Artikelkiste Glauben schenkte.

Wahrscheinlich hatte er nur ein schlechtes Gewissen gehabt, dass er vor ihren Augen mit seinem Vater so derartig aneinandergeraten war. Oder er wollte etwas wiedergutmachen, weil er sie am Bahnhof versetzt hatte.

Sie sah in den Spiegel und seufzte. Allein, dass sie sich Gedanken über seine Beweggründe machte, nervte sie. Im Grunde konnte es ihr doch egal sein, schließlich würde jedes Treffen mit ihm sie ihrem Ziel näherbringen.

Emma warf einen weiteren, prüfenden Blick in den Inhalt ihres Koffers. Sie holte mehrere Kleidungsstücke hervor, hielt sie an ihren Körper und betrachtete sich im Spiegel.

Schließlich fiel ihre Wahl auf ein schmales, fuchsiafarbenes Midi-Kleid mit U-Boot-Ausschnitt, das sie sich im vergangenen Sommer bei Mango gekauft hatte. Bis auf die leuchtende Farbe war es zwar wenig aufregend, dafür aber sehr figurbetont. Sowohl ihre schlanke Taille als auch die Rundungen ihrer Brüste kamen wunderbar zur Geltung. Und ihre schwarzen Riemensandalen zum Schnüren und mit mörderisch hohem Trompetenabsatz verliehen dem Outfit den nötigen Kick. *Sexy!*

Zufrieden betrachtete Emma sich im Spiegel. Leichte Beachwaves durchzogen ihren blonden Bob, Smokey Eyes betonten ihre Augen, und ein zartes Rosé verlieh ihren Lippen einen verführerischen Glanz. So konnte sie sich sehen lassen. So fühlte sie sich wohl. *Das würde ihr Abend werden!*

Sie griff nach ihrer Handtasche, schnappte sich Handy und Zimmerkarte und machte sich auf den Weg in die Lobby.

Nikolaj Bjerregaard lehnte lässig an seinem Audi, als Emma durch die Drehtür nach draußen trat. Dass auch er sich umgezogen hatte, nahm sie schmunzelnd zur Kenntnis. Seinen dunkelblauen Maßanzug vom Vormittag hatte er gegen eine schwarze Hose, ein tailliertes Hemd und ein Jackett getauscht. Seine Haare waren immer noch leicht zerzaust, als wäre der Wind, der den Nachmittag über gehörig aufgefrischt war, mehrmals hindurchgefahren. Ihr gefiel sein Look.

Nikolaj blinzelte ein paar Mal gegen die Sonne, als er Emma sah, bevor sich auf seinem Gesicht ein erleichtertes Lächeln ausbreitete, so, als wäre er unsicher gewesen, ob Emma tatsächlich erscheinen würde.

„Wow", formte er mit den Lippen, was Emma zufrieden zur Kenntnis nahm.

Sie nutzte den Moment seiner Aufmerksamkeit, blieb auf den oberen Stufen des Eingangsportals stehen und genoss es, dass er sie interessiert, vielleicht sogar ein wenig bewundernd, von oben bis unten musterte. Gut, dass sie sich für dieses Kleid entschieden hatte. Sie schien ihm zu gefallen. Und das war schon mal die halbe Miete.

Vielleicht war sie doch nicht so weit von seiner Liga entfernt, wie sie befürchtet hatte. Oder er befand sich schlichtweg auf einem Abstiegsplatz, schoss es ihr in den Kopf.

„Sieh mal an, Sie sind ja pünktlich." Emma konnte sich die kleine Anspielung an ihre erste Begegnung nicht verkneifen.

Nikolaj öffnete den Mund, schloss ihn aber gleich wieder und lächelte.

„Sind Sie bereit für einen unvergesslichen Abend in der märchenhaftesten Stadt Europas?" Er umfasste ihre Hand, führte sie zum Auto und öffnete die Beifahrertür. „Bitte sehr“, sagte er und bedeutete ihr, dass sie einsteigen sollte.

„*Tak*“, antwortete Emma kokett und schob sich dicht an Nikolaj vorbei, wobei sie versuchte, mit dem engen Kleid so elegant wie möglich in den tiefliegenden Sportwagen einzusteigen. „Warten wir ab, ob er unvergesslich wird.“ Sie zwinkerte ihm zu – *nicht schon wieder!* – und zog die Beifahrertür ins Schloss.

„Keine Sorge, das wird er“, murmelte Nikolaj, ging um den Wagen herum und stieg ein. „Bereit?“

Emma nickte. *So was von bereit!*

„Na, dann los!“ Er ließ den Motor an und drückte das Gaspedal durch, woraufhin das E-Auto lediglich ein leises Surren von sich gab. Es wirkte surreal, trotz der Geschwindigkeit, mit der sie fuhren, den Motor nicht zu hören.

Sie nahmen den gleichen Weg, den sie bereits am Mittag gefahren waren. Emma betrachtete die Häuserfronten, die an ihrem Fenster vorbeirauschten, während sie über den Amager Boulevard fuhren. Wie schon auf dem Hinweg war Nikolaj viel zu schnell unterwegs. Kein Wunder, dieser Luxusschlitten musste Hunderte von PS haben. *Angeber! Meinte er wirklich, das würde sie beeindrucken?*

„Was für ein Wagen“, sagte sie und strich mit der Hand über das warme, weiche Leder des Autositzes.

„Ich wusste, dass er Ihnen gefällt“, antwortete Nikolaj mit einem Hauch von Überheblichkeit in der Stimme.

„Das habe ich nicht gesagt“, konterte Emma.

Er wirkte nachdenklich. „Es ist ja auch nur ein Auto.“

„Nur ein Auto?“ Emma verschluckte sich beinahe. So etwas konnte nur jemand sagen, der ausreichend Geld hatte, um sich so einen Schlitten leisten zu können. „Ich kann mir zu Hause nicht mal einen Fiat vom Schrottplatz leisten", sagte sie trocken und schüttelte den Kopf. „Wissen Sie, dass Sie ganz schön arrogant klingen, wenn Sie das sagen?"

„Aber es gefällt Ihnen."

„Das Auto oder Ihre Arroganz?", fragte sie und wischte sich eine Strähne aus dem Gesicht. *Was bildete er sich eigentlich ein?*

„Ich denke … beides." Er lächelte sie herausfordernd an und fuhr sich mit der Zunge über die Lippen.

„Ich dachte, Kopenhagen wäre eine reine Fahrradstadt. Und Autofahren wäre hier aus der Mode. Erst recht in so einem Schlitten."

„Es ist ein E-Auto. Rein elektrisch. Null Emission", erklärte er trocken.

„Ach so …. Sie wissen schon, dass es das nicht kleiner macht, oder?" Emma rollte mit den Augen. *Ein Hoch auf die dänische Bescheidenheit.*

Er sagte nichts weiter, sondern konzentrierte sich auf den Straßenverkehr.

„Na dann." Sie winkte ab und schaute aus dem Fenster. „Wohin fahren wir?"

„Lassen Sie sich überraschen."

Die Gegend um sie herum veränderte sich allmählich. Eben noch hatten hohe, rote Backsteinwände ihren Weg gesäumt, und jetzt schien es so, als würden sie sich auf einer riesengroßen Baustelle befinden. Links und rechts von ihnen reckten sich hohe Kräne in den Himmel. Ein Großteil der Gebäude war eingerüstet oder befand sich schlichtweg noch im Bau. Wo zur Hölle waren sie? Emma war fest davon überzeugt, in diesen Teil Kopenhagens noch nie zuvor einen Fuß gesetzt zu haben. *Märchenhaft war hier gar nichts!*

Nikolaj lenkte den Wagen vorbei an Bauzäunen, Bahngleisen und Baucontainern, bevor er ihn vor einem hohen, grauen Gebäude, vor dem zwei Dannebrog wehten, auf einem Seitenstreifen parkte.

Emma beugte sich vor und sah skeptisch nach oben. Congress Center stand in weißen Buchstaben im oberen Drittel des Hauses. Wollte er mit ihr etwa ein Meeting abhalten? Nikolaj stieg ungerührt aus, ging um den Wagen herum und öffnete die Beifahrertür.

„Da wären wir", sagte er, reichte Emma die Hand und half ihr heraus.

Sie kniff ihre Beine zusammen und schwang sie so graziös wie möglich aus dem Auto. Sie war peinlich darum bemüht, ja nicht die Spannung in ihren Beinen zu verlieren, um nicht breitbeinig auszusteigen, was in dem niedrigen Auto gar nicht so einfach war. Nikolaj sah ihr belustigt dabei zu.

„Geht's?" Er rieb sich mit der Hand über das Kinn, als zweifle er daran, dass Emmas Vorhaben von Erfolg gekrönt sein könnte.

„Sie sind ja lustig. Tragen Sie doch mal so einen engen Fummel und versuchen damit aus einem so tiefen Sportwagen auszusteigen. Von den hohen Absätzen ganz zu schweigen …" Emma wusste, dass sie zickig klang, aber ihr gefiel es nicht, dass er sich so offensichtlich über sie lustig machte.

„Versprochen. Das nächste Mal trage ich die High Heels." Nikolaj zwinkerte ihr zu, fasste nach ihrem anderen Arm und zog sie in einem Zug zu sich nach oben.

Für einen Moment sah er ihr tief in die Augen. Sofort lag wieder dieses merkwürdige Knistern zwischen ihnen, das Emma schon bei ihrer ersten Berührung gespürt hatte. Als würde auch er es spüren, umfasste Nikolaj ihre Hand fester, bevor er seinen Blick von ihr löste und sich räusperte.

„Ich hoffe, Sie mögen Steaks."

„Steaks?" Emma versuchte, die Enttäuschung in ihrer Stimme zu verbergen. Er wollte sie wirklich in ein Steakhouse ausführen? Er fuhr ein Auto, das den Wert eines Einfamilienhauses hatte, und ging mit ihr ein Steak essen? Das fand sie doch ein wenig einfallslos. Sie hatte sich etwas Exotischeres vorgestellt.

„Kommen Sie. Sie werden beeindruckt sein", sagte er und machte ein paar Schritte auf den Eingang zu. „Und Sie lassen sich doch gerne beeindrucken."

*

Als Erstes fiel ihr der Geruch auf. Es war eine Mischung aus Holz und Leder, gegrilltem Fleisch und schwerem Parfüm, das ihr um die Nase wehte, als sich die Türen des Fahrstuhls öffneten. Emma trat heraus in den hellen Flur und kniff die Augen leicht zusammen. Nikolaj folgte ihr und deutete nach links. Durch eine geöffnete Flügeltür drang lautes Stimmengewirr.

„Komm", flüsterte er und legte ihr bestimmt die Hand auf den Rücken, was sie ihm – warum auch immer – gewähren ließ.

Im Restaurant war die Beleuchtung gedämpft, und es herrschte reges Treiben. Die Kombination aus Glas, dunklen

Holzmöbeln und burgundfarbenem Leder wirkte warm und gemütlich, in dem schummrigen Licht aber auch ein wenig verrucht, was ihr überraschender Weise sehr gefiel.

Ein Mann Mitte vierzig, im schwarzen Anzug und mit Vollbart und Glatze, empfing sie.

„Nikolaj, schön, dass Sie heute wieder unser Gast sind“, sagte er und kam mit übertrieben offenen Armen auf sie beide zu. Offenbar war Nikolaj hier ein gern gesehener Gast. Bestimmt gab er gutes Trinkgeld.

„Planen Sie wie immer einen Aperitif in unserer Rooftop-Bar?“ Der Mann sah Nikolaj mit großen Augen an und begann erwartungsvoll seine Hände ineinander zu reiben. Nikolaj nickte wortlos. „Folgen Sie mir.“ Er drehte sich um und ging mit großen Schritten zu einer Glastür, die offenbar auf die Dachterrasse führte.

Nikolaj und Emma folgten ihm nach draußen.

„Tisch Nummer fünf? Wie immer?“ Der Kellner neigte sich zu Nikolaj, der einmal mehr wortlos nickte und sich auf eines der großen, grauen Loungesofas fallen ließ.

Die Art und Weise, wie der Kellner *wie immer* betont hatte, ließ sie wachsam werden und zeigte ihr, dass sie scheinbar nicht die erste Frau war, die Nikolaj hierherbrachte.

Emma setzte sich trotzdem zu ihm aufs Sofa und sah sich um.

Dies war definitiv einer der Orte, an dem sich Kopenhagens Reiche und Schöne trafen.

Ihr Blick wanderte über die leicht verwinkelte Dachterrasse, in dessen Nischen sich zahlreiche Gäste tummelten und meist angeregt unterhielten. Große weiße Balken umrahmten die Terrasse, sodass man das Gefühl hatte, man befinde sich in einem großen Raum nur eben ohne Dach. Überall standen Grünpflanzen wie Olivenbäume, Palmen oder Buchsbäume herum, und in den eckigen Gaskaminen, die hier und da verteilt standen, tanzten aufgeregte Flammen. Sie sorgten nicht nur für ein gemütliches Ambiente, sondern dienten auch als zusätzliche Wärmequelle, was Emma sehr entgegenkam. Hier oben auf dem Dach war es doch deutlich frischer, als sie erwartet hatte.

„Und?" Nikolaj sah sie gespannt an.

Er hatte recht gehabt. Das hier war beeindruckend. Und dieser Ausblick erst. Von ihrem Platz aus konnte sie bis zum Horizont schauen, wo der spitze Turm des Rathauses steil in den Himmel ragte.

„Fantastisch, wenn auch nicht ganz so beeindruckend wie vom Rosenborg." Emma lehnte sich zufrieden zurück. Sie vermied es, Nikolaj direkt anzuschauen, was einzig und allein der Tatsache geschuldet war, dass ihr Herz plötzlich umso heftiger klopfte, je länger sie ihn ansah. Sie sollte sich von alldem nicht beeindrucken lassen, schließlich war sie kein hormongesteuerter Teenager mehr, sondern eine erwachsene Frau. Allerdings hatte sie schon viel zu lange keinen Mann mehr so attraktiv gefunden. *Was für ein Schlamassel!*

„Was möchtest du trinken?" Aha, nun war er schon zum vertrauten Du übergegangen. Nikolajs Arm lag locker auf der Rückenlehne des Sofas. Würde Emma sich jetzt noch weiter zurücklehnen, wäre es ein Leichtes für ihn gewesen, seinen Arm auf ihre Schulter gleiten zu lassen.

Einen Momentlang spielte Emma mit dem Gedanken, es tatsächlich zu tun. Doch damit würde sie wirklich zu weit gehen. Immerhin wollte sie lediglich sein Vertrauen gewinnen und sich ihm auf keinen Fall an den Hals werfen. Schon gar nicht, wo sie sich doch gerade erst ein paar Stunden kannten.

„Und sag jetzt nicht wieder, du trinkst während der Arbeit nichts. Dies hier ist kein Arbeitsessen."

*Damit wäre ja alles geklärt!*

Nikolaj zwinkerte ihr zu und reichte ihr die Cocktailkarte, mit der sie so gut wie nichts anfangen konnte.

Cocktails waren eigentlich nicht so ihr Ding, seit sie sich vor Jahren mit Gitte während eines Türkeiurlaubs durch die Cocktailkarte ihres All-inclusive-Hotels getrunken hatte. Woher hätte sie auch wissen sollen, dass die bunten, so harmlos aussehenden Drinks es so dermaßen in sich hatten? Die halbe Nacht lang hatte sie mehr über der Kloschüssel gehangen als im Bett gelegen. Und alles hatte sich unermüdlich gedreht. Wie ein Kettenkarussell, das einfach nicht anhalten wollte.

Die Erinnerung an dieses einschneidende Trinkerlebnis machte sie vorsichtig.

„Vielleicht trinke ich einfach nur einen Sekt", antwortete Emma und drehte die Cocktailkarte unbeholfen in ihrer Hand.

„Nå, oookay." Nikolaj stand auf und ging in Richtung Bar. Es dauerte ein paar Minuten, bevor er mit zwei unterschiedlich farbigen Drinks in den Händen zu Emma zurückkehrte.

„Also, wir haben hier einen Blackberry Mule mit dunklem Rum, Brombeersirup und Ginger Ale …" Er hob den dunkelblauen Drink in seiner rechten Hand und drehte ihn im Licht der tiefstehenden Sonne, als würde er ihn im Homeshopping-Kanal anpreisen.

„Oder aber einen simplen, würzigen Gin Tonic."

Emma seufzte. Es ärgerte sie, dass er einfach über ihren Kopf hinweg bestimmt und ihr etwas anderes zu trinken bestellt hatte, als sie es sich gewünscht hatte.

Auf der anderen Seite passte genau dieses Verhalten zu dem Bild, das sie sich von ihm in ihrem Kopf zurechtgelegt hatte. Er war ein Mensch, der lieber das Leben der anderen bestimmte, als sich sein Leben von anderen vorschreiben zu lassen. Und das machte ihn ausgesprochen sexy. Sie schämte sich beinahe für den Gedanken daran. Hoffentlich würden die Dinge nicht aus dem Ruder laufen.

„Brombeere."

Nikolaj atmete erleichtert auf. „Ich habe gehofft, dass du dich so entscheidest." Er reichte ihr den dunklen Drink und prostete ihr zu. „Skål!"

„Prost!" Sie nippte vorsichtig an ihrem Drink und beobachtete ihn über den Rand ihres Glases hinweg. Er hatte sich wieder neben sie gesetzt und wartete auf eine Reaktion von ihr.

Der Cocktail hatte es in sich. Sie konnte den dunklen Rum deutlich herausschmecken. Würde sie das Glas austrinken, hätte sie schon einen im Tee, bevor sie das Essen überhaupt bestellt hätten.

„Und?"

„Schmeckt … stark. Stark, aber gut." Als hätte sie bereits jetzt einen Schwips, musste sie kichern. Was musste er nur von ihr denken?

Sie konnte sein Gesicht nicht offen lesen, aber ihr Lachen schien ihm zu gefallen. Seine Augen fixierten sie amüsiert und funkelten im Feuerschein der Gaskamine. Würde er sie weiter auf diese Weise ansehen, könnte sie für nichts mehr garantieren. Sie war kurz davor, all ihre guten Vorsätze über Bord zu werfen, den Blackberry Mule zu exen und … *Du meine Güte!* Sie musste ganz dringend auf andere Gedanken kommen. Es war nicht gut, dass er eine solche Anziehungskraft auf sie ausübte. Sie konnte es sich auch nicht erklären. So etwas war ihr noch nie passiert. Außerdem hasste sie ihn doch!

„Erzählen Sie mir von NOVA", sagte sie unvermittelt, um von sich abzulenken.

Nikolaj verschluckte sich an seinem Gin und begann zu husten. Es dauerte eine Weile, bis er sich wieder gefangen hatte. „Auf gar keinen Fall", platzte es aus ihm heraus. „Ich wiederhole mich ungern. Dies ist kein Arbeitsessen, schon vergessen?" Seine finstere Miene zeigte ihr, wie ernst er es meinte. „Und noch etwas: Hör bitte auf, Sie zu mir zu sagen. Wir sind in Dänemark, verdammt noch mal. Und …"

„… ich weiß, es ist kein Arbeitsessen." Emma nahm einen weiteren Schluck ihres Cocktails und schüttelte leicht den Kopf. Nikolaj Bjerregaard war wirklich sehr hartnäckig.

„Dann erzähl mir von dir!"

Zum ersten Mal an diesem Abend suchte Emma bewusst seinen Blick. *Ein Hoch auf den Alkohol, der sie mutiger werden ließ.*

Nikolaj schaute sie für eine Millisekunde irritiert an, so als hätte er mit dieser Aufforderung nicht gerechnet. Wie sollte er auch, sie hatte sich selbst über ihre Aufforderung erschrocken.

Sein Blick wanderte in Richtung der Glastüren, die nach drinnen führen. *Shit!* Sah er sich etwa nach einem Fluchtweg um?

Sie hatte ihm wirklich nicht vor den Kopf stoßen wollen. Es war klar, dass sie zu weit gegangen war, als sie ihn aufgefordert hatte, etwas Persönliches von sich preiszugeben. Aber irgendwie musste sie doch ans Ziel kommen ….

„Ich denke, unser Tisch ist bereit", sagte er und deutete auf den glatzköpfigen Kellner, der sie vor einer knappen Dreiviertelstunde am Eingang begrüßt hatte.

Emma atmete erleichtert durch. Er musste es bemerkt haben, denn als sie aufstand, beugte sich Nikolaj zu ihr herunter.

„Keine Angst, ich verlasse dich nicht", flüsterte er ihr ins Ohr. „Nicht heute Nacht."

# KAPITEL 8

Im Restaurant war es heiß. Hatte sie etwas nicht mitbekommen? Wann zum Teufel hatte sich nur diese aufgeheizte Spannung zwischen ihnen entwickelt?

„Was dagegen, wenn ich für uns bestelle?" Nikolaj saß ihr gegenüber und schaute sie fragend an. Doch Emmas Gedanken waren immer noch bei dem, was er ihr eben auf dem Rooftop zugeflüstert hatte. *Er würde sie heute Nacht nicht verlassen.* Allein bei dem Gedanken daran, was er mit ihr vorhaben könnte, verstärkte sich die Hitze zwischen ihren Schenkeln.

Sie wusste, es war ein schmaler Grat, auf dem sie sich bewegte. Sie musste auf sein Spielchen eingehen, wenn sie auch nur den Hauch einer Chance haben wollte, sein Vertrauen zu gewinnen. Doch sie wusste auch, dass es gefährlich war. Eine schwache Minute und sie würde sich hoffnungslos in diesen türkisblauen Augen verlieren. *Oh verdammt!* Sie steckte wirklich in der Klemme.

„Gerne", antwortete Emma und versuchte sich abzulenken. Ihr Mund war fürchterlich trocken. Am liebsten hätte sie auf der Stelle den restlichen Cocktail in sich hineingeschüttet.

Wie sollte sie dieses Essen nur überstehen, wenn es auf einmal diese Richtung einschlug?

„Zum Essen einen Rotwein? Hier gibt es ganz ausgezeichnete Weine."

Emma nickte. *Immer her damit!*

Nikolaj gab dem Kellner seine Bestellung weiter, leerte seinen Gin Tonic und sah zu Emma herüber. Gott, konnte er bitte damit aufhören, sie so anzustarren?

„Was?"

„Du möchtest also etwas über mich wissen." Seine Augen funkelten sie vielversprechend an. Er stand auf, zog sich das Jackett aus und hängte es über die Stuhllehne. Was sollte das jetzt?

„Ganz schön warm hier drinnen, findest du nicht auch?" Ohne sie auch nur eine Sekunde aus den Augen zu lassen und vor Selbstvertrauen strotzend, krempelte er die Ärmel seines Hemds hoch, und seine teure Armbanduhr kam zum Vorschein.

Emma schluckte. Sie hatte einmal gelesen, dass den meisten Männern gar nicht bewusst war, wie heiß sie mit hochgekrempelten Ärmeln aussahen. Doch nicht diesem Mann. Nicht Nikolaj. Er war sich seiner Wirkung auf Frauen sehr wohl bewusst. Und Emma zweifelte nicht daran, dass er mit jeder seiner Handlungen nur einen Zweck verfolgte: eine Frau erfolgreich um den Finger zu wickeln.

So wie jetzt, als er sich mit den Armen auf der Stuhllehne abstützte und ihr tief, vielleicht sogar ein wenig provozierend, in die Augen sah.

*Oh, Gott!* Es war so eindeutig, und trotzdem sah es so verdammt sexy aus. Sie riskierte einen Blick auf seine

Unterarme und wusste sofort, dass es ein Fehler war, als ihr Magen zu kribbeln begann. Verdammt, was war bloß los mit ihr?

Nervös fuhr sie sich mit der Zunge über die trockenen Lippen. Eine Geste, die Nikolaj wohlwollend zur Kenntnis nahm. Er schenkte ihr ein zufriedenes Fünf-Sterne-Lächeln und setzte sich.

„Nun", sagte sie mit belegter Stimme. „Wir werden wohl oder übel eine lange Zeit eng miteinander auskommen müssen." Sie wählte ihre Wörter mit Bedacht und genoss es, dass sie ihn mit ihrer Bemerkung überrascht hatte. Zumindest schien er nicht damit gerechnet zu haben, dass es ihr gelang, nicht allein durch den Anblick seiner trainierten Unterarme dahinzuschmelzen.

„Gefällt mir", murmelte er abwartend und nahm einen Schluck Rotwein.

„Und ich muss gestehen: Ich weiß gerne, mit wem ich es zu tun habe." Ihre Zunge glitt ein weiteres Mal über ihre Lippen, während sie den Stiel des Rotweinglases zwischen ihren Zeige- und Mittelfinger nahm.

Nikolaj beugte sich vor und stützte seine Ellbogen auf den Tisch. Sie war gespannt, was er wohl darauf antworten würde.

„Gut", sagte er und biss sich auf die Unterlippe. „Dann erzähle ich dir etwas über mich."

Emma lächelte zufrieden, auch wenn sie mit mehr Widerstand gerechnet hatte.

Der Kellner, der einem Schild auf seiner Brust zufolge Jesper hieß, brachte die Vorspeise an den Tisch. Emma sah irritiert auf die dreistöckige Etagere, auf der eine Auswahl verschiedener Vorspeisen angerichtet war: edler gegrillter Jungfrauenhummer, würziges Thunfischtatar, feurige Garnelen, gegrilltes Carpaccio und köstlicher Serrano-Schinken.

„Wer hat das alles bestellt?"

„Ich", sagte Nikolaj, lächelte und legte sich die Serviette auf den Schoß. „Also, wo waren wir stehen geblieben?"

„Du wolltest von dir erzählen", erinnerte ihn Emma und nahm sich von jeder Vorspeise etwas.

„Ach ja, richtig." Er zwinkerte ihr zu und begann in sturer monotoner Art, seinen Lebenslauf herunterzurattern. Emma verschluckte sich beinahe am Thunfischtatar, als Nikolaj ihr erzählte, von wann bis wann er wo die Schulbank gedrückt und welche Ausbildung er genossen hatte. Es war so unsexy, wie einen Wikipedia-Eintrag über ihn zu lesen.

Emma kapierte schnell, dass Nikolaj es penibel vermied, ihr gegenüber etwas Privates von sich preiszugeben. Und sie fragte sich, warum? Hatte er tatsächlich etwas zu verbergen? Oder war es lediglich eine Retourkutsche dafür, dass sie ihm bislang noch nicht hoffnungslos verfallen war?

Als sie schließlich beim Dessert angekommen waren, es gab Cheesecake mit eingelegten Beeren und Himbeersorbet, war Emma von Nikolajs oberflächlichen Erzählungen so gelangweilt, dass sie ein Gähnen unterdrücken musste.

„Okay, okay", sagte sie und hob beide Arme, um deutlich zu machen, dass es jetzt genug war. „Ich hab's verstanden. Du möchtest mir nichts Privates über dich erzählen."

Er begann zu lachen und nahm einen Löffel von seinem Cheesecake. „Aber ich hab dir doch gerade von mir erzählt, was willst du denn noch wissen?"

*Gute Frage!*

„… ich möchte mehr über den Mann erfahren, mit dem ich künftig viel Zeit verbringen werde. Das sagte ich doch bereits."

„Stimmt, das sagtest du." Er runzelte die Stirn. „Vielleicht versöhnt dich, dass ich noch eine Überraschung für dich habe?" Er blinzelte sie herausfordernd an.

„Eine Überraschung?" *Ach wirklich?* Emma rollte innerlich mit den Augen. Natürlich zog er jetzt diese Karte, nachdem er gemerkt hatte, dass seine Felle davonschwammen, dachte sie. *Es war ja so vorhersehbar!*

„Und was für eine." Er trank seinen Espresso aus und starrte in die leere Tasse, als würde er über etwas nachdenken.

„Aber die Überraschung ist jetzt nicht, dass du mir aus dem Kaffeesatz lesen wirst, oder?" Emma sah zweifelnd zu ihm rüber.

„Frag mich nicht, warum, aber ich mag deinen Humor." Er lachte, als könnte er selbst nicht glauben, was er da sagte.

„Und das findest du lustig?" Emma hob eine Augenbraue.

„Sagen wir, es amüsiert mich." Er zog eine schwarze Kreditkarte aus seiner Geldbörse und reichte sie Jesper, der zu ihnen an den Tisch geeilt war.

„Wie immer?", fragte er erwartungsvoll.

„Und lass meinen Wagen vorfahren." Nikolaj nickte und wandte sich wieder Emma zu. „So nachdenklich?" Unvermittelt griff er nach ihrer Hand auf dem Tisch. Eine Geste, die Emma so sehr aus dem Takt brachte, dass sie erschrocken zusammenzuckte.

„Alles okay?“ Er strich mit dem Daumen über ihren Handrücken.

Mit einem Mal kehrte die Hitze zurück. Als hätte sie zu viel von dem köstlichen Rotwein getrunken, was definitiv auch der Fall war, breitete sich in ihrem Bauch eine wohlige Wärme aus, die schon bald von ihrem ganzen Körper Besitz ergriff. *Bitte nicht schon wieder!*

Als wäre er zurück im Spiel, stand Nikolaj mit einem zufriedenen Grinsen im Gesicht auf, streifte sich das Jackett über und knöpfte den unteren Knopf zu. Immerhin waren seine Unterarme jetzt bedeckt, schoss es Emma durch den Kopf, während er sie durchdringend betrachtete.

Die Art, wie er dort stand und auf sie herabsah – sexy, taff, stark und unfassbar männlich –, brachte etwas Anmaßendes mit sich. Er wirkte ein wenig überheblich, aber keinesfalls herablassend. Es war die Art und Weise, wie er tat, was er tat. Es war, als wusste er genau, wo seine Grenzen liegen würden. Als wusste er, was er sich leisten konnte und was nicht. Überraschenderweise gefiel ihr das ausgesprochen gut.

„Komm, gehen wir.“ Er streckte seine Hand nach ihr aus, doch Emma tat, als hätte sie ihn gar nicht gehört. Sie hob ihr Glas und nippte an ihrem Rotwein. Sie würde ganz bestimmt nicht nach seiner Pfeife tanzen und aufspringen, nur weil er es ihr sagte.

„Ein ‚Bitte‘ kommt dir wohl selten über die Lippen, was?“ Sie tupfte sich den Mund mit der Serviette ab, suchte in ihrer Handtasche nach ihrem Lippenstift und fuhr sich damit in aller Seelenruhe über die Lippen.

Im Augenwinkel sah sie, wie Nikolaj unruhig wurde, was sie zufrieden lächeln ließ.

Nikolaj seufzte, trat an ihre Seite und beugte sich tief zu ihr herunter. Seine eine Hand lag auf Emmas Stuhllehne, die andere ruhte vor ihr auf dem Tisch.

„Kommst du, Emma? … Bitte.“ Er war jetzt so dicht an ihrem Ohr, dass sie seinen warmen Atem auf ihrer nackten Haut spüren konnte.

*Er wollte spielen? Gut, sie würden spielen!*

Emma drehte ihr Gesicht in seine Richtung. Sie hatte damit gerechnet, dass er zurückweichen würde, doch er tat ihr den Gefallen nicht. Er verharrte stur in seiner Position, woraufhin ihre Nasenspitzen plötzlich nur noch wenige Millimeter voneinander entfernt waren. Sie müsste sich nur ein wenig vorbeugen, dann würden sie sich berühren.

Die Spannung zwischen ihnen war kaum mehr auszuhalten. Auch Nikolaj musste dies bemerken, denn er schluckte mehrmals, während sie sich tief in die Augen sahen.

Genau da wollte Emma ihn haben. Sie hielt noch einen kurzen Moment den Kontakt zu ihm, bevor sie sich plötzlich von ihm abwandte.

„Gut, gehen wir“, flüsterte Emma mit halbwegs fester Stimme, griff nach ihrer Tasche und stand auf.

*

Als sie durch die Eingangstür gingen, wehte Emma ein frischer Wind um die Nase.

„Wo ist dein Wagen?“

Sie standen mitten auf dem Bürgersteig, doch von Nikolajs Audi war weit und breit nichts zu sehen.

Nikolaj griff prompt zum Handy, um sich über den mangelnden Service zu beschweren. Es dauerte keine Minute, bis er mit verärgerter Miene wieder auflegte.

„Peder müsste jeden Moment da sein. Es kann nicht mehr lange dauern." Sein Blick wanderte unruhig zum nahegelegenen Parkhaus und dann zu Emma.

„Hier." Er zog sein Jackett aus und legte es ihr um die Schultern. „Nicht, dass du dich noch erkältest."

„Du sorgst dich um mich?" Emma vergrub ihre Arme unter dem Jackett, während ein Duft von Zimt, Leder und irgendetwas Zitronigem sie umgab.

„Eher um die PR für NOVA. Wir haben ohnehin nicht viel Zeit, und solltest du ausfallen, würde das den Terminplan gehörig durcheinanderwirbeln", sagte er trocken, ohne sie weiter zu beachten.

Himmel, wo war seine gute Laune geblieben?

„Wer ist Peder?" Emma beschloss, nicht weiter darauf einzugehen.

„Mein Chauffeur."

„Du hast einen … Chauffeur?" *Natürlich hatte er das!*

„Natürlich!" *Wie dekadent!*

„Du hast doch nicht etwa geglaubt, dass ich nach einem Gin Tonic und zwei Gläsern Rotwein noch selbst Auto fahren würde?" Er legte sich die Hand in den Nacken und sah erneut ungeduldig in Richtung Parkhaus. Schien, als würde Peder jede Menge Ärger bekommen, sollte er irgendwann einmal hier auftauchen.

„Also war der Chauffeur die Überraschung?"

„Nein." Er verschränkte belustigt die Arme vor der Brust. „Du wirst dich gedulden müssen."

Emma zog sein Jackett enger um sich und schloss die Augen. Er roch so gut!

„Gefällt dir, was du riechst?", fragte er leise.

„Verführerisch." Emma öffnete ihre Augen. Nikolaj stand direkt vor ihr, die Hände in seiner Hosentasche. Auf seinen Lippen lag ein Lächeln. Offensichtlich gefiel ihm, was er sah. Er machte ein, zwei Schritte auf sie zu und fasste sie sanft an den Schultern.

„Wer ist hier die Verführerin, Emma?", fragte er und hob ihr Kinn.

Emma versuchte, in seinem Gesicht zu lesen. Hatte sie vorhin im Restaurant seine Masche noch deutlich erkennen können, war sie sich jetzt plötzlich unsicher. Wer war der Mann, der ihr da gegenüberstand? Und was hatte er mit ihr vor?

Sie kam nicht umhin, sich einzugestehen, dass ihr das Katz-und-Maus-Spiel, das sich den Abend über zwischen ihnen entwickelt hatte, gefiel. Doch was auch passierte, er schien ihr immer einen Schritt voraus zu sein. Gerade, wenn sie dachte, sie hatte die Spielregeln, die er vorgab, verstanden, überraschte er sie mit einer völlig anderen Seite. So, als wäre er selbst hin- und hergerissen zwischen dem, was er wollte, und dem, was richtig war.

„Guten Abend."

Nikolaj Bjerregaard drehte sich herum, als auf einmal eine krächzende Männerstimme hinter ihm ertönte, und fuhr sich durch die Haare, als hätte man ihm bei etwas Verbotenem erwischt.

„Siehst du, das ist der Nachteil von E-Autos. Man hört sie einfach nicht kommen", flüsterte Emma ihm ins Ohr, und als sie spürte, dass seine Muskeln sich anspannten, registrierte sie mit Genugtuung, wie empfindlich Nikolaj auf sie reagierte.

„Peder, da bist du ja. Endlich. Meine Begleitung friert schon." Nikolaj deutete auf Emma, die hinter ihm in sein Jackett gehüllt stand.

„Tut mir leid, dass ich mich verspätet habe. Das Fußballspiel war so spannend, dass ich meinen Pieper nicht gehört habe", sagte Peder entschuldigend. Er trug eine hellgraue Uniform mit goldenen Knöpfen. Auf seinem Hut stand Rosenborg, in ebenfalls goldenen Buchstaben.

„Ist schon gut", meinte Nikolaj gönnerhaft, nahm Emmas Hand und führte sie zum Auto. Er hielt kurz inne, als würde er überlegen, wo Peder sie hinbringen sollte, und klopfte dem Chauffeur dann kumpelhaft auf die Schulter. „Wir fahren ins Hotel."

*

„Und? Gefällt dir dein Zimmer?" Er fragte es so belanglos, als kenne er die Antwort bereits.

Wie hätte sie dieses perfekt durchgestylte Zimmer nicht mögen können? Auch wenn es *nur* ein Superior Zimmer war, so war es mit seinen dreißig Quadratmetern beinahe so groß wie ihr Ein-Zimmer-Appartement in Hamburg. Was für einen Grund hätte sie, sich zu beschweren?

Emma nickte. „Klar. Dein Vater hätte mich ja auch in einer Dienstbotenkammer unterbringen können. Immerhin arbeite ich für ihn." Sie zwinkerte ihm zu.

„Genauer gesagt arbeitest du für mich." Er räusperte sich und machte ein ernstes Gesicht.

*Ach!*

„Deshalb wirst du auch umziehen. Ich möchte, dass du bei mir im NOVA wohnst."

*Jackpot!*

„Bist du dir da sicher?"

„Nun ja, es geht um eines meiner Hotels, das in Hamburg eröffnet werden soll. Wenn du bei der PR helfen sollst, musst du wissen, wie es ist, in einem NOVA-Hotel zu Gast zu sein. Oder siehst du das anders?" Er machte eine Pause und sah von ihr weg aus dem Fenster. Seinen Ellbogen stützte er im Rahmen ab, sein stoppeliges Kinn ruhte auf seiner Hand.

„Das klingt nach einem Plan", antwortete sie leise und vermied es, in seine Richtung zu schauen. „Weiß dein Vater davon?"

„Ich muss meinem Vater keine Rechenschaft ablegen, wenn du das meinst", fuhr er sie unvermittelt an.

„Hey, beruhig dich, Wikinger!", brummte Emma. Sie hatte es nicht böse gemeint. Sein Vater schien wie ein rotes Tuch für ihn zu sein. Klar, Jørgen Bjerregaard war alles andere als sympathisch. Aber die Tatsache, dass sein Sohn ihn so offensichtlich verabscheute, musste einen tieferen Grund haben. Sie musste herausfinden, was dahintersteckte.

„Du wohnst also in deinem Hotel?"

„Ich habe eine kleine Suite im NOVA am Nyhavn. Wenn ich abends in der Stadt unterwegs bin oder länger arbeiten muss, ist es angenehmer, wenn ich nicht noch nach Gentofte rausfahren muss." Er wandte den Blick von den vorbeiziehenden Häusern ab und schaute sie an.

„Gentofte?" Emma runzelte die Stirn.

„Unserem Familiensitz. Eine Villa mit Seeblick und parkähnlichem Grundstück. Meine Geschwister wohnen auch da."

„Du hast Geschwister?", fragte sie und versuchte überrascht zu klingen. Als ob sie das nicht schon längst gegoogelt hatte.

„Zwei. Einen Bruder und eine Schwester."

„Wer ist älter?"

„Die Schwester. Zwölf Minuten, um genau zu sein. Es sind Zwillinge." Er seufzte und hob eine Augenbraue.

„Oh."

„*Netop!* Du sagst es." Nikolaj sah Emma an. Irgendetwas Trauriges, das sie nicht recht deuten konnte, lag in seinem Blick. Ob es mit seiner Familie zu tun hatte?

„Das waren ganz schön viele Informationen für jemanden, der nicht über sein Privatleben reden möchte." Sie stupste ihn leicht in die Seite und hoffte, sie könnten auf die flirtige Schiene zurückkehren, auf der sie sich zuvor bewegt hatten. Es war so viel angenehmer gewesen.

Nikolaj drehte sich zu Emma. Sein Blick wurde weich und wehmütig.

Vielleicht war sie wirklich zu weit gegangen, als sie ihn nach seiner Familie gefragt hatte. Vorhin im Restaurant hatte er ihr auf charmante Art zu verstehen gegeben, dass er nichts Privates preisgeben wollte. Er hatte bestimmt seine Gründe dafür. Nach dem Tod seiner Mutter waren seine Geschwister und er bei seinem Vater aufgewachsen, was, so wie sie Jørgen Bjerregaard kennengelernt hatte, bestimmt kein Zuckerschlecken gewesen war. Vielleicht stammte die Abneigung gegen seinen Vater daher?

„Was machst du nur mit mir?" Schweigend hob er seine Hand und strich ihr sanft eine Haarsträhne hinters Ohr. Als er ihre Wange berührte, zuckte sie zusammen. Der unerwartete Körperkontakt überraschte sie.

Er hielt kurz inne und sah sie an, als würde er um Erlaubnis bitten, sie berühren zu dürfen.

Es passte so gar nicht zu ihm, hatte er ihr doch bislang den Eindruck vermittelt, ein Mann zu sein, der sich einfach nahm, was er wollte.

Emma stutzte. Sie hätte sich jetzt wegdrehen und ihm den Rücken zuwenden können, aber sie kam nicht umhin, diesen besonderen Moment zu genießen. Es war nur ein Augenblick, der nichts bedeutete, sagte sie sich.

Sein Blick fiel auf ihre geschwungenen Lippen. Emma neigte den Kopf zur Seite, sodass ihre Wange in seiner warmen Handfläche lag. Ihr Herz hämmerte wie wild in ihrer Brust, und alles in ihr hätte am liebsten geschrien *Küss mich endlich!*

Sie fühlte sich von ihm so sehr angezogen wie ein Astronom vom Blick in die Sterne. Und sie war sich sicher: Er spürte das auch. Jetzt in diesem Moment sagte ihr alles an seiner Körpersprache, dass er vor Verlangen nach ihr kaum noch an sich halten konnte.

„Ich würde dich jetzt gern küssen, Emma Jakobsen“, flüsterte Nikolaj. Es war keine Bitte und auch keine Frage, sondern vielmehr eine Ankündigung für das, was gleich kommen würde.

„Hier?“, fragte sie mit belegter Stimme.

„Ja, hier“, sagte er heiser.

„Dann tu's doch“, antwortete sie ebenso leise, unfähig, auch nur noch einen klaren Gedanken zu fassen. Sie war Wachs in seinen Händen und konnte kaum glauben, was sie sagte.

Als hätte er nur auf ihre Erlaubnis gewartet, zog er sie sanft zu sich heran. Seine Hand ruhte auf ihrer Wange, mit der anderen umschloss er ihren Nacken. Langsam senkten sich seine Lippen auf ihre. Sie schmeckten nach Rotwein und nach Begehren.

Für einen Moment war es, als würde die Welt um sie herum stillstehen. Emma verlor jegliche Orientierung. Fuhren sie noch durch Kopenhagen, oder hatten sie bereits vor dem Hotel angehalten? Sie wusste es nicht. Alles, was sie in diesem Augenblick spüren konnte, war Nikolajs Kuss, der von Sekunde zu Sekunde an Intensität zunahm. Seine Zunge erkundete ihre Lippen, ihren Mund, neckte und spielte mit der ihren.

Als sie es nach einer gefühlten Ewigkeit endlich schafften, sich voneinander zu lösen, war es, als wäre ein Tsunami durch Emma hindurchgefegt. Sie fühlte sich vollkommen aufgelöst. Als hätte sie die vergangenen Minuten in irgendeiner Blase verbracht. Und als würde die Welt, in der sie vorher gelebt hatte, nicht mehr existieren.

„Wow", machte Nikolaj und fuhr sich mit der Hand durch die ohnehin schon verwuschelten Haare, als müsse auch er erst einmal verarbeiten, was gerade passiert war.

Das diskrete Räuspern des Chauffeurs katapultierte Emma binnen Sekunden zurück in die Realität. Der Zauber des Moments schien erloschen.

Peinlich berührt senkte sie ihren Blick. Sie hatte in der Öffentlichkeit noch nie derartig leidenschaftlich geknutscht. Schon gar nicht mit einem Frauenheld. Wenn das Gitte wüsste! *Gitte!*

Sie würde ausflippen, wenn sie von alldem hier wüsste. Oder sie würde Emma dazu gratulieren, dass Nikolaj ihr bereits nach dem ersten gemeinsamen Abend hoffnungslos verfallen zu sein schien. Aber war er das wirklich?

Sie musterte ihn von der Seite. Er schien merkwürdig in Gedanken versunken zu sein, seit sie angehalten hatten. Er schaute nahezu ausdruckslos ins Leere. Bereute er den Kuss etwa? Hatte er sich, so wie sie, von der Spannung zwischen ihnen zu dem Kuss verleiten lassen? Oder ging er im Kopf nur die nächsten Schritte durch? Würde er sie auf ihr Zimmer begleiten? Und würden sie in diesem göttlich weichen Bett Sex haben?

Emma merkte, wie es zwischen ihren Schenkeln kribbelte. Allein der Gedanke daran, mit ihm zu schlafen, brachte sie beinahe um den Verstand. Aber sie würde es nicht tun. Sie hatte ihre Prinzipien, daran würde auch ein Nikolaj Bjerregaard nichts ändern.

„Wir sind da." Peders krächzende Stimme ertönte vom Fahrersitz. Er stieg aus, und wenig später öffnete sich die Autotür auf Emmas Seite. War das ein Rauswurf?

Nikolaj zuckte zusammen und atmete hörbar aus. Er war mit seinen Gedanken wohl wirklich woanders gewesen.

„Danke für den schönen Abend." Sie drückte Nikolajs Hand, der sie zu seinem Mund hob und sanft küsste.

„Soll ich dich noch nach oben begleiten?" Seine blauen Augen fixierten sie über ihren Handrücken hinweg.

„Das klingt wirklich verlockend", flüsterte Emma und atmete tief durch. „Aber ich glaube, ich schlafe besser allein."

„Du weißt nicht, was du verpasst." Nikolaj lächelte schelmisch.

Emma schluckte, was jedoch nichts an ihrer Meinung änderte.

„Sie schulden mir eine Überraschung, Nikolaj Bjerregaard", sagte sie und zwang sich zu einem Lächeln. „Enttäuschen Sie mich nicht."

Er schmunzelte, beugte sich zu ihr rüber und küsste sie so leidenschaftlich, dass sie ihre guten Absichten beinahe über Bord geworfen hätte.

„Träum süß, Babe." Er strich ihr über die Wange.

„Babe?" Emma stutze. *Gott, klang das kitschig!* Aber es gefiel ihr auch irgendwie. „So hat mich noch nie jemand genannt."

„Dann wird's Zeit, dass jemand damit anfängt." Er hauchte ihr einen weiteren Kuss auf die Stirn. „*Vi ses i morgen.*"

„Bis morgen." Emma stieg aus und schloss die Autotür hinter sich. Der Audi fuhr lautlos davon. Sie sah dem Wagen noch eine Weile nach und fuhr sich in Gedanken versunken mit dem Zeigefinger über ihre Lippen, unsicher, ob sie einem weiteren von Nikolaj Bjerregaards Küssen widerstehen könnte.

# KAPITEL 9

Sie hatte ihn abblitzen lassen. War das zu glauben? Obwohl er sich den ganzen Abend über so sehr ins Zeug gelegt und alle nur erdenklichen Register gezogen hatte, war er abserviert worden. Sie hatte ihm tatsächlich einen Korb gegeben. Er konnte es nicht fassen. So etwas war ihm noch nie passiert.

„Tz", machte er und schmunzelte, während er sich die Schuhe auszog und sein Jackett auf das dunkelgraue Ledersofa an der Wand warf.

Er ging zur gut bestückten Minibar. Seine Wahl fiel auf einen rauchigen schottischen Whisky. Er brauchte jetzt etwas Starkes. Den Abend oder besser gesagt die Nacht hatte er sich anders vorgestellt.

„Was für eine Frau", murmelte er und öffnete die Flügeltür zur Terrasse. Er wurde einfach nicht schlau aus ihr. Fast war es so, als hätte sie zwei Gesichter. In dem einem Moment flirtete sie so offensichtlich mit ihm, nur um ihm im nächsten Moment die kalte Schulter zu zeigen.

Er trat hinaus in die frische Luft dieser Sommernacht und setzte sich in einen der Loungesessel. Die Sonne war längst untergegangen. Vor ihm lag das nächtliche Kopenhagen, dessen helle Lichter sich wie kleine Sterne im Wasser des Hafenbeckens spiegelten.

Auch wenn es ihm schwerfiel zuzugeben, war sein Plan, Emma Jakobsen zu verführen und morgen Früh zurück nach Hamburg zu schicken, gescheitert.

Dabei hätte er es besser wissen müssen. Schon als er sie auf dem H.C. Andersen Boulevard gesehen hatte, war ihm bewusst gewesen, dass sie anders war.

Sie war nicht der Typ Frau, mit dem er normalerweise zu tun hatte. Emma schien sich nichts aus dem ganzen Luxus, den er ihr bieten konnte, zu machen. Das Spiel, auf das er sich eingelassen hatte, gefiel ihm. Auch wenn er noch nicht wusste, ob er wirklich als Sieger vom Platz gehen würde. Aber vielleicht war genau das so reizvoll für ihn?

Wahrscheinlich hätte er sie heute Abend auch mit dem Lastenfahrrad zum Hot-Dog-Stand am Rådhusplads ausführen können. Der Abend wäre nicht anders verlaufen, davon war er überzeugt.

Signe, Mie, Julie, Caroline … und wie sie noch alle hießen. Sie alle hatten ihn doch nur ausgenutzt. Das war schon immer so gewesen. Bei all seinen Dates. Und es waren viele Dates gewesen. So lange er sich zurückerinnern konnte, war es den Frauen immer nur darum gegangen, etwas von seinem Glanz, vielleicht auch von seinem Reichtum abzubekommen.

Er hasste es.

Und trotzdem hatte es ihn nie davon abgehalten, mit ihnen ins Bett zu gehen. Sie mit in den Urlaub zu nehmen, mit ihnen in den luxuriösesten Hotels einzuchecken und sie an den Traumstränden dieser Welt zu vögeln. Und es gab verdammt viele schöne Strände auf dieser Erde.

Es war immer die gleiche Masche gewesen. Die Frauen waren meist auf ihn zugekommen und hatten sich ihm förmlich angebiedert. Wie ein Fischer an einem überfüllten Karpfenteich hatte er nur einen Kescher ins Wasser halten müssen, um einen der Fische abzubekommen. Er hatte sich dabei noch nicht einmal groß anstrengen müssen.

Doch wenn man mit Menschen Zeit verbrachte, die einem nichts zurückgeben konnten, weil sie am Ende kaum mehr waren als eine leere Hülle – und viele seiner Model-Dates waren für ihn nicht mehr als das gewesen –, wurde es mit der Zeit ganz schön ermüdend. Und unnötig teuer. Wer gab schon gerne seine Kohle für Menschen aus, die ihm nichts bedeuteten? Nicht, dass er es sich nicht leisten konnte – um Geld musste man sich in seiner Familie nun wirklich keine Sorgen machen –, aber es ging ums Prinzip. Er war nicht mehr bereit dazu, weiter in Dinge zu investieren, die keine Zukunft hatten.

Er war bestimmt kein Träumer, sondern zählte sich eher zur Kategorie der Realisten. Er wusste, dass das Geld, das ihn umgab, immer einen gewissen Reiz auf die Menschen um ihn herum ausüben würde. Es würde immer Menschen geben, die versuchen würden, davon zu profitieren. Er machte ihnen nicht mal einen Vorwurf deswegen. Wahrscheinlich würde er ähnlich handeln, wenn er auf der anderen Seite geboren worden wäre.

Aber es gab eben auch jene anderen Menschen, die in ihm nicht zuerst Nikolaj Bjerregaard, den Erben eines Hotelimperiums, sahen, sondern schlichtweg einen klugen Mann, der wusste, was er wollte.

Dass Emma zu diesen für ihn so viel sympathischeren Menschen gehörte, war ihm sofort klar geworden. Sie passte also nicht in sein übliches Beuteschema.

Was nicht hieß, dass Emma nicht hübsch war. Ganz im Gegenteil: Sie sah sogar verdammt gut aus. Sie war ein wenig kleiner als er, und selbst wenn sie High Heels trug, so wie heute Abend, musste er seinen Kopf senken, um in ihre umwerfenden Augen sehen zu können.

Keine seiner Begleiterinnen hatte jemals eine solche Augenfarbe gehabt. Je nach Lichteinfall schimmerten sie abwechselnd in den unterschiedlichsten Blau- und Grautönen, so als könnte sie sich nicht für eine Farbe entscheiden. Und wenn sie lachte, strahlten ihre Augen, als würden sie mit den Sternen um die Wette leuchten – und gewinnen.

Die Sterne. Automatisch dachte er bei ihrem Anblick an seine Mutter. Ihr hätte Emma bestimmt gefallen, dachte er und nippte an seinem Scotch.

Ihre Andersartigkeit war auch der Grund gewesen, warum er sich gegen seinen Plan entschieden hatte, sie heute Nacht mit auf sein Boot zu nehmen, um sie dort nach allen Regeln der Kunst zu verwöhnen. Obwohl der Sex mit ihr bestimmt atemberaubend gewesen wäre.

Er schluckte hart und merkte, wie sehr ihn der Gedanke daran anturnte.

Doch er wollte Emma nicht mit den anderen Frauen auf eine Stufe stellen. Sie verdiente einen anderen Platz. Vielleicht sogar den an seiner Seite? Ihm gefiel diese Idee. Auch, wenn sie ihn heute Nacht nicht rangelassen hatte. Wie gesagt, es machte sie nur noch interessanter.

Emma. Er rieb sich mit der Hand über seine Stirn und schloss die Augen. Bei der Art und Weise, wie sie ihn angesehen hatte, unschuldig und leidenschaftlich zugleich, zog sich in seiner Brust etwas zusammen.

Sie war perfekt. Ihre hohen, vollen Wangen, die so sexy erröteten, wenn er sie mit seinem Blick ein wenig zu lange fixierte. Ihre blonden Haare, die ihr bis knapp unters Kinn reichten und den idealen Rahmen für ihr halbrundes Gesicht bildeten. Ihr geschwungener Mund … unwillkürlich fuhr er sich mit seinem Finger über die Lippen, als er daran dachte. Ihre schlanke, aber keinesfalls dürre Taille, die ihre weiblichen Kurven nur noch mehr betonte und sie durch und durch sinnlich wirken ließ.

Doch es waren nicht nur die Äußerlichkeiten, die dafür sorgten, dass er einfach nicht mehr damit aufhören konnte, an sie zu denken. Es war ihr Wesen, das ihn verzaubert hatte.

Er mochte ihren Humor und die Art, wie sie mit ihm spielte. Oh ja, er war überzeugt davon, dass sie gar nicht so unschuldig war, wie sie manchmal vorgab. Ihr Kuss hatte sie verraten.

Ihm gefiel, wie sie ihm Paroli bot, ihm widersprach. Auch wenn er es von Frauen nicht gewohnt war. Es war ein reizvolles Gefühl, nicht gleich das zu bekommen, was er wollte. Sogar reizvoller, als er angenommen hatte. Es steigerte sein Begehren. Sein Verlangen nach ihr. Es weckte seinen Jagdinstinkt.

Ja, er war ein Jäger. Und hatte er seine Beute erst einmal ins Visier genommen, war es ihr unmöglich zu entkommen. Das würde mit Emma Jakobsen nicht anders sein.

*

Es war halb sieben, als Nikolaj am nächsten Morgen erwachte. Er hatte einen wirren Traum gehabt, wie immer, wenn er vor dem Einschlafen an seine Mutter gedacht hatte. Zum Glück kam das nicht sehr oft vor. Nicht, dass er sie vergessen oder nicht mehr an sie denken wollte. Aber er hasste es, wenn sie durch seine Träume wandelte und er nichts anderes tun konnte, als zuzusehen, wie sich ihr und damit auch sein Schicksal erfüllte.

Er schob die Decke beiseite und schwang sich aus dem Bett. Einen Augenblick lang blieb er auf der Bettkante sitzen und schaute auf die leere Seite neben sich. Wie es wohl gewesen wäre, heute Morgen an ihrer Seite aufzuwachen? Der Gedanke daran zauberte ihm ein unerwartetes Lächeln auf die Lippen, sodass er sich kurz darüber erschrak. Er durfte sich solche Gedanken nicht leisten, durfte aus der Lust nach ihr keine Gefühle entstehen lassen.

Für den Vormittag hatte sein Vater zu einem großen Meeting eingeladen, bei dem er die neue PR-Expertin dem Aufsichtsrat vorstellen wollte. Auch seine Geschwister Frederik und Louise würden anwesend sein, obwohl ihre Rollen in der Firma, wie sie das Hotelimperium nannten, verschwindend gering waren. Zumindest jetzt noch. Nicht mehr lange und sein Vater würde mit Sicherheit auch sie enger an den Konzern binden.

Seine Schwester Louise machte gerade ihren Master in Internationaler Unternehmenskommunikation an der SDU in Odense, während sein Bruder … Er überlegte angestrengt, was genau Frederik derzeit machte, doch es wollte ihm beim besten Willen nicht einfallen. Er würde ihn nachher fragen müssen. Er könnte es aber auch ebenso gut lassen. Anders als er neigte Frederik dazu, Dinge, die er begann, nicht zu Ende zu bringen.

Ihm selbst wäre das nie in den Sinn gekommen. Es wäre ihm wohl auch nie erlaubt worden. Sein Weg im Unternehmen war von Geburt an vorbestimmt gewesen.

„Fluch und Segen eines Erstgeborenen." Nikolaj seufzte und stand auf.

Er ging ins Bad, stellte sich vor den Spiegel und putzte sich die Zähne. Er betrachtete sein Gesicht im Spiegel und fuhr sich mit dem Zeigefinger über die Nase. Er hatte Farbe bekommen. Zum Glück hatte er gestern nicht vergessen, sich einzucremen. Er neigte schnell zu Sonnenbrand, wenn er sich im Sommer zu lange ohne UV-Schutz im Freien aufhielt. Noch etwas, das er von seiner Mutter geerbt hatte.

Ob Emma auch schnell einen Sonnenbrand bekam? Ihre Haut war hell … und makellos. Lediglich um ihre Nase herum tanzten einige winzige Sommersprossen.

Er brauchte eine Abkühlung, griff nach Duschgel und Shampoo, zog seine Shorts aus und sprang unter die Dusche. Er hielt sein Gesicht vor den Duschstrahl und ließ das Wasser über seine definierten Brustmuskeln und seinen Rücken laufen. Als er sich einseifte, erfüllte der würzige Duft von Bergamotte, Mandarine und Kardamom das Badezimmer.

Ihm war gestern nicht entgangen, wie sehr Emma seinen Duft in sich aufgesogen hatte. Und wie sehr ihr gefallen hatte, wonach er roch. Es schien also noch nicht Hopfen und Malz verloren zu sein. Sobald sich eine weitere Chance ergeben würde, sie zu verführen, würde er sie ergreifen. Er würde nicht lockerlassen. Er ließ niemals locker!

Dabei wusste er nichts von ihr. Er hätte sie bitten sollen, von sich zu erzählen. Doch alles, was er getan hatte, war, wie ein Wahnsinniger seinen Lebenslauf herunterzubeten. Er wollte eine Show abziehen, sein Ding durchziehen, so wie er es den Tag über geplant hatte. Es war ein Wunder gewesen, dass sie nicht aufgestanden und gegangen war. Das rechnete er ihr hoch an. Er wollte nichts Persönliches erzählen, weil es Menschen, die für ihn arbeiteten, nichts anging. Und Emma arbeitete für ihn.

Doch im Laufe des Abends hatte sich die Lage geändert. Sie hatte etwas an sich, das ihn dazu veranlasste, aus seinem Schema ausbrechen. Dass er sich allerdings auf diese Weise ihr gegenüber öffnen würde, hatte ihn kurzzeitig aus dem Takt gebracht. Vielleicht war sie tatsächlich diejenige, die ihm aus seinem Sumpf ziehen könnte? Diejenige, der er alles anvertrauen könnte. Seine Vergangenheit. Seine Gegenwart. Seine Zukunft …

Nikolaj trat aus der Dusche, schüttelte heftig seinen Kopf und trocknete sich hastig ab. Er warf das Handtuch unbedacht auf den Boden und ging ins Ankleidezimmer, um sich etwas für den Tag herauszusuchen. Wenn der Aufsichtsrat zusammenkam, bedeutete das: Krawatte. Er rollte mit den Augen. Er hasste es, einen Schlips zu tragen. Aber das gehörte nun einmal zu seinem verdammten Job.

„Ein Bjerregaard trägt Anzug und Krawatte."

Die Stimme seines Vaters bohrte sich in seinen Kopf. *Sei still!*

Er zog sich an, warf einen letzten Blick in den Spiegel und knallte die Tür zum Ankleidezimmer zu. Gedanken konnten einem echt die Laune vermiesen!

Sein Handy vibrierte.

Es war eine Nachricht von Louise, die wissen wollte, ob er schon wach war. Er antwortete ihr und legte das Mobiltelefon zurück auf den Couchtisch. Kurz darauf klopfte es. Er schlich zur Tür und öffnete.

„Hej, großer Bruder." Louise stand mit einem Servierwagen vor seiner Tür und schob sich an ihm vorbei. „Frühstücken wir zusammen?"

Er folgte ihr irritiert auf die Terrasse. Es kam nicht oft vor, dass sie einfach so bei ihm hereinplatzte. Es sei denn, sie hatte mal wieder Liebeskummer oder Streit mit Mads, ihrem Langzeitfreund.

„*God morgen, lillesøster*", sagte er und drückte seiner kleinen Schwester einen Kuss auf die Stirn. „Was machst du hier?"

Louise klappte den Servierwagen aus. Im Nu entstand ein runder Tisch, auf dem ein reichhaltiges Frühstück angerichtet war. Eier und Speck, *havregrød*, Vollkornbrötchen … sie hatte wirklich an alles gedacht, was er mochte.

„Was spricht dagegen, meinen großen Bruder mit einem Frühstück zu überraschen?" Sie sah ihn mit ihren großen, rehbraunen Augen an. Gott, wie sie seiner Mutter ähnelte, wenn sie das machte!

„Einzig und allein die Tatsache, dass du mich so gut wie nie mit einem Frühstück überraschst", antwortete er trocken und zog eine Augenbraue nach oben. *Was ging hier vor?*

Louise überhörte ihn gekonnt.

„Kaffee?" Sie schenkte ihm ein und setzte sich.

Er schmunzelte und setzte sich zu ihr an den Tisch. Eine Weile saßen sie schweigend nebeneinander, wie sie es so oft getan hatten, als sie noch alle gemeinsam in der Villa in

Gentofte gewohnt hatten. Während Louise bereits morgens vor Energie sprühte, waren sein Bruder und er die reinsten Morgenmuffel, was für Louise schon immer eine Tortur gewesen war. Auch heute konnte sie nur schwer an sich halten, bevor sie ihre Fragen auf ihn abfeuerte. Ungeduldig tippte sie mit den Fingernägeln auf die Tischplatte. Das Geräusch machte ihn wahnsinnig.

„Was?", fragte er genervt und nippte an seinem Kaffee.

„Wie ist denn diese PR-Frau so?", platzte es aus Louise heraus, während sie aufgeregt in ihrem Haferbrei herumstocherte. Feinfühligkeit war ihm gegenüber noch nie ihre Stärke gewesen.

„Emma."

„Was?"

„Ihr Name ist Emma", sagte Nikolaj trocken und versuchte das Kribbeln in seinem Bauch zu unterdrücken.

„Also gut … wie ist denn Emma so?" Louise konnte ihre Neugier kaum verbergen.

„Woher soll ich das wissen?" Er zuckte mit den Schultern und schaute so ausdruckslos, wie er bei dem Gedanken an Emma konnte, auf den Hafen.

„Weil mir ein Vögelchen gezwitschert hat, dass du sie gestern Abend zum Essen ausgeführt hast!" Louise zwinkerte ihrem großen Bruder zu und band sich ihre langen, braunen Haare zu einem hohen Zopf.

Er sah sie an und seufzte. „Und dieses Vögelchen war nicht zufällig Erik?"

Louise schüttelte den Kopf und schwieg einen Moment, als würde sie überlegen, ob sie ihm wirklich die Wahrheit oder doch lieber eine Notlüge auftischen sollte.

„Vater hat's mir erzählt. Und er hat mir auch gesagt, dass du ihm beim *frokost* beinahe an die Gurgel gesprungen bist." Sie machte erneut eine Pause und sah ihn vorwurfsvoll an.

„Hatte meine Gründe!", murmelte Nikolaj. Dieses Gespräch mit seiner kleinen Schwester verlief nicht nach seinem Geschmack. Er hasste es, wenn sie sich in sein Leben einmischte.

„Und?"

„Und was?" Gab es eigentlich ein ungeschriebenes Gesetz, das besagte, dass kleine Schwestern die Berechtigung besaßen, ihren großen Brüdern auf den Keks zu gehen?

Louise sah ihn an, als könnte sie nicht glauben, wie schwer von Begriff er zu sein schien.

„Wie ist sie?"

*Heiß. Umwerfend. Sexy.* Ihm schossen alle möglichen Adjektive durch den Kopf, die er seiner Schwester jetzt unmöglich erzählen konnte, wenn er sich nicht verraten wollte.

„Louise, was willst du jetzt eigentlich von mir hören? Sie ist eine ganz normale Frau, die NOVA fit für den deutschen Markt machen wird. Du bist doch nachher auch bei dem Meeting dabei … dann wirst du sie sicher kennenlernen und kannst dir dein eigenes Urteil bilden." Er versuchte so belanglos wie möglich zu klingen, was ihm nur schwer gelang. Er war ein miserabler Lügner.

„Hast du mit ihr geschlafen?"

Er verschluckte sich an seinem Kaffee. „Nein!" *Aber ich hätte gerne!*

„Dann ist es also was Ernstes." Louise nahm sich einen Apfel und lehnte sich zufrieden im Stuhl zurück.

„Das ist kein Gespräch, das ich mit meiner *kleinen* Schwester führen möchte", antwortete er, wobei er das Wort klein extra betonte und in die Länge zog. Sein Sex- oder Liebesleben ging sie nun wirklich nichts an.

„Musst du auch nicht. Dein Blick sagt alles!" Sie konnte sich ein breites Grinsen nicht verkneifen, was ihn nur noch mehr auf die Palme brachte.

„Ich glaube, du siehst zu viele Liebesfilme", murmelte er und starrte wieder auf den Hafen. Das Wasser glitzerte hellblau in der Sonne, und die ersten Boote mit Touristen an Bord machten sich bereits auf den Weg, um der Kleinen Meerjungfrau Guten Morgen zu sagen.

„Mal im Ernst. Wie alt bist du jetzt? Dreißig? Wir alle würden uns freuen, wenn du bald die Frau fürs Leben finden würdest. Allen voran Vater, der …"

„Louise", fuhr Nikolaj ihr barsch ins Wort. Sein Ton ließ keinen Zweifel daran aufkommen, dass sie eine Grenze überschritten hatte. Er stand auf und ging ins Wohnzimmer. Einige Minuten später kehrte er fertig angezogen zurück. „Wir fahren!"

Louise stand auf und folgte ihm wortlos. Kurz vor dem Verlassen der Suite tippte sie ihm auf die Schulter.

„Hier, die solltest du aufsetzen." Sie drehte seine Sonnenbrille zwischen Daumen und Zeigefinger. „Dann kann niemand deine Augen sehen, und du kannst dein Geheimnis für dich behalten, großer Bruder."

Er nahm ihr die Sonnenbrille aus der Hand, setzte sie auf und seufzte. „Es gibt kein Geheimnis!"

„Sorry, wollte deinen Stolz nicht verletzen. Es muss schwer sein, wenn der große Nikolaj Bjerregaard einen Korb bekommt."

„Wie kommst du darauf, dass sie mir einen Korb gegeben hat?“ Er blieb vor ihr stehen und stemmte die Hände in die Hüften.

Louise lachte. „Weil du dich sonst ganz bestimmt nicht so aufregen würdest.“

# KAPITEL 9

Emma saß im Dronningeværelse, einem der insgesamt vier Konferenzräume des Rosenborg, und starrte auf die Wand vor sich, an der ein überdimensional großer Flatscreen befestigt war. Um sich von ihrer Nervosität abzulenken, hatte sie sich vorgenommen, die Streifen auf der gold-beigefarbenen Tapete im Raum zu zählen. Doch ihre Gedanken schweiften immer wieder ab. Sie schaffte es nicht, über die fünfzig hinauszukommen.

Die Ereignisse des gestrigen Abends hatten sie die Nacht über kaum zur Ruhe kommen lassen. Wenn's hoch kam, hatte sie nicht mehr als drei, höchstens vier Stunden Schlaf bekommen. Zu wenig, um sich jetzt einer Meute Fremder zu stellen, denen sie beibringen sollte, wie man sich auf dem deutschen Tourismusmarkt verhielt.

Was war gestern nur in sie gefahren? Sie hasste es, sich einzugestehen, dass der Kuss, den Nikolaj ihr in der Limousine gegeben hatte, sie keineswegs so kalt gelassen hatte, wie sie gehofft hatte. Der Kuss hatte Eindruck hinterlassen, und sosehr sie auch versuchte, das leichte Kribbeln, das sich beim Gedanken daran regte, zu ignorieren, schaffte sie es nicht. Sie war so nervös und aufgeregt, dass sie vorhin im Badezimmer nicht einmal einen vernünftigen Lidstrich hinbekommen hatte. So sehr zitterten ihre Hände beim Gedanken daran, ihm heute wieder unter die Augen zu treten. *Verdammt!*

Nervös tippelte sie mit ihren Fingern auf dem riesigen ovalen Tisch, an dem sie saß. Ihr Mobiltelefon vibrierte. Bereits zum zehnten Mal, seit sie vor vier Stunden das Bett verlassen hatte. Sie warf einen Blick auf das blinkende Display.

Es war Gitte.

„Hej Emma", sagte sie. „Hast du kurz Zeit?"

„Guten Morgen, liebste Cousine. Ich warte gerade darauf, dem Bjerregaard-Clan vorgestellt zu werden."

„Klingt spannend und langweilig zugleich." Gitte gähnte, und Emma hörte ein Rascheln. Vermutlich lag ihre Cousine immer noch im Bett oder hatte es sich auf dem Sofa bequem gemacht. „Wie war das Abendessen?"

„Du hattest recht ... Nikolaj Bjerregaard ist ein selbstverliebter Frauenheld. Aber ich denke, ich bin unserem Ziel ein gutes Stück nähergekommen." Am anderen Ende der Leitung plumpste es, als wäre Gitte von der Couch gefallen.

„Gitte?"

„Wie meinst du das?", fragte sie neugierig.

„Nikolaj möchte, dass ich vom Rosenborg in sein Hotel umziehe. Und er hat mir verraten, dass auch er in dem Hotel wohnt. Das bedeutet, dass das, was wir suchen, vielleicht in seinem Zimmer ist."

„Bestimmt sogar."

Es folgte eine kurze Pause. Emma hörte, wie sich Schritte der Tür näherten.

„Hör zu, ich glaube, die Meute kommt. Ich melde mich wieder bei dir. Hab dich lieb", flüsterte Emma und legte auf. Sie horchte kurz auf, doch die Schritte hinter der Tür waren verstummt.

Ihr Blick wanderte durch den königlichen Raum, der seinen Namen „Königinnenzimmer" zu Recht trug. Er hätte ohne Weiteres aus Schloss Amalienborg, dem Sitz der dänischen Königsfamilie in Kopenhagen, stammen können. Über dem Tisch aus glänzendem Kirschbaumholz hing ein siebenschaliger Louis-Poulsen-Kronleuchter aus Messing und Glas. Die Wände zierten die dazu passenden Wandleuchten im gleichen Design. Die Polster der cremefarbenen Stühle waren mit cappuccinofarbenem Samt bezogen. Es wunderte sie nicht, dass auch hier alles farblich aufeinander abgestimmt war.

Mit ihrer schwarzen Culotte und ihrem taillierten, schwarzen Blazer kam Emma sich in dem perfekt durchgestylten Raum wie ein Störfaktor vor. Einzig ihr cremefarbenes Satintop mit Spitzenkante fügte sich nahtlos ins Farbkonzept ein. Zum Glück war sie nicht abergläubisch, sonst hätte sie ihre missglückte Farbwahl glatt für ein schlechtes Omen halten können.

Sie schaute auf ihre Armbanduhr. Bis zum Meeting, ihrem ersten Meeting hier in Kopenhagen, würde es nicht mehr lange dauern. Sie hatte erst ein paar Mal unterrichtet, wenn die Nachhilfestunden in Dänisch, die sie einem Jungen aus der Nachbarschaft vor zig Jahren gegeben hatte, überhaupt als Unterricht durchgingen. Hoffentlich ging das alles gut.

Irgendwie hatte sie kein gutes Gefühl bei der Sache. Ihr Selbstvertrauen schwand, wenn sie es überhaupt jemals besessen hatte.

Emma stand auf, wischte sich die Hände an ihrer Hose ab und prüfte ein weiteres Mal alle Verbindungskabel und Stecker ihres Laptops.

Ob *er* kommen würde?

Sie musste keine große Männerkennerin sein, um zu verstehen, dass von Nikolaj eine unglaubliche Anziehungskraft ausging, der man sich nur schwer entziehen konnte. Auch wenn sie sich mit Händen und Füßen dagegen wehrte.

Gestern Abend hatte Nikolaj alle Register gezogen, die er brauchte, um eine Frau zu verführen. Sie hatte sich standhaft dagegen gewehrt, war kurz eingeknickt und hatte dann in der letzten Sekunde – zum Glück – doch noch die Kurve gekriegt. Zumindest war sie der Versuchung widerstanden, gleich am ersten Abend mit ihm im Bett zu landen.

Nikolaj hatte es geschafft, dass sie sich begehrt gefühlt hatte. Dieses Gefühl hatte ihr bislang kein Mann gegeben. Weder Tim, ihre erste große Teenager-Liebe, noch Sven, mit dem sie auf der Uni eine zweijährige Beziehung gehabt hatte, und schon gar nicht Kai, dem sie erst vor einem Jahr den Laufpass gegeben hatte, nachdem er sie mit einer Rothaarigen betrogen hatte.

Nikolaj war anders. Sie lachte in sich hinein, weil es so surreal war. Ausgerechnet der Mann, der der Erzfeind ihrer Cousine war, ging ihr nicht mehr aus dem Kopf. Und das machte ihr Angst!

„Hej."

Nikolaj lehnte im Türrahmen des Dronningeværelse und lächelte.

Sie war so in Gedanken gewesen, dass sie ihn gar nicht hatte hereinkommen hören.

„Geht's hier zum …" Er machte eine Pause, legte den Finger an die Unterlippe und überlegte. „Ich weiß gar nicht, wie ich es nennen soll? Deutschen PR-Kurs für Menschen, die mit einem Hotel nach Hamburg expandieren wollen?" Er legte den Kopf schräg und knabberte an seiner Unterlippe.

„Hej", antwortete Emma und versuchte, ihn nicht allzu dümmlich anzugrinsen. Sein Akzent war typisch dänisch. Süß, mit einem sehr scharfen, ausgeprägten S, das ihr sofort ein Lächeln auf die Lippen zauberte. Allein durch seinen dänischen Akzent hätte sie sich in ihn verlieben können. Was sie definitiv nicht vorhatte! Aber er klang verführerisch … und das war gefährlich.

„Du solltest öfter Deutsch sprechen … steht dir." Emma klappte ihren Laptop zu und sah ihn herausfordernd an.

Er zog die Tür hinter sich zu und kam langsam näher. Seit sie heute Morgen aufgestanden war, hatte sie sich vorgestellt, wie das Wiedersehen zwischen ihnen beiden wohl ablaufen würde. Doch in keiner ihrer Vorstellungen hatte Nikolaj so unverschämt gut ausgesehen. *Wow!*

„Gefällt es dir, wenn ich Deutsch spreche?" Er blieb vor ihr stehen und musterte sie eindringlich.

„Ja."

„Gut. Denn ich möchte dir gefallen, Emma." Sein Blick ruhte auf ihr und wanderte an ihrem Körper herab.

Inständig hatte sie gehofft, dass ihr Wiedersehen, so wie jetzt, in keiner Weise verkrampft sein würde und dass sie beide an das, was sie gestern Abend hatten, anknüpfen könnten. Auch wenn ein Teil von ihr vehement dagegen anzukämpfen schien.

„Scheint, als haben wir beide das Farbkonzept dieses Raumes nicht verstanden." Sie lächelte erleichtert und zeigte auf seinen hellblauen Hugo-Boss-Anzug mit der dazu passenden Seidenkrawatte, der sich ebenfalls deutlich vom beigefarbenen Zimmer absetzte.

Er schaute an sich herab und schmunzelte.

„Noch ein Grund, dich so schnell wie möglich mit ins NOVA zu nehmen."

„Du möchtest wirklich, dass ich ins NOVA ziehe? Ich dachte, das war ein Scherz."

„Ich mache nie Scherze, wenn es ums NOVA geht", antwortete er trocken. Und so ernst, wie er dreinblickte, glaubte sie ihm jedes Wort. „Nervös?"

Emma nickte.

„Ich würde lügen, wenn ich nein sagen würde", gestand sie, wobei ein Großteil ihrer Nervosität nicht allein darauf beruhte, dass sie in wenigen Minuten mit dem Meeting beginnen würden.

Er machte einen weiteren Schritt auf sie zu und sah sie voller Verlangen an.

*Herrje, als ob sie nicht schon durcheinander genug gewesen wäre.*

Sanft legte er seine Hände an ihre Wangen. Es war nur der Hauch einer Berührung, doch dieser allein genügte, um Emmas Herz so heftig zum Beben zu bringen, dass sie befürchtete, sie könnte jede Sekunde kollabieren. *Zum Teufel mit alldem hier! Küss mich, bitte!*

„Wirst du auch *mich* unterrichten?“, fragte er, seine Augen weiter auf sie gerichtet.

Emma schluckte. „I-ich denke, das ist so vorgesehen“, stammelte sie, unsicher, was genau er jetzt von ihr hören wollte.

Er fuhr mit dem Finger über ihre Lippen. Sein Blick wanderte von ihren Augen herunter zu ihrem Mund und an ihrem Körper entlang. Sie hätte schwören können, dass er einen Moment auf ihren Brüsten verharrte, die sich unter dem Satintop abzeichneten.

Im nächsten Moment beugte er sich vor und vergrub sein Gesicht in ihren Haaren. Wenn er sie nicht gleich küsste, würde sie explodieren.

Emma sog seinen herben, unfassbar männlichen Duft ein, als wäre er das Einzige, was sie zum Atmen brauchte. Sie umfasste seinen Nacken und fuhr mit der anderen Hand durch seine gegelten Haare. Verdammt, wie sollte sie ihm länger widerstehen?

„Ich hatte noch nie etwas mit meiner Lehrerin“, flüsterte er ihr begehrlich ins Ohr. *Oh mein Gott!*

Nikolaj strich ihr die Haare aus dem Gesicht und zog sanft ihren Kopf nach hinten. Ein leises Seufzen entfuhr ihr, als er ihre geschlossenen Augen liebkoste, ihre Nase und Wangen küsste. Sie hatte sich bedingungslos ergeben.

Endlich, nach einer gefühlten Ewigkeit, fand er ihren Mund. Sein Kuss war so leidenschaftlich, so voller Verlangen und Begehren nach ihr, dass Emma ganz schwindelig wurde. Sie hatte allergrößte Mühe, sich auf den Beinen zu halten, und war froh, dass er sie hielt. Wie um alles in der Welt sollte sie anderen Leuten jetzt noch etwas über PR erzählen?

Sie lösten sich erst voneinander, als sie leise Stimmen hörten und die Tür zum Konferenzraum mit einem Ruck aufgerissen wurde. Nikolaj wich augenblicklich zurück, woraufhin Emma für einige Sekunden ins Taumeln geriet. Sie schaffte es gerade noch, sich an einer der Stuhllehnen festzuhalten. Nikolaj warf ihr einen entschuldigenden Blick zu.

Zu mehr kam er nicht, denn eine junge Frau, Mitte zwanzig, mit langen braunen Haaren und einer traumhaften Figur, kam mit einem breiten Grinsen im Gesicht auf ihn zugelaufen.

„Mann, gut, dass Vater das nicht gesehen hat", raunte sie in seine Richtung und wandte sich Emma zu, die immer noch damit beschäftigt war, ihre wackeligen Knie unter Kontrolle zu bringen.

„Hej, ich bin Louise. Niks kleine Schwester." Sie griff nach Emmas Hand und schüttelte sie kräftig.

Die beiden hatten auf den ersten Blick überhaupt keine Ähnlichkeit miteinander. Einzig die gleich geschwungenen Lippen deuteten darauf hin, dass sie miteinander verwandt sein mussten.

„Emma", antwortete Emma mit heiserer Stimme und erwiderte den Händedruck, so gut sie konnte. „Freut mich, Sie kennenzulernen."

„Ach, nicht so förmlich. Wir sind doch hier in Dänemark. Natürlich sagen wir Du zueinander." Louise schaute sich im Raum um und winkte einem großen blonden jungen Mann, der ungefähr ihr Alter hatte. Er sah Nikolaj wie aus dem Gesicht geschnitten ähnlich, nur dass er etwa kinnlange, hellblonde Haare hatte, die er offenbar vergeblich versucht hatte, mit etwas Gel zu bändigen.

„Das ist mein Bruder, Fred."

„Frederik", verbesserte Nikolaj sie.

„Frederik", wiederholte Louise mit einem Augenrollen und lächelte müde. „Er ist kein Fan davon, dass ich meine beiden Brüder nur selten mit vollem Namen anspreche und stattdessen alle möglichen Spitznamen verwende. Nicht war, Nik?" Sie zwinkerte ihm provozierend zu und zog Frederik an ihre Seite.

„Hej. Schön, dich kennenzulernen." Er reichte Emma die Hand und begrüßte Nikolaj mit einem Schulterklopfen. „Dann warten wir mal auf unseren alten Herren, was?"

Emma sah die drei an. Nikolaj wirkte neben seinen beiden Geschwistern ein wenig wie das fünfte Rad am Wagen. Er stand etwas abseits der Zwillinge und sah deutlich erwachsener und reifer aus. Obwohl er, laut Google, nur fünf Jahre älter war. Die Art und Weise, wie er neben den Zwillingen stand und wie sie ihn ansahen, zeigte, dass er weitaus mehr für sie sein musste als nur ein simpler großer Bruder. Louises Blick war voller Bewunderung für diesen großen, blonden, attraktiven Mann an ihrer Seite, in Frederiks lag eher eine Mischung aus Respekt und Unsicherheit. Fast so, als hätte er Angst, etwas Falsches zu sagen oder etwas zu tun, was seinen Bruder enttäuschen könnte. Und Nikolaj? In seinen Augen erkannte Emma sowohl Besorgnis als auch Wachsamkeit. Er sah aus wie eine Art Beschützer, der seine kleinen Geschwister vor allem Unheil dieser Welt bewahren wollte.

„Komm, setzen wir uns." Nikolaj legte Emma die Hand auf den Rücken und schob einen der Stühle zurück, damit sie Platz nehmen konnte.

Louise und Frederik setzten sich ans andere Tischende und steckten augenblicklich die Köpfe zusammen, als sie außer Hörweite waren. Es war überdeutlich zu sehen, worüber die beiden tuschelten.

„Stört dich das nicht?“ Emma lehnte sich zu Nikolaj herüber, der von seinen Geschwistern keine weitere Notiz zu nehmen schien. Seine Aufmerksamkeit galt seinem Vater, der das Dronningeværelse betreten hatte und nun am Kopf des Tisches Platz nahm.

„Bitte?“, fragte er leise, ohne Emma anzusehen.

„Ach, schon gut“, antwortete sie und schaute auf ihre Notizen. Sie wollte ihn auf keinen Fall nerven, wo es doch deutlich war, dass er mit seinen Gedanken ganz woanders war.

Jørgen Bjerregaard räusperte sich. Kaum hatte er auch nur einen Ton von sich gegeben, war der Fokus aller Anwesenden auf ihn gerichtet.

*„God morgen, alle sammen“,* begrüßte er die Runde und rieb sich voller Vorfreude die Hände.

„Wie ihr alle wisst, sind wir heute aus einem ganz bestimmten Grund hier. Es geht um NOVA, den neuen Stern in unserem Imperium. Ihr wisst schon, das sind die kleinen luxuriösen, aber vor allem ökologisch einwandfreien Boutiquehotels, die ganz besonders eine jüngere Zielgruppe ansprechen sollen … und dies hier in Dänemark auch sehr erfolgreich tun“, sagte er salopp, woraufhin die Runde zu lachen begannen.

„Idiot“, flüsterte Nikolaj in Emmas Richtung. „Hat keine Ahnung, wovon er spricht.“

Jørgen Bjerregaard war die Bemerkung seines Sohnes nicht entgangen. Augenblicklich verfinsterte sich seine Miene.

„Nun, künftig werden wir neue Wege gehen und im Herbst in Hamburg das erste NOVA-Hotel außerhalb Dänemarks eröffnen."

Jørgen Bjerregaard erntete Beifall für seine Worte, während Emma im Augenwinkel sah, wie Nikolaj unter dem Tisch seine Hand zur Faust ballte. Einmal mehr beschlich sie das Gefühl, dass Nikolaj von der Expansion nicht im gleichen Maße begeistert war wie sein Vater.

Was folgte, war ein minutenlanger Monolog von Jørgen, der noch langweiliger war als Nikolajs Lebenslauf am Abend zuvor. Emma versuchte, sich auf das, was Jørgen von sich gab, zu konzentrieren, doch ihre Gedanken wichen immer wieder ab.

Wo mochte Nikolaj das Tagebuch seiner Mutter versteckt haben? Hatte er es vielleicht in einen Safe gelegt? Vielleicht bewahrte er es in seinem Büro auf. Doch war ein Safe nicht zu unpersönlich für eine so wertvolle Hinterlassenschaft einer geliebten Person? Sie zermarterte sich das Hirn darüber, kam letztlich aber zu dem Schluss, dass sie das Tagebuch wohl am ehesten in Nikolajs Suite finden würde. Allein deshalb sollte sie versuchen, Nikolaj in den kommenden Tagen so nah wie möglich zu kommen. Je schneller sie es hinter sich brachte und das Tagebuch fand, desto schneller könnte sie den Job hier in Kopenhagen abbrechen und von Le de Luxe verschwinden.

„... deshalb begrüßt mit mir ... Emma Jakobsen von der Agentur Le de Luxe in Hamburg", schloss Jørgen seine Rede und übergab symbolisch das Zepter an Emma, indem er ihr seinen Platz am Kopf des Tisches anbot.

Emma räusperte sich und lächelte. Sie stand auf, schob sich an Jørgen vorbei und bedankte sich für den Begrüßungsapplaus. Auch wenn sie keinen blassen Schimmer hatte, wie sie es anstellen sollte, sie würde dieses Tagebuch finden.

# KAPITEL 10

Es war bereits später Nachmittag, als Emma endlich zurück auf ihrem Zimmer war. Die vergangenen Stunden hatten all ihre Konzentration gefordert, dementsprechend ausgelaugt und müde fühlte sie sich. Sie streifte ihre Riemchensandalen ab, schlüpfte aus Blazer und Culotte und ließ sich rücklings aufs Bett fallen. *Endlich durchatmen!*

Vom geöffneten Fenster drangen die Geräusche des belebten Kanals vor dem Hotel ins Zimmer. Sie hörte das Plätschern der Wellen und das leise Motorensurren der vorbeifahrenden Touristenboote. Auf der Frühstücksterrasse im Erdgeschoss spielte jemand Klavier. Sie schloss die Augen und atmete mehrmals tief ein und aus.

Zu ihrer Überraschung war das Meeting besser verlaufen als zunächst befürchtet. Jørgen Bjerregaard hatte sich etwa eine Dreiviertelstunde nach Beginn zurückgezogen und den Konferenzraum verlassen, woraufhin die Stimmung deutlich lockerer und gelöster gewesen war.

Selbst Nikolajs skeptische Miene hatte sich aufgehellt, nachdem sein Vater gegangen war. Er schien sogar ganz entspannt gewesen zu sein und hatte ihr zwischendurch immer mal wieder bewundernde Blicke zugeworfen, was sie mit Genugtuung registriert hatte.

Gegen Mittag hatten sich ihre Schüler, oder als was auch immer sie die Kursteilnehmer bezeichnen sollte, zu einem halbstündigen *frokost* auf die Dachterrasse zurückgezogen.

Emma hatte die Pause genutzt, um den Kurs in zwei Teams einzuteilen. Es war nötig geworden, nachdem sie erkannt hatte, dass es unter den Teilnehmern einen großen Wissensunterschied gab. Einige, darunter Nikolaj, seine Geschwister und die Mitarbeiter der PR-Abteilung hatten Deutsch bereits in der Schule gelernt. Ihre Kenntnisse mussten lediglich aufgefrischt und an den Markt angepasst werden. Außerdem ergab es Sinn, mit dieser Gruppe ein geeignetes PR-Konzept zur Eröffnung des NOVA Hamburg zu erarbeiten.

Dem zweiten Team, bestehend aus Rezeptionisten, Mitarbeitern im Housekeeping und Restaurantfachleuten, die für das NOVA in Hamburg bereits rekrutiert worden waren, würde sie hingegen erst einmal reinen Sprachunterricht erteilen müssen. Eine Aufgabe, auf die sie sich besonders freute. Nicht zuletzt auch deshalb, weil dies ein Kurs sein würde, bei dem sie nicht ständig allein durch Nikolajs bloße Anwesenheit abgelenkt werden würde.

Sie drehte sich zur Seite und öffnete die Augen. Die weißen Vorhänge bewegten sich leicht im Sommerwind. Es fiel ihr zunehmend schwerer, wachzubleiben. Jetzt, wo die Anspannung langsam aus ihrem Körper wich, war sie unfassbar müde. Ob sie ein Nickerchen riskieren könnte? Im Prinzip hatte sie heute nichts mehr vor. Nikolaj hatte zwar angekündigt, dass er sie später ins NOVA bringen würde, aber er hatte ihr keine Uhrzeit genannt. Und eine Mütze voll Schlaf hatte sie dringend nötig.

*

Lautes Klopfen an der Zimmertür ließ Emma aufschrecken. Sie musste tatsächlich eingeschlafen sein. Wie spät war es? Sie war komplett ohne Zeitgefühl. War etwa schon Abend? Und wer zum Kuckuck hämmerte wie ein Verrückter gegen ihre Tür?

Sie lag auf ihrem Bett, das Mobiltelefon weit von sich geschoben. Durch die halbzugezogenen Vorhänge versuchte sie zu erkennen, ob die Dämmerung bereits eingesetzt hatte.

Gerade als sie sich aufsetzen wollte, hörte sie ein Klicken. Sekunden später öffnete sich die Zimmertür, und Nikolaj kam herein.

„Emma?" Nikolaj blieb wie angewurzelt im kleinen Durchgang zum Flur stehen, während hinter ihm die Tür krachend zurück ins Schloss fiel. Als er sie halbnackt auf dem Bett sitzen sah, schluckte er.

„Nikolaj!", rief Emma entsetzt und suchte nach ihrer Decke. „Bist du irre? Was machst du hier?"

Sie rollte möglichst elegant auf die rechte Seite und versuchte die Bettdecke unter sich hervorzuziehen, um sich darin einhüllen zu können, was ihr nur mittelmäßig gelang. Stattdessen verrutschte ihr Slip leicht nach rechts und gab einen Teil ihrer Pobacke preis. *Oh Gott, hoffentlich hatte sie einen vernünftigen Slip an!*

„Also, meinetwegen musst du dich nicht verhüllen. Mir gefällt, was ich sehe."

Emma wurde bewusst, dass er in diesem Moment direkt auf ihren Po starrte. Sie drehte sich zu ihm um und verschränkte die Arme. Nikolaj lehnte mit der gewohnt lässigen Attitüde im Türrahmen und legte den Kopf schräg. Es stand ihm förmlich auf der Stirn geschrieben, woran er dachte.

*Oh mein Gott!* Ein Blick von ihm reichte, um all ihre Prinzipien über Bord zu werfen. Zu sehen, wie genüsslich er sie ansah, machte sie stärker und selbstbewusster, als sie sich je zuvor gefühlt hatte. Auf einmal war sie bereit, alles zu riskieren. *Jetzt oder nie!*

„Du meinst, du möchtest mich in diesem Outfit mit in dein Hotel nehmen? Meinst du nicht, das würde Aufsehen erregen?" Sie lehnte sich lasziv zurück. Zumindest tat sie ihr Bestes, es so aussehen zu lassen.

Nikolaj schluckte hart. „Oh ja, das würde es. Ganz bestimmt sogar." Er lächelte sie schief an, als würde ihm dieser Gedanke gefallen. Es war nicht zu übersehen, wie sehr er darum bemüht war, nicht auf der Stelle über Emma herzufallen. Sie hatte ihn genau da, wo sie ihn haben wollte. Oder er sie?

Er sah an ihrem Körper herab und blieb an ihrem wohlgeformten Busen hängen. Ihre Nippel zeichneten sich deutlich unter ihrem Satintop ab. Sie sah an sich herunter.

„Ups", machte sie und sah unschuldig zu ihm rüber.

Es kam einer Aufforderung gleich, auf die er nur gewartet zu haben schien.

Nikolaj löste sich vom Türrahmen, lockerte seinen Schlips und kam näher, selbstbewusst und sexy.

„Heiß hier, nicht wahr?“ Er ließ sein Jackett zu Boden fallen und stellte sich ans Fußende des Bettes, den Blick weiter fest auf sie gerichtet.

Langsam, beinahe wie in Zeitlupe, begann er, Knopf für Knopf seines weißen Leinenhemdes zu öffnen. Und Emma genoss es, ihn dabei zu beobachten.

Ein Gefühl heißer Lust durchzuckte sie, als Stück für Stück von seinem nackten Oberkörper zum Vorschein kam. Ihr Blick wanderte über seine bis ins kleinste Detail definierten Bauchmuskeln und blieb an der gut sichtbaren Beule in seiner Hose hängen. *Er war so verdammt sexy!*

„Gefällt dir, was du siehst?“ Es klang so abgedroschen, dass beide auf der Stelle darüber lachen mussten.

„Ich denke, jetzt würden wir wohl beide Aufsehen erregen.“ Ihre Stimme klang leise und sinnlich.

Nikolaj lächelte zustimmend. Ohne sie aus den Augen zu lassen, öffnete er den Gürtel und Reißverschluss seiner Hose, die binnen Sekunden zu Boden glitt.

Er hielt inne und schien für einen Moment unsicher zu sein, ob er wirklich so weit gehen durfte. Doch sie gab ihm keinen Anlass zu zweifeln.

Er beugte sich über das Bett, umschloss ihren Nacken und zog sie zu sich heran.

„Hast du eigentlich eine Ahnung davon, wie sehr ich dich begehre, Emma Jakobsen?“, murmelte er dicht an ihrem Hals, während er mit einem Finger um die Spitzenkante ihres Tops fuhr.

Mit einer federleichten Geste schob er ihr die Träger über die Schulter und zog es ihr in einer einzigen fließenden Bewegung über den Kopf. Er küsste ihre nackte Haut, bis es überall in ihrem Körper kribbelte und das Herz in ihrer Brust pulsierte.

Als ihre warme Haut seine berührte, war es, als würde sich alles binnen Sekunden von null auf hundert beschleunigen. Sie konnte kaum atmen, geschweige denn sprechen.

„Wie wunderschön du bist“, murmelte er, bevor er sie über und über mit Küssen bedeckte. Zunächst zärtlich, beinahe vorsichtig, so als könnte das, was zwischen ihnen war, jede Sekunde wie eine Sternschnuppe verglühen. „Wirklich wunderschön.“

„Danke“, flüsterte sie in sein Ohr und erwiderte seine Berührungen. Sie grub ihre Finger in seinen Bizeps. Wild, leidenschaftlich und fordernd, was ihm beinahe seinen Verstand zu rauben schien.

„Das wollte ich schon tun, seit du auf dem H.C. Boulevard in mein Auto eingestiegen bist“, sagte er heiser, schob sie rücklings zurück auf die Matratze und zog sich gänzlich aus, bis er komplett nackt vor ihr stand.

Emma stockte der Atem. Ihr gefiel, was sie sah. Nikolaj hatte den Oberkörper eines Schwimmers: eine gebräunte, leicht behaarte Brust, breit und muskulös mit begehrenswert schmalen Hüften … alles an ihm war perfekt. Und er war sehr gut bestückt. Groß und kräftig und offenbar sehr bereit, sie zu verwöhnen.

Zu sehen, wie sehr er sie begehrte, ließ Emma erschaudern. Es machte ihr beinahe Angst. Sie war nervös und hatte keine Ahnung, was sie erwartete. Oder was er mit ihr vorhatte. Sie wusste nur eines: Noch nie hatte ein Mann sie auf diese Art und Weise angesehen, geschweige denn geküsst oder berührt.

Das konnte nicht gespielt sein.

Es war echt.

Und es passierte hier und jetzt.

Nikolaj folgte ihr aufs Bett, beugte sich über sie, als wollte er die Kontrolle übernehmen. Er erkundete jeden Teil ihres Körpers und ließ seine Zunge langsam darüber gleiten. Zärtlich knabberte er an ihrer Haut und saugte an ihren Brüsten, während sie sich leise stöhnend unter ihm wand.

Er wusste, was er tat, so viel stand fest.

Je länger er sich ihrem Körper widmete, desto heißblütiger und stürmischer wurden seine Küsse.

Er ließ Emma kaum Zeit zum Luftholen, was ihre Erregung nahezu ins Unermessliche steigen ließ. Sie hoffte, sie würde das Tempo, das er vorgab, mithalten können. Gleichzeitig war sie sich sicher, dass er sie nicht vorzeitig aus dem Strudel entwischen lassen würde, in den er sie mit sich hineingezogen hatte.

Auf der Suche nach der größten Befriedigung glitt er weiter an ihr hinab und küsste mit hungrigen Lippen die Innenseite ihrer Oberschenkel. Sie spürte ihn. *Dort.*

„Wenn du wüsstest, was ich alles mit dir anstellen werde", raunte er und sah zu ihr nach oben.

Es war ein Blick, der sie gefangen hielt. Ein Blick, der ihr vermittelte, dass er noch nie eine andere Frau so sehr begehrt hatte wie sie. Ein Versprechen, sie nie wieder gehen zu lassen, jetzt, wo er kurz davor war, sie voll und ganz zu erobern.

Auch, wenn sie sich dafür hasste: Sie wollte, dass er sie eroberte, sie mit Haut und Haaren verschlang und sie nicht wieder losließ. Es war ihr egal, was für Konsequenzen es hatte.

Mutig wie nie ergriff sie die Initiative und schlang ihre langen Beine um seinen Körper. Sie nutzte den Moment seiner Überraschung und rollte herum, sodass er sich plötzlich auf dem Rücken wiederfand, während sie sich rittlings auf ihn setzte.

Ihre Lippen pochten von seinen harten Küssen, und das Herz in ihrer Brust schlug jetzt so stark, dass sie fürchtete, es würde jeden Moment aus ihr herausspringen.

Emma griff unter sich, umschloss seine Länge mit ihren Fingern und bewegte ihre Hand langsam auf und ab.

Er schloss die Augen, während sie ihre Bewegungen intensivierte. Eine Zeit lang ließ er es geschehen, genoss es, sich von ihr verwöhnen zu lassen, bis sein Stöhnen so laut wurde, als wäre er kurz davor, die Kontrolle zu verlieren. Abrupt öffnete er die Augen.

„Schluss mit den Spielchen", flüsterte er und umfasste ihr Gesicht.

Als müsse er wieder Herr der Lage werden, küsste er sie intensiv. Und ohne das Spiel ihrer Zungen zu unterbrechen, packte er sie an den Hüften. Als wäre sie leicht wie eine Feder, hob er sie von seinem Schoß und legte sie zurück auf das Bett.

Irritiert vom plötzlichen Führungswechsel schaute Emma zu ihm hoch. Wortlos stand er auf, griff nach seiner Hose und nahm ein Kondom aus der Tasche. Allein die Vorstellung, dass er es bereits bei sich gehabt hatte, als er vorhin an ihre Zimmertür geklopft hatte, fand sie unfassbar erregend.

Er wollte sie genau so sehr, wie sie ihn wollte. Es bestand kein Zweifel.

Sie war verrückt nach ihm, nach seinen Küssen, nach seinem Körper, und konnte es kaum noch erwarten, ihn endlich in sich zu spüren. Ganz und gar zu fühlen.

Als könne er ihre Gedanken lesen, betrachtete er mit brennendem Blick ihre pulsierende, empfindsame Stelle zwischen ihren Beinen, während er sich das Kondom überstreifte.

„Ich gebe das Kommando nur ungern aus der Hand, weißt du. Was nicht heißt, dass du nicht voll und ganz auf deine Kosten kommen wirst."

„Oh", sagte sie mit erstickter Stimme, so quälend war ihr Verlagen.

Geschmeidig wie ein Leopard glitt er zurück ins Bett und legte sich zu ihr. Er spreizte ihre Oberschenkel, umfasste ihre Hüften und drang in sie ein.

Es kam so überraschend, dass ihr für einen kurzen Moment die Luft wegblieb.

Sie schloss die Augen und versuchte, sich seinem heißblütigen, fordernden Takt anzupassen. Zu ihrer Überraschung gelang es ihnen schneller als gedacht, einen gemeinsamen Rhythmus zu finden. Immer wieder zog er sich langsam zurück, nur um dann noch härter zuzustoßen, um noch tiefer in sie einzudringen. Er verlagerte sein Gewicht auf die Ellenbogen. Sie wölbte ihm ihre Hüften entgegen, woraufhin er sein Tempo beschleunigte.

„Ah." Je tiefer er in sie hineinstieß, desto lauter wurde ihr Stöhnen. Man konnte sie bestimmt im ganzen Haus hören. *Oh Gott!*

„Mehr?", flüsterte er schwer atmend und verharrte einen Moment tief in ihr. „Möchtest du mehr, Emma?" Seine Zähne zogen an ihrer Unterlippe.

„Ja … gib mir mehr." Es war eine Mischung aus Flüstern und Flehen, die aus ihrem Mund kam. Sie fühlte sich vollkommen ausgefüllt. Sie hatte keine Ahnung gehabt, dass sich Sex auch so anfühlen konnte. Im Vergleich zu ihm waren ihre bisherigen Freunde die absoluten Nieten im Bett gewesen. Niemand von ihnen hatte sie jemals gefragt, ob sie mehr wollte.

Nikolaj verlagerte seine Position. Er kniete sich vor sie und legte ihre Beine auf seine Schulter. Plötzlich zog sich alles in ihr zusammen, und ihre Gedanken zerflossen. Zitternd bäumte sich ihr Körper auf, während er unerbittlich weiter in sie eindrang. Es würde nicht mehr lange dauern, und sie würde kommen.

„Komm für mich, Emma", flüsterte er schwer atmend.

Es brauchte nicht mehr als diese vier winzigen Worte, und wie eine Sternschnuppe, die in die Erdatmosphäre eintrat, zersprang sie in Millionen Stücke, während Nikolaj immer und immer wieder ihren Namen rief, als er kam.

# KAPITEL 11

Während Emma versuchte, ihre Atmung unter Kontrolle zu bringen und ihren Herzschlag zu beruhigen, versanken ihre Gedanken im Chaos. Sex war für sie bislang immer eine Abhandlung bestimmter Abläufe gewesen, um möglichst schnell zum Ziel zu kommen. Noch nie zuvor war sie dabei so dermaßen aus sich herausgefahren. Sie behielt ihre Augen noch eine Weile geschlossen, um möglichst jede Sekunde dieses kostbaren Augenblicks in sich aufzusaugen.

„Hej."

Nikolaj strich ihr unerwartet sanft über die Wange und küsste ihre Nasenspitze. Sie öffnete die Augen und sah ihn an. Auf seinem Gesicht lag ein breites, zufriedenes Lächeln. Er war immer noch in ihr. Seine Atmung war immer noch schwer. „Geht's dir gut?"

Emma nickte, unfähig, Worte für das zu finden, was gerade geschehen war. „Wow."

„Puh", sagte Nikolaj und zog sich aus ihr zurück. „Ich glaub, ich bekomme gleich einen Herzinfarkt." Er nahm ihre Hand und legte sie auf sein Herz, das wie wild pumpte.

„Ich fasse das als Kompliment auf", sagte Emma und lächelte stolz."

„Als Kompliment für deine Fähigkeiten, mich verrückt zu machen?"

Sie nickte. „Warum sollte es dir anders gehen als mir? Ich zittere am ganzen Körper." Zum Beweis hob sie ihre Hand und hielt sie ihm vor die Nase.

Er grinste zufrieden, als hätte sie ihm eben das größte Kompliment gemacht, und küsste sie fest auf den Mund.

„Willkommen im Club."

Sie streckte sich neben ihm aus. Ihre Muskeln waren weich wie Wackelpudding. Sie war nicht sicher, ob sie es schaffen würde, sich auf den Beinen zu halten, wenn sie jetzt aufstehen müsste.

Emma drehte sich auf die Seite und schaute ihn an. Nikolaj lag mit verschränkten Armen hinter seinem Kopf neben ihr und starrte zur Decke. Sie legte ihren Kopf auf seine Brust und spürte, wie sich sein Herzschlag langsam beruhigte.

„Aber du bist doch vorhin nicht in mein Zimmer geplatzt, um das mit mir zu machen, oder?" Sie fuhr mit dem Zeigefinger die Konturen seines Kinns nach.

„Wir waren verabredet, schon vergessen?" Er strich durch ihre Haare.

„Ich kann mich nicht daran erinnern, dass wir eine Zeit ausgemacht hatten", konterte sie. Wenn sie ehrlich war, konnte sie sich an so gut wie gar nichts mehr aus der Zeit vor diesem fantastischen Sex erinnern.

„Ich hatte gesagt, ich rufe dich an."

„Hast du aber nicht."

„Doch."

Sie drehte sich um und versuchte, mit der Hand an ihr Handy zu kommen. Es gelang ihr knapp.

„Und?“

„Kein Akku.“ Sie sah entschuldigend zu ihm rüber. „Sorry.“

„Du musst dich nicht bei mir entschuldigen. Wäre der Akku nicht leer gewesen, wären wir beide nicht im Bett gelandet … zumindest nicht hier im Bett gelandet.“ Er sah sich um, als könne er nicht fassen, dass er ausgerechnet im Hotel seines Vaters Sex gehabt hatte.

„Ich könnte mich glatt an den Sex mir dir gewöhnen.“ Jetzt war es raus, und sie schaffte es nicht länger, ihr breites Grinsen zu unterdrücken. Am liebsten hätte sie sich ans Fenster gestellt und es laut hinausgeschrien. *Ich habe mit Nikolaj Bjerregaard geschlafen!* Es war, als hätte sie eine Mauer, die sie jahrelang um sich herum aufgebaut hatte, endlich eingerissen.

Nikolaj runzelte übertrieben die Stirn.

„Tatsächlich?“, fragte er trocken und fuhr sich durch die Haare. „Ist das ein Wunsch? Oder eine Aufforderung?“

Emma lachte. „Das ist mir egal. Hauptsache, es bleibt nicht bei einer einmaligen Sache.“

„Wenn das so ist: Dein Wunsch ist mir Befehl.“ Er rieb sich zufrieden in die Hände. „Dreh dich um.“

„Was?“

„Legen Sie sich auf den Bauch, Fräulein Jakobsen.“

„Das kann nicht dein Ernst sein“, sagte Emma und starrte ihn entgeistert an. Er sah fantastisch aus mit seinen zerzausten Haaren, dem stoppeligen Kinn und seinen gierigen Augen. Aber konnte er tatsächlich schon wieder?

„Oh doch.“

Emma schluckte heftig und tat, was er verlangte. Langsam fand sie Gefallen daran, von ihm im Bett herumkommandiert zu werden. Zumindest in diesem einen Augenblick hatte sie nichts dagegen.

Kaum hatte sie sich umgedreht, spürte sie seine Hand an ihrem Rücken hinuntergleiten. Er streichelte sie sanft, als würde er ihre zuvor beanspruchten Muskeln massieren wollen.

„Ich soll dich also noch mal nehmen? Bist du dir da wirklich sicher?", erkundigte er sich, ohne ihre Antwort abzuwarten. Sein Mund war dicht neben ihrem Ohr, seine Nase versank in ihren Haaren.

„Du riechst so gut", murmelte er, während er ihre Schultern und den Nacken mit Küssen bedeckte.

Emma konnte kaum glauben, dass das alles hier wirklich passierte. Sie stützte sich mit den Ellenbogen ab und stöhnte gedämpft in die Kissen unter sich. Die Tatsache, dass sie nicht sehen konnte, was er hinter ihrem Rücken mit ihr anstellte, raubte ihr vollkommen den Verstand. Sie versuchte, rechts über ihre Schulter zu schielen, doch Nikolaj hielt sie zurück.

„Wage es ja nicht, dich umzudrehen", raunte er in ihr Ohr, während seine Hände über ihre Taille, ihre Hüfte und Oberschenkel strichen. Er streichelte ihre Pobacken und glitt mit der Hand sanft zwischen ihre Beine. *Himmel!*

„Gefällt dir das?"

„Mmm", murmelte sie und krallte sich in den Laken fest.

Sie spürte seine harte Erektion an ihrem Oberschenkel, während er sich noch tiefer über sie beugte und mit seinen Fingern begann, ihre empfindlichste Stelle sanft zu umkreisen. Unwillkürlich begann sie, die Hüften im Takt seiner Berührungen zu bewegen. Sie keuchte vor Lust und kam erst zum Durchatmen, als er kurz von ihr abließ und vom Bett sprang.

„Nicht bewegen", befahl er, biss ihr in die Schulter und holte ein weiteres Kondom aus seiner Hosentasche.

Er kniete sich wieder hinter sie, rollte sich das Kondom über und umklammerte fest ihre Hüften.

„Lass es uns dieses Mal so richtig genießen", wisperte er.

Er glitt in sie hinein und bewegte sich quälend langsam vor und zurück.

„Du bist so verdammt feucht", flüsterte er und schien noch tiefer in sie vorzudringen.

Emma keuchte vor Lust. Sie lag flach auf dem Bett, nur ihr Po war in die Höhe gereckt. Er kreiste die Hüften, glitt wie beim ersten Mal langsam wieder aus ihr hinaus und stieß dann fest wieder in sie hinein. Hemmungslos. Wieder und wieder. Sie war kurz davor zu explodieren. Es war, als würde er jeden einzelnen ihrer angespannten Nerven berühren.

„Fester", entfuhr es ihr, und für einen Moment erschrak sie über sich selbst.

„Wie bitte, *skat*?", flüsterte er und hielt inne, als hätte er sich verhört.

„Ich will es fester!", wiederholte sie.

Er zog sich aus ihr zurück und glitt erneut hinein, ohne jedoch sein Tempo zu beschleunigen. Unwillkürlich stöhnte sie auf.

„Ja", keuchte er, während er seine süße Folter fortsetzte. „Aber du musst dich noch etwas gedulden."

„Bitte, Nikolaj", flehte Emma. „Schneller."

Endlich erhörte er ihr Flehen, und seine Hüftbewegungen wurden intensiver. Keuchend umklammerte sie das Laken, während er jetzt merklich das Tempo steigerte. Das Kopfteil des Bettes schlug gegen die Wand. *Arme Zimmernachbarn!*

Sie war ganz und gar von ihm erfüllt. Alles in ihrem Inneren zog sich zusammen, während er unaufhörlich in sie eindrang, als würde auch er es nicht mehr erwarten können, endlich zum Höhepunkt zu kommen.

Seine Hüften kreisten rhythmisch, während die Spannung in ihrem Inneren kaum noch zu ertragen war. Alles bebte, ihre Beine zitterten.

„Emma."

Als er ihren Namen rief, bäumte sich ihr Körper auf, und als sie kam, stöhnte sie laut und hemmungslos. Sie hatte jegliches Gefühl für die Welt um sich herum verloren.

Er folgte ihr mit zwei weiteren harten Stößen und sank auf ihr zusammen, als er sich in ihr ergoss. Sie spürte seine Schweißperlen auf ihrem Rücken und hörte seine schnellen Atemzüge.

„Himmel, Emma", flüsterte er, glitt aus ihr heraus und rollte auf die eine Seite des Bettes.

Sie brauchten einen Augenblick, um wieder zu Atem zu kommen.

„Ich fürchte, ganz Kopenhagen hat uns gehört." Emma hielt sich beschämt eine Hand vors Gesicht.

Er grinste, zog sie an sich heran und küsste ihren Nacken. „Nein, nicht ganz Kopenhagen."

# KAPITEL 12

Das Geschrei der Möwen riss ihn aus dem Schlaf. Es war gerade einmal halb fünf, trotzdem war es draußen bereits hell geworden. Die bodentiefen Fenster waren weit geöffnet, und die erfrischende Luft des beginnenden Sommermorgens strömte durch die leichten Gardinen zu ihnen herein.

Sie hatten das Zimmer den ganzen Abend über nicht mehr verlassen, sondern sich aus der Küche lediglich einen leichten Snack heraufkommen lassen. Emma war zu erschöpft gewesen, um noch irgendetwas zu unternehmen, wie sie ihm mit einem breiten, befriedigten Grinsen im Gesicht gestanden hatte. Eine Erschöpfung, die zum Glück nicht stundenlang angehalten hatte, denn sie hatten sich im Laufe des Abends noch mehrmals geliebt und waren erst vor ein paar Stunden eingeschlafen.

Er schaute auf Emma, die selig neben ihm im Bett lag und tief und fest schlief. Sie hatte sich weit unter die Decke gekuschelt, als wolle sie ihre nackte Haut darunter verstecken. Vielleicht aber war ihr auch nur kalt geworden, als der frische Wind ins Zimmer geweht war.

Er musste zugeben, dass es sich merkwürdig anfühlte, ausgerechnet hier neben ihr aufzuwachen. Er hatte sich für ihren ersten gemeinsamen Morgen eine andere Kulisse gewünscht. Vielleicht seine Suite im NOVA oder seine Yacht, die nur wenige Meter von hier entfernt im Hafen lag. Nicht aber dieses Hotel, das er so sehr hasste.

Was hatte sie nur an sich, dass er den Blick nicht von ihr abwenden konnte? Als würde sie etwas Süßes träumen, huschte im Schlaf ein Lächeln über ihre wunderbaren Lippen, die von seinen Küssen immer noch ganz gerötet waren. Ob er in ihrem Traum vorkam?

Dass er sich ernsthaft diese Frage stellte, überraschte ihn. Es war ihm immer egal gewesen, was seine Bettbekanntschaften und Affären von ihm gedacht hatten. Ob sie von ihm oder von irgendeinem anderen Mann träumten.

Doch bei Emma war das anders.

Sie brachte ihn dazu, Dinge zu tun, vor denen er früher zurückgeschrocken war. Er hatte ihr Worte ins Ohr geflüstert, die er noch niemandem gesagt hatte. Noch nie hatte er eine Frau *skat*, Schatz, genannt, schon gar nicht beim Sex. Und noch nie war es ihm dabei so wichtig gewesen, nicht nur sich, sondern auch sie zu befriedigen.

Er wollte, dass es ihr gut ging, dass sie glücklich war. Dabei wusste er so wenig über sie oder ihr Leben in Hamburg. Und doch spürte er, dass sie etwas ganz Besonderes war. Sie war ein Schatz, den er durch Zufall gefunden hatte. Wie lange sie in seinem Leben bleiben würde, wusste er nicht. Darüber würde er sich zu einem anderen Zeitpunkt Gedanken machen.

Es war wohl eine Ironie des Schicksals, dass er am Ende seinem ungeliebten Vater noch dankbar dafür sein musste, dass er ausgerechnet Emma für den PR-Job engagiert hatte.

Leise stand er auf, fischte seine Boxershorts vom Boden und schlüpfte hinein. Er ging zum offenen Fenster, zog einen Teil der Vorhänge zurück und lehnte sich gegen das Eisengitter des französischen Balkons. Über Kopenhagen ging langsam die Sonne auf. Vor ihm auf dem Kanal war noch alles ruhig, lediglich ein paar Enten und Schwäne zogen ihre Runden und schienen die Ruhe, die um sie herum herrschte, zu genießen.

Nur aus der Hotelküche, ein paar Stockwerke unter ihm, ertönte bereits das leise Klappern von Töpfen, Pfannen und Geschirr. Auf der angrenzenden Frühstücksterrasse hatte die Frühschicht damit begonnen, die ersten Tische einzudecken und die Sonnenschirme aufzuspannen. Es würde nicht mehr lange dauern, bis die ersten Hotelgäste eintreffen und nach Kaffee, Tee und frischen Brötchen verlangen würden.

Wie viele Leute sie wohl gestern gehört hatten? Immerhin waren sie in ihrem wilden Treiben nicht leise gewesen. Auch wenn er beim Sex selten ein stiller Genießer war, so hatte er seine Lust niemals so hemmungslos herausgeschrien wie in den vergangenen Stunden mit ihr. Schon gar nicht in einem Hotel, in dem ihn jeder kannte. Er war überzeugt davon, dass sie wegen Lärmbelästigung hochkantig herausgeflogen wären, wäre er nicht der Sohn des Hotelbesitzers gewesen, der zudem auch noch einen Sitz im Management intus hatte. Zumindest hätte er so gehandelt, wenn es im NOVA einmal derartig laut geworden wäre.

NOVA. Er hätte sie dorthin bringen sollen, genauso, wie er es geplant hatte. Dort, in seinem Hotel, konnte er sich der Verschwiegenheit und Diskretion der Mitarbeiter, *seiner* Mitarbeiter, sicher sein. Dort würde ihn niemand schief ansehen und hinter seinem Rücken zu flüstern beginnen, wenn er nach einer solchen Nacht durch die Hotellobby spazieren würde.

Er wusste, dass niemand seiner Leute den Mund aufmachen und etwas von dem, was im NOVA vor sich ging, an die Öffentlichkeit tragen würde. Er hatte sich abgesichert und in jeden Arbeitsvertrag eine zusätzliche Verschwiegenheitsklausel einbauen lassen, die jeden Angestellten, der sich nicht daran hielt, ruinieren würde.

Seine Anwälte hatten wochenlang daran gefeilt, eine entsprechende Formulierung im Vertrag zu finden, die von den Gewerkschaften schließlich akzeptiert worden war.

Er wusste, es war ungewöhnlich, sich auf diese Weise die Loyalität seiner Mitarbeiter zu sichern. Loyalität gegenüber dem Arbeitgeber hätte selbstverständlich sein müssen. Aber das Leben hatte ihm keine andere Wahl gelassen. Zu oft schon war er in der Vergangenheit von seinen Angestellten enttäuscht worden.

Er erinnerte sich an eine besonders unschöne Geschichte, die sich vor ein paar Monaten auf Bornholm ereignet hatte und die ihn hätte ruinieren können. Es gab immer wieder Mitarbeiterinnen, die versuchten, sich in sein Leben zu drängen, auch wenn er sie dort partout nicht haben wollte. So war er schließlich gezwungen gewesen, zu handeln. Aber es hatte Wochen gedauert, bis er sich von diesem einschneidenden Erlebnis erholt hatte. Warum er ausgerechnet jetzt daran dachte?

Als er aus Bornholm zurück nach Kopenhagen gekommen war, hatte er seinen Vater zumindest in dieser Hinsicht besser verstehen können. Es war das einzige Mal in seinem Leben gewesen, dass er einen Ratschlag seines Vaters wirklich beherzigt hatte. Im Hause Bjerregaard durften Privates und Berufliches auf keinen Fall miteinander vermischt werden. Daran hatte er sich gehalten.

Bis jetzt.

Im Bett neben ihm stieß Emma ein kurzes Seufzen aus, als sie sich umdrehte. Unwillkürlich lächelte er bei ihrem Anblick. Sie war so wunderschön, sexy und vollkommen nackt. Sein Blick blieb an ihren Brüsten hängen, die die verrutschte Decke für ihn preisgegeben hatte.

Wenn man es genau nahm, hatte er seinen Grundsatz gebrochen. Emma arbeitete für ihn und das Haus Rosenborg. Sein Vater würde toben, wenn er von alldem hier wüsste. Und er würde davon erfahren. Dafür würde schon einer seiner zahlreichen Wasserträger in diesem verdammten Fünf-Sterne-Haus sorgen.

Wenn er es genau nahm, hätte auch sie die Verschwiegenheitsklausel unterschreiben müssen. Er hatte sogar bereits einen entsprechenden Vertrag für sie ausarbeiten lassen, der zur Unterschrift bereit in seinem Büro im NOVA lag. Doch was machte das jetzt noch für einen Sinn?

„So ernst …?“ Emma streckte sich neben ihm und fuhr mit ihrem Zeigefinger über die Falten auf seiner Stirn.

Er genoss ihre Berührung und freute sich über die Ablenkung. Der bevorstehende Tag würde anstrengend genug werden, davon war er felsenfest überzeugt.

„*God morgen, søde*“, flüsterte er, lächelte sie an und legte sich neben sie unter die Decke. Seine Hand auf ihrer Brust ruhend, zog er sie zu sich heran und küsste sie. „Wie war die Nacht?“

Er sah sie erwartungsvoll an. Wenn's nach ihm ginge, könnte er sie jetzt auf der Stelle schon wieder vernaschen. Wie machte sie das nur?

„Leidenschaftlich, wild, heiß und leider viel zu kurz.“ Sie seufzte und unterdrückte ein Gähnen.

„Es ist erst kurz vor fünf. Wir können also ruhig noch ein wenig schlafen, wenn du möchtest.“

„Das könnten wir in der Tat“, murmelte sie und fuhr mit ihren Fingern über seine Taille und Hüften. „Vielleicht aber könnten wir auch da anknüpfen, wo wir vor ein paar Stunden aufgehört haben. Nur um sicherzugehen, dass wir in der Zwischenzeit nichts verlernt haben.“

Oh ja, das gefiel ihm. *Sehr sogar.*

Auch wenn er es sich erst nicht hatte eingestehen wollen, hatte er sich doch ein wenig vor dem Aufwachen heute Morgen gefürchtet. Man wusste nie, ob der Zauber einer fantastischen Nacht es schaffte, den Sonnenaufgang zu überleben. Doch jetzt, wo sie so sinnlich und verführerisch neben ihm lag und ihn ganz selbstverständlich darum bat, sie zu nehmen, war er fast sicher, dass sie ihn nie hintergehen würde. Verschwiegenheitsklausel hin oder her.

„Dein Wunsch ist mir Befehl“, sagte er und biss sich auf die Unterlippe, um sein Verlangen zu unterdrücken. Er atmete scharf ein, senkte seinen Kopf und begann, ihren Hals mit seiner Zunge zu liebkosen. „Ich werde dir zeigen, was ich noch alles draufhabe.“

„Ist das ein Versprechen, oder sind es nur leere Worte", neckte sie ihn.

„Wart's ab. Ich bin mir sicher, dass du dich später nicht beschweren wirst."

Seine Lippen hinterließen eine Spur aus sanften Küssen auf ihrem Körper. Sie schmeckte köstlich. Langsam ließ er seine Zunge über ihre Haut gleiten, umkreiste ihren Bauchnabel und wanderte wieder hinauf zu ihren Brustspitzen, die sich sofort aufrichteten, als er sie berührte. Er begann, mit ihnen zu spielen, und Emma wölbte sich stöhnend unter ihm.

Er liebte ihre Kurven, ihre schlanke Taille, ihre Brüste, die ihm jetzt, wo sie vor ihm auf dem Rücken lag, so herrlich entgegensprangen. Einfach alles an ihr war vollkommen. Wie sie sich anfühlte, wie sie duftete und wie sie auf jede seiner einzelnen Berührungen reagierte, als wäre es das Einzige, das sie am Leben hielt.

Sie löste ihre Arme aus seinem Griff und fuhr ihm zärtlich durchs Haar. Es waren ihre liebevollen Gesten, die ihm zeigten, dass aus dem hier so viel mehr werden könnte als einfach nur Sex. Es war etwas ganz Besonderes.

Er wollte ihr etwas von dieser Zärtlichkeit zurückgeben, auch wenn er noch nie ein Meister darin gewesen war. Er war gut im Vögeln. Aber nicht darin, Liebe zu machen, und schon gar nicht darin, welche zu geben. Doch … ja … *sie* wollte er lieben. So oft und so lange es nur ging.

Emmas Küsse veränderten sich, wurden stürmischer und fordernder. Je zärtlicher und sanfter er wurde, desto unruhiger gab sie sich. Lieblich stöhnend wand sie sich unter ihm und drückte ihren Rücken durch. Sie krallte ihre Fingernägel in das Laken, als er sie zwischen ihren Schenkeln küsste. Und als sie kurz davor war, zu kommen, hielt sie sich die Hand vor den Mund.

„Lass dich gehen", raunte er und widmete sich weiter ihrer süßen Mitte.

„Ich. Werde. Nicht. Schreien."

„Das würde den Frühstücksgästen auf der Terrasse vielleicht gefallen." Er stoppte kurz, richtete sich auf und sah zum Fenster, das immer noch weit geöffnet war. „Es hat uns eh schon jeder in diesem verdammten Hotel gehört. Also, warum auf einmal so schüchtern?"

Er schob seine Hand zurück zwischen ihre Beine, während er ihr Gesicht mit Küssen bedeckte.

„Wo bist du nur all die Jahre gewesen?", hauchte er gegen ihre Lippen und wünschte sich einmal mehr in den vergangenen Stunden, dass er sie schon früher getroffen hätte. Vielleicht wäre sein Leben dann anders verlaufen …

Ohne sein Streicheln zu unterbrechen, griff er mit der freien Hand nach dem Kondompäckchen auf dem Nachttisch. Er kniete sich zwischen ihre Beine und zog sich langsam die Shorts runter. Seine Augen glühten, als er das Kondom über seine Härte rollte. Erwartungsvoll wölbten sich ihre Hüften erneut. Er küsste ihre Brustwarzen und blies darauf, woraufhin sie am ganzen Körper eine Gänsehaut bekam.

„Und du bist sicher, dass du ruhig bleiben kannst?", fragte er, strich mit der Hand über seine Länge und klang beinahe ein wenig enttäuscht.

„Absolut." Emma sah ihn herausfordernd an und zog ihn zu sich. „Wollen wir wetten?"

„Ich wette nie", sagte er, spreizte ihre Beine und stieß so heftig in sie hinein, dass sie die Luft scharf durch ihre Zähne einsog. Um nicht doch laut zu werden, drückte sie ihr Gesicht gegen ein Kissen. *Himmel!*

Drei, vier Stöße genügten, um sie in völlige Ekstase zu versetzen. Während sie kam, drang er weiter unerbittlich in sie ein. Wieder und wieder. Tiefer und tiefer. Bis er sich ergoss und schwer atmend auf sie herabsank.

Emma lag völlig erschöpft auf dem Bett, die Augen geschlossen. Als er sich aus ihr zurückzog, blinzelte sie ihn an.

„Wette gewonnen, würde ich sagen", sagte sie triumphierend und machte sich nicht einmal die Mühe, zu verbergen, wie stolz sie darüber war.

„Ich krieg dich schon wieder dazu", antwortete er mit heiserer Stimme. Auf seinen Lippen lag ein süffisantes Lächeln.

„Klingt nach einem unmoralischen Angebot." Sie legte ihren Kopf auf seine Brust.

„Unmoralisch?" Er vergrub sein Gesicht in ihren Haaren, sog ihren betörenden Duft ein. „Gefällt mir sehr gut", sagte er.

Sein Blick fiel auf den Wecker neben dem Bett. Es war gerade einmal kurz vor sechs. Er hätte jetzt aufstehen, duschen und sich anziehen können. Doch in seinem Arm lag die begehrenswerteste Frau der Welt. Was gab es da Wichtigeres?

# KAPITEL 13

Kopenhagen zeigte sich erneut von seiner Schokoladenseite, als Emma ihr Zimmer verließ und sich auf den Weg zum Frühstücken machte. Anders als Nikolaj hatte sie nach den aufregenden Stunden am frühen Morgen kaum noch ein Auge zugetan und lediglich vor sich hin gedöst, während in ihrem Kopf das ihr nur allzu bekannte Gedankenkarussell begann, seine Runden zu drehen. Gott, wie sollte das nur alles weitergehen?

Als sie heute Morgen neben ihm im Bett gelegen hatte, in diesem sündhaft teuren Hotel, mit der beinahe erdrückenden Perfektion um sie herum, hatte sie still und heimlich immer wieder zu ihm rübergeschielt, nur um sicherzugehen, dass er auch wirklich dort war.

Und er hatte tatsächlich neben ihr gelegen. In all seiner Schönheit und in all seiner Pracht.

Während er schlief, hatte sie ihn eingehend betrachtet. Er hatte unheimlich zufrieden und entspannt gewirkt. Seine Lippen waren leicht geöffnet und seine blonden Haare zerzaust gewesen. Und das schlechte Gewissen, das in diesem Moment von ihr Besitz ergriffen hatte, war so überwältigend gewesen, dass sie aufgestanden und unter die Dusche gesprungen war, um der Situation zu entfliehen.

War sie ein schlechter Mensch, weil sie ihn ausnutzte, um etwas zu bekommen, das sein Leben zerstören würde?

Nein! Nein, nein, nein! Sie war nicht die Böse in diesem Spiel, sagte sie sich, als sie den Flur entlang in Richtung der Aufzüge ging. Was Nikolaj ihrer Cousine angetan hatte, war nicht zu entschuldigen. Er hatte sie grundlos gefeuert und ihre Karriere zerstört. Und alles nur, weil er ein Bauernopfer brauchte, um seinen Freund zu schützen. Es wurde Zeit, dass er für seine Fehler bezahlte. Und trotzdem fühlte es sich zum ersten Mal falsch an.

Sosehr sie auch versuchte, ihn für das, was er getan hatte, zu hassen … es gelang ihr nicht. Sie konnte nicht glauben, dass der Mann, mit dem sie diese unvergesslichen Stunden verbracht hatte, Gitte derartig geschadet hatte. War er wirklich zu so etwas fähig? War er so eiskalt und berechnend, dass er, ohne mit der Wimper zu zucken, das Leben eines Menschen zerstörte?

Auf dem Weg nach unten klingelte ihr Handy.

„Hallo?"

„Emma? Kannst du reden?" Gittes Stimme klang neugierig und aufgeregt.

„Ja, ich bin gerade auf dem Weg zum Frühstück."

„Was macht unser Plan?"

„Nimmt Formen an, würde ich sagen", sagte Emma und schluckte bei dem Gedanken an Nikolaj und die vergangenen Stunden. Ihr schlechtes Gewissen schien sie für einen Moment zu erdrücken. Doch das Schlimmste war, dass sie Gitte auf keinen Fall davon erzählen konnte.

„Was heißt das?“

„Gitte, ich bin gerade erst einmal drei Tage hier. Erwarte keine Wunder. Aber die Chemie stimmt schon mal“, antwortete Emma.

Am anderen Ende der Leitung quiekte Gitte. „Du wirst doch nicht bis zum Äußersten gehen und mit ihm schlafen, oder?“

Emma blieb stehen und wartete auf den Aufzug. Sie holte tief Luft. Es war klar, dass Gitte ihr diese Frage stellen würde.

„Hör zu, ich bin jetzt gleich im Aufzug, dann wird es schwierig mit dem Empfang. Ich melde mich aber wieder, wenn's Neuigkeiten gibt.“

„Alles klar. Pass auf dich auf!“ Gitte hauchte einen Kuss in den Hörer und legte auf.

Emma atmete durch und hoffte, dass ihr das alles nicht über den Kopf wachsen würde. Sie wusste, dass die einzige Chance, Nikolajs Vertrauen zu gewinnen und an dieses verfluchte Tagebuch zu kommen, darin bestehen würde, dass sie sich vollkommen auf ihn, auf dieses Spiel, einließ. Auch wenn es am Ende bedeutete, dass sie ihm das Herz brechen würde. Ihres würde ganz sicher gebrochen werden. Sie war nicht gut darin, mit Männern zu schlafen, ohne Gefühle für sie zu entwickeln. Doch sie musste das Risiko eingehen. Blut war nun einmal dicker als Wasser.

*

Auf dem Weg zum Frühstücksraum hatte Emma das Gefühl, alle in der Lobby würden sie anstarren, als hätte sie ein Schild auf der Stirn, das sagte: Ja, ich bin diejenige, die heute

Nacht hemmungslosen Sex mit dem Juniorchef gehabt hat. Was natürlich völliger Unsinn war, denn bis auf die beiden Mitarbeiterinnen an der Rezeption, die tuschelnd ihre Köpfe zusammensteckten, wusste ja niemand, wer dort durch die Lobby huschte.

Sie war froh, ihr Gesicht hinter einer großen Sonnenbrille verstecken zu können, und durchquerte die Lobby so schnell sie konnte.

Die frische Luft auf der Frühstücksterrasse verlieh Emma das Gefühl, zum ersten Mal an diesem Morgen wirklich durchatmen zu können. Sie nahm ein paar tiefe Atemzüge und setzte sich am hinteren Ende der Terrasse an einen freien Tisch unter einem weißen Sonnenschirm.

„*God morgen*. Kaffee?" Eine kleine Restaurantmitarbeiterin mittleren Alters kam freundlich lächelnd mit einer Kaffeekanne auf sie zu.

„*God morgen.* Ja, bitte." Emma lächelte zurück und hob dankbar ihre Tasse.

„Möchten Sie, dass wir Ihnen eine kleine Auswahl vom Büffet zusammenstellen? Oder gehen Sie selbst?"

„Eine kleine Auswahl wäre perfekt", antwortete Emma, dankbar, dass sie nicht erneut aufstehen musste. Nach der letzten Nacht war sie ziemlich erschöpft.

„Gerne."

Die Frau drehte sich um und ging. Emma sah ihr eine Weile nach, wie sie zwischen den Stühlen und Tischen der Terrasse zielstrebig in Richtung Büffet eilte und schließlich in der Menge der anderen Frühstücksgäste verschwand.

Ihr Blick wanderte über die gut besetzte Terrasse hinauf zu den immer noch weit geöffneten Fenstern im vierten Stock, wo Nikolaj hoffentlich immer noch friedlich schlief. Sie hatte ihm einen Zettel aufs Kopfkissen gelegt, damit er wusste, wo sie war, wenn er aufwachte.

*Danke für die schöne Nacht.*
*Bin arbeiten.*

Sie sah auf die Uhr. In knapp einer Stunde würde sie mit ihrem ersten Workshop beginnen. Und sie freute sich auf ihre Arbeit. Die kleine Gruppe der künftigen NOVA-Mitarbeiter, die Nikolaj und sein Vater für das Hotel in Hamburg vorgesehen hatten, würde sie auf andere Gedanken bringen. Davon war sie überzeugt. Arbeit war für sie schon immer die beste Art gewesen, um sich vom Grübeln abzulenken. Und heute Morgen hatte sie bereits viel zu viel gegrübelt. Der Gedanke an Gitte und ihren Plan, Nikolajs Ruf zu zerstören, ließ sie erneut erschaudern. Wie um alles in der Welt konnte sie nach dieser Nacht noch daran festhalten?

„*God morgen,* Emma."

Wie aus dem Nichts tauchte Jørgen Bjerregaard vor ihrem Tisch auf. „Ich darf mich doch zu Ihnen setzen, oder?", fragte er und setzte sich, ohne wirklich auf eine Antwort von ihr zu warten.

Emma zuckte zusammen. Der hatte ihr gerade noch gefehlt.

„*God morgen*", antwortete sie brav und sah sich um.

„Sie sehen recht munter aus. Haben Sie gut geschlafen?" Er kniff die Augen zusammen, als wüsste er genau, was sie und sein Sohn die vergangenen Stunden in seinem Hotel miteinander getrieben hatten. Auf der Stelle wurde sie rot. *Lief ja prima!*

„Ich … äh, ja, ich habe gut geschlafen. Danke", stammelte sie, ihre Kaffeetasse fest umschlossen. „Die Betten sind ein Traum."

„Was Sie nicht sagen." Er zwang sich zu einem müden Lächeln. „Was macht die Arbeit?"

„Bitte?" Sie versuchte ihre Nervosität zu überspielen, was bei Jørgen Bjerregaards dominanter Ausstrahlung nicht leicht war. In seiner Gegenwart fühlte sie sich wie ein unsicheres Schulmädchen, das auf den nächsten Tadel ihres Lehrers wartete.

„Das PR-Konzept", antwortete er schmallippig.

„Ich arbeite dran." *Sie musste sich zusammenreißen!*

„Wirklich?", fragte Jørgen Bjerregaard. „Ich möchte nicht lange um den heißen Brei herumreden. Das ist nicht meine Art. Ihr Job ist es, eine Kampagne zu entwickeln, die so gut ist, dass NOVA in Hamburg einschlagen wird wie eine Bombe. Dafür werden Sie bezahlt. Nicht dafür, mit meinem Sohn zu schlafen."

*Rumms!*

Hatte er das eben wirklich gesagt? Emma sah Jørgen Bjerregaard, der wie ein aufgeblasener alter Gockel vor ihr saß, an und versuchte, seinem durchdringenden Blick standzuhalten. Was für ein Ekelpaket er doch war. Auch wenn sie auf der Stelle am liebsten im Boden versunken wäre, spürte sie neben der Scham in diesem Moment vor allem eines: Wut. Was bildete sich dieser arrogante alte Mann nur ein, sie auf diese Art und Weise bloßzustellen? Niemand hatte das Recht, so mit ihr zu reden. Auch ein Jørgen Bjerregaard nicht! Sie setzte sich aufrecht hin und straffte die Schultern.

„Es war unnötig, mich daran zu erinnern", begann sie. „Ich weiß, was meine Aufgabe hier ist." Emma vermied bewusst, das Wort professionell in den Mund zu nehmen, nicht, dass Jørgen Bjerregaard noch falsche Schlüsse zog.

„Ich werde Ihnen eine Kampagne vorlegen, die Sie zuvor noch nicht gesehen haben. Und ich kann Ihnen versichern: NOVA wird in Hamburg einschlagen wie eine Bombe."

„Dann sind wir uns ja einig." Er stand auf und wandte sich zum Gehen um, doch Emma gab ihm noch eine Botschaft mit auf den Weg.

„Bei allem Respekt, Jørgen. Ich werde Kritik von Ihnen akzeptieren, sofern sie rein beruflicher Natur ist. Aber mein Privatleben geht Sie nichts an."

„Wissen Sie …" Er machte eine Pause und kam noch einmal an ihren Tisch zurück. „Mein Sohn und die Frauen … am Ende wären Sie doch nicht mehr als nur eine Nummer für ihn." Er lächelte abfällig und ging.

Emma sank auf ihrem Stuhl zusammen und presste ihre zitternden Lippen aufeinander. Der Kerl konnte einem wirklich den Appetit verderben!

*

„So ein Mist!", schimpfte Emma und krabbelte auf allen vieren über den Boden des Konferenzraumes. Seit dem Gespräch mit Jørgen Bjerregaard hatte ihre Laune den absoluten Tiefpunkt erreicht. Diese alten Geldsäcke meinten wohl auch, sie konnten sich alles erlauben. Aber nicht mit ihr, dachte sie und realisierte erfreut, dass ihr schlechtes Gewissen, das seit heute Morgen ihr ständiger Begleiter gewesen war, bereits deutlich geschrumpft war.

„Suchst du etwas Bestimmtes?"

Emma seufzte, als sie Nikolajs Stimme hinter sich hörte. Der hatte ihr jetzt gerade noch gefehlt. Von allen Menschen in diesem Hotel war er einer derjenigen, auf dessen Gesellschaft sie in diesem Augenblick verzichten konnte.

„Ich finde dieses blöde Kabel einfach nicht", sagte sie frustriert und kroch unter dem Tisch hervor.

Nikolaj half ihr hoch, zog sie zu sich heran und küsste sie auf den Mund.

„*God morgen.*" Auf seinen Lippen lag ein süffisantes Lächeln.

„Hej." Überrumpelt von dem Kuss löste sie sich von ihm und ging auf Abstand, was Nikolaj nicht verborgen blieb.

„Ich war überrascht, dass du nicht neben mir lagst, als ich vorhin aufgewacht bin." Er hob die Brauen.

„Tatsächlich?", fragte sie mit viel zu hoher Stimme.

„Ja, Emma, tatsächlich. Normalerweise bin ich es, der sich aus dem Bett schleicht. Du musst wissen, ich bin es nicht gewohnt, zurückgelassen zu werden."

*Armer Junge!*

„Ach, du bist es also nicht gewohnt … möchtest du mir damit etwa sagen, es wäre okay gewesen, wenn du heute Morgen das Weite gesucht hättest und ich alleine aufgewacht wäre?", sagte sie und ließ ihren Ärger über seine unangebrachte Bemerkung an der Tastatur ihres Laptops aus.

„Das habe ich nicht gesagt", antwortete Nikolaj irritiert, als hätte er nicht begriffen, worum es überhaupt ging. Er musterte Emma eindringlich, als versuchte er zu lesen, was gerade in ihrem Kopf vor sich ging, und wechselte das Thema.

„Was machst du hier eigentlich?“ Er schaute von ihrem Laptop zum Flatscreen an der Wand und zurück zu ihr.

„Wonach sieht’s denn aus?“ Sie öffnete eine Power-Point-Datei. „Ich arbeite.“

Er lehnte sich neben sie an den Tisch, verschränkte die Arme und sah ihr aufmerksam zu.

„Das sehe ich, aber wäre es so schlimm gewesen, den Morgen mit mir zu verbringen? Wir hätten doch wenigstens gemeinsam frühstücken können.“

Lag in seinen Augen ein Hauch von Enttäuschung? Oder bildete sie sich das nur ein? Emma wich seinem Blick aus, auch weil sich prompt ihr schlechtes Gewissen wieder zurückmeldete.

„Du siehst mich an, als hätte ich dich gefragt, den Rest meines Lebens mit mir zu verbringen.“

*Das fehlte ja gerade noch!*

Emmas Augen weiteten sich, während sie noch weiter auf Abstand ging. „Ich meine nur, dass das alles etwas schnell ging. Das, was passiert ist, hatte ich nicht geplant.“ Schon in dem Moment, in dem sie es ausgesprochen hatte, bereute sie es.

Nikolajs Mundwinkel zuckten. Er löste sich von seinem Platz und machte ein paar Schritte auf sie zu.

„Und was ist so schlimm daran, dass es passiert ist? Ich meine, warum können wir beide nicht ein wenig Spaß haben. Ich bin Single, … du … hoffentlich auch …“ Er sah sie fragend an, sodass Emma sich genötigt fühlte, zu nicken.

„Es spricht also nichts dagegen, dass wir beide uns vergnügen, solange du in Kopenhagen bist", flüsterte er, sein Mund dicht an ihrem Ohr.

„So?" Emma schluckte und versuchte, das Kribbeln, das sich in ihrem Bauch rührte, und den verführerischen Duft, der ihn umgab, zu ignorieren.

„Ich finde, es war perfekt heute Nacht. Es schreit förmlich nach einer Wiederholung." Er stoppte und nahm ihr Gesicht zwischen seine Hände. „Dich hier zu küssen." … Seine Lippen liebkosten ihre Wangen … „Und hier." … wanderten ihren Hals hinab … „Und hier." … Schließlich fanden sie ihren Mund. Was folgte, war ein inniger, intensiver Kuss, der ihr Blut viel zu stark in Wallung brachte.

Emma wand sich.

„Hör zu, das klingt wirklich sehr verlockend", sagte sie und versuchte der Flut seiner Küsse zu entkommen. „Aber ich muss jetzt wirklich arbeiten. Lass uns später darüber reden." Sanft schob sie ihn von sich fort und legte sich die Hände an die Schläfen, um einen klaren Kopf zu bekommen. Konnte es sein, dass sie längst verrückt nach ihm war? *Oh nein!*

Nikolaj ließ sie keine Sekunde aus den Augen. Seine Miene war undurchdringlich. Emma hatte nicht die geringste Ahnung davon, was gerade in seinem Kopf vorging. Sie hoffte einzig und allein, dass der erneute Korb, den sie ihm gegeben hatte, ihre Chance auf sein Vertrauen und das Tagebuch nicht vollends zunichtemachte.

„Okay", sagte er schließlich und verschränkte die Arme vor seinem Oberkörper.

Himmel, war er *beleidigt*? Emma starrte auf ihre Hände. Wie kam sie aus dieser Situation nur wieder heraus? Sie fürchtete, dass sie sich in ihn verlieben könnte, würde sie sich weiter auf ihn einlassen. Schon jetzt fühlte sie sich aus unerklärlichen Gründen zu ihm hingezogen, obwohl sie seine Masche, Frauen zu umwerben, natürlich längst durchschaut hatte. Würde sie ihn aber wegstoßen, könnte sie ihre Pläne gleich begraben.

„Hör zu, ich …“, sagte sie, unschlüssig, was sie überhaupt sagen wollte. Sie legte ihm ihre Hand auf den Arm und streichelte darüber.

„Was?“ Er starrte sie verwirrt an, während Emma verwundert die Augenbrauen hob. Er musste sie für vollkommen bekloppt halten.

„Ich weiß einfach nur nicht, ob es so klug ist, mich auf eine Affäre einzulassen. Immerhin arbeite ich für dich.“

Er stieß ein lautes Lachen aus.

„Ich wüsste nicht, was es da zu lachen gibt.“ Sie haute ihm verärgert gegen die Brust.

„Meinst du nicht, es ist ein wenig zu spät für den Gedanken?“ Er legte den Kopf schräg und fuhr mit seinem Finger die Konturen ihrer Wangen nach. Seine sanfte Berührung ließ sie kurzzeitig nach Luft schnappen und beschleunigte ihren Herzschlag, was Nikolaj mit einem zufriedenen Lächeln auf den Lippen zur Kenntnis nahm. *Natürlich!* Er wusste, wie man eine Frau um den Finger wickelte.

Sie durfte sich nicht verlieben!

„Also, Emma. Findest du wirklich, es war ein Fehler, dich auf mich einzulassen?“ Er kam näher und nahm ihr Gesicht erneut in die Hände. Seine Lippen waren leicht geöffnet, und sein Blick traf sie mitten ins Herz. *Mist!*

„I-ich … “, stammelte sie und suchte nach den richtigen Worten. Wieso machte er das mit ihr? Sie fühlte sich hin- und hergerissen zwischen dem, was sie wollte, und dem, was sein durfte.

„Findest du, das hier war ein Fehler?“ Er beugte sich zu ihr herunter und küsste sie sanft auf den Mund.

„Nikolaj“, flüsterte sie und versuchte, das Ziehen in ihrer Mitte zu ignorieren.

„Ja, was möchtest du mir sagen?“ Er begann sie zu streicheln. Seine Hände schienen auf einmal überall zu sein. Sie wanderten über ihre Schultern und den Rücken, hinab zu ihrem Po und wieder hinauf zu ihren Brüsten, wo einer seiner Finger zärtlich ihre Brustwarze umkreiste. Heute Nacht war er ein großartiger Liebhaber gewesen, und es bestand kein Zweifel, dass er seine Fähigkeiten gezielt gegen sie einsetzte, um zu bekommen, was er wollte.

„I-ich kann nicht“, stammelte sie, hin- und hergerissen zwischen Vernunft und Verlangen.

„Ist das dein letztes Wort?“, fragte er flüsternd und hielt inne.

Emma nickte. Oder war es eher ein Kopfschütteln? Sie wusste es nicht. Was passierte nur mit ihr?

„Schade“, sagte er und ging einen Schritt zurück. „Ich hätte wirklich gerne weiter Spaß mit dir gehabt. Das Leben ist doch zu kurz, um es nicht zu genießen.“ Er zwinkerte ihr zu.

Emma sah ihn an, machte einen Schritt auf ihn zu und strich ihm über seine Haare. „Okay“, sagte sie und lächelte. Über sein Gesicht huschte der Anflug eines triumphierenden Lächelns. Wie ein kleiner Junge, der nach einer Trotzreaktion doch noch seinen Willen bekommen hatte.

„Ernsthaft?"

Sie nickte. Ein wenig Spaß würde schon nicht schaden und war in Aussicht auf ihre Mission mehr als hilfreich.

„Na, dann … wir sehen uns nachher im NOVA." Er drehte sich um und ging.

*

Nikolaj saß in seinem Büro, die Hände vor der Brust verschränkt, und dachte nach, als es an der Tür klopfte.

„Hej, alles klar?" Erik kam herein und setzte sich zu Nikolaj an den Schreibtisch. „Ich hab gestern Abend noch mit dir gerechnet."

„Ist was dazwischengekommen", murmelte Nikolaj und wirkte, als sei er immer noch nicht ganz wach.

„Sag nicht, dass …" Erik wischte sich mit der Hand über die Stirn und betrachte seinen Freund, über dessen Lippen ein vielsagendes Lächeln huschte. „Oh Mann, meinst du wirklich, das war ne gute Idee? Immerhin arbeitet sie für die Familie und …" Er machte eine Pause.

„Was?" Nikolaj hob den Kopf.

„Es sieht nicht so aus, als würdest du sie so schnell wieder nach Hamburg zurückschicken, wie du es ursprünglich geplant hattest."

„Wie kommst du darauf?"

„Na, weil du gestern gesagt hast, dass ich dir das Zimmer neben der Suite fertig machen soll, und weil sie immer noch in Kopenhagen ist. Oder täusche ich mich etwa? Du weißt, du kannst ehrlich mit mir sein!" Erik lehnte sich im Stuhl zurück und schob die Hände in die Hosentaschen. Auf seinen Lippen lag ein nicht zu deutendes Lächeln.

„Keine Ahnung." Nikolaj zuckte mit den Schultern. „Sie hat etwas an sich, das mich fasziniert. Auch wenn ich nicht richtig schlau aus ihr werde."

„Wie meinst du das?" Erik runzelte die Stirn.

„Es ist fast, als würden zwei Herzen in ihrer Brust miteinander kämpfen. Sie flirtet mit mir, nur, um mich im nächsten Moment wieder von sich zu stoßen. Ist es schräg, dass mich das anturnt?" Er biss sich auf die Unterlippe und zog eine Augenbraue hoch.

„Klingt nach einer komplizierten Persönlichkeit." Erik seufzte.

„Nein, so ist sie nicht. Du wirst sie ja kennenlernen, wenn sie nachher im NOVA eincheckt." Nikolaj erhob sich aus seinem Stuhl und ging um den Schreibtisch herum.

Erik stand ebenfalls auf. „Sei vorsichtig, okay. Du hast dich gerade erst wieder im Griff."

# KAPITEL 14

Das NOVA war eines der Hotels, in denen Emma sich auf Anhieb wohlfühlte. Trotz oder gerade weil es hier so anders war als im noblen Rosenborg. Gedämpftes Licht, leise Klaviermusik und warme Farben empfingen sie, als sie die Hotellobby betrat. Es war eine heimelige Atmosphäre, die jeden Gast wie eine Mutter umarmte.

Emma ging zu den bodentiefen Fenstern, an denen leicht geöffnete, dunkle Holzjalousien heruntergelassen worden waren. Sie stellte sich davor und genoss den traumhaften Blick auf den Kopenhagener Hafen und die belebte Promenade, die sich direkt vor dem Hotel entlangschlängelte.

„Gerade Linien und minimalistisches Design", murmelte sie leise, während ihr Blick durch die Lobby glitt.

Ihr gefiel, was sie sah. Nikolajs Handschrift, die Art, wie er modernen Luxus für sich definierte, war in jedem Winkel spürbar.

Es war ein Zusammenspiel von groben Elementen, rustikalem Interieur und soften Texturen, das das Interieur im NOVA so einzigartig machte. Schwarzes Metall, Holzpaneele an den Wänden, samtig-weiche Textilien. Wie ein großes Wohnzimmer.

War das Rosenborg eine helle Oase des Lichts gewesen, in dem der Gast von Marmor, Glitzer und Gold beinahe geblendet worden war, wirkte das NOVA auf sie wie eine gemütliche kleine Höhle, in der bewusst mit Licht gespielt wurde.

Von der Decke hingen mundgeblasene Glaslampen in organischen Formen, deren Farben Blaugrau und Toffee ideal miteinander und der Umgebung um sie herum harmonierten.

„Gefallen sie dir?"

Ein Mann, ungefähr so alt wie Nikolaj, mit kurzem dunklen Undercut, gesellte sich zu Emma. Er war etwas größer als sie, sehr schlank und trug einen burgundfarbenen Anzug mit weißem Hemd und dunkelblauem Schlips.

Emma nickte. „Ja, die sehen großartig aus."

„Das sind Pernille-Bülow-Lampen. Sie wurden teilweise aus recyceltem Glas gefertigt und stammen aus einer Manufaktur auf Bornholm", erklärte er, rieb sich durch den perfekt gestutzten Dreitagebart und musterte sie. „Du musst Emma sein."

Überrascht von seiner Kenntnis, drehte sich Emma zu ihm um.

„Ja, und du bist?", fragte sie und suchte vergeblich nach einem Namensschild am Revers des Mannes.

„Erik Larsen." Er reichte ihr die Hand und lächelte freundlich. „Ich bin der Empfangschef hier im Hotel."

„Freut mich, Erik", antwortete Emma und streckte ihm die Hand entgegen. „Woher …?"

„Woher ich weiß, wer du bist?" Erik zwinkerte ihr zu.

„Ja."

„Nikolaj hat dich angekündigt. Eigentlich hatten wir schon gestern mit dir gerechnet." Sein Mund verformte sich zu einem vielsagenden Grinsen. „Ich wurde aufgehalten", meinte sie und versuchte, nicht allzu rot zu werden. *Wo war das Loch, in dem sie versinken konnte?*

„Hab schon davon gehört."

*Ging's noch peinlicher?*

Emmas Augen weiteten sich vor Schreck. Hatte sich ihr Abenteuer mit dem Juniorchef etwa schon bis in dieses Hotel herumgesprochen?

„Nikolaj hat mir erzählt, dass …" Er machte eine Pause, als suchte er nach den richtigen Worten, schien sie aber nicht zu finden. Dabei hatte er zuvor nicht den Eindruck vermittelt, auf den Mund gefallen zu sein.

„Dass was?", hakte Emma interessiert nach.

„Ach, nicht so wichtig. Wir freuen uns auf jeden Fall, dass du jetzt hier bist."

Emma lächelte höflich, auch wenn es innerlich in ihr brodelte. Was hatte Nikolaj seinem Empfangschef wohl noch alles erzählt? *Idiot!* Sie hatte ihm vertraut. Doch auf einmal hatte sie das Gefühl, zum Gespött der Leute geworden zu sein. *Mistkerl!*

„Wo ist Nikolaj?", fragte Emma und drehte sich suchend nach ihm um. Sie hatte damit gerechnet, dass er, wenn er sie schon nicht aus dem Rosenborg abholte, sie doch wenigstens im NOVA in Empfang nehmen würde. Doch auch jetzt schien er wie vom Erdboden verschluckt zu sein.

„Er müsste jeden Augenblick hier sein. Vermutlich ist er aufgehalten worden", beschwichtigte Erik sie. „Darf ich dir so lange einen Drink anbieten, während du auf ihn wartest?" Er zeigte auf eine kleine Bar, die sich in einem abgetrennten Bereich der Lobby befand. „Gerne." Emma folgte ihm und setzte sich auf einen der Barhocker.

„Das ist Brian. Er mixt dir, was du möchtest." Erik legte dem Barkeeper liebevoll seine Hand auf den Rücken und lächelte ihn an.

„Klingt verlockend." Emma griff zur Cocktailkarte. Wo sie eh schon all ihre Prinzipen über Bord geworfen hatte, machte das den Kohl nun auch nicht mehr fett, bereits am späten Nachmittag einen Cocktail zu trinken. „Was kannst du empfehlen, Brian?"

„Zum Entspannen nach einem langen Arbeitstag?", fragte er und legte den Kopf schräg.

„Und einer kurzen Nacht mit sehr wenig Schlaf …", ergänzte Emma.

„… solltest du lieber einen Kaffee trinken." Wie aus dem Nichts tauchte Nikolaj hinter ihr auf und nahm ihr die Karte aus der Hand.

„Was soll das?" Sie drehte sich um und sah in seine stechend türkisblauen Augen, die sie fixierten. „Ach, der Herr lässt sich auch mal hier blicken." Emma zog eine Grimasse.

„Ich hab gearbeitet." Nikolaj musterte sie ausdruckslos und legte die Cocktailkarte zurück auf den Bartresen. Er war so anders als am Vormittag im Rosenborg. Deutlich distanzierter und … herrje, war er immer noch sauer auf sie?

„So, so … gearbeitet", betonte Emma und funkelte Nikolaj herausfordernd an.

„Ja." Er hielt inne und sah sie abwartend an. „Ich kann nicht einfach alles stehen und liegen lassen."

„Pff", schnaubte Emma und rollte mit den Augen.

„Wie viel hat sie schon getrunken?" Nikolaj wandte sich an Brian und Erik, die das Gespräch zwischen den beiden belustigt verfolgt hatten, während in seiner Stimme kein Fünkchen Humor lag.

*Verdammt. Er war sauer auf sie!*

„Gar nichts", antwortete Erik, drückte Brian einen flüchtigen Kuss auf die Wange und ging auf die andere Seite des Tresens. „Apropos arbeiten ... das war wiederum mein Stichwort. Emma, deine Sachen habe ich schon aufs Zimmer bringen lassen. Wir werden uns die kommenden Tage bestimmt öfter sehen. Meld dich bei mir, wenn du was brauchst. Herzlich willkommen im NOVA." Er machte eine leichte Verbeugung, klopfte Nikolaj kumpelhaft auf die Schulter und ging.

Emma sah ihm nach.

„Ein netter Kerl, dein Freund", sagte sie zu Brian, während der verlegen zu Boden blickte.

„Oh. Ich hoffe, ich hab jetzt nichts Falsches gesagt." Sie hielt sich erschrocken die Hand vor den Mund. Brian schüttelte seinen rotblonden Lockenkopf.

„Passt schon", antwortete er, doch irgendetwas sagte Emma, dass sie mitten in ein Fettnäpfchen getreten war.

„Darf ich euch etwas zu trinken machen?" Brians moosgrüne Augen sahen von Emma zu Nikolaj.

„Danke, wir gehen eh gleich nach oben." Nikolaj zog Emma sanft, aber bestimmt am Arm und deutete in Richtung der Aufzüge.

Sie wand sich aus seinem Griff.

„Also, ich würde schon noch gerne etwas trinken." Emma blieb stur auf dem Barhocker sitzen, griff erneut zur Cocktailkarte und stöberte darin. „Ich kann's mir ja aufs Zimmer schreiben lassen, solltest du mich nicht auf einen Drink einladen wollen."

„Ich dachte, du trinkst nicht während der Arbeitszeit."

„Feierabend", meinte Emma mit verstohlenem Seitenblick auf Nikolaj und bestellte sich einen After-Work-Cocktail.

„Hatte dir eh nicht geglaubt", brummte Nikolaj und sah gereizt auf die Uhr.

„Da siehst du mal, wie wenig du mich kennst."

„Du gibst mir ja auch keine Gelegenheit, dich näher kennenzulernen." Nikolaj lehnte sich dicht neben Emma an den Tresen, sodass sein Oberschenkel ihr Knie berührte. Sofort war die Spannung zwischen ihnen wieder da.

„Ach, *das* war dir nicht nah genug?" Sie sah ihn an und hob eine ihrer Augenbrauen.

Nikolaj schenkte ihr einen dieser Du-weißt-was-ich-meine-Blicke und seufzte gequält. Offenbar hatte er keine Lust auf Spielchen.

Brian versuchte angestrengt, das Gespräch der beiden zu überhören und sich auf seinen Cocktail zu konzentrieren. Er gab Eiswürfel, je einen Schuss Brandy und Angostura, Zucker und gefrorene Himbeeren in einen Shaker und schüttelte alles kräftig durch. Anschließend legte er eine Litschi in eine Sektschale, gab etwas aus dem Shaker dazu und goss alles mit Prosecco auf.

„So, bitte sehr. Ein Litschi-Himbeer-Fizz für die Dame", sagte Brian zufrieden und reichte ihr das roséfarbene Getränk. „Skål!" Er schaute fragend zu Nikolaj rüber, der kaum merklich den Kopf schüttelte und ihm so zu verstehen gab, dass er immer noch nichts trinken wollte.

Emma prostete Brian und Nikolaj zu und nahm einen kräftigen Schluck. *Puh, der Cocktail hatte es in sich!*

„Lecker", sagte sie und stellte das Glas zurück auf den Tresen, während Nikolaj sich noch dichter neben sie stellte und die Hände in den Hosentaschen vergrub.

„Falls du mich provozieren möchtest, ist es dir gelungen", flüsterte er ihr mit bitterer Stimme ins Ohr. Prompt erschauderte Emma, als sie seinen heißen Atem an ihrem Ohrläppchen spürte.

„Wer provoziert hier wen?", fragte sie und fuhr sich mit der Zunge über die Lippen. Mit ihrem Zeigefinger fischte sie die Litschi aus der Sektschale und steckte sie sich genüsslich in den Mund. Ihre Komfortzone war mittlerweile so weit von ihr entfernt wie die Milchstraße von diesem Planeten.

Nikolaj schluckte kräftig. Seine Atmung beschleunigte sich.

„Das reicht", sagte er, umfasste Emmas Arm und versuchte erneut, sie vom Stuhl zu ziehen.

„Möchtest du mich jetzt übers Knie legen?", scherzte sie und lachte.

Nikolaj grinste gefährlich. „Was für ein verlockendes Angebot, auch wenn ich auf diese Art von Spielchen nicht wirklich stehe. Aber wenn du dich weiter so aufführst, werde ich darüber nachdenken."

„Untersteh dich!" Mit gespieltem Entsetzen rückte sie von ihm ab. „Wage es ja nicht, heute Hand an mich zu legen."

„Ist das eine Drohung?"

„Das kannst du auslegen, wie du möchtest. Beschwer dich am Ende nur nicht darüber, dass ich dich nicht gewarnt hätte", sagte Emma und hüpfte vom Stuhl. „Und jetzt würde ich gerne auf mein Zimmer." Sie stolzierte an ihm vorbei, ohne überhaupt zu wissen, in welche Richtung sie gehen musste. *Mist!*

Als sie stehen blieb, löste Nikolaj sich von der Bar und kam gelassen auf sie zu.

„Folgen Sie mir bitte, Frau Jakobsen."

*Gott, wie sie seine Selbstherrlichkeit hasste!*

*

Er gönnte ihr eine Minute, um sich in der Suite umzusehen. Die Räume waren ultramodern eingerichtet, wirkten dabei aber alles andere als kühl. Warme Petrol- und Violetttöne mischten sich mit edlem Schwarz und Grau. Von einem kleinen Flur aus kam sie in einen größeren Wohnraum, an dessen einer Wand ein großes, dunkelgraues Ledersofa stand. Die andere Wand gegenüber war mit Holz vertäfelt, und auf dem Holzfußboden standen zwei große weiße Vasen mit violetten Hortensien drin.

„Und?", fragte er neugierig und erwartungsvoll zugleich.

„Ganz nett", antwortete Emma und bemühte sich um eine neutrale Miene. Dass sie innerlich jubelte, musste er ja nicht wissen.

„Nett?", hakte er nach und stellte sich leicht breitbeinig vor sie. „Ich glaube, nett ist nicht das richtige Wort für eine Suite wie die hier, oder?"

„Hm, ich finde, es klingt ganz schön arrogant, Herr Bjerregaard, wenn Sie so etwas sagen. Oder meinen Sie nicht?" Emma ging an dem Ledersofa vorbei in Richtung der tiefen Glastüren, die auf eine kleine Dachterrasse mit Blick auf den Hafen führten.

„Was spricht dagegen, wenn man das, was man macht, gut findet?“ Er folgte ihr und stellte sich dicht hinter sie. „Und wo wir jetzt alleine sind: herzlich willkommen“, hauchte er ihr ins Ohr und legte die Hand auf ihre Taille.

Sofort war dort wieder das Knistern zwischen ihnen, was unweigerlich dazu führte, dass sich Hunderte kleine Stromstöße unter ihrer Haut ausbreiteten und Hitze in ihr aufsteigen ließen. Sie legte den Kopf in den Nacken und spürte sein Gesicht an ihrer Wange.

„Gefällt mir“, flüsterte sie und drehte sich um. „Und wo ist jetzt *deine* Suite?“

Für einen Moment sah er Emma verblüfft an. Hatte er wirklich damit gerechnet, dass sie hier bei ihm schlafen würde? Das konnte doch nicht sein Ernst gewesen sein.

„Keine Sorge. Ich werde dich nicht unnötig belästigen. Dein Zimmer ist gleich hier.“ Er ging auf Abstand und machte ein paar Schritte auf eine schmale Tür zu, die in die Wand eingelassen worden war, und öffnete sie. „Bitte sehr.“

Emma ging hindurch und stand in einem ganz ähnlichen Raum wie der, den sie gerade verlassen hatte. Nur, dass dieses Zimmer viel kleiner war und lediglich einen Sessel, einen kleinen Schreibtisch und ein Bett beherbergte.

„Ist das eine Art Verbindungstür für deine Gespielinnen?“, neckte Emma ihn.

Über sein Gesicht legte sich ein Schatten.

„Keine meiner Gespielinnen ist je hier gewesen.“

„Und das soll ich dir glauben? Einem Mann, dessen Frauenverschleiß legendär ist?“ *Träum weiter!*

„Du kannst natürlich glauben, was du willst. Dänemark ist ein freies Land. Ich rate dir aber dringend, mir zu vertrauen, immerhin habe ich vor, noch viel Zeit mit dir zu verbringen.“

„Nicht so schnell, Wikinger“, sagte Emma und war selbst überrascht von sich und ihrer Schlagfertigkeit. Offenbar hatte der Cocktail ihre Zunge locker gemacht.

„Weiß der Teufel warum, aber im Augenblick bist du ziemlich kratzbürstig und zickig. Was ich überraschenderweise sehr sexy finde.“ Er grinste schelmisch, woraufhin Emma die Augen verdrehte. Ging es denn wirklich immer nur darum?

„Du sollst wissen, dass ich respektiere, wenn es dir zu schnell geht. Wir beide haben ein ordentliches Tempo vorgelegt. Deshalb habe ich dir ein eigenes Zimmer besorgt, in dem du schlafen und wohnen kannst, während du in Kopenhagen bist. Es ist ein ganz normales Gästezimmer, das wir sonst an andere vermieten.“ Er blieb im Türrahmen stehen, seine Augen stur auf sie gerichtet.

„Und warum die Verbindungstür?“

„Wenn die Sehnsucht doch zu groß werden sollte und dein Körper nach Spaß verlangt, müsstest du nur klopfen“, sagte er und lächelte verschmitzt.

„Und wenn deine Sehnsucht zu groß werden sollte? Würdest du dann klopfen?“

„Wenn’s nach mir ginge, würdest du nicht in diesem Zimmer schlafen, sondern in meinem Bett.“

„Ach so“, erwiderte Emma kleinlaut. *Natürlich!*

Sie sah sich im Zimmer um. Auch wenn im NOVA alles ebenso harmonisch aufeinander abgestimmt zu sein schien, wirkte es doch nicht so gewollt perfekt wie im Rosenborg, was sie erleichterte.

Die Vasen auf der Anrichte und die Kissen auf dem großen Doppelbett waren so drapiert, als würden sie rein zufällig genau so liegen oder stehen. Die ausgesuchten Accessoires hätten ebenso gut im heimischen Wohnzimmer ihren Platz finden können. Obwohl natürlich auch im NOVA nichts wirklich dem Zufall überlassen worden war.

„Geht's dir gut? Du wirkst so … angespannt." Er rieb sich mit dem Zeigefinger über das stoppelige Kinn und legte den Kopf schräg, während er sie beobachtete.

„Ich bin ein wenig verärgert", gestand Emma und setzte sich aufs weiche Boxspringbett.

„Verärgert?", fragte er, weiter in den Türrahmen gelehnt.

„Um genau zu sein, bin ich stinksauer auf dich", herrschte sie ihn an, dass er kurz merklich zusammenzuckte.

„Auf mich? Warum?" Er schien sich keiner Schuld bewusst zu sein, auch wenn man ihm ansehen konnte, dass er dankbar dafür war, dass es offenbar eine Erklärung für ihre provozierende Art gab.

„Weil dein Empfangschef ganz offensichtlich von unserer gemeinsamen Nacht weiß. Und der Barkeeper auch, wenn ich mich nicht irre … und dein Vater." Sie machte eine Pause und sah zu Boden. „Ich frage mich, warum du unseren spaßigen One-Night-Stand nicht gleich auf Instagram gepostet hast … ach, warte, dafür bin ich wahrscheinlich nicht prominent genug und bringe dir zu wenig neue Follower." Die Enttäuschung über sein Verhalten stand Emma ins Gesicht geschrieben. Auch wenn es hier nur darum ging, Spaß zu haben, musste er wissen, dass er so nicht mit ihr umspringen konnte.

„Stopp! Jetzt mach mal nen Punkt“, sagte er grimmig und kam näher. „Erstens prahle ich grundsätzlich nicht mit meinen One-Night-Stands.“

Wahrscheinlich, weil er sie längst nicht mehr zählen konnte, schoss es Emma durch den Kopf, und sie ärgerte sich darüber.

„Und zweitens pflege ich meinen Instagram-Account schon seit mehreren Jahren nicht mehr. Und drittens …“

„Wie konntest du den anderen nur davon erzählen?“ Emmas Augen hoben sich und füllten sich mit Tränen. *Mist!* Sie wollte auf gar keinen Fall weinen, aber noch nie in ihrem Leben war sie sich so schäbig vorgekommen wie jetzt.

Nikolaj seufzte. „Das habe ich nicht getan“, sagte er erklärend, setzte sich zu ihr aufs Bett und umfasste ihre Hand.

„Und woher wissen sie es dann? Das Lachen von diesem Erik war wirklich eindeutig. Und dein Vater hat mich sogar direkt darauf angesprochen.“ Sie drehte ihren Kopf und versuchte in seinen Augen zu lesen. Seine Miene war verschlossen, wie so oft, wenn es darum ging, wichtige Dinge zu klären. „Und wage es jetzt ja nicht, mich anzulügen.“

„Ich würde dich nie belügen, Emma.“ Als wäre er enttäuscht davon, dass sie ihm so etwas zutrauen würde, zog er seine Hand zurück und legte sie auf seinen Oberschenkel.

Einen Moment lang sagte er nichts, sondern saß einfach nur da, während draußen kreischende Möwen am Fenster vorbeizogen.

„Also gut“, sagte er schließlich und rieb sich die Hände, als wären sie trotz der warmen Temperaturen draußen kalt geworden. „Erik ist nicht nur Empfangschef hier im NOVA, sondern auch ein guter Freund von mir. Vielleicht sogar der einzige Freund, den ich habe.“

Emma konnte sehen, wie viel Mühe es Nikolaj bereitete, ihr davon zu erzählen. Er sprach langsam und sehr vorsichtig, als hätte er Angst, dass er etwas Falsches sagen könnte. Als wäre er sich nicht sicher, ob es richtig war, ihr einen so großen Einblick in sein Privatleben zu gewähren.

Es war eine ganz andere Seite von ihm, die zum Vorschein kam. Er wirkte nervös und längst nicht mehr so selbstsicher, cool und abgeklärt, wie er sich sonst immer gab.

„Er ist dein Freund?", fragte sie kaum hörbar. „Aber ich dachte, Privates und Berufliches wird im Hause Bjerregaard strengstens getrennt." Sie erinnerte sich an die Worte, die er ihr beim Abendessen gesagt hatte.

„Manches Mal mache ich eben Ausnahmen", antwortete er. „Bei Menschen, die mir etwas bedeuten, zum Beispiel." Er stupste sie in die Seite, als wolle er ihr damit zu verstehen geben, dass auch sie mit dieser Aussage gemeint war. Was natürlich völliger Blödsinn war. Emma lächelte verlegen.

„Weißt du, in dieser glitzernden Welt, in der ich aufgewachsen bin und in der nichts so ist, wie es auf den ersten Blick scheint, braucht man einen guten Freund, dem man bedingungslos vertrauen kann, wenn man darin überleben möchte. Und Erik ist so ein Freund. Ohne ihn wäre ich an dieser Welt voller Lügen und Intrigen mit hoher Wahrscheinlichkeit längst zerbrochen. Und was meinen Vater angeht: Ihm bleibt nie etwas verborgen, weil er überall seine Lakaien hat. Ich lege schon seit Jahren keinen Wert mehr auf seine Meinung, und das solltest du auch nicht tun."

Emma schluckte. Die Offenheit, mit der Nikolaj sie hinter seine dicke Fassade schauen ließ, überwältigte sie. Damit hatte sie nicht gerechnet. Prompt meldete sich ihr schlechtes Gewissen. Wenn er wüsste, dachte sie, und sie schämte sich nicht zum ersten Mal.

„Wie lange kennt ihr euch schon?“, fragte sie. Es war ein Versuch, sich von ihren eigenen Gefühlen abzulenken.

„Fast ein ganzes Leben. Wir haben schon im Kindergarten miteinander gespielt, sind später gemeinsam zur Schule gegangen und haben uns dann kurzzeitig aus den Augen verloren. Ich hab in Aarhus studiert, und er hat im Rosenborg auf Bornholm eine Ausbildung gemacht. Mein Vater hatte das damals organisiert. Wenigstens etwas, das der alte Herr in seinem Leben richtig gemacht hat.“ Nikolaj lächelte bitter, wie immer, wenn er von Jørgen Bjerregaard erzählte.

„Auf Bornholm haben wir uns vor Jahren wiedergetroffen. Direkt nach der Uni. Dort haben wir auch zusammen die Ausbildung gemacht, und letztlich ist er dort geblieben und hat lange als Empfangschef gearbeitet. Vor knapp einem Jahr hab ich es aber geschafft, ihn nach Kopenhagen zu locken.“ Seine Miene hellte sich ein wenig auf, als hätte er gute Erinnerungen an diese Zeit, was Emma stutzig machte, schließlich war es auf Bornholm gewesen, wo die Sache mit Gitte passiert war. Ob Erik Gitte auch kannte?

„Deinem Lächeln nach zu urteilen, muss es eine tolle Zeit gewesen sein“, sagte sie und konnte sich den bitteren Unterton in ihrer Stimme nicht verkneifen.

„Es war eine Zeit mit Höhen und Tiefen, wenn du es genau wissen willst.“ Nikolaj stand vom Bett auf, stemmte die Hände in die Hüften und stellte sich mit dem Rücken zu ihr ans Fenster. Es war, als hätte er binnen Sekunden alle Schotten wieder dichtgemacht.

Emma stand auf und folgte ihm. Nikolaj erstarrte, als sie ihn berührte. Jeder seiner Muskeln war angespannt, während ihre Hände über seinen Rücken strichen und sich schließlich um seine Hüften legten.

„Und darum hast du ihm von uns erzählt? Weil du ihn schon so lange kennst? Und weil du ihm vertraust?", fragte sie, obwohl er ihr die Antwort bereits gesagt hatte. Sie wollte auf gar keinen Fall, dass er wieder zumachte und sich vor ihr verschloss. Jetzt, wo sie bereits so viel erreicht hatte.

Nikolaj nickte stumm. „Ja, weil ich ihm vertraue." Er zögerte. „Und weil ich jemanden gebraucht habe, mit dem ich über das … über uns reden konnte." Er legte eine Hand auf ihre und streichelte mit dem Daumen über ihren Handrücken. Sein Blick ruhte weiter auf dem Hafen und dem bunten Treiben vor dem Fenster.

„Über uns?", fragte sie vorsichtig.

„Ja", flüsterte er so leise, als wagte er nicht, es laut auszusprechen.

„Das klingt schön." *Und beängstigend …*

# KAPITEL 15

Die folgenden Tage hatte Emma alle Hände voll zu tun. Zum einen war sie damit beschäftigt, das Hotel kennenzulernen. Zum anderen war sie zwischen den Workshops im Rosenborg und ihrem Zimmer im NOVA hin- und hergependelt, was einige Zeit in Anspruch nahm. Es wäre einfacher gewesen, alles unter einem Dach zu haben, aber Jørgen Bjerregaard hatte nach ihrem Umzug darauf bestanden, dass die PR-Workshops weiterhin in seinem Hotel stattfanden. Emma vermutete, dass er sie damit zumindest tagsüber im Auge behalten wollte, wo er doch keinen Einfluss darauf hatte, was sie trieb, wenn sie ab dem späten Nachmittag im NOVA war.

Doch Jørgen Bjerregaard schien sich vollkommen unnötig Sorgen darüber zu machen, dass es ihr nicht gelang, sich auf ihre Arbeit zu konzentrieren. Nikolaj respektierte ihren Wunsch, sich tagsüber auf ihre Arbeit zu konzentrieren. Schließlich hatte er genug mit dem Tagesgeschäft seines Hotels zu tun, eilte von Meeting zu Meeting und schaffte es morgens gerade so, ihr einen guten Morgen zu wünschen und, je nach Stimmungslage, einen Kuss auf die Wange zu drücken, bevor er die Suite in Richtung Büro verließ. Wenn's hochkam, sahen sie sich nicht mehr als drei, vier Stunden am Tag. Doch die waren meist sehr intensiv und wunderbar.

Seit sie sich darauf geeinigt hatten, Spaß miteinander zu haben, gingen sie ausgesprochen ungezwungen miteinander um. Man konnte es mit einem Urlaubsflirt vergleichen, von dem jeder wusste, dass er keine Zukunft hatte.

Trotzdem hatten sie eine gemeinsame Ebene gefunden, auf der sie sich begegneten. Und wenn sie abends gemeinsam bei einem Wein auf der Terrasse saßen, redeten sie über alle möglichen Themen. Lieblingsfilme und Lieblingsmusik, die Studienzeit, Emmas Leben in Hamburg, die PR-Agentur und ihre schrulligen Kollegen. Und ab und zu, wenn das Wetter mitspielte, liebten sich unter freiem Himmel, mit nichts als den Sternen über sich. Es war der reinste Spaß.

*

„Mach dir nichts draus. Nikolaj ist und bleibt ein Arbeitstier. Das habt ihr beide offensichtlich gemeinsam." Erik saß Emma lächelnd gegenüber, nippte an seinem Espresso und beobachtete sie dabei, wie sie eine E-Mail nach der anderen beantwortete.

„Ich beschwere mich gar nicht. Wir sind uns gegenseitig nichts schuldig. Und die Zeit, die wir miteinander verbringen, kosten wir voll und ganz aus." Sie zwinkerte Erik zu und konnte sich ein breites Grinsen nicht verkneifen.

„Das will ich doch wohl hoffen. Immerhin ist man nur einmal jung." Er grinste ebenfalls, und Emma fragte sich, was und wie viel Nikolaj ihm wohl von ihrer gemeinsamen Zeit erzählt hatte.

„So, fertig.“ Sie klappte den Laptop zu und lehnte sich zufrieden in ihrem Sessel zurück. Sie hatte sich beinahe schon daran gewöhnt, den Arbeitstag auf der Terrasse des Hotels mit einem After-Work-Cocktail ausklingen zu lassen und dort auf Nikolaj zu warten. Sie liebte es, nach den langen Stunden im Dronningeværelse des Rosenborg einfach hier zu sitzen und dem bunten Treiben vor dem Hotel zuzusehen. Auf der Promenade ging es beinahe zu wie in einem Ameisenhaufen. Dutzende Touristen wurden in Gruppen am Hotel vorbeigeführt, die einen in Richtung Schloss Amalienborg und Kleine Meerjungfrau, die anderen in Richtung Nyhavn.

„Und du? Was ist mit dir? Steckt in dir auch ein Arbeitstier?“ Emma fragte sich, was zu Eriks Arbeit als Empfangschef dazugehörte. Für das NOVA schien er eine Art Mädchen für alles zu sein. Er war bereits früh morgens im Hotel und schien einer der Letzten zu sein, der das NOVA verließ, bevor die Nachtschicht eintrudelte.

„Ich bin gerne hier. Nikolaj hat es geschafft, unter den Mitarbeitern eine ganz besondere Atmosphäre zu schaffen. Wusstest du, dass er jeden einzelnen seiner Mitarbeiter selbst aussucht? Es gibt keinen Personalchef oder so. Wenn er ein Hotel eröffnet, ist allein er es, der bestimmt, wer für ihn arbeitet und wer nicht.“ Über Eriks Gesicht huschte ein Lächeln.

„Nein, das wusste ich nicht. Es passt aber zu ihm, dass er eine so wichtige Entscheidung niemand anderem überlassen möchte.“ Emma erinnerte sich daran, wie Nikolaj ihr erzählt hatte, dass er das Kommando nur ungern anderen überließ.

„Nikolaj möchte, dass in seinen Hotels alles perfekt ist. Und das ist es eben nur, wenn auch die Chemie unter den Mitarbeitern stimmt.“

„Klar, wenn's Stress gibt, überträgt sich das auch auf die Gäste. Und die sollen sich im Hotel wohlfühlen und ihren Aufenthalt oder Urlaub genießen."

„Richtig. Auch das ist Luxus", sagte Erik, und Emma begriff. Dass die Menschen sich untereinander verstanden und respektierten, war für Nikolaj eine Art von Luxus, die er von seinem Zuhause her offenbar nicht gewohnt war.

„Mir ist aufgefallen, dass er sich nicht besonders gut mit seinem Vater versteht. Ist das der Grund, warum er möchte, dass hier alles so harmonisch ist?" Sie fasste sich ein Herz und stellte die Frage einfach geradeheraus. Erik kannte Nikolaj besser als die meisten. Und vielleicht würde er ihr etwas über das komplizierte Vater-Sohn-Verhältnis der Bjerregaards erzählen. Vielleicht war er auch der Schlüssel zu Nikolajs Tagebuch. Bislang hatte sie erfolglos danach gesucht, wenn sie mal allein in der Suite war, was äußerst selten vorkam.

Zu ihrer Überraschung war die Verbindungstür zwischen der Suite und ihrem Zimmer stets verschlossen, wenn sie aus dem Rosenborg zurückkehrte. Und sie wurde erst wieder geöffnet, wenn Nikolaj abends dort war. Sie hatte sich nicht getraut, Nikolaj nach dem Grund dafür zu fragen, denn sie fürchtete sich vor der Antwort.

Doch dadurch, dass sie keinen Schlüssel zu der Tür besaß, kam es auch nie vor, dass sie Zugang zu der Suite hatte, wenn Nikolaj außer Haus war. Vielleicht könnte sie Erik unter einem Vorwand bitten, ihr Zutritt zu gewähren. Doch dafür musste sie erst einmal auch sein Vertrauen gewinnen. Es war wie verhext.

„Wer versteht sich schon gut mit Jørgen Bjerregaard", antwortete Erik, und Emma konnte den abwertenden Ton in seiner Stimme hören. Trotzdem hielt er sich mit weiteren Aussagen diskret zurück.

„Ich glaube, es ist nicht einfach, sein Sohn zu sein", unternahm Emma einen weiteren Versuch, doch noch etwas aus Erik herauszubekommen.

„Gegenfrage: Ist es einfach, für ihn zu arbeiten?" Eriks Augen funkelten Emma an, als hätte er sie durchschaut.

Sie schüttelte den Kopf. „Nein. Ich bin froh, dass ich ihn nicht jeden Tag sehen muss. Er ist durch und durch unsympathisch. Es ist mir ein absolutes Rätsel, dass jemand wie er in der Gesellschaft ein so hohes Ansehen hat."

Erik zuckte mit den Schultern. „Es ist kein Geheimnis, dass die Leute in dieser auf Hochglanz polierten Welt sich nicht die Mühe machen, hinter die Fassade der Menschen zu schauen. Würden sie es tun, wären sie wohl geschockt von dem, was sie sehen würden."

Emma nickte stumm und dachte über Eriks Worte nach. Etwas Ähnliches hatte ihr auch Nikolaj vor einer Weile erzählt, als er ihr gesagt hatte, dass er ohne einen Freund wie Erik an seiner Seite wohl längst zerbrochen wäre.

„Klingt, als wäre es eine ziemlich düstere Welt."

„Oh ja, das ist es. Glaub mir, es ist schon etwas Wahres daran, wenn man sagt: Es ist nicht alles Gold, was glänzt."

„Aber es gibt doch bestimmt auch Ausnahmen?"

„Die habe ich bislang aber noch nicht kennengelernt."

Als müsse sie Eriks Aussage erst einmal verdauen, nahm sie einen großen Schluck ihres Cocktails. Passend zur bedrückten Stimmung verdunkelte sich der Himmel, als eine große graue Wolke sich vor die Sonne schob. Sofort begann auch der Wind aufzufrischen, ein Phänomen, das Emma bereits aus Hamburg kannte. Das Wetter im Norden war schon etwas Besonderes.

„Du magst ihn sehr, oder?" Emmas Blick ruhte auf Erik, der kritisch in Richtung der Wolken am Himmel schaute, als würde er sich fragen, ob diese bleiben würden und es zu regnen beginnen würde.

„Ja. Ich verdanke ihm viel, mehr als den meisten Leuten, die mich umgeben. Weißt du, wir haben schon so viel miteinander durchgemacht. Verlust von Freunden und Freundinnen, Verlust von Jobs … und von Eltern." Er machte eine Pause und sah Emma an. In seinen Augen spiegelte sich eine Art von Traurigkeit wider, die Emma zuvor bei ihm noch nicht gesehen hatte. Auf sie hatte er immer den Eindruck eines Strahlemanns gemacht. Doch anscheinend hatte auch er mit dunklen Wolken zu kämpfen, die einfach nicht aus seinem Leben verschwinden wollten.

„Du weißt, dass Nikolajs Mutter gestorben ist?", fragte er mit gedämpfter Stimme.

Emma nickte und war überrascht. Sie hatte nicht damit gerechnet, dass Erik ausgerechnet dieses sensible Thema ansprechen würde. Vielleicht war jetzt ihre Chance gekommen, endlich mehr zu erfahren.

„Seitdem versuche ich, für ihn da zu sein. So, wie er auch für mich da war, als meine Mutter gestorben ist."

„Ich wusste nicht, dass …" Emma schluckte. Sie hielt inne. Dass Nikolaj und Erik ein ähnliches Schicksal teilten, erklärte, warum es die beiden mit der Zeit so zusammengeschweißt hatte.

„Es war ein Jahr, bevor Nikolajs Mutter den Unfall hatte. Gott, wir waren noch Kinder und mussten auf einmal erwachsen werden. Von heute auf morgen war alles anders. Die ganze Welt wurde aus den Angeln gehoben, und niemand hat sie jemals wieder an ihren Platz gerückt."

Eriks Worte hinterließen einen tiefen Eindruck bei Emma. Sie konnte sich nicht vorstellen, wie es sich anfühlen musste, ein Elternteil zu verlieren. Wie groß musste der Schmerz für die beiden Jungs gewesen sein. Vielleicht hielt er sie sogar immer noch gefangen?

„Das tut mir leid", flüsterte sie betroffen.

„Verstehst du jetzt, warum er wie ein Bruder für mich ist? Wir befinden uns in der gleichen, in Schieflage geratenen Welt und hoffen, dass wir jemanden finden, der sie für uns wieder ins Lot rückt."

Emma nickte. Ihr war nicht entgangen, wie liebevoll und vertraut Nikolaj und Erik miteinander umgingen. Sie waren wie zwei verloren gegangene Seeleute auf der Suche nach dem rettenden Land.

„Ich glaube, du könntest jemand sein, der seine Welt wieder ins Gleichgewicht bring, Emma."

„Was?" Erschrocken sah sie Erik an. „Wie kommst du darauf?"

„Weil ich ihn noch nie so entspannt und glücklich erlebt habe wie jetzt." Erik griff über den Tisch nach Emmas Hand und drückte sie fest, als wolle er sie zu irgendetwas ermutigen, das sie so auf gar keinen Fall wollte. „Bitte, vermassle es nicht."

*

Anders als in den vergangenen Tagen wartete Emma in der Bar nicht darauf, dass Nikolaj von seinem Termin zurückkehrte. Nachdem Erik zu einem Notfall an die Rezeption gerufen worden war, hatte sie den Rest ihres Cocktails in sich hineingeschüttet und hatte fluchtartig die Terrasse in Richtung der Aufzüge verlassen. Sie konnte Erik auf keinen Fall heute noch einmal unter die Augen treten. Nicht nach all dem, was er zu ihr gesagt hatte.

Wie hatte er nur annehmen können, dass sich zwischen Nikolaj und ihr etwas Ernstes entwickeln könnte? Sie schüttelte den Kopf, als sie in den leeren Aufzug stieg, und drückte auf den oberen Knopf. Die Türen schlossen sich lautlos, und der Lift setzte sich in Bewegung.

Sie ärgerte sich darüber, dass sie nicht den Mut gefunden hatte, Erik mehr über den Tod von Nikolajs Mutter zu fragen. Aber das Gespräch zwischen ihnen hatte eine so persönliche Ebene erreicht, dass sie es moralisch einfach nicht übers Herz gebracht hatte, weiter in der großen Wunde zu bohren.

Sie zückte ihr Handy und tippte eine kurze Nachricht an Gitte.

*Komme kaum voran.*
*Nikolaj ist so verschlossen. Versuche es weiter.*
*Kuss, Emma*

Ihre Antwort kam prompt.

*Bleib dran. Ich baue auf dich.*
*Kuss, Gitte*

Emma seufzte und steckte das Handy zurück in ihre Hosentasche. Gitte verstand es wirklich, den Druck auf jemanden zu erhöhen. Zum Glück hatte sie ihrer Cousine noch nicht erzählt, wie viel Spaß Nikolaj und sie inzwischen miteinander hatten. Sie würde ihr wahrscheinlich den Kopf abreißen, wenn sie es wüsste, und Emma vorwerfen, dass sie durch die Affäre mit Nikolaj das Wesentliche aus den Augen verlor.

Die Aufzugtüren öffneten sich, und Emma ging den Flur in Richtung der Zimmer entlang. Sie stutzte, als vor Nikolajs Suite immer noch der Wagen der Putzkolonne stand. Sollten die ihre Arbeit nicht längst abgeschlossen haben?

Sie blieb stehen und sah nach links und rechts, konnte aber niemanden erkennen. Die Tür zu Nikolajs Suite war weit geöffnet. Vielleicht war er schon nach Hause gekommen, ohne dass sie es bemerkt hatte. Emma überlegte nicht lange und trat ein.

„Hallo?"

Sie durchquerte den kleinen Flur und ging ins Wohnzimmer. Die Jalousien vor den Fenstern zur Terrasse waren immer noch heruntergelassen, sodass nur wenig Licht ins Zimmer fiel. Sie öffnete sie und freute sich über die Sonnenstrahlen, die den Raum in ein warmes, orange-gelbes Licht tauchten.

„Ist jemand hier? Maj-Britt?" Emma rief nach dem Zimmermädchen, das in den vergangenen Tagen Nikolajs Suite gereinigt hatte, doch niemand antwortete. Es war ungewöhnlich, dass sie die Zimmer unverschlossen zurückließ, selbst wenn sie nur kurz Nachschub besorgte.

Emma sah sich erneut um. Ihr Blick fiel auf ein kleines Bücherregal unweit des Esstisches, in dem zahlreiche Bücher dänischer und internationaler Autoren aneinandergereiht standen. Sie ging herüber und ließ ihre Finger über die Buchrücken streichen. Es war eine bunte Mischung aus Romanen von Karen Blixen, H.C. Andersen, Henrik Ibsen, Nicholas Sparks, Stephen King … Emma konnte sich kaum vorstellen, dass Nikolaj all diese Bücher wirklich gelesen hatte. Er machte nicht den Eindruck eines Bücherwurms.

Ein kleines, schwarzes ledergebundenes Buch erlangte ihre Aufmerksamkeit. Anders als die anderen Bücher hatte es weder Titel noch Autor. Auch das Format war deutlich kleiner als das der anderen Bücher. Es sah aus wie ein Notizbuch. Oder ein Tagebuch?

Emmas merkte, wie sich schlagartig ihr Puls beschleunigte. Konnte es sein, dass es genau das war, wonach sie suchte? Es schien beinahe banal, dass Nikolaj das Tagebuch seiner Mutter in einem simplen Bücherregal in seiner Suite aufbewahrte.

Sie lauschte, ob sich jemand näherte, konnte aber nichts hören. „Ist jemand hier?“, rief sie noch einmal, um sich zu vergewissern, dass sie auch wirklich alleine war.

Als niemand antwortete, streckte Emma ihre Hand aus und griff nach dem Buch. Alles schien auf einmal so leicht zu sein. Es war beinahe zu einfach, dachte Emma und wähnte sich schon an ihrem Ziel angekommen.

Ihre Hand zitterte, und sie hielt gespannt den Atem an. Sie musste es nur noch zwischen den anderen Büchern herausziehen, bekam den Buchrücken zwischen Daumen und Zeigefinger zu packen und dann …

„Emma?“

Sie schrak zurück, ließ abrupt ihre Hand sinken und wirbelte herum.

„Was machst du hier?“

*

Emma erwachte tief in der Nacht. Um sie herum herrschte beinahe völlige Dunkelheit. Lediglich durch den kleinen Spalt der angelehnten Verbindungstür zu Nikolajs Suite fiel ein schmaler orange-gelber Lichtstrahl in ihr Zimmer. Nikolaj war am Abend bei einem Geschäftsessen gewesen und musste nach Hause gekommen sein, nachdem sie schon ins Bett gegangen war. Den ganzen Abend über war die Verbindungstür verschlossen gewesen, doch jetzt war sie nur angelehnt. Er musste also in ihrem Zimmer gewesen sein oder zumindest kurz nach ihr gesehen haben.

Nachdem Erik sie in Nikolajs Suite erwischt hatte, wäre sie vor Schreck beinahe kollabiert. Es hätte kaum schlimmer kommen können.

Erik hatte vor dem Bücherregal gestanden und sie mit seinen dunklen Augen angesehen. Zum Glück hatte sie das kleine schwarze Buch noch nicht in den Händen gehalten, sodass sie sich für nichts rechtfertigen musste. Trotzdem hatte sie ein unglaublich schlechtes Gewissen gehabt und sich wahnsinnig darüber geärgert, während Nikolajs Abwesenheit in seiner Suite erwischt worden zu sein.

Emma hatte ihm erzählt, dass sie sich auf dem Weg in ihr Zimmer darüber gewundert hatte, warum die Tür zur Suite weit offen gestanden hatte, wo doch niemand drin gewesen war. Sie hatte sich lediglich vergewissern wollen, dass alles in Ordnung gewesen war, und sei daraufhin in die Suite gegangen.

Erik hatte sie skeptisch angesehen, ihr die Geschichte letztlich aber scheinbar abgekauft – wohl auch, weil Emma bei ihrer Notlüge möglichst dicht an der Wahrheit drangeblieben war.

Anschließend hatte sie sich auf ihr Zimmer zurückgezogen und dieses aus Scham auch nicht mehr verlassen.

Doch jetzt hörte sie jemanden reden. Es war eine Art Stöhnen oder ein leises Wimmern. Hatte Nikolaj etwa den Fernseher laufen lassen? Er konnte doch unmöglich noch wach sein. Sie drehte sich auf die Seite, schaute auf ihre Armbanduhr und stand auf. Es war kurz vor drei.

Zögerlich ging sie zur Tür und öffnete sie. Nikolajs Suite war spärlich beleuchtet, nur eine kleine Messinglampe in der Nähe der Couch spendete noch Licht. Der Fernseher war ausgeschaltet, und die Fenster waren geschlossen. Trotzdem hörte sie ganz deutlich Stimmen. Oder vielmehr Nikolajs Stimme. Ja, er war es, den sie reden hörte. Mit wem unterhielt er sich nur?

Es waren keine deutlichen Worte, die sie einwandfrei verstehen konnte, vielmehr war es ein Nuscheln, das aus dem Schlafzimmer zu kommen schien.

Leise schlich sie zur Tür, öffnete sie und trat ein. Es dauerte eine Weile, bis sie Nikolaj in der Dunkelheit, die sie umgab, erkennen konnte. Er lag in Boxershorts auf dem Bett, die Laken um ihn herum waren zerwühlt. Unruhig, so als hätte er einen fürchterlichen Albtraum, wälzte er sich hin und her. Seine Atmung war flach und schnell, und als sie die Hand nach ihm ausstreckte, um ihn zu beruhigen, zuckte er zwar zusammen, wachte aber nicht auf. Er war schweißgebadet.

„Sch …“, flüsterte sie und setzte sich zu ihm auf die Bettkante. „Ich bin ja hier.“

Sie erinnerte sich daran, wie ihr Vater das immer zu ihr gesagt hatte, wenn sie als Kind mal von einem Albtraum heimgesucht worden war. Was zum Glück nicht allzu oft der Fall gewesen war. Doch es schien nicht so, als würden die Worte bei Nikolaj eine ähnlich beruhigende Wirkung haben wie auf damals auf sie.

„Nimm mich mit." Es war ein leises Wimmern, ein Flehen, das aus seinem Mund kam und an irgendjemanden in seinem Traum gerichtet war.

Emma legte sich neben ihn ins Bett und schmiegte sich an ihn. Ihre Hand streichelte über seine Wangen und wischte ihm den Angstschweiß von der Stirn.

„Nikolaj", flüsterte sie und versuchte, ihn zum Aufwachen zu bewegen, doch er schlief weiter, als könnte er sie gar nicht hören. Was hielt ihn nur so gefangen, dass er einfach nicht aufwachte?

„Nicht ..." Seine Tonlage veränderte sich und wurde verzweifelter. „Nein!"

Plötzlich schreckte er auf und setzte sich kerzengerade hin. Seine Atmung ging schnell, und sein Puls raste. Es dauerte eine Weile, bis er sich gesammelt und realisiert hatte, wo er war.

Emma streichelte ihm behutsam über den Rücken. Erschrocken drehte er sich um.

„Was machst du hier?" Der kalte, bittere Ton in seiner Stimme war nicht zu überhören. Ob Erik ihm erzählt hatte, dass sie unerlaubt in seine Suite eingedrungen war?

„Du hast schlecht geträumt, da wollte ich nach dir schauen", antwortete sie.

Nikolaj nickte benommen und fuhr sich mit der Hand über das Gesicht, als versuchte er auf diese Weise, die Dämonen des Traumes aus seinem Kopf herauszuziehen.

„Ich meine, wie lange bist du schon hier?“ Er blinzelte nervös.
„Spielt das eine Rolle?“ Emma sah ihn fragend an.

Nikolaj schüttelte den Kopf, aber er wirkte verlegen. War es ihm unangenehm, dass sie ihn so aufgewühlt sah? So verletzlich?

Der Gedanke beschlich sie, dass sie vielleicht nicht hier sein sollte und es besser wäre, wenn sie zurück in ihr Zimmer gehen würde.

„Geht's wieder?“ Sie sah ihn besorgt an.

„Ja.“ Nikolaj sank zurück in die Kissen. Die Arme verschränkte er hinter dem Kopf, während er mit leerem Blick an die dunkle Decke starrte.

„Gut.“ Emma stand auf, doch er fasste nach ihrer Hand.

„Bleib hier, bitte“, flüsterte er und rückte im Bett nach links, damit sie sich zu ihm legen konnte.

„Es war nur ein schlechter Traum“, flüsterte sie, als sie sich an seine Brust schmiegte. „Jetzt ist alles wieder gut.“

Langsam beruhigte sich Nikolajs Atmung. Er schien erschöpft. Weiß der Himmel, wie lange er in diesem Traum schon gefangen gewesen war.

„Es wird nie wieder gut werden“, murmelte er bitter, während sich sein Brustkorb nun regelmäßiger auf und ab bewegte.

„Wie meinst du das?“ Emma unterbrach ihr Streicheln und sah ihn an. Seine Augen waren jetzt geschlossen, und um seine Mundwinkel herum zuckte es leicht.

„Was wird nicht wieder gut werden?“, wiederholte sie ihre Frage, in der Hoffnung, dass er ihr antworten würde.

Nikolaj seufzte und streichelte sanft über ihr Handgelenk, das auf seiner Brust ruhte. „Mein Leben, Emma.“ Er küsste sie abwesend auf die Stirn.

Sein Leben? Die Worte hingen bedeutungsschwer im Raum.

„Aber dein Leben ist doch …“, sagte sie zaghaft.

„Was ist es?“, unterbrach er sie barsch. „Perfekt? Glamourös? Tz, du hast ja keine Ahnung.“

„Wie auch, du redest ja nicht mit mir darüber! Eigentlich weiß ich überhaupt nicht, mit wem ich es zu tun habe.“ Emma rückte von ihm ab und setzte sich hin. Sie konnte es kaum ertragen, mit anzusehen, wie sehr Nikolaj in seinem Selbstmitleid versank. „Warum ist es nur so schwer für dich, mich dort reinzulassen?“ Sie stupste ihren Zeigefinger mit voller Wucht gegen seine Brust. „Fühlt sich das so falsch an?“

„Ich habe dir schon mehr als genug von mir erzählt. So viel wie noch keiner anderen Frau zuvor.“ Er streckte seine Hand nach ihr aus und legte sie auf ihre Schulter. Doch Emma schüttelte sie ab.

„Soll das jetzt ein Kompliment sein?“, fragte sie und klang ernüchtert.

„Ja, genau das sollte es sein. Ich habe mich noch nie so weit für jemanden geöffnet.“

„Das nennst du dich öffnen? Wenn Mann und Frau sich kennenlernen, erzählt man sich auch von seinen besten Freunden. Das nennt man Kommunikation. Es ist ein ganz natürlicher Vorgang, verstehst du?“, sagte Emma mit Nachdruck.

„Und erzählst du mir von deiner besten Freundin oder von deiner Familie?“, sagte er mit bitterer Stimme.

Emma zuckte zusammen. Mit der Frage hatte sie nicht gerechnet. Sie traute sich nicht, sich umzudrehen und ihn anzusehen, aus Angst, dass sie sich verraten könnte. Wenn er ihr jetzt in die Augen sehen würde, könnte sie ihr Geheimnis vor ihm nicht mehr verbergen.

„Siehst du. Ich glaube, du weißt viel mehr über mich als ich über dich", sagte er frustriert und wandte sich von ihr ab. „Und jetzt schlaf, bitte. Morgen wird wieder ein anstrengender Tag."

Wie in Trance und erfüllt von einem unendlich schlechten Gewissen, das sie beinahe zu erdrücken drohte, legte Emma sich zurück und schloss die Augen. Wie war es nur dazu gekommen, dass sie auf einmal in diese Diskussion geraten waren, aus der es zumindest zum jetzigen Zeitpunkt keinen Ausweg gab? Auf einmal war alles so schwer, als hätte ein Elefant auf ihrem Brustkorb Platz genommen.

Nikolaj lag neben ihr und hatte ihr den Rücken zugewandt. Sie wagte nicht, sich an ihn zu kuscheln, aus Angst davor, von ihm abgewiesen zu werden.

„Gute Nacht", flüsterte sie, doch Nikolaj antwortete schon gar nicht mehr. Offenbar war er wieder eingeschlafen.

# KAPITEL 16

Emma erwachte in einem leeren Bett. Durch die geschlossenen Jalousien drang nur wenig Licht ins Schlafzimmer. Das Hellgrau der Wände machte den Raum zusätzlich noch dunkler und bedrückender. Sie blinzelte ein paar Mal, setzte sich im Bett auf und horchte. War sie alleine? In der Suite war es mucksmäuschenstill. Wahrscheinlich hätte sie eine Haarnadel fallen hören können.

„Nikolaj?"

Vielleicht war er unter der Dusche und konnte sie deshalb nicht hören?

Sie gähnte und streckte sich, stand auf und ging zum Fenster, um die Jalousien zu öffnen und Tageslicht hereinzulassen.

Die vergangene Nacht steckte ihr noch in den Knochen, und das Wetter passte zu ihrer betrübten Stimmung. Draußen regnete es. Dunkle Wolken hingen über dem Kopenhagener Hafen und verschwammen am Horizont mit dem Meer. Unzählige Tropfen schlugen gegen die Fensterscheibe und rannen an ihr herab, als würden sie ein Wettrennen bis zum Boden veranstalten. *Na toll!*

Sie schaute dem Treiben einige Minuten lang zu, bevor sie ins Wohnzimmer ging. Die Suite wirkte wie ausgestorben. Die kleine Lampe an der Couch war erloschen, die Tür zu ihrem Zimmer weit geöffnet.

„Nikolaj?", rief sie erneut. Doch auch dieses Mal wartete sie vergeblich auf eine Antwort. Sie war allein mit nichts als Stille um sie herum.

Emma sah zur Uhr. Himmel, es war bereits kurz nach neun. Bestimmt war er schon zum Frühstücken heruntergegangen. Oder hatte mit seiner Arbeit begonnen.

„Mist! Ich komme zu spät zur Arbeit", entfuhr es Emma. Sie eilte in ihr Zimmer, zog sich hastig aus und hüpfte unter die Dusche.

Sie stellte sich in den heißen Wasserstrahl und schloss die Augen. Was für eine Nacht! Nach ihrem Streit war Nikolaj überraschend schnell wieder eingeschlafen, während sie noch einige Zeit lang wachgelegen und über seine Worte nachgedacht hatte. Natürlich hatte sie ihm nicht von Gitte, ihrer besten Freundin und Cousine, erzählen können. Was hätte sie sagen sollen? Aber sie fühlte sich unfassbar schlecht damit, die Geschichte verschwiegen zu haben.

*Was wird nicht wieder gut werden? – Mein Leben.*

Diese zwei Worte, die er zu ihr gesagt hatte, ließen sie bis jetzt nicht los. Er hatte heute Nacht so desillusioniert geklungen. Eine Mischung aus Bitterkeit und Verzweiflung. So, als wäre jegliche Hoffnung aus seinem Körper verschwunden. Oder, wie Erik es ausgedrückt hatte, als wäre er in einer Welt gefangen, die in Schieflage geraten war. Wovon Nikolaj wohl geträumt hatte?

Sie griff zum Shampoo und ließ es auf ihrem Haar aufschäumen, und sofort erfüllte der zarte Duft von Pfingstrosen das Badezimmer. Sie seifte ihren Körper ein und fuhr mit der Hand über die Stellen, die Nikolaj noch vor Kurzem so zärtlich liebkost hatte. Wo steckte er nur?

„Blöde Kuh", schimpfte sie mit sich selbst. Er hatte sich tatsächlich für sie geöffnet und sie immer wieder für kurze Momente in seine Seele blicken lassen. Und was hatte sie daraus gemacht? Sie war nichts weiter als eine Lügnerin.

Emma stellte das Wasser ab, trat aus der Dusche und wickelte sich in eines der traumhaft weichen Handtücher, die über dem Heizkörper hingen.

Der Badezimmerspiegel war ganz beschlagen. Als sie mit der Hand darüberwischte, hielt sie einen Moment inne. Sah sie heute Morgen anders aus? Waren das etwa Augenringe? Sie fuhr mit den Mittelfingern um ihre Augen herum und klopfte sich vorsichtig gegen die Wangenknochen. In einem Frauenmagazin hatte sie einmal gelesen, dass dies einen frischeren Teint um die Augen herum machen sollte. Doch jetzt, wo sie sich währenddessen im Spiegel betrachtete, bezweifelte sie, dass es wirksam war. Sie kämmte ihre Haare, cremte ihr Gesicht ein und griff zum Föhn.

Während sie versuchte, ihre Haare in eine halbwegs vernünftige Frisur zu föhnen, checkte sie die Nachrichten auf ihrem Handy. Bea bat dringend um Rückruf, ebenso wie Gitte. Von Nikolaj aber war nichts dabei.

Es ärgerte sie, dass er sich still und heimlich davongeschlichen hatte. Er hätte ihr doch wenigstens einen Zettel schreiben können, damit sie wusste, wo er war. *Feigling!*

Bevor sie ging, warf sie einen kurzen Blick auf das Bücherregal in Nikolajs Suite. Das schwarze Buch mit dem namenlosen Rücken war verschwunden.

*

„Guten Morgen! Bereit für einen fantastischen Tag?" Erik kam mit weit geöffneten Armen auf Emma zu, als sie die Lobby in Richtung Frühstücksrestaurant durchquerte.

„Hej", antwortete Emma und zwang sich zu einem Lächeln. Nach einem fantastischen Tag sah es bislang eher nicht aus. „Weißt du, wo Nikolaj steckt?"

Erik räusperte sich verlegen und zupfte an seinem petrolfarbenen Jackett herum. Angst vor Farbe hatte er auf jeden Fall nicht, schoss es Emma durch den Kopf. Zumindest hatte sie Erik noch nie in einem schlichten, schwarzen Anzug gesehen.

Erik senkte den Blick und nahm das dunkelblaue Einstecktuch aus der Brusttasche, faltete es ordentlich zusammen und steckte es wieder zurück.

„Erik?", hakte Emma noch einmal nach, während er seinen Reverskragen scheinbar nach Fusseln absuchte. Warum nur hatte sie das Gefühl, als hätte er ihre Frage lieber überhört?

„Ach, was soll's. Du erfährst es ja eh", sagte er schließlich und seufzte tief.

„Was erfahre ich?" Emma beschlich ein ungutes Gefühl. Dass Erik so herumdruckste, gefiel ihr nicht und passte auch überhaupt nicht zu seiner sonst so lockeren, offenen Art, die sie so an ihm schätzte.

„Nikolaj ist auf Geschäftsreise. Jetzt ist es raus. Puh!" Mit einer übertriebenen Geste tat Erik so, als würde er sich Schweißtropfen von der Stirn wischen.

„Auf Geschäftsreise?" Emma konnte die Geschichte kaum glauben. „Warum?"

„War schon lange geplant. Er besucht die NOVA-Hotels hier in Dänemark immer einmal im Monat. Mal ist er in Aarhus, mal in Esbjerg. Jetzt ist er auf Bornholm." Erik lächelte breit, als sei es das Natürlichste der Welt, dass Nikolaj sich ohne ein Wort aus dem Staub gemacht hatte. Ausgerechnet nach der Nacht, in der sie sich gestritten hatten. Natürlich war er ihr, einer lockeren, spaßigen Affäre, keine Rechenschaft schuldig, aber trotzdem ärgerte es sie, dass er ohne ein Wort abgereist war.

„Auf Bornholm?", wiederholte sie fassungslos. „Das hätte er mir doch erzählt! Ich meine, wir sollen eine PR-Kampagne auf die Beine stellen, wir …", schlafen miteinander, hätte sie fast gesagt. „Und plötzlich ist er von einem Tag auf den anderen auf Geschäftsreise? Wann kommt er wieder?"

„In einer Woche."

Emma starrte Erik mit weit aufgerissenen Augen an. In einer Woche? Das konnte unmöglich sein Ernst sein.

„Du meinst, er ist eine Woche unterwegs?" Erlaubte sich jemand einen schlechten Scherz mit ihr?

„Vielleicht werden es auch nur fünf Tage. Je nachdem, wie viel Arbeit auf ihn wartet." Erik schien zu merken, wie sehr Emma um Fassung bemüht war, und legte ihr beruhigend seine Hand auf die Schulter.

Emma rang mit sich. Wut und Enttäuschung stiegen in ihr hoch, und gepaart mit der Frage nach dem Warum war es eine gefährliche Kombination, die ihre Gefühlswelt gehörig ins Wanken brachte.

Es fiel ihr schwer zu glauben, dass es sich um eine Geschäftsreise handelte, die Nikolaj bereits seit langer Zeit geplant hatte. Er hätte es ihr gesagt, wenn es so gewesen wäre. Davon war sie überzeugt. Vielmehr wurde sie das Gefühl nicht los, dass er geflüchtet war. Vor *ihr* geflüchtet war. Und das war ein absolut mieses Gefühl.

„Hej." Eriks tiefe Stimme drang kaum zu ihr durch. „Nun mach mal nicht so ein trauriges Gesicht. Er kommt doch wieder. Und nichts ist so schön wie ein Wiedersehen nach langer Zeit." Er sah hinüber zur Bar, wo Brian damit beschäftigt war, Zitronen und Limetten in runde Scheiben und kleine Spalten zu schneiden.

Emma seufzte und kämpfte mehr und mehr mit den Tränen.

„Eine Woche", sagte sie bitter. Irgendwie kam sie nicht darüber hinweg.

„Emma, er ist deswegen kein schlechter Kerl", nahm Erik seinen flüchtigen Freund in Schutz.

Emma hätte am liebsten mit den Augen gerollt, entschied sich dann aber dazu, lediglich die Augenbrauen hochzuziehen, um Erik zu zeigen, wie sehr sie seine Aussage bezweifelte.

„Ach", sagte sie und musste an die Geschichte mit Gitte denken und wie Nikolaj sie damals behandelt hatte. Vielleicht war er doch nicht der gute Mensch, als der er sich ihr gegenüber die vergangenen Tage präsentiert hatte.

„Glaub mir, ich kenne ihn … vielleicht sogar besser als er sich selbst." Erik sah Emma aufmunternd an. „Sieh es mal so: Jetzt haben wir beide mehr Zeit, um uns kennenzulernen."

Die Art und Weise, wie Erik versuchte, das Beste aus der Situation zu machen, zauberte Emma ein Lächeln auf die Lippen. Es war nicht fair von Nikolaj gewesen, bei Nacht und Nebel abzureisen und Erik, seinen besten Freund, die Kohlen aus dem Feuer holen zu lassen.

„Na ja, konzentriere ich mich halt auf die Arbeit", sagte Emma und zuckte trotzig mit den Schultern. Nikolaj Bjerregaard konnte sie mal kreuzweise!

„Da kommen wir auch gleich zur Sache. Nikolaj hat alle Workshops hier zu uns ins NOVA gelegt. So musst du dem alten Bjerregaard also gar nicht mehr über den Weg laufen." Erik verzog das Gesicht. „Außerdem möchte er, dass du dir ein genaues Bild vom NOVA machst und ihm bei seiner Rückkehr ein entsprechendes PR-Konzept für die Filiale in Hamburg vorlegst, das ihr dann gemeinsam dem Aufsichtsrat präsentieren werdet."

„Puh, das klingt alles ganz schön geschäftlich", sagte Emma und schluckte erneut. Ganz offensichtlich hatte Nikolaj vor seiner Abreise noch einiges in die Wege geleitet, aber für ein persönliches Wort an sie hatte es nicht gereicht. Nach allem, was gewesen war … *Feigling!*

„Nun, es gab einiges zu regeln", antwortete Erik beinahe entschuldigend. „Und der Laden muss ja am Laufen bleiben."

„Ganz richtig. Der Laden muss am Laufen bleiben", wiederholte Emma bitter.

„Keine Angst, ich werde mich um dich kümmern. Das musste ich Nikolaj versprechen. Heute stehe ich dir Rede und Antwort. Frag mich einfach alles, was du wissen möchtest. Jede noch so kleine Einzelheit. Ich werde dir alles erzählen.

Und wenn wir damit fertig sind, gönnen wir uns einen Cocktail auf der Terrasse."

Erik gestikulierte mit seiner Hand in der Luft herum, während er sprach. Emma schaute ihm fasziniert dabei zu. Ihr Blick folgte seiner Hand von links nach rechts, von oben nach unten. Sie konnte sich kaum auf das konzentrieren, was er sagte.

„Und wenn du gefrühstückt hast, beginnen wir mit dem Rundgang. *Bene*?", sagte er. „Meine Mutter war Italienerin, hatte ich das noch gar nicht erwähnt?", fügte er erklärend hinzu.

„Nein, hattest du nicht. Aber das erklärt dieses …" Emma hob ihre Hände, als würde sie kleinste Luftteilchen dirigieren wollen.

„Ja, genau!" Erik lachte. „Ich habe dir einen Tisch reserviert. Kommst du?"

Emma nickte. „*Bene*!"

*

Nach ihrem Frühstück, das Emma, trotz der Hiobsbotschaft am Morgen, überraschend gut geschmeckt hatte, setzte sich Erik zu ihr an den Tisch. Er nippte genüsslich an einem Espresso und stellte die Tasse vor sich ab.

„Was wäre das Leben ohne Koffein", sagte er und schloss die Augen.

„Definitiv verschlafener", antwortete Emma und prostete ihm mit ihrer Tasse Kaffee zu.

„Du sagst es." Erik nickte zustimmend und lehnte sich lässig im Stuhl zurück, während er die Hände in seinen

Hosentaschen vergrub. „Hör zu, ich weiß nicht, was zwischen euch gestern passiert ist. Aber, glaub mir, Nikolaj wird zurückkommen. Er braucht einfach nur ein wenig Zeit."

Emma sah Erik an und fragte sich, wie oft er dieses Credo ihr gegenüber noch wiederholten wollte. In einer zeitlich begrenzten Beziehung, auf die Nikolaj und sie sich geeinigt hatten, war Zeit das Einzige, was sie nicht hatten.

„Lass uns bitte das Thema wechseln", bat sie ihn, als sie merkte, dass sich ihre Augen erneut mit Tränen füllten.

„Okay", sagte Erik und schaute sie entschuldigend an. „Reden wir über das Frühstück."

Emma war dankbar dafür, dass Erik es dabei beließ und sich stattdessen auf die Arbeit konzentrierte.

„Es ist übrigens sehr lecker." Emma rieb sich mit der Hand über ihren Bauch und dachte an das köstliche *franskbrød*, ein fluffiges mit weißem Mohn bestreutes Weißbrot, das sie mit kräftigem *Danbo*-Käse und fruchtiger Boysenbeeremarmelade drauf genossen hatte.

„Alles, was du auf unserem Büffet siehst, stammt aus ökologischer, nachhaltiger Produktion. Vom Kaffee, den du gerade trinkst, über die Brötchen und das Gebäck bis hin zum Skyr. Sogar die Früchte in der Marmelade sind bio. Nachhaltigkeit und Ökologie in hoher Qualität sind zwei der Punkte, die mit dem NOVA untrennbar sind. Und zwar nicht nur beim Essen, sondern in jeder noch so kleinen Einheit hier im Hotel." Erik blickte sich um und konnte den Stolz in seiner Stimme nicht verbergen. Ob er Nikolaj bei der Entwicklung der Hotelidee geholfen hatte und deshalb jetzt Empfangschef war?

„NOVA ist also ein echtes Öko-Hotel", sagte Emma. Zeit wurde es, dass sie sich wieder dem widmete, weshalb sie eigentlich hier war: dem NOVA-Konzept auf dem Grund gehen und sich überlegen, wie sie das auch in Hamburg, mit den dort gegebenen Begebenheiten, umsetzen konnte.

„Wie das klingt", sagte Erik und schmunzelte.

Emma gab ihm recht. „Stimmt, das klang jetzt etwas altbacken."

„Nenn es doch urbanes Eco-Resort, ein nachhaltiges Luxushotel im Herzen von Kopenhagen." Sein Mund verzog sich zu einem breiten Lächeln.

„Klingt, als würdest du gerade meinen PR-Job übernehmen." Emma lachte. „Vielleicht sollte ich dich anheuern."

Erik rollte gespielt mit den Augen und lachte. „Oh, bitte nicht." Erik legte entschuldigend seine Hand auf die Brust.

„Darf ich dir das Hotel zeigen?" Erik rutschte mit dem Stuhl nach hinten, stand auf und bot Emma seine Hand an. Emma nickte begeistert.

„Du wirst es nicht glauben, aber so eine Frage hat mir noch nie ein Mann gestellt." Sie zwinkerte ihm zu. Sie konnte es kaum erwarten, das NOVA weiter zu erkunden.

„Na, dann los." Erik reichte ihr den Arm, und Emma hakte sich bei ihm ein. Er schien wirklich eine Seele von Mensch zu sein. Kein Wunder, dass Nikolaj ihm so sehr vertraute.

# KAPITEL 17

Bornholm lag verschlafen da. Es war noch früh am Morgen, wie immer, wenn er Hammershus einen Besuch abstattete. Um diese Zeit war die alte Burgruine noch nicht von Touristen überschwemmt, sodass er sie fast für sich alleine hatte. Nur ein paar Wanderer kreuzten seinen Weg, die die Ruhe hier oben auf den vierundsiebzig Meter hohen Klippen genauso genossen wie er.

Er liebte diesen Ort. Schon als kleiner Junge war er von den dicken Mauern der Festung und deren Geschichte fasziniert gewesen. Und er hatte sich nicht nur einmal ausgemalt, wie es wohl gewesen sein musste, im Mittelalter als Ritter auf dieser monströsen Burg zu leben.

Seine Familie war immer gerne hierhergekommen. Damals, als es nur seine Mutter, seinen Vater und ihn gegeben hatte. Zwischen den hohen Mauern hatten sie Verstecken und Fangen gespielt, ein Picknick gemacht und das Leben genossen. Erinnerte er sich jetzt zurück, waren es wohl die Jahre seiner Kindheit gewesen, die er am ehesten als glücklich bezeichnen würde. Zumindest erinnerte er sich gerne an diese Zeit zurück, was er als gutes Zeichen deutete.

Es war eine Zeit, in der bei ihnen mehr gelacht als geweint worden war. Eine Zeit, in der sein Vater noch nicht der Tyrann war, zu dem er sich später entwickelt hatte, und in der seine Mutter noch fröhlich gewesen war.

Nikolaj schloss die Augen und versuchte sich an ihr Lachen zu erinnern, das so herzlich und mitreißend gewesen war, dass es jeden in seinen Bann gezogen hatte. Hier oben, weit ab von jeder störenden Geräuschkulisse, meinte er, das Lachen seiner Mutter immer noch hören zu können. Als hätten die Ruinen es für ihn aufgezeichnet.

Er setzte sich ins Gras und lehnte sich mit dem Rücken an eine der dicken, rotbraunen Felsmauern.

Es war schon eine gefühlte Ewigkeit her, seit er das letzte Mal auf der Insel gewesen war. Vor drei Monaten hatte er auf der dänischen Sonneninsel ein kleines, überschaubares NOVA-Hotel eröffnet. Das kleinste seiner Art mit lediglich knapp achtzig Betten. Jetzt war es Zeit, dort einmal nach dem Rechten zu sehen.

Natürlich hätte er seinen Besuch auch noch um ein, zwei weitere Wochen nach hinten schieben können. Aber nachdem Emma in sein Leben getreten war, brauchte er dringend Abstand. Und welcher Ort war dafür besser geeignet als diese Insel mitten in der Ostsee.

Die Situation neulich Nacht hatte ihn überfordert. Noch nie hatte jemand einen seiner Albträume mitbekommen. Nicht einmal Erik wusste davon. Sie waren ein Teil seiner Seele, den er lieber für sich behielt. Versteckt in der hintersten Ecke seines Herzens, dort, wohin er niemandem Einlass gewährte. Bis jetzt.

Emma. Sie ging ihm einfach nicht aus dem Kopf. Wie ein Feigling hatte er sich aus dem Schlafzimmer seiner Suite geschlichen, eilig ein paar Anzüge und das Buch in einen Koffer gepackt. Den Rest hatte später Erik für ihn übernommen.

Sie hatte wie ein Engel in seinem Bett gelegen. Eingehüllt in eine weiße Decke und den lieblichen Duft von Sandelholz und Jasmin, der sie ständig zu umgeben schien.

Als er sanft über ihre Wange gestrichen hatte, meinte er, ein Lächeln auf ihren Lippen erkannt zu haben. Aus Furcht, sie könnte aufwachen, hatte er seine Hand zurückgezogen und war gegangen. So schnell, dass er ihr noch nicht einmal eine Nachricht hinterlassen hatte.

Was musste sie gedacht haben, als sie ohne ihn aufgewacht war? Wie musste sie sich gefühlt haben, als sie erkannt hatte, dass er ohne Abschied verschwunden war?

Erik hatte ihm am Telefon erzählt, wie tapfer sie gewesen war, als sie von seiner Abreise erfahren hatte. Obwohl zweifellos ein Hauch von Traurigkeit in ihren Augen gelegen hatte.

Es war genau diese Aussage, die Nikolaj am meisten freute, wenn man das überhaupt so sagen konnte. Bedeutete sie doch, dass er ihr doch nicht so gleichgültig war, wie er nach ihrer Meinungsverschiedenheit befürchtet hatte.

Dennoch bereute er den Schritt, den er gegangen war, nicht. Er brauchte Abstand, brauchte Zeit, um sich darüber klar zu werden, was er wollte. Und was sie ihm bedeutete.

Es war gerade die Tatsache, dass sie ihm nicht egal war, die ihm Angst machte. Als sie sich gestritten hatten, war ihm zum ersten Mal der Gedanke gekommen, dass er sie verlieren würde, da es nach Abschluss der Zusammenarbeit keine gemeinsame Zukunft für sie gab.

Er schmunzelte bei dem Gedanken daran, dass er überhaupt darüber nachdachte. Noch vor ein paar Wochen wollte er sie unbedingt loswerden und jetzt? Er vermisste sie, sofern man überhaupt jemanden vermissen konnte, von dem man kaum mehr wusste als seinen Namen und seinen Beruf.

Es war unfair von ihm gewesen, ihr vorzuwerfen, dass sie ihm kaum etwas von sich erzählen würde. Sie hatten über so viel gesprochen, doch kaum über etwas Tiefgreifendes. Es war, als hätten sie eine stille Vereinbarung darüber getroffen, es bei Belanglosem zu belassen.

Trotzdem gab sie ihm das Gefühl, als würde sie mehr wollen als nur den Typen, der über rote Teppiche tingelte und mit seinem Geld um sich schmiss.

Doch würde sie sich noch auf ihn einlassen, nachdem er sie so mies behandelt hatte? Er wäre stinksauer gewesen, hätte sie ihn einfach sitzengelassen.

Die vergangenen Tage hatte er immer wieder sein Handy gezückt und versucht, ihr zu schreiben. Doch er hatte nicht die richtigen Worte gefunden. Er hatte eine Frau noch nie aufrichtig um Verzeihung gebeten.

Nikolaj lehnte sich fester zurück und spürte die kantigen Felsspitzen in seinem Rücken. Sein Blick wanderte in die Ferne, doch der Seenebel über der Ostsee bremste ihn aus.

Er war noch nie ein großer Fan der Liebe gewesen. Für ihn war das ein ziemlich dehnbarer Begriff. Er wusste, was Liebe mit einem anstellen konnte. Seine Eltern waren in dieser Hinsicht für ihn erschreckende Vorbilder gewesen.

Er zog das schwarze Tagebuch seiner Mutter aus dem Rucksack und blätterte darin. Seitenlang hatte sie in diesem Büchlein über die unglückliche, wenn nicht gar toxische Liebe zu seinem Vater philosophiert. Durch sie wusste er, wie traurig und verzweifelt die Liebe die Menschen machen kann.

Und das hatte er weder sich noch irgendeinem anderen Menschen auf der Welt antun wollen. Daher hatte er schon früh den Entschluss gefasst, sich niemals im Leben zu verlieben.

Und trotzdem war da dieses Gefühl in seiner Brust, wenn er an Emma dachte. Mit ihr war es, als würde eine ganz besondere Macht von ihm Besitz ergreifen. Etwas, das ihm die Kraft verlieh, alles zu schaffen, was er sich vorgenommen hatte. Auch über all das zu sprechen, was er die vergangenen Jahre in sich hineingefressen hatte. Er wollte ihr alles erzählen. Alles, was ihn bedrückte, was ihn beschäftigte, was ihn quälte. Alles, was er getan hatte und was er lieber hätte sein lassen sollen.

Er erinnerte sich an einen Roman von Henrik Ibsen, den er einmal in der Schule lesen musste. Nora. Eine Stelle in dem Stück hatte ihm besonders gut gefallen:

*Es gibt Menschen, die man über alles liebt, und Menschen, mit denen man am liebsten zusammen ist.*

Er war gerne mit Emma zusammen. Sehr sogar. Mit ihr schien alles so leicht und locker zu sein. Er genoss ihre Gesellschaft, liebte ihr Lachen und mochte die Art, wie sie sich stundenlang über Gott und die Welt unterhalten konnten. Trotzdem wurde er das Gefühl nicht los, dass sie etwas belastete. Er war sich nicht sicher, ob es mit ihm oder mit einer Sache aus ihrer Vergangenheit zu tun hatte, doch manches Mal, wenn er sie heimlich beobachtete, wirkte sie nachdenklich und in sich gekehrt.

Er seufzte, zückte sein Handy und wählte Eriks Nummer. Es dauerte eine Weile, bis sein Freund ans Telefon ging.

„Heute ist mein freier Tag. Weißt du eigentlich, wie früh es ist?“ Erik klang verschlafen und so heiser, als hätte er die Nacht durchgefeiert.

„Sorry, hab ich vergessen. Soll ich wieder auflegen?“

„Nein, jetzt bin ich ja wach. Was gibt's denn?“

„Ich wollte nur sagen, dass ich übermorgen zurückkomme. Hier auf Bornholm ist alles erledigt.“

„Soll ich was vorbereiten?“

„Wie geht's Emma?“ Nikolaj konnte sich die Frage nicht verkneifen.

„Sie würde es zwar nie zugeben, aber sie ist sauer. Ich fürchte, du hast im Moment keine guten Karten bei ihr.“

„Hab ich mir schon gedacht.“

„Was hast du erwartet? Ich meine, die Aktion war echt mies von dir.“ Erik machte eine Pause.

Nikolaj nickte zustimmend, auch wenn Erik das am Telefon nicht sehen konnte. „Ich werd's wiedergutmachen, aber es könnte sein, dass ich dafür deine Hilfe brauche“, sagte er schließlich.

„Schieß los.“

# KAPITEL 18

„Luxuriöse Einfachheit, warmherzige Gastfreundschaft und eine einmalige hyggelige Atmosphäre …“ Emma saß im Innenhof des NOVA und arbeitete an ihrem PR-Konzept.

In den vergangenen Tagen hatte sie versucht, sich soweit es ging auf ihre Arbeit zu konzentrieren und das NOVA so gut wie möglich kennenzulernen.

Das Hotel am Nyhavn war ein wunderbares kleines Boutiquehotel mit einer überschaubaren Zimmeranzahl, die allesamt in einem zurückhaltenden skandinavischen Industrial-Stil eingerichtet waren. Dunkle, gedämpfte Töne mit kleinen farblichen Akzenten waren in nahezu jedem Zimmer vertreten – von den kleinen Executive-Gästezimmern bis hin zu den größeren Suiten, von denen es neben der Suite, die Nikolaj bewohnte, im obersten Stock des Gebäudes noch zwei weitere gab.

Emma hatte die Zeit genutzt und die Zimmermädchen bei ihrem Rundgang begleitet, um auch wirklich in jedes Zimmer einen Blick werfen zu können. Alle Gästezimmer glichen sich zwar im Stil, waren aber dennoch individuell eingerichtet. Gab es in einem Zimmer ein romantisches

Himmelbett, beherbergte das andere eine große Sitzecke oder ein Badezimmer mit Badewanne statt mit Regendusche.

Eines hatten jedoch alle gemein: kompromisslose Nachhaltigkeit, wie Erik nicht müde wurde zu betonen. Extrem wassersparende Duschen und Wasserhähne, Textilien aus nachhaltigen Öko- und Recyclingmaterialien und Bio-Essen. Nikolaj hatte wirklich an alles gedacht, als er seine moderne Version eines Luxushotels ins Leben gerufen hatte. Vom aufmerksamen Personal ganz zu schweigen. Emma hatte das Gefühl, dass ihr jeder Wunsch von den Augen abgelesen wurde. Zuerst hatte sie gehofft, es würde vielleicht auf Nikolajs Anweisung so sein, doch dann war sie mit anderen Gästen ins Gespräch gekommen, die ihren Eindruck bestätigt hatten. Es war der liebevolle Umgang miteinander, der den besonderen Charme des NOVA ausmachte. Erik hatte recht gehabt, als er gesagt hatte, dass das NOVA eine kleine nachhaltige Luxus-Oase mitten in Kopenhagen war.

Die Tage über hatte sie viel Zeit mit Erik verbracht, der peinlichst darum bemüht war, ihr jeden noch so kleinen Winkel des Hotels zu zeigen.

Auch wenn er aufgeschlossen und nett zu ihr war, wurde sie doch das Gefühl nicht los, als würde Erik sie nur ungern aus den Augen lassen. Er ließ sich zwar nichts anmerken, aber es schien ihn misstrauisch gemacht zu haben, dass er Emma allein in Nikolajs Suite erwischt hatte.

Darum hatte Emma auch keinen weiteren Versuch unternommen, in die Suite zu kommen. Sie wollte auf gar keinen Fall, dass Erik sie noch mehr auf dem Kieker hatte und am Ende die gesamte Mission gefährdete.

Stattdessen hatte sie versucht, Eriks Vertrauen wieder zu gewinnen, und allein deshalb schon viel Zeit mit ihm und Brian, dem Barkeeper, verbracht.

Erik und Brian waren ein ganz besonderes Paar, wenn man sie überhaupt als eines bezeichnen konnte. Sie wurde aus den beiden einfach nicht schlau.

Offiziell waren sie nur gute Freunde, auch wenn es für alle offensichtlich war, dass sie Mühe hatten, ihre Finger voneinander zu lassen. Vor allem Erik warf Brian unzählige sehnsüchtige Blicke zu, wenn er der Meinung war, dass niemand es bemerken würde.

Emma hätte schwören können, dass Erik durchaus bereit dazu wäre, mehr zu wollen und einen Schritt weiterzugehen, wenn Brian die entsprechenden Signale geben würde. Doch Brian zierte sich und gab sich deutlich reservierter. Ihr war aufgefallen, dass er das ein ums andere Mal zurückgewichen war, wenn Erik in der Öffentlichkeit nach seiner Hand gegriffen oder ihn zärtlich berührt hatte. Nicht, dass es ihm unangenehm gewesen wäre – zumindest hatte es nicht den Eindruck auf Emma gemacht –, vielmehr schien es so, als wolle Brian nichts Festes mit jemandem eingehen. Vielleicht hatte er Bindungsangst?

Erik setzte das bestimmt zu, auch wenn er es wohl niemals zugeben würde. Doch seine Augen verrieten ihn, wenn sie nach einer von Brians Abfuhren irritiert und gekränkt umherwanderten.

Emma lehnte sich in ihrer Sonnenlounge zurück. Je länger Nikolaj nichts von sich hören ließ, desto wütender wurde sie auf ihn. Am liebsten hätte sie alles stehen und liegen gelassen und wäre nach Hamburg zurückgefahren. Sich einfach so aus dem Staub zu machen war wirklich nicht die feine englische Art gewesen. Was hatte er sich nur dabei gedacht?

Natürlich hätte sie ihn anrufen oder ihm schreiben können. Aber sie war zu stolz und viel zu gekränkt, um sich als Erste bei ihm zu melden. Was glaubte er, wer er war? *Arroganter Idiot!*

Frustriert griff sie zu ihrem Handy und wählte Gittes Nummer. Es tutete ein paar Mal, bis abgenommen wurde.

„Emma? Bist du es wirklich?“ Gittes leicht spöttischer Ton entging ihr nicht.

„Sorry, dass ich mich erst jetzt wieder bei dir melde. Hier war einiges los“, antwortete Emma.

„Ich dachte schon, du hättest mich vergessen und wärst mit Nikolaj Bjerregaard durchgebrannt!“

*Schön wär's!*

„Er ist wohl eher vor mir geflüchtet“, antwortete Emma und versuchte den Kloß, der urplötzlich in ihrem Hals hervorkroch, zu ignorieren.

„Was soll das heißen?“

„Nikolaj Bjerregaard hat Kopenhagen vor ziemlich genau einer Woche verlassen und hat sich auf Geschäftsreise begeben.“

„Das kann nicht sein!“

„Doch. Leider.“

„Und wann kommt er zurück?“

Als könne Gitte es durchs Telefon sehen, zuckte Emma mit den Schultern. „Ich hab keine Ahnung. Bald, schätze ich.“

„Dann hast du jetzt ja ausreichend Zeit gehabt, nach Beweisen zu suchen. Bist du schon fündig geworden?“ War ja klar, dass Gitte nicht lockerließ, was das Thema betraf.

„Ich habe in Nikolajs Suite ein schwarzes Buch gefunden, das wie eine Art Notizbuch aussah. Ich bin mir ziemlich sicher, dass es das Tagebuch war, nach dem wir suchen", erzählte Emma und ärgerte sich, dass sie es nicht einfach aus dem Regal gezogen hatte.

„Und?"

„Leider hat mich Erik, Nikolajs bester Kumpel, dabei erwischt. Ich weiß zwar nicht genau, was beziehungsweise wie viel er gesehen hat, aber ich muss aufpassen."

„Erik ist in Kopenhagen?" Gitte klang erstaunt.

„Du kennst Erik?"

„Ja, er war derjenige, mit dem Nikolaj damals auf Bornholm gesprochen hat."

„Du meinst, er könnte vielleicht Genaueres über den Tod der Mutter wissen? Immerhin kennt er Nikolaj schon aus Kindertagen."

„Gut möglich … wenn ich drüber nachdenke, ja."

Emma machte eine Pause. Für einen Moment überlegte sie, Gitte die Wahrheit zu erzählen. Sie hatte ihre Cousine noch nie angelogen. Und es würde ihr so guttun, mit jemandem, dem sie vertraute, über das zu sprechen, was passiert war. Wie sich zwischen Nikolaj und ihr eine, ja, was eigentlich – Affäre? – entwickelt hatte. Doch sie fürchtete, Gitte würde die Nachricht aufgrund ihrer eigenen Geschichte mit Nikolaj nicht gut aufnehmen, und schwieg.

„Überarbeite dich nicht. Fühl lieber Nikolaj auf den Zahn, wenn er zurückkommt. Er kommt doch zurück, oder?"

„Ja, ich denke schon."

„Hast du sonst noch was herausgefunden?" Klang Gitte ungeduldig, oder bildete Emma sich das nur ein?

„Ich hab ein paar Notizen gemacht, die ich dir nachher maile. Vielleicht kann man daraus bereits was stricken." *Was für alle das Beste wäre.*

Emma seufzte und legte auf. Jetzt war sie noch frustrierter. Dabei hatte sie das Gespräch mit Gitte aufmuntern und auf andere Gedanken bringen sollen. Doch nun war Nikolaj in ihrem Kopf präsenter als je zuvor in den vergangenen sechs Tagen.

„Oh, wenn mir der Kerl jemals wieder unter die Augen tritt, kann er was erleben!", schimpfte Emma und haute mit der Faust in die Kissen.

„Wer kann was erleben?" Erik tauchte hinter ihr auf und lehnte sich seitlich auf das Loungebett, sodass die dünne Matratze seitlich einknickte.

„Hast du mich belauscht?" Erschrocken zuckte sie zusammen und fragte sich, wie viel Erik von dem Telefonat mitbekommen hatte. Es war leichtsinnig gewesen, in der Öffentlichkeit laut mit Gitte zu telefonieren. Sie musste künftig dringend aufpassen, damit ihr Plan nicht doch noch aufflog.

„Würde ich niemals machen", sagte er und hob entschuldigend die Arme. Doch irgendetwas in der Art, wie er sie ansah, ließ Emma zweifeln. Sie traute ihm nicht. „Ich wollte nur fragen, ob du heute Abend mit Brian und mir in den Tivoli gehen möchtest."

„Das ist eine tolle Idee, gerne", antwortete Emma begeistert und schob den Gedanken daran, Erik könnte etwas gehört haben, was nicht für seine Ohren bestimmt war, beiseite.

„Super! Dann treffen wir uns um halb sieben in der Lobby?" Erik sah sie an.

„Bin dabei!"

*

„Womit möchtest du als Erstes fahren?"

Erik sah Emma herausfordernd an, während sie verzweifelt versuchte, aus dem Lageplan des Tivoli schlau zu werden. Die zwei Gläser Weißwein, die sie während des Abendessens getrunken hatte, hatten ihr ein wenig die Sinne vernebelt. Zumindest dauerte es eine Weile, bis sie realisierte, dass sie den Lageplan falsch herum hielt.

„Also, was machen wir?" Brian stellte sich neben Emma und schaute über ihre Schulter mit in den Plan. Seine roten Locken kitzelten in ihrem Gesicht.

„Das macht Spaß!", sagte er und zeigte auf ein Fahrgeschäft mit dem vielsagenden Namen *Dæmonen*.

„Was ist das?" Emma kniff die Augen leicht zusammen, um besser sehen zu können.

„Eine Achterbahn", erklärte Erik, „aber eine von der milden Sorte." Er zwinkerte Brian zu.

„Achterbahn? Ich glaube, ich muss passen." Emma runzelte die Stirn und rieb sich mit der Hand zweifelnd über ihren Bauch. Sie war sich nicht sicher, ob es wirklich eine gute Idee war, ihren Magen einer Achterbahnfahrt auszusetzen. Sie hatte zu viel zu Abend gegessen.

„Du kneifst?" Erik und Brian sahen sie an, als hätte sie eben ein Verbrechen begangen.

„Ihr hättet es nicht besser ausdrücken können." Beim Anblick der beiden musste sie lachen. „Aber ich feure euch von unten an. Im Anfeuern bin ich ne Wucht."

„Aber glaub ja nicht, dass wir dich bei jedem Fahrgeschäft davonkommen lassen." Erik griff nach Brians Hand, bevor dieser die Möglichkeit hatte, auszuweichen und zog ihn quer durch den Park. Emma folgte ihnen.

„Scheint, als würde ein Tivolibesuch das Kind im Mann erwecken“, kommentierte sie trocken.

„Oh ja, das tut es definitiv“, rief Erik ihr zu. Brian nickte zustimmend und stellte sich bereits in die Schlange vor dem Fahrgeschäft.

„Und du möchtest wirklich nicht mit?“

„Nein, ich bleibe mit meinen Füßen lieber auf dem Boden.“

„Du weißt nicht, was dir entgeht.“ Erik zwinkerte ihr zu und zückte sein Handy, um ein Selfie von sich, Emma und Brian vor der Achterbahn zu machen.

„Kommst du, Erik?“ Brian trat unruhig von einem Bein auf das andere.

„Ich muss nur noch kurz ...“, murmelte Erik geheimnisvoll und tippte etwas in sein Handy. „Fertig.“ Zufrieden steckte er das Mobiltelefon in seine Jackentasche, schloss den Reißverschluss und folgte Brian.

Die Schlange vor der Höllenachterbahn war so lang, dass es einige Zeit dauerte, bis Erik und Brian ihre Fahrt antreten konnten. Dafür gelang es ihnen, einen Platz ganz vorne in der Bahn zu ergattern. Sehr zur Freude von Brian, der einen Jubelschrei ausstieß.

„Emma, du weißt nicht, was du verpasst“, rief er ihr zu, während sie ihnen zuwinkte und mit den Schultern zuckte.

„Ihr rockt das, Jungs“, rief Emma, während sich der Zug in Bewegung setzte.

Sie versuchte, die beiden so gut es ging im Blick zu behalten, was bei der Geschwindigkeit des Zuges aber gar nicht so einfach war.

„Was gibt's denn da oben zu sehen?"

Beim Klang von Nikolajs Stimme zuckte Emma zusammen. Wo kam er so plötzlich her? Für einen Moment dachte sie, dass sie sich verhört hätte oder halluzinieren würde, und reagierte erst gar nicht darauf. Doch dann nahm sie den Duft seines herben Aftershaves wahr, der sich sanft um ihre Nase legte.

Sie drehte sich um und blickte direkt in seine türkisblauen Augen.

„Was machst du hier?", blaffte sie ihn an, was ihn zu amüsieren schien.

„Ich sagte doch, ich habe noch eine Überraschung für dich."

„Ha ha", antwortete Emma. Er hatte vielleicht Nerven, hier aufzutauchen. Von seinem unerschütterlichen Selbstvertrauen ganz zu schweigen. *Mistkerl!*

„Du erwartest doch jetzt hoffentlich nicht, dass ich dir um den Hals falle." Emma verschränkte demonstrativ die Arme vor der Brust, während die Bahn mit Brian und Erik an Bord an ihnen vorbeisauste.

„Das hab ich wohl auch nicht verdient", antwortete Nikolaj ungewohnt kleinlaut.

„Einsicht ist der erste Weg zur Besserung", erwiderte Emma und versuchte Brian und Erik irgendwo zu entdecken. Die Achterbahn war inzwischen zum Stehen gekommen. Sie müssten also bald irgendwo in der Menschenmenge auftauchen.

„Erik wird nicht zurückkommen. Er hat das Treffen hier arrangiert, weißt du."

*Verräter!*

„Na toll!" Emma rollte genervt mit den Augen. Der konnte was erleben!

„Warum werde ich das Gefühl nicht los, dass du nicht darüber freust, dass ich zurück bin." Nikolaj griff Emmas Hand, um ihre Aufmerksamkeit auf ihn zu lenken.

„Weil ich wütend bin?"

Nikolaj schwieg einen Moment. „Hör zu. Ich schulde dir natürlich nicht nur eine Überraschung, sondern auch eine Entschuldigung. Es war nicht richtig, dass ich einfach so abgereist bin."

„Es war auch nicht richtig, dass du dich die ganze Zeit über nicht gemeldet hast." So leicht würde sie ihn nicht davonkommen lassen.

„Auch das tut mir leid."

„Das sollte es auch."

Nikolaj sah betreten auf Emmas Hand, die fest in seiner ruhte, aber heute irgendwie wie ein Fremdkörper wirkte.

„Du wirst es mir nicht leicht machen, oder?" Er legte den Kopf schräg und strich mit dem Daumen über ihr Handgelenk. Bei seiner Berührung rührte sich ein Kribbeln in ihrem Bauch, das Emma schnellstens wieder beruhigen musste. Er hatte es nicht verdient, dass sie zu schnell einlenkte.

„Ich weiß nicht, was du meinst."

„Emma, muss ich dich wirklich auf Knien anflehen, mir zu vergeben?"

Sie sah auf ihre Hand und schüttelte den Kopf.

„Ich verstehe nicht, warum du das jetzt so dramatisieren musst. Du hast dich bei mir entschuldigt … und gut ist!" Emma vermied es, Nikolaj anzusehen. Seine Augen waren gefährlich, und sie wollte sich nicht darin verlieren.

„Und deshalb vermeidest du auf Teufel komm raus, mich anzuschauen? Möchtest du wirklich, dass wir weiter streiten?“ Er lächelte, streckte seine Hand aus und schob ihr eine Strähne hinter die Ohren.

Emma sah ihn stirnrunzelnd an und trat einen Schritt zurück. Sie ärgerte sich über sein ungebrochenes Selbstvertrauen. Die vergangenen Tage hatte sie sich immer mal wieder ausgemalt, wie ein Wiedersehen mit Nikolaj wohl ablaufen würde. Insgeheim hatte sie gehofft, dass es ihr gelingen würde, cool zu bleiben. Doch jetzt, wo er ihr tatsächlich gegenüberstand und beinahe so tat, als wäre nichts geschehen, machte es sie nur noch wütender. Vielleicht war es das, was er darunter verstand, Spaß zu haben. Aber wenn er glaubte, dass er nur mit dem Finger schnippen musste, damit sie wieder in seine Arme gekrochen kam, hatte er sich gewaltig geirrt.

„Was hast du denn erwartet, Nikolaj? Dass ich dich hinter das nächste Karussell ziehe und über dich herfalle, weil ich mich die vergangene Woche so sehr nach dir verzehrt habe?“ Der Zorn in ihrer Stimme war nicht zu überhören.

Nikolaj grinste frech. „Ich muss zugeben, das ist eine reizvolle Vorstellung.“

Sie haute ihm mit der flachen Hand gegen die Brust. „Nikolaj Bjerregaard, du bist und bleibst ein arroganter, egoistischer Idiot!“

„Wie hast du mich gerade genannt?“ Er schüttelte ungläubig den Kopf und kratzte sich mit dem Zeigefinger am Ohr, als hätte er sich verhört.

„Du brauchst gar nicht so zu tun, als hättest du mich nicht verstanden. Lass es gut sein, Nikolaj, ich habe kein Interesse mehr an dir.“ Langsam kam sie in Fahrt, und es gefiel ihr, all den Ärger der vergangenen Tage endlich einmal laut auszusprechen.

„Wenn das so ist, muss ich mir wenigstens nicht darum Sorgen machen, dass du wieder nur eine von den Frauen bist, die es auf mein Geld, meinen Ruhm und den guten Ruf meiner Familie abgesehen haben", sagte er und trat einen Schritt näher an Emma heran.

„Tz, der gute Ruf deiner Familie? Dass ich nicht lache." Sie verdrehte die Augen und lachte tatsächlich kurz auf. Dass er sich Sorgen um den guten Ruf seiner eigentlich völlig zerrütteten Familie machte, war zu komisch. „Du Ärmster. Hoffentlich erwartest du jetzt nicht auch noch Mitleid von mir."

„Keine Sorge."

„Schön!"

„Emma, lass uns nicht streiten. Wir wollten doch Spaß haben, schon vergessen?"

„Schön, dass du dich daran erinnerst. Aber wie gesagt: An Menschen, die mich von einem Tag auf den anderen aus ihrem Leben streichen, habe ich kein Interesse."

Es war gelogen, das wusste Emma, denn wie Nikolaj so vor ihr stand, mit der dunkelblauen Jeans, dem weißen Hemd und der schwarzen Lederjacke, von den chaotisch verstrubbelten Haaren ganz zu schweigen, hätte sie ihn am liebsten leidenschaftlich geküsst. Doch das konnte er sich abschminken.

Nikolaj schaute mit verwirrtem Gesichtsausdruck in ihre Richtung. Er war es offenbar gewohnt, dass er nur mit den Fingern schnippen musste und alle Frauen ihm zu Füßen lagen. Sie gehörte eindeutig nicht dazu.

Einen Moment lang standen sich beide gegenüber und sahen sich fest in die Augen. Emma war sich nicht sicher, wie lange sie das durchhalten würde, denn Nikolajs blaue Augen schimmerten im Glanz der Laternen verführerisch. Nicht mehr lange, und sie war versucht, all ihre eben geschlossenen Vorsätze erneut über Bord zu werfen.

Als sie sich nicht rührte, kam er noch näher, bis er bald direkt vor ihr stand.

„Ist das dein letztes Wort?" Er vertiefte seinen Blick, als wolle er sie hypnotisieren.

„Worauf du wetten kannst!"

*

Es war kurz nach Mitternacht, als Emma die Tür zu ihrem Zimmer im NOVA aufschloss. Zu ihrer Überraschung war die Verbindungstür zu Nikolajs Suite bei ihrer Rückkehr weit geöffnet. Als hätte er auf sie gewartet. Für eine kurze Sekunde überlegte sie, die Tür einfach zuzuknallen, doch das wäre wohl nicht gerade sehr höflich gewesen. Es ärgerte sie, dass sie sich vorhin im Tivoli so von ihren Gefühlen hatte leiten lassen. Verletzter Stolz war ein schlechter Ratgeber. Das wusste sie jetzt.

Sie zog ihre Jeansjacke aus, hängte sie an einen der Kleiderhaken in der Garderobe am Eingang und streifte sich die Sneaker von den Füßen. Anders als im Rosenborg war in den Zimmern und Suiten im NOVA kein Teppich, sondern edler Eiche-Holzfußboden verlegt worden, weshalb man ihre Schritte leise hören konnte, als sie durchs Zimmer ging. Vor der Verbindungstür blieb sie stehen und lauschte.

Nikolajs Suite war hell erleuchtet, und die Tür zur Terrasse stand offen. Von draußen drang dezente Musik zu ihr herein.

Emma zögerte und war unsicher, ob sie hineingehen sollte. Ihre Auseinandersetzung saß ihr noch in den Knochen. Auf der anderen Seite hätte er ja wohl kaum die Tür zu ihrem Zimmer offengelassen, wenn er sie nicht hätte sehen wollen. Sie gab sich einen Ruck und schlich so leise sie konnte durch den Raum.

„Ah, guten Abend.“ Nikolaj saß in einem der Loungesessel auf der Terrasse und hatte sie wohl bereits kommen gehört. Sein weißes Hemd war halb aufgeknöpft, und vor ihm standen eine Flasche Rotwein und zwei Gläser, von denen lediglich eines benutzt war.

„Genießt du die tolle Aussicht?“, fragte Emma und blieb in der Tür stehen.

„Setz dich doch.“ Er schenkte ein zweites Glas Wein ein und reichte es ihr.

„Eigentlich wollte ich nur Gute Nacht sagen.“

„Setz dich … bitte.“ Er deutete auf den freien Platz ihm gegenüber. Hatte er tatsächlich auf sie gewartet?

„Danke, nett von dir.“ Emma setzte sich und nippte an ihrem Wein.

„Ich bin ja auch ein netter Typ.“ Nikolaj schenkte ihr ein strahlendes Lächeln, das sie nicht ganz ernst nehmen konnte.

„Und überhaupt nicht eingebildet. Wow, was für ein Glück ich doch habe.“ Sie nahm einen weiteren Schluck von dem köstlichen Wein und spürte, wie er ein kleines, angenehm warmes Feuer in ihrem Bauch verursachte.

„Was fange ich nur mit dir an, Emma Jakobsen?“ Seufzend schüttelte er den Kopf, griff nach seinem Rotweinglas und lehnte sich in seinem Sessel zurück, ohne den Blick dabei von ihr abzuwenden.

Emma zuckte gespielt desinteressiert mit den Schultern.

„Zu schade, dass du nicht mehr an mir interessiert bist. Sonst würde ich dich glatt bitten, mir zu gestatten, dich noch näher kennenzulernen und unsere Beziehung wieder aufleben zu lassen." Seine Stimme klang definitiv herausfordernd.

„Und wie kultiviert du dich ausdrücken kannst." Emma biss sich auf die Zunge. Langsam musste sie sich bremsen, wenn sie nicht wollte, dass das Gespräch zwischen ihnen wieder eskalierte.

Nikolaj überging ihre Bemerkung. Eine Weile sagte sie nichts und hielt sich krampfhaft am Rotweinglas fest, um nicht wieder irgendeinen Blödsinn von sich zu geben. Außerdem musste sie sich zusammenreißen, nicht auf der Stelle über ihn herzufallen. Er sah unverschämt gut aus, wie er dort in seinem Sessel saß, lässig, mit dem halb aufgeknöpften Hemd, den hochgekrempelten Ärmeln – *Gott, diese durchtrainierten Unterarme!* – und diesem provozierenden Grinsen auf seinen Lippen.

„Du möchtest mich also noch näher kennenlernen?"

„Ja." Er grinste sie an.

„Möchtest unsere *Beziehung* wieder aufleben lassen?"

„Genau."

„Und was versprichst du dir davon?", fragte Emma und versuchte, so streng sie nur konnte zu klingen. Sie spielten ein Spiel, und allein sie hatte es in der Hand, zu kapitulieren oder ihm weiter die Stirn zu bieten. Noch hatte sie sich nicht entschieden, obwohl sie insgeheim bereits die weiße Fahne schwenkte. Mal sehen, was er zu bieten hatte.

„Hm, gute Frage." Er leerte den Rest seines Glases in einem Zug und dachte nach. „Du gefällst mir eben. Das ist durchaus ein Kompliment. Mir gefallen nicht besonders viele Menschen. Daher lasse ich Menschen, die mir gefallen, auch nur ungern wieder aus meinem Leben ziehen."

„Okay." Emma schluckte. Sie *gefiel* ihm.

„Ehrlich, Emma. Ich mag die Art, wie du mir die Stirn bietest. Ich mag deine Augen, und ich mag dich …" Er hielt inne, als überlegte er, ob er es riskieren konnte, weiterzusprechen. „Verdammt, ich …"

Als fiele es ihm leichter, sich durch Taten statt mit Worten auszudrücken, stand er auf, kam auf sie zu und kniete sich vor ihren Sessel. Er legte seine Hand auf ihr Knie und begann, sie zu streicheln.

„Du lässt nicht locker, was?" Emma holte tief Luft. Wenn er sie weiter so ansah, würde es nicht lange dauern, bis sie bedingungslos kapitulieren würde.

„Ungern." Sein Daumen strich über ihren Wangenknochen. Seine Berührung brachte eine Hitzewelle mit sich, und Emma befeuchtete instinktiv ihre Lippen. Ihr Herz pochte in ihrer Brust, und sie war überzeugt, dass er es hören musste, so laut schlug es. Sein Kopf neigte sich zu ihr, sie schauten sich in die Augen, und sie hielt den Atem an.

„Bekommst du eigentlich immer, was du willst?", flüsterte sie in einem letzten Versuch, sich doch noch gegen ihn und seine Ausstrahlung zur Wehr zu setzen, obwohl sie längst wusste, dass sie die Schlacht verloren hatte.

„Nicht alle machen es mir so schwer wie du."

Seine Augen glitzerten im Mondschein, und sie fühlte seinen warmen Atem dicht an ihrer Wange. Sie spürte die magnetische Anziehungskraft zwischen ihnen, genau wie an dem Tag, an dem sie sich das erste Mal geliebt hatten.

Emma war nicht sicher, wer den ersten Schritt unternahm. Doch sie wusste, dass es keinen Sinn mehr ergab, sich weiter vor ihren Gefühlen, vor *ihm*, zu verschließen. Es dröhnte in ihren Ohren, und ihr Herz hämmerte wie verrückt in ihrer Brust. Und als sich ihre Lippen endlich berührten, war es, als würde sie von einem Tsunami aus Lust und Verlangen mitgerissen werden. Ohne zu zögern, legte sie einen Arm um seinen Hals, während er sie an den Hüften zu sich heranzog und sie so sehr festhielt, als wollte er sie nie wieder loslassen.

Ohne Zweifel stimmte die Chemie zwischen ihnen. Emma grub ihre Hände in seine Haare, zog neckisch daran, und sie spürte ihre Macht über ihn, während Nikolaj stöhnte und seinen Kuss intensivierte. Doch sosehr sie es auch wollte, heute Nacht würde sie es nicht so weit kommen lassen.

„Nikolaj." Sanft löste sie sich von ihm und rückte von ihm ab.

„Was zum …?", flüsterte er und fuhr sich mit der Hand durch die Haare. Er sah aus, als hätte sie ihm einen Eimer Wasser über den Kopf geschüttet.

„Wenn du mich kennenlernen möchtest. Dann bitte mit allem, was dazugehört."

„Ich denke, das, was wir eben gemacht haben, gehört durchaus dazu." Nikolaj stand auf, lehnte sich gegen die Balken der Terrassenabgrenzung, verschränkte die Arme und lächelte, während Emma spürte, wie ihr erneut die Hitze ins Gesicht stieg. Zum Glück war es dunkel, sodass er kaum gesehen haben dürfte, wie rot sie geworden war. Sie räusperte sich.

„Ich möchte ein offizielles Date mit dir."

„Ein Date?"

„Ja." Sie stand auf und stellte sich zu ihm. Nikolajs warme Hand legte sich auf ihre. „Du hast gesagt, du möchtest mich näher kennenlernen."

„Und was möchtest du unternehmen?" Sein Blick lag mit einem wohlwissenden Grinsen auf ihren Lippen.

„Das überlasse ich ganz dir." Emma zwinkerte ihm zu, küsste ihn zärtlich auf die Wange. „Gute Nacht."

## KAPITEL 19

„Kann's losgehen?" Nikolaj zog die Tür der Suite hinter sich zu.

„Lass mich noch mal nachsehen, ob ich wirklich alles dabeihabe." Emma kramte in ihrer Tasche. Handy, Portemonnaie, Taschentücher, Lippenstift, Deo, eine kleine Flasche Wasser … das müsste eigentlich reichen für einen Ausflug ins Nirgendwo. Nikolaj hatte ihr nicht verraten, was er mit ihr unternehmen wollte. Er hatte sie nur gebeten, Schuhe, in denen sie gut laufen konnte, und bequeme Klamotten anzuziehen.

Es war noch nicht mal halb sieben gewesen, als Nikolaj voller Elan an die Verbindungstür zu Emmas Zimmer geklopft und sie geweckt hatte. Jetzt war es kurz vor acht, und Emmas Magen knurrte.

Ein wenig graute ihr vor dem Tag, und es ärgerte sie, dass sie Nikolaj gebeten hatte, auszusuchen, was sie unternehmen konnten. Auch sie überließ die Führung nur ungern anderen. In der Hinsicht waren sie sich sehr ähnlich. Das war auch der Grund, warum sie für Überraschungen nicht viel übrighatte. Sie mochte es nicht, überrumpelt zu werden. Und wenn man überrascht wurde, wurde man zwangsläufig in eine Situation hineinkatapultiert, die man sich vielleicht nie ausgesucht hätte.

Vor zwei Jahren hatte Gitte eine Geburtstagsparty für Emma organisiert, obwohl sie wusste, dass Emma ihren Geburtstag nicht feiern und lieber im Jogginganzug mit einem guten Film und Wein vor dem Fernseher verbringen wollte. Gitte hatte alle möglichen Leute eingeladen, und als Emma nach einem anstrengenden Chaostag ahnungslos nach Hause gekommen war und nur noch die Füße hochlegen wollte, war die Partygesellschaft laut grölend hinter dem Sofa hervorgesprungen, und Dutzende Luftschlangen und Konfetti waren ihr um die Ohren geflogen. Was für ein Albtraum.

„Was habt ihr Frauen nur immer mit euren Handtaschen?", fragte Nikolaj.

„Das wird ein Mann wie du nie verstehen."

„Darf ich mal sehen?"

„Was? Nein!", protestierte sie.

„Wenn wir uns komplett kennenlernen wollen, gehört auch das dazu. Ich würde dich in meine Tasche gucken lassen, wenn ich eine hätte." Er grinste.

Emma reichte ihm die Tasche, woraufhin er neugierig einen Blick hineinwarf.

„Kugelschreiber, Lippenstift, Feuchttücher, Haarspangen … Himmel, das ist ja wie bei Mary Poppins. … Oh ja, endlich einmal etwas, das wirklich nützlich ist." Nikolaj zeigte auf ein paar Kondome, die Emma in einer kleinen Seitentasche versteckt hatte, und sein Mund verzog sich zu einem zufriedenen Alpha-Mann-Lächeln.

*Mist!* Die Dinger hatte sie ganz vergessen. Sie errötete und riss ihm die Tasche aus der Hand.

„Gib her, bevor du auch noch über meine Tampons stolperst."

Nikolaj zuckte mit den Schultern. „Mich schockt das nicht. Vergiss nicht, ich hab eine kleine Schwester." Er zwinkerte ihr zu und griff nach ihrer Hand. „Bereit?"

Emma nickte. „Wo gehen wir überhaupt hin?"

„Wir fahren E-Roller", sagte er mit einem unwiderstehlichen Lächeln auf den Lippen und schaute hinunter, um zu überprüfen, ob Emma auch praktische Schuhe anhatte.

„E-Roller?" Emma sah Nikolaj mit großen Augen an. Er machte nun wirklich nicht den Anschein, als wäre er der Typ, der gerne mit einem E-Roller durch die Gegend fuhr.

„Schau nicht so. Es macht einen riesigen Spaß. Erik hat welche für uns reserviert. Wusstest du, dass NOVA seinen Gästen kostenlose E-Roller zur Verfügung stellt, damit sie die Stadt erkunden können?"

Emma schüttelte den Kopf.

„War in deiner Tasche nicht auch ein Zettel und ein Stift? Vielleicht solltest du es dir für dein PR-Konzept notieren", sagte Nikolaj und lachte.

Emma zog eine Grimasse. Sie hatte Hunger, und wenn sie nicht bald ein vernünftiges Frühstück bekommen würde, wäre ihre gute Laune schneller dahin, als eine Sternschnuppe verglühte.

„Gut, wo fahren wir hin?" Emma hatte sich neben ihren E-Roller gestellt und schaute Nikolaj erwartungsvoll an. Enttäuscht hatte sie festgestellt, dass Nikolaj sie am Frühstücksraum des Hotels vorbeigeführt hatte, was bedeutete, dass ihrem Magen auf unbestimmte Zeit keine Nahrung zugefügt werden würde.

„Wir fahren jetzt erst mal frühstücken", verkündete er und fuhr los. „Los geht's."

Emma folgte ihm, wenn auch deutlich wackeliger, als sie erwartet hatte. Es kostete sie einige Mühe, die Balance auf dem Roller zu halten, während Nikolaj darauf davonsauste, als hätte er noch nie etwas anderes gemacht. Sie musste dringend mehr Sport machen, ermahnte sie sich, während sie durch das aufwachende Kopenhagen fuhren. Zum Glück dauerte es nicht allzu lange, bis Emma an Sicherheit und Standfestigkeit gewann. Und schon bald schloss sie zu Nikolaj auf, sodass sie nebeneinander herfahren konnten.

„Ich dachte schon, ich hätte dich abgehängt", sagte er, als sie neben ihm auftauchte, und zwinkerte ihr zu. „Wie wäre es mit einem kleinen Rennen?"

„Danke, ich verzichte. Ich brauche dringend etwas zu essen. Vor dem Frühstück bin ich wirklich zu nichts zu gebrauchen", antwortete Emma.

„Zu fast nichts", meinte Nikolaj mit einem süffisanten Lächeln auf den Lippen, und Emma wusste genau, dass er auf ihren ersten gemeinsamen Morgen im Rosenborg anspielte. Auch sie konnte sich beim Gedanken an jenen Morgen ein Lächeln nicht verkneifen. Es war unfassbar, dass seitdem schon mehrere Wochen vergangen waren.

Sie fuhren über Strøget, die Einkaufsstraße von Kopenhagen, bis zum Rathausplatz und von hier aus noch ein Stück weiter, bis Nikolaj vor einem fünfstöckigen Gebäude anhielt, in dessen Erdgeschoss ein kleines Café untergebracht war.

„Grød", las Emma das Schild neben der Eingangstür. Ob sie hier richtig waren? Grød bedeutete so viel wie Grütze. Und wenn es das war, was sie dachte, würde sie bestimmt keinen Bissen hinunterkriegen.

Nikolaj bemerkte Emmas skeptischen Blick.

„Komm, ich dachte, du bist hungrig", sagte er, öffnete die Tür und trat ein.

Es gelang ihnen, einen Platz am Fenster zu ergattern. Draußen auf der Vesterbrogade pulsierte bereits das Leben, und in dem kleinen Café war es nicht anders. Geschäftsleute, die auf dem Weg zur Arbeit waren, drängten sich vor dem Tresen, um sich einen Haferbrei to go zu bestellen, während andere sich wiederum an die Tische gesetzt hatten und ihr Frühstück ruhig und gelassen genossen.

Emma schluckte. Wenn es etwa gab, das sie partout nicht mochte, war es Haferbrei. Ihre Großmutter hatte ihr morgens oft Hafergrütze zubereitet, die nach einer Mischung aus abgestandenem Wasser und eingeschlafenen Füßen geschmeckt hatte. Es schüttelte sie, als sie an dieses Kindheitserlebnis dachte.

„Was möchtest du essen?" Nikolaj sah sie an und runzelte die Stirn. „Ich hoffe, du magst Haferbrei?"

„Nicht wirklich." Emma sah entschuldigend zu ihm rüber.

Nikolaj zeigte sich, wie immer, unbeeindruckt und lachte. „Keine Sorge, den hier wirst du lieben. Soll ich dir was mitbestellen?"

Emma warf einen Blick auf die Karte. Sie konnte mit keiner der Kombinationen etwas anfangen und überließ daher Nikolaj dankend die Bestellung, der sich postwendend in die Schlange am Tresen stellte.

Das Café war klein, und es gab nur wenige Sitzplätze. Dafür war es umso gemütlicher. An den blau gestrichenen

Wänden hingen im oberen Teil unzählige tiefe Teller, die bei genauerer Betrachtung wie eine Schaumkrone auf dem Meer aussahen. Grünpflanzen in Terracotta-Tontöpfen und Bilder mit ausgewählten Motiven von Kopenhagen verliehen dem kleinen Gastraum zusätzlichen Charme.

Emma sah Nikolaj, der dank seiner Größe aus der Menge hervorstach. Seinen muskulösen Oberkörper hatte er unter einem schlichten Polo-Shirt versteckt, dazu trug er eine kurze dunkelblaue Hose und Sneaker. Es war das erste Mal, dass sie ihn so leger gekleidet sah, und sie musste zugeben: Der Freizeitlook stand ihm ausgesprochen gut.

Es dauerte eine Weile, bis Nikolaj zu ihr an den Tisch zurückkehrte. Auf dem Tablett, das er durch die Menge balancierte, standen zwei Schalen mit Hafergrütze und zwei Becher mit – hoffentlich – Kaffee.

„Zweimal Frühstück." Nikolaj wirkte zufrieden mit dem, was er ausgesucht hatte, stellte alles auf den kleinen eckigen Tisch und setzte sich zu Emma ans Fenster. „Wir haben cremige Overnight Oats aus Haferflocken, Apfelmus, Zimt, Chiasamen und Skyr sowie einem Topping aus Granola, Rote-Grütze-Kompott, gerösteten Kokosflocken, Mandelmus und frischen Äpfeln." Er machte eine Pause und sah Emma erwartungsvoll an. „Oder eine Hafergrütze mit Banane, Blaubeeren, Johannisbeeren, Acaipulver und Kokosflocken."

„Und dazu gibt's?" Emma traute sich kaum, in einen der Becher zu schielen, stellte aber erleichtert fest, dass es sich bei dem Getränk tatsächlich um Kaffee handelte.

„Ich hoffe, du hattest jetzt nichts anderes erwartet. Ich persönlich kann ohne einen Kaffee nicht in den Tag starten", antwortete Nikolaj und prostete Emma zu.

„Ich nehme die Overnight Oats." Emma griff nach der Schüssel. Der Magen hing ihr mittlerweile in den Kniekehlen. Vermutlich hätte sie jetzt alles gegessen, nur um das unermüdliche Knurren zum Schweigen zu bringen.

„Sehr gute Entscheidung. Das ist normalerweise auch mein Favorit." Nikolaj zwinkerte ihr zu und begann zu essen. „Guten Appetit."

Emma steckte sich vorsichtig einen kleinen Löffel in den Mund und wurde sogleich angenehm überrascht. Diese Grütze vor ihr in der Schüssel hatte absolut nichts mit der schleimigen Pampe zu tun, die ihr ihre Oma einst serviert hatte.

„Wow", entfuhr es ihr, nachdem sie einen weiteren Löffel gegessen hatte. Sie liebte die Kombination von Apfelmus, Zimt und Kokosflocken, die perfekt mit der leichten Säure des Skyrs harmonierte.

„Ich wusste, dass es dir schmecken würde." Auf Nikolajs Gesicht zeichnete sich eine Mischung aus Erleichterung und Genugtuung ab.

„Das ist richtig gut. Und es überrascht mich selbst, dass ich das sage." Sie erzählte ihm vom Haferbrei-Fiasko ihrer Großmutter. „Es war schrecklich. Das hier hingegen ist mein ganz persönlicher Grød-Aha-Moment." Sie lächelte und schob sich genüsslich einen weiteren Löffel in den Mund.

„Ich hab den Laden vor ein paar Jahren entdeckt. Es gibt mehrere in Kopenhagen, aber diesen mag ich ganz besonders. Vielleicht liegt es an dieser maritimen Atmosphäre, die der Laden ausstrahlt." Er zuckte mit den Schultern und deutete auf die Schüssel-Wellen an der Wand. „Ich liebe das Meer. Wenn du magst, können wir später noch segeln gehen."

„Du hast ein Boot?"

Nikolaj nickte. *Natürlich!*

Emma kramte in ihrer Tasche und zauberte einen kleinen Notizblock und einen Kugelschreiber hervor. Eifrig machte sie sich ein paar Notizen.

„Was schreibst du da auf?" Nikolaj reckte neugierig den Kopf.

„Ich mache mir Notizen für meine Liste."

„Welche Liste?"

„Na, meine Pro- und Kontraliste." Sie tat weiter, als würde sie sich etwas notieren, und steckte Block und Kugelschreiber zufrieden zurück in ihre Tasche. Als sie Nikolajs angespannten Blick bemerkte, lachte sie. „Ich hab doch nur Spaß gemacht."

„Puh. Ich hatte schon Angst, dass du mir heute Abend den Laufpass geben würdest, weil ich zu viele Kontras angesammelt habe." Als würde ihm ein Stein vom Herzen fallen, griff er sich an die Brust.

„Wähne dich nicht zu sehr in Sicherheit. Ich kann mit der Liste jederzeit anfangen."

Unvermittelt griff Nikolaj nach Emmas Hand und drückte sie fest. „Ich werde so nett zu dir sein, dass du nicht willst, dass ich jemals wieder gehe." Seine türkisblauen Augen sahen sie intensiv an und weckten in ihr die Erinnerung an ihren ersten gemeinsamen Abend in Kopenhagen.

„Das ist doch schon mal ein Anfang." Sie zwinkerte ihm zu und verpasste dem schlechten Gewissen, das sich in ihr regte, einen Tritt.

Gesättigt und mit einem wohligen Glücksgefühl im Bauch verließen sie eine knappe Stunde später das Bistro und setzten ihre E-Roller-Tour fort. Sie fuhren zurück in Richtung Nyhavn, vorbei an Amalienborg Slot und hielten Kurs auf Langelinie. Im Churchill Park hielt Nikolaj abrupt an.

„Darf ich vorstellen? Der Schrecken meiner Kindheit", sagte er und deutete auf einen Terrassenbrunnen, auf dessen oberster Ebene eine Bronzestatue angebracht war. Nikolaj stand wie angewurzelt davor, als hätte ihn die dunkle Atmosphäre, die den Brunnen umgab, verschluckt.

„Der Gefion Brunnen." Emma stellte sich neben ihn und wusste genau, was er meinte. Als sie das erste Mal den Brunnen gesehen hatte, war auch ihr ein Schauer über den Rücken gelaufen. Er wirkte irgendwie furchteinflößend und geheimnisvoll.

„Als ich als Kind mit meinem Vater hier war, hat er mir die Geschichte erzählt, die hinter dem Brunnen steht. Die Sage der nordischen Göttin Gefion und ihren in vier Ochsen verwandelten Söhnen. Er sagte, Gefion sei die Göttin der Familie und des Glücks und dass sie wohl auch unsere Familie beschützen würde." Er verzog das Gesicht. „Hat keinen besonders guten Job gemacht, wenn du mich fragst."

Emma beobachtete, wie sich eine Gänsehaut auf Nikolajs Arm ausbreitete. Unwillkürlich drückte sie seine Hand, weil sie seine plötzliche Verwundbarkeit berührte. Nikolajs Worte machten sie traurig.

„Das tut mir leid", flüsterte Emma, unfähig, etwas anderes zu sagen.

Nikolaj drehte sich zu ihr um und küsste ihre Stirn. „Das muss es nicht. Jahre später habe ich nämlich herausgefunden, dass dieser Brunnen magische Kräfte hat."

Emma sah ihn stirnrunzelnd an. „Jetzt veräppelst du mich aber, oder?"

„Nein, ich schwöre." Er hob zwei Finger in die Luft, als würde er einen Eid leisten. „Es ist ein Wunschbrunnen."

„Ja, sicher." Emma lachte und winkte ab. Sie hätte ihn dafür küssen können, dass er es geschafft hatte, ihre durch seine Geschichte hervorgerufenen trüben Gedanken wieder zu vertreiben.

„Nein, glaub mir, es ist wahr."

Die Skepsis in Emmas Blick war nicht zu übersehen. Es fiel ihr schwer, sich vorzustellen, dass ein Macher-Typ wie Nikolaj Bjerregaard an irgendwelchen Hokuspokus glaubte.

„Wenn man sich etwas wünscht und eine Münze in den Brunnen wirft, geht es in Erfüllung. Bei mir hat's auf jeden Fall funktioniert."

Emma fragte sich, was es wohl gewesen war, das Nikolaj sich gewünscht hatte.

„Und das soll ich dir glauben?"

„Probieren wir's aus." Er zog sein Portemonnaie aus der Hosentasche und reichte Emma eine Krone. Er zwinkerte ihr zu, stellte sich an den Rand des Brunnens und sah zum Grund hinab, wo bereits unzählige silberne Kronen und Öre lagen und in der Sonne schimmerten.

„Okay." Emma stellte sich zu ihm, auch wenn sie überhaupt nicht wusste, was sie sich wünschen sollte, und nahm die Krone in die linke Hand.

„Bereit?", fragte Nikolaj aufgeregt wie ein Kind.

„Bereit“, antwortete Emma und schloss die Augen.

„Eins, zwei, drei.“

Während sie die Münze warf und darauf wartete, dass sie hinter ihr ins Wasser plumpste, gingen Emma alle möglichen Sachen durch den Kopf. Es war, als würde ein Großteil der vergangenen Wochen im Eiltempo an ihr vorüberziehen.

„Und?“

Emma öffnete ein Auge und blinzelte Nikolaj an.

„Hast du dir was gewünscht?“

„Mhm“, sagte sie, auch wenn sie nicht mehr genau wusste, ob sie es geschafft hatte, ihren Wunsch zu formulieren, bevor die Krone ins Wasser gefallen war.

„Hast du Hunger?“ Nikolaj sah auf seine Uhr. Es war schon längst *frokost*-Zeit.

„Ein wenig.“

„Dann weiß ich genau das Richtige.“ Er grinste bis über beide Ohren, als hätte er soeben eine bahnbrechende Idee gehabt. „Warte hier, ich bin gleich zurück.“ Nikolaj stieg auf seinen E-Roller und düste davon.

# KAPITEL 20

Emma blieb allein zurück. Sie ging ein paar Meter in Richtung Wasser und setzte sich auf eine gusseiserne Parkbank mit Blick auf die Dannebrog, die königliche Yacht, die auf der anderen Seite des Hafens vor Anker gegangen war. Sie schloss die Augen und legte den Kopf in den Nacken. Die warmen Sonnenstrahlen kitzelten ihre Nase.

Im Kopf ging sie die Stationen durch, bei denen sie heute bereits gewesen waren. Sie hatte einiges über ihn erfahren. Er hatte ihr auf dem Weg durch die Stadt verraten, was seine liebste Eissorte war, nämlich Krokanteis, dass er Rotwein lieber mochte als Weißwein, ein kühles dänisches Bier jedoch jedem anderen Getränk vorziehen würde und dass er, wenn er denn die Wahl gehabt hätte, am liebsten Journalist geworden wäre. Doch als erstgeborener Sohn eines millionenschweren Hoteliers sei sein Weg bereits von Geburt an vorbestimmt gewesen.

Wie musste es sich anfühlen, wenn die berufliche Zukunft bereits in Stein gemeißelt war und man nicht frei entscheiden konnte, womit man sein Geld verdiente? Ob ihn sein Job überhaupt ausfüllte? Vielleicht hatte er sich deshalb mit

NOVA eine neue Aufgabe gesucht? Eine, in der er sich, seine Träume und Vorstellungen verwirklichen konnte. Auch, wenn Jørgen Bjerregaard natürlich auch darauf ein Auge hatte und es nicht lassen konnte, sich einzumischen.

„Lieferservice." Nikolaj setzte sich zu ihr auf die Parkbank und reichte ihr eine kleine Pappschachtel und eine Flasche Limonade.

Emma führte die Schachtel zu ihrer Nase und roch daran. Es duftete köstlich nach Röstzwiebeln und …

„Ein Hot Dog?" Sie hätte schreien können vor Glück.

„Mit allem Drum und Dran", antwortete Nikolaj stolz und öffnete seine Pappschachtel. „Und dazu ein schönes süßes Faxe Kondi. Besser geht's nicht, oder?"

Emma lachte.

„Was?" Er sah fragend zu ihr herüber. „Magst du keine Hot Dogs?"

„Nein, das ist es nicht. Es …" Sie überlegte, wie sie sich am besten ausdrücken konnte. „Es fühlt sich nur so surreal an. Ich meine, ich sitze hier in Kopenhagen und esse einen Hot Dog. Noch dazu mit dem begehrtesten Junggesellen des Königreichs."

Nikolaj zwinkerte ihr zu und biss genüsslich in seinen Hot Dog. „Ich wusste nicht, welche Wurst du am liebsten magst. Daher habe ich einen mit einer roten Wurst und einen mit einer Bratwurst genommen."

„Ich mag beides gerne, also sei nicht böse, wenn du nichts von mir abbekommst." Emma nahm ihren Grill-Hot-Dog aus der Schachtel und biss hinein. Sie schmeckte den süßen Ketchup, den würzigen Senf, die süß-sauren Gurken und die Zwiebeln, die allem eine angenehme Schärfe verliehen. *Lecker!*

Nachdem sie einige Zeit später beide Hot Dogs verputzt hatte, lehnte sie sich zufrieden zurück.

„Respekt!“ Nikolaj schaute sie mit großen Augen an.

„Weil ich zwei Hot Dogs gegessen habe?“ Emma zog eine Augenbraue hoch.

„Die Frauen, mit denen ich bislang zusammen war, haben nicht mehr als ein paar Salatblätter am Tag gegessen.“

„Das glaub ich gern“, sagte Emma und erinnerte sich an die Fotos, die sie in der Regenbogenpresse von Nikolaj und seinen Freundinnen gesehen hatte.

Es waren allesamt Models oder Sängerinnen gewesen, mit denen er wie ein Pfau über Dänemarks rote Teppiche stolziert war. Sie alle waren so ganz anders gewesen als Emma. Immer top gestylt und geschminkt, mit makelloser, pickelfreier Haut und einer bemerkenswert dünnen Figur. Diese Frauen aßen definitiv keine zwei Hot Dogs. Und schon gar nicht in Gegenwart eines Mannes wie Nikolaj Bjerregaard. Waren die Models eine glatte Zehn, war sie bestenfalls eine Sieben oder eine Acht.

Es war ihr immer noch ein Rätsel, warum Nikolaj ausgerechnet mit ihr im Bett gelandet war, und noch mehr fragte sie sich, warum er so sehr darauf bestand, dass sie ihn noch näher kennenlernte. Was hatte er mit ihr vor?

Sie schaute ihn an, betrachtete sein schönes Gesicht, und ihr Herz setzte beinahe einen Schlag aus, als er sie anlächelte. Sie war kurz davor, sich mitreißen zu lassen, und mahnte sich, ihre Gefühle nicht die Oberhand gewinnen zu lassen. Hier ging es nicht darum, die Liebe fürs Leben zu finden, sondern vielmehr um eine vorübergehende Sache, bei der es vor allem um Spaß ging.

Nikolaj nahm einen großen Schluck von seiner Limonade, drehte die Flasche wieder zu und stellte sie neben sich. Er lehnte sich zurück und legte einen Arm auf die Rückenlehne der Parkbank. Emma lehnte sich dagegen und schmunzelte.

„Was ist jetzt schon wieder?", fragte er und stupste sie in die Seite.

„Ich weiß auch nicht, irgendwie ist das heute alles so bodenständig und ganz anders, als man bei dir erwarten würde. Auf einem E-Roller mit dir durch Kopenhagen zu fahren, hier auf einer Bank zu sitzen und einen Hot Dog zu essen ..."

„... oder zwei", unterbrach er sie und nickte anerkennend.

„Es fühlt sich alles so verdammt normal an."

„Ich bin ja auch ‚normal', wie du es so schön sagst."

„Nein, bist du nicht. Du bist stinkreich, dein Vater ist millionenschwer, dir gehört ein Teil eines Hotelimperiums, von NOVA ganz zu schweigen. Du hast eine Yacht, fährst ein mega Auto ... Du führst ein Leben im Luxus, das von meinem Leben in Hamburg Lichtjahre entfernt ist."

„Willst du damit sagen, dass ich, nur weil mein Bankkonto gut gefüllt ist, nicht E-Roller fahren oder einen simplen Hot Dog essen darf?" Er runzelte nachdenklich die Stirn.

„Nur, wenn er statt mit Röstzwiebeln mit Blattgold bestreut ist", neckte Emma ihn.

„Ich habe dir schon mal gesagt, dass ich auf diesen Luxus überhaupt keinen Wert lege. Ich brauch das alles nicht. Aber ich wurde nun mal in diese Welt hineingeboren. Es ist wie ein unsichtbarer Stempel auf der Stirn, den ich nie loswerde."

„Das kann auch nur jemand sagen, der sich nie Sorgen um Geld machen musste.“

„Willst du mir das wirklich zum Vorwurf machen?“

Emma zuckte mit den Schultern. Er hatte recht. Er konnte nichts dafür, dass er mit dem goldenen Löffel im Mund aufgewachsen war.

„Es gibt Dinge in meinem Leben, die würde ich lieber heute als morgen rückgängig machen, aber kein Geld der Welt kann mir dabei helfen. Manches Mal denke ich, dass vieles erst gar nicht geschehen wäre, wenn ich arm wie eine Kirchenmaus gewesen wäre. Vielleicht wäre ich dann leichter durchs Leben gekommen.“ Er schürzte die Lippen und zuckte resigniert mit den Schultern.

„Das hört sich ja schlimm an.“ Emma hatte plötzlich das dringende Bedürfnis, ihn zu trösten. Sie drehte sich zu ihm und legte eine Hand auf seinen Oberschenkel. Er schloss die Augen und legte den Kopf in den Nacken. Dann nahm er ihre Hand und verschlang seine Hand mit ihrer.

„Weißt du, mein ganzes Leben lang wollte ich den Leuten gefallen. Den Lehrern, den Frauen, der Presse, meinem Vater. Vor allem meinem Vater … Ich dachte immer, dass er mich irgendwann als das respektieren würde, was ich bin, wenn ich mir nur ausreichend Mühe geben würde. Also tat ich alles, um schöner, besser, begabter, talentierter zu sein als die anderen. Meine größte Angst war, ihm nicht genug zu sein.“ Ein grimmiges Lächeln zog über sein Gesicht, während eine große Gruppe japanischer Touristen an ihnen vorbeizog.

„Mein Vater ist ein ziemlicher Tyrann, wie du ja sicher schon bemerkt hast. Er unternimmt alles, um die Familie nach außen in einem guten Licht dastehen zu lassen. Niemand von uns darf aus der Reihe tanzen oder seine eigenen Wege verfolgen. Er hat für uns ganz bestimmte Positionen vorgesehen, die wir bedingungslos einnehmen müssen. Jeden Versuch, auszubrechen, schlägt er gnadenlos nieder."

„Klingt anstrengend", sagte Emma leise.

Nikolaj schnaubte. „Um seine Anerkennung zu bekommen, habe ich einen Nikolaj Bjerregaard erschaffen, der so weit von dem Menschen entfernt war, der ich eigentlich bin, dass ich mich manches Mal gefragt habe, ob mein eigentliches Ich überhaupt noch existierte. Mit dem Namen Nikolaj Bjerregaard verbinden die Leute einen starken Mann, ohne Schwächen und Fehler, der an jeder Hand mindestens fünf Frauen hat und den ganzen Tag Champagner trinkt und teure Autos fährt. Und ganz bestimmt keinen Kerl, der Hot Dogs aus einer Pappschachtel isst." Er schmunzelte bitter.

„... mit einer Frau, die bestenfalls Durchschnitt ist", sagte Emma.

„Was?" Er sah sie verwundert an und hielt ihre Hand fest, als sie sie wegziehen wollte. „Du bist wunderschön!"

„Na ja, ein Model bin ich nicht gerade, und ich esse zwei Hot Dogs und könnte auch noch einen dritten verdrücken, wenn ich einen vorgesetzt kriegen würde." Sie unterdrückte ein Lächeln. Wieso kam sie sich auf einmal so klein neben ihm vor?

„Was zur Hölle redest du denn da?" Er schüttelte hartnäckig den Kopf. „Du hast eine umwerfende Figur, ein traumschönes Lächeln und ..." Sein Blick verharrte auf ihrem Dekolleté. „Ich bin verrückt danach, nach dir. Und glaub mir, ich würde nicht hier mit dir sitzen, wenn das nicht so wäre." Sein Daumen strich erneut über ihren Handrücken.

„Also, wenn das so ist, gefällt mir der Mann mit der Vorliebe für Junkfood auch ganz gut." Sie zwang sich, die trüben Gedanken beiseitezuschieben, und zwinkerte ihm zu.

„Du ahnst gar nicht, wie glücklich mich das macht." Sein Gesicht hellte sich ein wenig auf.

Eine Weile saßen sie nebeneinander, und jeder hing seinen Gedanken nach.

„Es hat lange gedauert, aber ich glaube, jetzt hab ich's kapiert. Man kann niemanden zwingen, etwas zu machen, hinter dem er nicht steht. Nur, wer das macht, was er mag, wird auch wirklich gut."

„Hast du deshalb NOVA ins Leben gerufen?" Emma strich weiter unbeirrt über seinen Oberschenkel und lehnte sich an seinen Arm.

Nikolaj nickte. „Für meinen Vater war es natürlich eine unsinnige Idee. Er hat zunächst alles abgeschmettert, wollte damit nichts zu tun haben. Aber ich hab nicht lockergelassen und es irgendwann einfach dem Aufsichtsrat präsentiert. Der war gar nicht abgeneigt und hat dem Projekt schließlich zugestimmt. Mittlerweile macht NOVA mehr Gewinn als Rosenborg. Für mich ist das die absolute Genugtuung. Endlich habe ich etwas richtig gemacht und hab's dem Alten gezeigt – auch wenn mein Vater das natürlich wieder anders sieht."

„Hasst du ihn deshalb so sehr?", fragte Emma.

„Nicht ausschließlich. Ich denke, jeder Vater möchte, dass aus seinen Kindern etwas wird. In dieser Hinsicht mache ich ihm keinen Vorwurf. Aber …" Nikolaj machte eine Pause und nahm sich einen Moment, um nach den richtigen Worten zu suchen. Emma sah, wie er schluckte. „In der Vergangenheit ist etwas passiert, das mein Leben für immer auf den Kopf gestellt hat. Und er war nicht unschuldig daran."

„Magst du mir davon erzählen?" Emma bekam eine Gänsehaut. Sie traute sich kaum, die Frage zu stellen, da sie ahnte, dass es mit dem Tod seiner Mutter zu tun haben könnte. Vielleicht war jetzt der entscheidende Moment gekommen, auf den sie so lange gewartet hatte.

Nikolaj nickte kaum merklich, während er die Lippen fest zusammenkniff. „Ja, aber nicht hier."

„Ok", antwortete sie leise. „Entschuldige", sagte Emma sanft und streichelte über sein Gesicht.

Nikolaj fing ihren Blick auf, und sie schluckte. Der Augenblick, in dem sie einander anschauten, dehnte sich bis zur Unendlichkeit, und zum ersten Mal wurde Emma die Zuneigung in seinem Ausdruck bewusst. Er beugte sich vor, legte die Hände um ihr Gesicht und küsste sie zart auf den Mund, während sich eine Armee von Schmetterlingen in ihrem Bauch auf die Reise machte. *Zum Teufel mit den Gefühlen!*

# KAPITEL 21

Es war später Nachmittag, als Emma und Nikolaj zurück im NOVA waren. Der Ausflug hatte es in sich gehabt, und sie mussten mehrere Kilometer auf ihren E-Rollern zurückgelegt haben. Ein Wunder, dass die Akkus überhaupt so lange durchgehalten hatten. Gefühlt hatte Nikolaj ihr jeden einzelnen Platz gezeigt, der für ihn in dieser märchenhaften Stadt von Bedeutung war. Er hatte ihr alles erzählt, was sie hatte hören wollen. Doch zu seinem Vater und der gemeinsamen Vergangenheit, die ihm das Leben in der Gegenwart so schwer machte, hatte er beharrlich geschwiegen, was Emma nur noch neugieriger gemacht hatte. Was war nur geschehen, dass diese beiden Männer, in deren Adern das gleiche Blut floss, so entzweit hatte. Und: Wann war es geschehen?

Sie selbst war mit ihren Eltern auch nicht immer einer Meinung gewesen, trotzdem konnte sie behaupten, dass sie in einem intakten Elternhaus aufgewachsen war, in dem sich alle jederzeit mit Respekt begegnet waren.

Ihre Eltern und sie rannten sich ganz bestimmt nicht die Türen ein, und es war bereits einige Monate her, seit sie sie in ihrem Zuhause besucht hatte. Aber sie hatten erst kurz vor ihrer Abreise nach Kopenhagen miteinander telefoniert, und vergangene Woche hatte sie ihren Eltern eine altmodische Postkarte nach Hause geschickt, die jetzt bestimmt neben den anderen Urlaubsgrüßen an der Pinnwand in der Küche hing. Emma schmunzelte bei dem Gedanken daran. Sie liebte ihre Eltern und könnte sich nicht vorstellen, jemals so mit ihnen zu reden, wie Nikolaj es mit seinem Vater tat.

Es ging hier auch um Respekt. Nikolaj ging mit seinem Vater wenig respektvoll um. Und auch Jørgen Bjerregaard würde sich wohl eher die Zunge abbeißen, als ein anerkennendes Wort zu seinem Sohn zu sagen. Die beiden begegneten sich mit einer solchen Verachtung füreinander, dass Emma sich fragte, ob der Graben, der zwischen ihnen bestand, jemals überwunden werden konnte. Sie fragte sich, was für ein Verhältnis Nikolajs Geschwister wohl zu ihrem Vater hatten. Und wie sich die drei Geschwister untereinander verstanden.

„Also, wirst du mich morgen begleiten?", fragte Nikolaj, als sie in den Lift stiegen.

„Wie bitte?" Erst jetzt bemerkte sie, dass sie ihm gar nicht zugehört hatte.

„Wo bist du nur mit deinen Gedanken, Emma Jakobsen?" Nikolaj zwinkerte ihr zu.

„Tut mir leid. Ich weiß auch nicht ..." Emma presste nachdenklich die Lippen zusammen. Sie wollte ihm auf gar keinen Fall erzählen, dass ihr das Gespräch von vorhin nicht aus dem Kopf ging. Er hatte ihr gesagt, dass er ihr mehr erzählen wollte, gleichzeitig hatte er aber auch klar gemacht, dass er den Zeitpunkt dafür selbst bestimmen würde. Das musste sie akzeptieren, auch wenn ihr langsam die Zeit davonlief.

Nikolaj seufzte und stellte sich vor sie. Seine Arme umfassten ihre Taille, und seine Augen ruhten auf ihr. „Begleitest du mich morgen zu dieser Spendengala? Es ist ein Mega-Event, das sogar im Fernsehen übertragen wird. Ich muss da leider hin, würde dich aber gerne mitnehmen."

„Mich? Ich hab doch gar nichts zum Anziehen." Emma dachte daran, dass sie zwar Businessklamotten, aber nichts Galataugliches eingepackt hatte. Sie bezweifelte, dass sich überhaupt etwas in ihrem Hamburger Kleiderschrank befand, das sie auf einer Gala anziehen könnte.

„Wenn das so ist, gehe ich gerne mit dir shoppen." Nikolaj beugte sich vor und küsste sie zu ihrer Überraschung fest auf den Mund.

„Ich gehöre da doch gar nicht hin." Die Zweifel in Emmas Stimme waren nicht zu überhören. „Das ist hier nicht Pretty Woman. Du bist nicht Richard Gere, und ich bin nicht Julia Roberts."

„Zum Glück ... ich stehe nämlich nicht auf Rothaarige", flüsterte er ihr ins Ohr und lächelte schelmisch.

„Nikolaj Bjerregaard, hat dir schon mal jemand gesagt, dass du ein Schleimer bist? Du erzählst den Frauen auch immer genau das, was sie hören wollen, oder?"

Nikolaj legte theatralisch eine Hand auf sein Herz und senkte den Blick. „Dass du so von mir denkst, verletzt mich wirklich, Emma."

„Du wirst es überleben, Liebster", neckte Emma ihn und biss sich auf die Zunge. Hatte sie ihn eben wirklich *Liebster* genannt? *Verdammter Mist!*

Für einen kurzen Moment sah Nikolaj sie irritiert an, bevor sich ein breites, zufriedenes Grinsen auf seinem Gesicht ausbreitete. „Liebster“, wiederholte er. „In dem Fall steht für mich außer Frage, dass du mich morgen Abend auf die Gala begleiten wirst.“

Emma öffnete den Mund, doch Nikolaj legte seinen Zeigefinger auf ihre Lippen. „Keine Widerrede. Du kommst mit!“

Der Aufzug machte einen leichten hydraulischen Hüpfer, als sie endlich im obersten Stockwerk ankamen. Die Lifttüren glitten leise auf, und aus dem Off kündigte eine Stimme an, wo genau sie sich befanden.

Emma ging voran. Nikolaj folgte ihr und legte ihr lässig den Arm auf die Schulter. Emma kam nicht umhin, sich einzugestehen, wie sehr sie diese kleinen Gesten, mit denen er ihr immer wieder zeigte, dass er sie mochte, genoss. Die verstohlenen Blicke, die er ihr den ganzen Tag über zugeworfen hatte. Seine funkelnden blauen Augen, die sie anstrahlten, wenn sie sich über etwas freute, und sein Lächeln, das immer noch ein wenig größer zu werden schien, wenn sie es erwiderte. Trotz des ernsten Gespräches, das sie miteinander geführt hatten und das sie einfach nicht loslassen wollte, war es ein schöner Tag gewesen, den sie sehr genossen hatte. Wie schön wäre es, wenn er nie enden würde.

„Danke.“ Vor der Suite blieb Emma stehen und lehnte sich an Nikolajs breite Schulter.

„Wofür?“ Er öffnete die Tür und zog sie mit sich herein.

„Für diesen schönen Tag.“

„Er ist noch lange nicht zu Ende, Babe“, sagte Nikolaj, schmiegte sich an Emmas Rücken und begann ihren Nacken mit sanften Küssen zu überdecken.

Die Sonne schien durch die halbvorgezogenen Vorhänge und tauchte die Suite in ein warmes, dunkelgelbes Licht.

„Und was hast du vor?“, fragte sie und spielte die Ahnungslose. Dass er sie verführen wollte, war nicht zu übersehen.

„Zuerst werden wir duschen.“ Ein süffisantes Lächeln lag auf seinem Gesicht. „Dann werden wir uns umziehen, und schließlich …“, er machte erneut eine Pause, während er ihr die Träger ihres Tops über die Schultern zog, „… werden wir essen gehen. Ein privates Dinner, nur du und ich und das Meer.“

„Mhm, klingt verlockend.“ Emma seufzte und legte den Kopf in den Nacken. Es war verrückt, wie sehr ihr Körper auf ihn reagierte. Ihre Haut kribbelte, als würde eine Armee von Ameisen darüberlaufen.

„Dann sollten wir keine Zeit verlieren“, flüsterte er in ihr Ohr, bevor er sich von ihr löste, T-Shirt und Hose auszog und in Richtung Badezimmer verschwand.

Emma wartete einen Moment, um Nikolajs hübsche, muskulöse Rückseite in Augenschein zu nehmen. Von diesem Anblick würde sie nie genug bekommen. Erst als er im Bad verschwunden war, folgte sie ihm. Eine solche Gelegenheit würde sie sich ganz gewiss nicht entgehen lassen.

*

Die *Five Stars* lag in einem kleinen Hafen unweit des Hotels. Auf Nikolajs Bitte hin hatte Emma auf hohe Schuhe verzichtet und stattdessen Ballerinas zu ihrem Sommerkleid angezogen. Als sie das knapp zehn Meter lange Motorboot sah, wusste sie auch warum. Die Yacht war ein wahrgewordener Männertraum. Dunkelblauer Rumpf, glänzende Edelstahlelemente und perlmuttfarbenes Leder, dazu ein auf Hochglanz lackiertes Mahagoni-Deck, das man nur mit Gummisohlen an den Schuhen betreten durfte.

„Wow", entfuhr es Emma, als Nikolaj sie mit einer einzigen grazilen Bewegung auf das Boot hob. „Das ist wunderschön."

Ihr war klar gewesen, dass es sich bei dem Boot, das Nikolaj erwähnt hatte, nicht um ein Schlauchboot gehandelt hatte. Doch die *Five Stars* übertraf all ihre Erwartungen.

Es war, als wäre sie direkt einem 1950er-Jahre-Film entsprungen, und Emma fühlte sich, als würde sie nicht über die dänische Ostsee, sondern die italienische Riviera schippern.

„Das ist eine Riva Aquariva Super 33", sagte Nikolaj, und der Stolz in seiner Stimme war nicht zu überhören, als er sich hinter das Steuer setzte und den Motor startete.

„Ich kenne mich mit Bootsmarken nicht aus, aber dieses hier könnte mir gefallen." Emma setzte sich auf den weichen Ledersitz neben dem Steuer und sah Nikolaj interessiert dabei zu, wie er mehrere Knöpfe bediente und das Boot von seiner Anlegestelle hinaus auf den Hafen lenkte.

„Und wohin entführst du mich?", fragte sie neugierig, während das Boot langsam an der Oper und Schloss Amalienborg vorbeifuhr.

Nikolaj lächelte zufrieden. „Es gibt einen Ort, den ich dir heute noch nicht gezeigt habe, den du aber unbedingt gesehen haben solltest. Zum einen, weil er mir etwas bedeutet, und zum anderen, weil er zu einem Kopenhagenbesuch einfach dazugehört." Er zwinkerte ihr zu und drückte den Gashebel ein wenig mehr durch, sodass sie nicht mehr in Zeitlupe durch den Hafen glitten. Was hatte er nur immer mit dieser Geschwindigkeit?

Je weiter sie durch den Hafen in Richtung Meer fuhren, desto mehr konnte Emma sich schon denken, was für eine Sehenswürdigkeit Nikolaj ihr zeigen wollte.

Sie hatte die Kleine Meerjungfrau schon aus unendlich vielen Perspektiven heraus gesehen, allerdings noch nie vom Wasser aus. Es war zweifellos die beste Möglichkeit, einen freien Blick auf die kleine Bronzeskulptur zu haben.

„Was meinst du, warum ich sie dir zeige?“ Nikolaj schaltete den Motor in den Leerlauf und ließ das Boot mit einigen Metern Abstand zur felsigen Küste treiben.

Emma zuckte mit den Schultern. „Du wirst es mir bestimmt gleich verraten“, sagte sie und drehte sich in Richtung Meerjungfrau um. „Muss hart sein, den ganzen Tag lang auf einem Stein zu sitzen und von Tausenden Menschen begafft zu werden.“

„Ja, die kleine Dame führt ein hartes Leben. Und ab und zu verliert sie sogar ihren Kopf.“

„Nicht dein Ernst“, sagte Emma erstaunt.

„Doch, kein Scherz. Irgendwelche Idioten haben ihr schon öfter mal den Kopf abgesägt.“ Er schüttelte den Kopf. „Aber das ist nicht der Grund, warum ich sie dir zeige.“

„Hm, du machst es ganz schön spannend.“ Emma stupste ihm in die Seite.

„Hier habe ich die schönste Umarmung meines Lebens bekommen. Nur hab ich es damals nicht gewusst.“ Er schaute sie an. „Hier hat mich das letzte Mal meine Mutter umarmt, kurz bevor sie starb.“ Er stoppte und schluckte. Emma spürte, wie schwer es ihm fiel, darüber zu sprechen.

„Ehrlich?“

Er nickte. „Hätte ich gewusst, dass es das letzte Mal war, hätte ich mich nicht so schnell wieder von ihr gelöst und ihr an den Kopf geworfen, wie peinlich es doch war, einen Teenager in aller Öffentlichkeit zu umarmen.“ Er verzog den Mund zu einem Lächeln, das seine Augen nicht erreichte. „Hätte ich es gewusst, hätte ich sie festgehalten und an mich gedrückt. Ich hätte sie nicht gehen lassen.“ Er sah zur Meerjungfrau, die mit sehnsüchtigem Blick auf ihrem Felsen saß.

„Das tut mir leid.“ Emma lächelte ihn sanft an. „Als mein Großvater starb, war ich achtzehn. Es war das erste Mal, dass ich mit dem Tod konfrontiert wurde. Und es war ein Schock. Am Tag vorher habe ich ihn noch an unserem Haus vorbeilaufen gesehen. Und ich habe mich gefragt, gehe ich jetzt auf die Straße und rufe ihn, um mit ihm zu reden? Oder gehe ich ans Telefon und rufe meine Freundin an. Ich hab mich dafür entschieden, meine Freundin anzurufen. Und am nächsten Tag war er tot. Es hat lange gedauert, bis ich mir verziehen hab, dass ich mich für meine Freundin entschieden habe und nicht für ihn. Wir sehen heute viele Dinge anders. Aber das ist das Leben. Wir dürfen nicht daran verzweifeln, dass wir uns rückblickend in einigen Situationen falsch entschieden haben.“ Sie merkte, dass sich ihre Augen mit Tränen gefüllt hatten, so sehr berührte sie die Offenheit, mit der Nikolaj ihr von diesem intimen Moment mit seiner Mutter erzählt hatte.

Nikolaj nickte, ließ seinen Arm sinken, um ihre Hand zu nehmen, und drückte sie fest. „Sieh uns an, was für ein kleiner trauriger Haufen wir gerade sind.“ Er zwang sich zu einem Lächeln, doch die Traurigkeit lag noch in seiner Stimme.

„Danke“, flüsterte Emma.

„Wofür?“

„Dass du es mir erzählt hast." Sie fuhr sich mit der Zunge über die Unterlippe und spürte, dass es Zeit war, das Thema zu wechseln, um nicht in einer Welle von Trauer und Sehnsucht nach alten Zeiten erdrückt zu werden.

„Ist das eigentlich dein Boot?", fragte sie und rieb mit der Hand über das weiche Leder des Armaturenbrettes.

„Sagen wir, es ist Familienbesitz."

„Du hast es doch nicht etwa deinem Vater gemopst, um mich heute Abend damit zu beeindrucken?"

Dieses Mal lachte er ehrlich amüsiert, und der besondere intime Augenblick zwischen ihnen war vorbei. „Nein. Ich hab schon auch einen Schlüssel dafür." Er zeigte auf den Schlüsselbund im Zündschloss.

„Dann bin ich ja beruhigt. Nicht, dass dein Vater uns noch wegen Diebstahls verhaften lässt. Zutrauen würde ich es ihm." Emma lachte.

„Haben Sie genug gesehen, Frau Jakobsen? Wenn ja, würde ich Sie jetzt gerne zum Essen einladen."

Emma nickte, und Nikolaj startete den Motor aufs Neue. Allerdings waren sie nicht lange unterwegs, denn schon wenige Seemeilen weiter ging Nikolaj in einer kleinen Bucht vor Anker.

„Was hast du vor? Angeln?" Emma grinste ihn an und fragte sich, wo um alles in der Welt sie jetzt das Abendessen herbekommen sollten.

„Warte ab." Er öffnete eine Tür, die in den unteren Teil des Bootes führte, und warf einen kritischen Blick zum Himmel. „Ich denke, das Wetter wird halten, und wir können draußen essen. Magst du den Picknick-Korb holen?" Er zeigte auf die kleine Kajüte.

„Klar.“ Emma stand auf und stieg die wenigen Stufen hinab. In der Kajüte musste sie sich erst einmal an das schummrige Licht gewöhnen. Draußen war es deutlich heller gewesen. Trotzdem fand sie sich gut zurecht.

Sie ging ein paar Schritte nach vorne zu einem kleinen Tisch und einer Sitzecke. Eine Welle erfasste das Boot, sodass es gehörig ins Schwanken geriet. Emma verlor das Gleichgewicht. Sie landete auf dem Boden und rieb sich den Unterschenkel, der ihren Sturz abgefedert hatte. *Autsch!*

„Ist alles in Ordnung?“, fragte Nikolaj und steckte besorgt seinen Kopf durch die Kajütentür.

„Ja, alles bestens. Bin nur hingefallen. Alles gut“, beruhigt Emma ihn.

„Okay, dann sehe ich kurz nach dem Anker“, sagte er und verschwand.

Emma erhob sich, stützte sich auf dem Tisch ab und schaute sich um. Was war das? Sie kniff die Augen zusammen und konnte kaum glauben, was sie sah. Auf einem Teil der Sitzbank lag das kleine schwarze Buch, das sie bereits in Nikolajs Bücherregal gesehen hatte. Das konnte doch nicht wahr sein. Die ganze Zeit hatte sie danach gesucht, und jetzt lag es wie selbstverständlich vor ihr. Sie musste nur die Hand danach ausstrecken und könnte ein wenig darin blättern.

Ihr Herzschlag beschleunigte sich. Wie lange brauchte Nikolaj wohl, um nach dem Anker zu sehen? Sie horchte, konnte aber keine Schritte auf dem Deck über ihr hören. Emma spähte durch eines der kleinen Kajütenfenster und sah, wie Nikolaj vorne am Bug kniete und an der Ankerleine zog.

Vielleicht war er wirklich noch eine Weile beschäftigt?

Sie streckte die Hand nach dem Buch aus und horchte erneut. Alles um sie herum war still, nur ihre aufgeregte Atmung war zu hören. *Gott, war das aufregend!*

Gerade als sie die Hand nach dem Buch ausstrecken wollte, hielt sie inne. Irgendetwas kam ihr spanisch vor. Es ergab gar keinen Sinn, dass Nikolaj das Tagebuch seiner Mutter mit auf diesen Ausflug nehmen würde. Es sei denn …

Erik, schoss es Emma durch den Kopf. *Dieser kleine falsche Mistkerl.* Hatte er doch mehr gesehen, als er sie damals in Nikolajs Suite vor dem Bücherregal erwischt hatte? Hatte er Nikolaj dazu überredet, ihr heute Abend eine Falle zu stellen? Sie auf ihre Loyalität zu prüfen? Was wusste Nikolaj darüber?

Sie würde es einfach ignorieren und hier liegen lassen.

„Pff", machte sie, nahm den Picknickkorb und ging zurück an Deck.

Emma tat, als hätte sie nichts bemerkt, als sie sich achtern auf die Rückbank setzte und darauf wartete, dass Nikolaj zurückkehrte.

„Tut es noch weh?", fragte er.

„Nein, ich denke, ich bekomme nicht einmal einen blauen Fleck." Sie reichte ihm den Korb.

„Ich habe Erik gebeten, uns ein kleines Abendessen zusammenzustellen. Irgendwie war mir nach dem Tag nicht nach einem Restaurantbesuch." Nikolaj stellte den Korb auf den Boden und breitete eine Picknickdecke auf dem kleinen Sonnendeck am Heck aus. Dann stellte er Teller und Gläser darauf, legte Besteck dazu und holte eine Flasche Weißwein heraus.

„Chardonnay?", sagte er und besah sich das Etikett.

„Gerne." Emma versuchte, etwas in Nikolajs Verhalten zu erkennen, das ihn verriet. Aber seine Miene war wie so oft undurchdringlich.

Er schenkte ein und reichte Emma das eine Glas.

„Skål! Auf uns", sagte er, und es klang, als sei es das Normalste der Welt, dass er auf sie beide anstieß.

Emma räusperte sich. Sie hielt es für unangebracht, unter diesen Umständen auf sie anzustoßen.

„Skål! Auf diesen wunderschönen Tag."

Nikolaj schenkte ihr ein Lächeln, das ihre Beine weich werden ließ. Warum um alles in der Welt hatte er trotz allem nur diese Wirkung auf sie?

„Worüber lächelst du?"

„Ich musste nur gerade daran denken, was für ein schönes Boot das ist. Nur in der Kajüte müsstet ihr noch mal ran. Es gibt so gut wie keine Dekoration. Ich meine, gemütlich ist etwas anderes." Sie zwinkerte ihm zu und überlegte, wie sie ihn am besten auf das Buch ansprechen konnte. Sie musste einfach wissen, ob er ihr vertraute und wie er zu ihr stand.

„Das ist ein Männerboot", sagte Nikolaj und lachte.

„Aber es ist so unpersönlich da unten. Ich meine, hier gibt's weder Bücher noch Zeitschriften. Von Kerzen ganz zu schweigen." Sie versuchte, so ungezwungen wie möglich zu klingen.

„Doch, es gibt ein Buch", antwortete Nikolaj, stand auf und verschwand in der Kajüte. Kurz darauf kehrte er zurück. „Wir haben ein Logbuch!"

„Ein Log…" Emma starrte auf das schwarze Buch mit Ledereinband, das Nikolaj wie eine Trophäe in die Höhe hielt.

„Auf jedem Boot gibt es ein Logbuch, in das der Kapitän schreibt, was er und die Crew den Tag über erlebt haben", erklärte er, als ob Emma nicht wusste, was ein Logbuch war.

Sie kam sich so blöd vor. Wie hatte sie nur annehmen können, dass jemand ihr so offensichtlich eine Falle stellen wollte. Das grenzte ja schon an Paranoia.

„Und was schreibst du heute ins Logbuch?", fragte sie.

„Dass ich heute einen wunderschönen Tag mit einer tollen Frau verbracht habe. Und was würdest du schreiben?"

„So etwas in der Art", antwortete Emma und hielt sich verschämt die Hände vors Gesicht. Wie lange konnte sie dieses Spiel noch durchhalten? Es wurde immer schwerer, seinem Charme nicht zu verfallen.

„Ein schöner Tag mit einem Typen wie mir."

„Mit einem heißen Typen wie dir", korrigierte Emma ihn und lachte. „Werden Sie etwa rot, Herr Bjerregaard?"

„Ja, ich fürchte, das werde ich", antwortete er kleinlaut. „Aber erzähl es niemandem, es würde meinen Ruf ruinieren." Er rieb sich nervös mit der Hand über das Gesicht. Sein Blick verharrte auf ihr. „Erzähl mir lieber was von dir."

„Puh, was möchtest du von mir hören?" Emma strich sich eine Haarsträhne hinter das Ohr und ließ den Blick übers Wasser schweifen.

„Hast du Geschwister?"

„Eine Schwester", antwortete Emma und lächelte. „Ich bin sogar schon Tante." Ihr Lächeln wurde breiter, als sie an ihren kleinen Neffen dachte, der vor ein paar Monaten geboren worden war.

„Wirklich? Junge oder Mädchen?" Nikolaj wirkte erstaunt.

„Junge. Ein kleiner Mads."

„Du siehst gar nicht aus wie eine Tante.“ Er kniff ihr leicht in die Rippen.

„Ich nehme das mal als Kompliment.“

„War auch durchaus so gemeint.“ Nikolaj lehnte sich nach hinten und stützte sich auf die Ellbogen.

Emma sah ihn an. Die obersten Knöpfe seines weißen Leinenhemds waren geöffnet und gaben einen Teil seiner muskulösen Brust frei. Emma beobachtete, wie sich sein Brustkorb regelmäßig und entspannt hob und wieder senkte. Sie beugte sich über ihn und strich mit dem Daumen über seinen Fünf-Tage-Bart, der sein Gesicht nicht nur markanter, sondern auch verdammt sexy machte.

„Sag mal, hattest du schon viele Freundinnen?“ Emma fuhr mit dem Zeigefinger über seine weichen Lippen.

„Um ehrlich zu sein … keine.“

„Ja, klar!“

„Nein, ich hab noch nie eine richtige Freundin gehabt. Wirklich!“

„Okay, dann stelle ich meine Frage anders.“ Sie machte eine Pause und setzte sich auf, ohne ihn dabei aus den Augen zu lassen. „Hattest du schon viele Frauen?“

Nikolaj lachte nun so laut, dass es mit Sicherheit weit über das Meer hinaus zu hören war. „Du nimmst wirklich kein Blatt vor den Mund, was? Das mag ich so an dir.“ Er strich ihr sanft über die Wange. „Also“, sagte er und zögerte, als würde er gedanklich versuchen, sich an alle Frauen zu erinnern.

„Wenn's so lange dauert, kann ich's mir schon denken.“ Emma winkte ab. Dass er in der Vergangenheit nichts hatte anbrennen lassen, war längst kein Geheimnis mehr.

„Und du?"

„Nein, mit Frauen hatte ich nichts. Ist nicht so mein Ding", neckte sie ihn und schüttelte übertrieben den Kopf.

„Klingt für mich irgendwie beruhigend." Er grinste breit. „Und hattest du schon viele Männer?"

„Das fragt man eine Dame nicht."

„Ach, eine Dame fragt man das nicht, aber einen Mann schon. Du bist mir eine."

„Zwei, nein drei. Ich hatte drei feste Freunde. Ganz schön langweilig, oder?" Emma zog ihre Knie an sich heran und legte ihr Kinn darauf ab, während Nikolajs Hand ihr Schienbein umfasste und streichelte.

„Du bist alles andere als langweilig."

„Freut mich zu hören", flüsterte sie und knabberte an ihrer Unterlippe.

„Ich hab noch nie eine Frau wie dich getroffen. Mit dir ist alles so anders und so neu. Ich hab das Gefühl, dass ich mit dir über alles reden kann."

„Du meinst, ich bin eine Art weiblicher Erik?"

Nikolaj nickte. „Ja."

„Das ist ein schöner Gedanke." Sie beugte sich zu ihm herunter und küsste ihn zum Dank für das Kompliment auf den Mund. Emma wusste, was Erik ihm bedeutete. Dass er sie mit seinem besten Freund quasi auf eine Stufe setzte, ehrte sie. Als sie sich zurückziehen wollte, hielt er sie fest.

„Weißt du, ich rede nicht oft mit Menschen über meine Gefühle. Streng genommen nie. Daher ist das hier ein enormer Schritt für mich. Ich versuche, alles richtig zu machen, weil …" Er zögerte, als traute er sich nicht, die letzten Worte laut auszusprechen.

Emma sah ihn an und verstand. In seinen Augen konnte sie lesen, dass auch er die Verbundenheit zwischen ihnen spürte. Und dass er, genauso wie sie, nicht wusste, wie er mit den aufkeimenden und immer stärker werdenden Gefühlen umgehen sollte. Es war wie eine unsichtbare Macht, die plötzlich und unerwartet von ihnen Besitz ergriffen hatte und die mit jeder Minute, die sie miteinander verbrachten, stärker und unbesiegbarer wurde. Es war eine Entwicklung, die Emma Angst machte. Sie hatte sich die ganze Zeit davor gefürchtet. Trotzdem war sie das Risiko, ihr Herz an ihn zu verlieren, eingegangen.

„Sei nachsichtig mit mir, ja?"

Emma nickte, schmiegte sich an ihn und schloss die Augen. Sie würde einen Weg finden müssen, um mit ihren Gefühlen klarzukommen. Doch heute Abend wollte sie einfach nur hier sein und genießen.

# KAPITEL 22

„Du hättest ihr gefallen … ganz bestimmt sogar", sagte Nikolaj und strich Emma eine ihrer blonden Haarsträhnen hinter das Ohr. Er lag auf der Seite und hatte ihr den Oberkörper zugewandt. Die Daunendecke lag ihm locker auf der Hüfte, während sein muskulöser, nackter Oberkörper unbedeckt blieb.

Emma lächelte sanft, als er sie berührte, und kuschelte sich tiefer ins weiche Kissen.

Eben noch hatten sie sich geliebt, wie so oft in den vergangenen Wochen. Doch irgendetwas war dieses Mal anders gewesen. Lag es daran, dass es bei Weitem nicht einfach nur Sex gewesen war?

Als sie vorhin miteinander geschlafen hatten, war es von einer solchen Intensität gewesen, dass er kurzzeitig befürchtet hatte, er würde den Verstand verlieren.

Was, wenn das hier doch keine Beziehung auf Zeit war? Wenn sie längst über diesen Punkt des reinen Spaßhabens hinausgekommen waren und es schlichtweg nur nicht bemerkt hatten? Was, wenn er sie bitten würde, bei ihm zu bleiben?

Emmas Zeit hier in Kopenhagen war begrenzt, und sie hatte ihn nie daran zweifeln lassen, dass sie nach Hamburg zurückkehren würde, wenn ihr Engagement hier beendet war. Sie liebte ihren Job und die Sicherheit, die er mit sich brachte, zu sehr, als dass sie ihn wegen einer Affäre aufgeben würde. Obwohl er ihr mehr bieten könnte als ein winziges Ein-Zimmer-Apartment in Hamburg-Altona.

Bei dem Gedanken daran, wie sie ihm von ihrer kleinen Wohnung erzählt hatte, musste er schmunzeln. Es hatte sich wenig komfortabel angehört, und die Geschichten, die sie ihm über ihre Nachbarn erzählt hatte, waren zwar lustig, aber alles andere als vertrauenserweckend für ihn gewesen.

Die Wände zwischen den Wohnungen waren so dünn, dass sie jedes Wort der zermürbenden Selbstgespräche, die ihr Nachbar nachts mit sich führte, mitbekam. Und die Familie unter ihr stritt sich so laut und hemmungslos, dass die Polizei bei ihnen quasi ein- und ausging.

Es fiel ihm schwer, sich vorzustellen, Emma dorthin zurückgehen zu lassen. Und er war sich beinahe sicher, dass Emma nicht zurückkehren wollte. Er musste es ihr sagen, was er für sie empfand.

„Wem hätte ich gefallen?“, fragte Emma und unterdrückte ein Gähnen. Sie musste hundemüde sein, so wie sie den ganzen Tag über unter Strom gestanden hatte.

„Meiner Mutter“, antwortete er leise und schloss die Augen. Auch nach all den Jahren tat es immer noch weh, wenn er sich an sie erinnerte. Wenn er sich jenen Abend ihres Todes ins Gedächtnis rief.

„Magst du mir von ihr erzählen?“, fragte Emma mit unsicherer Stimme. Es war nicht das erste Mal, dass sie ihn danach fragte, doch dieses Mal würde er sich nicht vor einer Antwort drücken.

Nikolaj nickte. „Sie war eine tolle Frau. Die beste Mutter, die man sich vorstellen konnte. Ich weiß, das klingt abgedroschen, weil wohl jedes Kind von seiner Mutter sagt, dass sie die beste ist. Aber sie war es wirklich. Sie hat alles getan, damit es uns Kindern gut geht, und immer versucht, die Familie zusammenzuhalten."

„Wie alt warst du, als sie gestorben ist?"

„Fünfzehn."

„Das muss ein furchtbarer Schock für dich gewesen sein." Sie sprach so leise, dass er sie kaum verstehen konnte.

„Es war schrecklich. Auf einmal war sie nicht mehr da. Von der einen Sekunde auf die andere." Er machte eine Pause und musste sich kurz sammeln, als die Dämonen der Vergangenheit von ihm Besitz ergriffen. Mit den Jahren waren sie beinahe wie alte Bekannte geworden, die allerdings mehr ungebetenen Gästen glichen als guten Freunden. Er wusste nie, wann sie zu ihm kamen und wie lange sie bleiben würden.

„Woran ist sie gestorben? War sie krank?"

„Manchmal wünschte ich, sie wäre richtig krank gewesen, dann hätten wir mehr Zeit gehabt, uns auf ihren Verlust vorzubereiten." Er lächelte bitter und gequält. Es war ein unsinniger Wunsch, das wusste er, denn ihr Tod wäre immer schmerzhaft für ihn und seine Geschwister gewesen. Und man wünschte niemandem eine Krankheit. „Es war ein Unfall. Ein unnötiger Autounfall."

„Sind das Unfälle nicht immer? Unnötig, meine ich."

Nikolaj nickte. „An dem Abend, an dem es passierte, hatten mein Vater und sie einen fürchterlichen Streit. Ich saß in einer Ecke auf dem Sofa und hörte Musik. Sie haben so laut geschrien, dass ich trotzdem jedes Wort durch meine Kopfhörer verstehen konnte."

„Worüber haben sie sich gestritten?"

„Meine Mutter hat Jørgen beschuldigt, eine Affäre zu haben. Er wollte sie verlassen ... für eine deutlich jüngere Frau, mit der er sich offenbar schon eine ganze Weile getroffen hatte."

„Und dein Vater? Hat er die Affäre zugegeben?"

„Er würde niemals einen Fehler zugeben. Natürlich hat er alles abgestritten und gesagt, dass sie hysterisch sei und diese Affäre nur in ihrem Kopf stattfinden würde. Tzz, dieser elendige Lügner."

„Was ist dann passiert?" Emma rückte näher an ihn heran und streichelte seine nackten Oberarme. Sofort spürte er wieder diese Wärme, die von ihrem Körper auf seinen überging, als würde sie ihm damit sagen wollen, dass alles wieder gut werden würde. Und vielleicht würde es das wirklich, wenn sie bei ihm blieb. Er klammerte sich an diesen Gedanken wie ein Ertrinkender an seine Schwimmweste.

„Meine Mutter hat geschrien und konnte sich kaum beruhigen. Da hat mein Vater sie plötzlich an den Armen gepackt und geschüttelt." Nikolaj wischte sich über die Stirn, als wolle er die Bilder aus seinem Kopf verdrängen. „Ich bin aufgesprungen, wollte ihm sagen, dass er Mutter loslassen sollte, aber er hat mir nur befohlen, auf mein Zimmer zu gehen. Ich wollte ihr helfen, ihr zeigen, dass ich für sie da bin und sie beschützen werde. Aber sie hat mich nur angesehen und mit müder Stimme gesagt, dass ich tun soll, was mein Vater mir sagt." Er schluckte hart, während sich seine Augen mit Tränen füllten. „Ich bin in dem Moment so wütend geworden, dass ich einfach gegangen bin. Ich hab sie allein gelassen."

„Weil sie dich darum gebeten hat", sagte Emma mit ruhiger Stimme und streichelte ihn weiter. Ihre Berührungen taten gut und gaben ihm Mut, mehr zu erzählen.

„Weißt du, irgendwann hat es an der Tür geklopft. Meine Geschwister haben gerufen und gesagt, dass ich die Tür öffnen soll. Aber ich wollte sie nicht hören. Ich wollte niemanden hören und habe die Musik einfach lauter gedreht. Ich wollte nur allein sein. Ich war so unfassbar wütend, auf meinen Vater … und auch auf meine Mutter." Er merkte, wie sein Puls sich bei dem Gedanken an die Vergangenheit beschleunigte, und zwang sich, ruhig zu bleiben.

„Aber das ist doch ganz natürlich. Du konntest doch nicht wissen, was passieren würde", versuchte Emma ihm gut zuzureden.

Für einen Augenblick wurde es still im Schlafzimmer, so als würde ein Engel vorbeischauen und nach dem Rechten sehen. Er kannte diese Momente, in denen jeder einfach nur seinen Gedanken nachhing. Er hatte sie oft erlebt, wenn er und seine Geschwister versucht hatten, sich an die Geschehnisse jenes Abends zu erinnern. Nikolaj ließ die Stille gewähren und rückte näher an Emma heran. Sie streckte ihre Hand aus und fuhr mit dem Zeigefinger die Konturen seines markanten Gesichts nach. Als sie über seine Lippen fuhr, küsste er ihre Fingerkuppe und lächelte.

„Was mich seit diesem Tag am meisten quält, ist, dass meine Mutter abgehauen ist. Sie hat Louise und Frederik genommen, ins Auto gesetzt und ist einfach losgefahren. Ich hab es von meinem Fenster aus gesehen. Louise und Frederik haben immer wieder meinen Namen gerufen, haben geschrien und geweint. Aber sie ist einfach mit ihnen davongefahren.“ Er schluckte und atmete schwer. „Seitdem frage ich mich, warum sie mich nicht mitgenommen hat. Warum hat sie mich bei meinem Vater gelassen? Sie wusste doch, dass ich sie brauche.“

Die Erinnerung an dieses schreckliche Erlebnis packte ihn, und Tränen liefen ihm über die Wange. Er hatte schon lange nicht mehr deshalb geweint. Große Jungs weinen nicht, hatte sein Vater ihm nach dem Tod seiner Mutter eingebläut. Und wenn große Jungs das schon nicht machten, dann ein gestandener Mann erst recht nicht. Doch jetzt, mit Emma neben sich im Bett, fühlte es sich richtig an, die angestaute Trauer, Wut und Enttäuschung einfach mal rauszulassen.

„Hast du mal mit deinen Geschwistern darüber gesprochen?“, fragte Emma so vorsichtig sie konnte, während sie ihm zärtlich über die Wange streichelte.

„Wir haben es versucht. Aber weder Frederik noch Louise haben eine klare Erinnerung an diesen Tag. Vielleicht ist es der Schock, den sie erlitten haben, der ihnen dabei hilft zu vergessen.“ Er zuckte mit den Schultern, denn eine andere Erklärung hatte er nicht.

„Was, wenn sie mich nicht wollte? Wenn ich ihr nicht gut genug war und sie mich deshalb nicht mitgenommen hat?“ Er sah sie an und merkte, wie Panik in ihm aufstieg. Sein Herz raste so schnell, als hätte er in absoluter Weltrekordzeit einen Hundertmeterlauf hinter sich gebracht.

„So etwas darfst du nicht denken. Du bist genug. Und du warst und bist ein toller Mensch. Du warst damals ein

Teenager, ein fünfzehnjähriger Junge, der auf sein Zimmer geschickt wurde. Du hättest nichts tun können."

„Ich hätte die Tür öffnen können, als es geklopft hat", sagte er trocken und mit der für ihn gewohnten Nüchternheit. Zu lange hatte er sich diesen Vorwurf schon gemacht.

„Wie ich dir schon mal gesagt habe, es bringt nichts, sich über Entscheidungen, die man in der Vergangenheit getroffen hat, Gedanken zu machen. Egal, ob sie richtig oder falsch waren. Es ist Vergangenheit, wir können es jetzt nicht mehr rückgängig machen, auch wenn wir uns jede Sekunde darüber den Kopf zerbrechen", sagte Emma und stützte sich auf ihren Ellbogen. Sie sah ihn an. In ihren Augen lag so viel Liebe und Zuneigung, dass es ihn nur noch mehr berührte.

„Du hast dir die vergangenen Jahre eingeredet, dass deine Mutter dich nicht mehr wollte. Aber hast du dich mal gefragt, warum Louise und Frederik wirklich an deine Tür geklopft haben? Warum sie nach dir gerufen haben, als sie in den Wagen eingestiegen sind? Und warum deine Mutter geweint hat, während sie fortgefahren ist?"

Er schüttelte den Kopf, überrascht von ihrer direkten Art.

„Was, wenn sie geklopft haben, um dich zu holen? Weil deine Mutter sie darum gebeten hat?"

Nikolaj drehte sich zurück auf die Seite und sah Emma an. Es war absurd, aber in all den Jahren seit dem Unfall war ihm nie der Gedanke gekommen, dass sie ihn holen wollten, damit er mit ihnen kam. Er schüttelte den Kopf, musste sich erst an den Gedanken gewöhnen, der sich so fremd und doch so logisch für ihn anfühlte. Er hatte weder Louise noch Frederik je danach gefragt, warum sie an seine Tür geklopft hatten. Er hatte lediglich von ihnen wissen wollen, wie es zu dem Unfall gekommen war. Und als sie sich nicht daran erinnern konnten, war es für ihn einfacher, seine eigenen Schlüsse zu ziehen.

Er schüttelte wortlos den Kopf.

„Dann geh zu ihnen, und frag sie danach. Vielleicht ist das die fehlende Antwort, die du brauchst, um endlich loslassen zu können.“ Sie beugte sich zu ihm und küsste ihn. Zunächst auf die Wange, dann auf die Nasenspitze und schließlich auf den Mund. Ein inniger, leidenschaftlicher Kuss, der die Dämonen der Vergangenheit vertrieb und ihm sagte, dass er jetzt und hier alles richtig gemacht hatte.

# KAPITEL 23

„Guten Morgen, Schlafmütze."

Nikolaj setzte sich neben Emma aufs Bett und strich ihr sanft durch die verwuschelten Haare. Sie streckte sich, behielt die Augen aber fest geschlossen, als würde sie sich mit aller Kraft an einen schönen Traum klammern, den sie noch nicht verlassen wollte.

Er konnte sich auch täuschen, aber war es möglich, dass sie von Tag zu Tag schöner wurde?

„Hej, aufwachen", flüsterte er erneut und beugte sich tief über sie. Er vergrub sein Gesicht in ihren Haaren, sog ihren lieblichen Duft ein und küsste zärtlich ihre Wange. *Gott, wie vernarrt er in sie war.*

Emma räkelte sich, blinzelte ein paar Mal und öffnete zaghaft ihre Augen.

„Guten Morgen", sagte sie und streckte sich unter ihm.

„Hast du gut geschlafen?"

„Ja, viel zu gut." Emma lächelte und strich ihm über die Wange. „Und du?"

„Wie ein Stein." Er gab ihr einen Kuss auf die Stirn, stand auf und ging ins Ankleidezimmer, um sich den Anzug für den Tag rauszusuchen. Er hatte heute einige Termine, die er leider nicht verschieben konnte, auch wenn er sich am liebsten zu ihr zurück ins Bett kuscheln würde.

„Um ehrlich zu sein, war ich mir nicht sicher, ob du noch neben mir liegen würdest, wenn ich aufwache. Oder schon das Land verlassen hättest“, rief sie ihm nach, woraufhin er wohlwissend, worauf sie anspielte, den Kopf schüttelte und zu ihr ins Schlafzimmer zurückkehrte.

„Du wirst mir das ewig vorwerfen, oder?“, fragte er und knöpfte sein weißes Hemd zu.

„Hm … ja, aber es ehrt dich, dass du zurückgekommen bist“, antwortete sie frech und lächelte. „Und dass du weißt, wie du deine Fehler wiedergutmachen kannst.“ Sie lächelte ihn an, griff nach seinem T-Shirt und zog es sich über.

Nikolaj biss sich auf die Unterlippe, steckte sich das Hemd in seine dunkelgraue Anzughose und mühte sich, seinen Schlips zu binden.

„Lass mich mal.“ Emma hüpfte aus dem Bett und stellte sich zu ihm ans Fenster. Sie nahm die beiden Enden der Krawatte und band sie zu einem halben Windsorknoten, den sie einst von ihrem Vater, einem Bankkaufmann, der das Haus nie ohne Schlips verlassen hatte, gelernt hatte.

„Nicht schlecht“, sagte Nikolaj, als sie fertig war, und begutachtete die gebundene Krawatte im Spiegel. „Und heute Abend darfst du mir die Fliege binden.“

„Eine Fliege?“, fragte sie erstaunt und folgte ihm.

„Die Spendengala. Schon vergessen?“

„Du machst also wirklich ernst und möchtest mich mitnehmen?“

„Ich könnte mir keine bessere Begleitung vorstellen." Er zwinkerte ihr zu und küsste sie leidenschaftlich auf den Mund, um zu unterstreichen, wie ernst er es meinte.

„Dann werde ich mir wohl mal was zum Anziehen suchen." Sie sah an sich herunter. Sie trug nur T-Shirt und Unterhose.

„Keine Sorge, es ist schon alles arrangiert." Er lächelte zufrieden, während er die Schuhe anzog und auf die Uhr sah. „In etwa einer Stunde wird Erik mit einer Auswahl Kleider vorbeikommen. Such dir aus, was dir gefällt."

„Du meinst, ein Private Shopping hier im Hotel? Sag nur nicht, es ist auch noch irgendein bekannter Designer."

„Søren Le Schmidt."

„Wer?" Emma runzelte die Stirn.

„Einer der bekanntesten Designer Dänemarks. Sogar die Kronprinzessin trägt seine Abendkleider bei Staatsempfängen."

„Du meinst, ich werde heute Abend das Kleid eines Designers tragen, der auch Kleider für die Kronprinzessin entwirft?"

„Jepp. Aber, keine Sorge. Sie wird heute Abend wahrscheinlich etwas anderes tragen."

„Moment mal. Die Kronprinzessin kommt auch zu der Gala?"

„Ich sagte doch, es ist ein wichtiges Event."

„Gott, ich vergesse immer, wie reich du wirklich bist." Emma fuhr sich durch die Haare. Als er merkte, wie verunsichert sie plötzlich war, ging er zu ihr und zog sie zu sich heran.

„Hej. Du wirst großartig aussehen." Er gab ihr einen Kuss auf die Stirn und lächelte ihr aufmunternd zu.

„Wenn du das sagst." Sie atmete einige Male tief ein und aus. „Wirst du jetzt arbeiten?"

„Ja, ich treffe mich mit zwei, drei Investoren. Das wird sich wohl bis zum Mittag hinziehen. Außerdem habe ich heute Nachmittag noch einen Termin bei meinen Anwälten." Er sah erneut auf die Uhr. Wenn er sich nicht ein wenig beeilte, würde er zu spät kommen. „Und was wirst du machen?"

„Wie's aussieht, teure Designerfummel anprobieren." Emma hielt sich die Hand vor den Mund und gähnte.

„Gegen fünfzehn Uhr kommen der Friseur und der Make-up-Artist. Ich werde wahrscheinlich am späten Nachmittag wieder zurück sein und mich umziehen." Nikolaj nahm sie erneut in den Arm und roch an ihren Haaren. Er liebte den Duft von Jasmin, der sie umgab, und konnte nicht genug davon bekommen.

„Ich werde vorher noch an meinem PR-Konzept feilen. Vielleicht kann ich es dir morgen vorstellen? Immerhin habe ich hier auch noch einen Job zu erledigen."

„Klar. Ich rufe meinen Vater an, dass er für uns einen Termin freischaufelt. Ich bin schon sehr gespannt, was du dir ausgedacht hast." Er zwinkerte ihr zu, nahm ihr Gesicht zwischen seine Hände und gab ihr einen langen Kuss. „*Vi ses*", flüsterte er, drehte sich um und ging.

*

„Nikolaj." Erik eilte durch die Hotellobby und kam kurz vor ihm zum Stehen. „Wie war's?" Er betrachtete ihn genauer und legte die Stirn in Falten. „Junge, du siehst mitgenommen aus. Alles in Ordnung?“ Er schien sich ernsthaft Sorgen zu machen, was Nikolaj amüsierte.

„Keine Sorge, mir geht's gut.“ Er klopfte Erik mit der Hand auf die Schulter und grinste. „War nur ein anstrengender Tag gestern.“

„Ist deine Kondition so schlecht geworden?“

„Ich muss tatsächlich wieder mehr trainieren.“ Nikolaj klopfte sich mit der flachen Hand auf seinen Waschbrettbauch. „Aber, das ist es nicht. Es war einfach nur sehr gefühlsintensiv und aufwühlend“, antwortete Nikolaj und biss sich auf die Unterlippe.

„Dich hat's wohl echt erwischt. Dass ich das noch erleben darf.“ Erik haute ihm so wuchtig auf die Schulter, dass es laut klatschte.

„Verdammt, Erik. Das ist alles so neu für mich. Es schafft mich, weil ich nicht weiß, wie ich mich verhalten soll, wie ich es richtig mache.“ Nikolaj fuhr sich mit der Hand durch seine gestylten Haare.

„Sei einfach du selbst. Dann kann nichts schiefgehen.“ Erik lächelte ihn aufmunternd an.

„Und wer bin ich?“ Nikolaj runzelte nachdenklich die Stirn. Keiner kannte ihn so gut wie Erik. Nicht einmal seine Geschwister. Ihm erzählte er alles, was ihn beschäftigte. Und wie es sich für gute Freunde gehörte, hielt sich Erik nur selten mit seiner Meinung zurück. Er hatte sich noch nie gescheut, ihm die Leviten zu lesen, und ihm das ein ums andere Mal gehörig den Kopf gewaschen. Das und Eriks bedingungslose Loyalität schätzte er am meisten an ihm. Er war ein Freund, auf den er zählen konnte. Und umgekehrt wusste Nikolaj, dass es genau so war.

„Hat mit Søren alles geklappt?“, fragte Nikolaj, als er Eriks Ungeduld bemerkte.

„Alles bestens. Wir bekommen eine Auswahl von fünfzehn Kleidern. Wird dich ne Stange Geld kosten“, murmelte Erik, als kenne er bereits den Rechnungsbetrag.

„Das ist es mir wert.“ Nikolaj klopfte Erik auf die Schulter und wandte sich zum Gehen. „Sie ist eine tolle Frau, Erik.“

„Ja, das ist sie.“ Erik schaute zum Hoteleingang, als würde er seinem Blick ausweichen.

„Ist alles in Ordnung mit dir?“ Nikolaj blieb stehen und legte die Stirn in Falten. Es war ungewöhnlich, dass Erik ihm gegenüber so reserviert war, und es hatte fast den Anschein, dass Eriks Begeisterung für Emma aus irgendeinem Grund abgenommen hatte.

„Ich hoffe, sie weiß das alles zu schätzen“, sagte Erik und versetzte Nikolajs Euphorie damit einen gewaltigen Dämpfer.

„Was willst du damit sagen?“ Nikolaj stemmte die Hände in die Hüften. Wenn Erik schon derartige Andeutungen machte, sollte er jetzt auch mit der Sprache herausrücken.

„Keine Ahnung, ist nur so ein Gefühl. Ich meine, ich freu mich wirklich für dich, dass du in ihr endlich eine Frau gefunden hast, auf die du dich vollkommen einlassen möchtest. Aber ich …“ Er stoppte.

„Was?“

„Ich möchte nur nicht, dass du verletzt wirst, sollte sich herausstellen, dass es für Emma nicht mehr als ein Sommerflirt ist.“ Erik atmete durch und knibbelte an seinen Fingern. „Kannst du ihr wirklich trauen?“

Nikolaj schwieg einen Moment und dachte über Eriks Worte nach. Was, wenn er sich wirklich zu große Hoffnungen machte? Unmöglich, dachte er und wischte die trüben Gedanken weg. Seit gestern Nacht war er sich so sicher wie noch nie.

„Ich werde auf mich aufpassen, versprochen." Nikolaj zwinkerte Erik zu und drehte sich zum Gehen um. „Ich muss jetzt leider los, wenn was ist, weißt du ja, wo du mich erreichen kannst."

*

„Du wolltest mich sprechen?" Nikolaj stand im Türrahmen zum Büro seines Vaters und sah ihn ausdruckslos an. Es passte ihm nicht, dass sein Vater ihn so früh am Tag zu sich zitiert hatte, noch dazu, wo er ihn am Abend auf der Gala ohnehin sehen würde. Seit ihrem letzten Gespräch waren fast drei Wochen vergangenen. Er hatte ihn gar nicht so alt in Erinnerung. Jørgen saß an seinem Schreibtisch, den Kopf gesenkt, sodass die schütteren Haare auf seinem Hinterkopf sichtbar wurden. Nicht mehr lange und er würde bestimmt eine Glatze bekommen. Schon jetzt konnte man die Kopfhaut hindurchschimmern sehen. Daran änderte auch nichts, dass Jørgen peinlich darum bemüht war, die bald kahlen Stellen mit seinen längeren Haaren zu überdecken. Wenn er wüsste, wie lächerlich er sich damit machte, dachte Nikolaj und verkniff sich ein Grinsen.

„Setz dich." Jørgen hob kurz den Kopf und deutete auf den leeren Stuhl vor sich, bevor er sich wieder seiner Arbeit widmete.

„Ich hab noch andere Termine heute, also lass dir mit dem, was du sagen willst, nicht allzu viel Zeit." Nikolaj setzte sich auf den schwarzen Schwingstuhl und wippte ungeduldig vor und zurück. Warum sollte er einen Hehl daraus machen, dass er nicht hier sein wollte. Außerdem hatte er sich vorgenommen, den morgigen Ausflug, den er mit Emma unternehmen wollte, zu planen.

„Keine Sorge, ich mach es kurz. Die Zusammenarbeit mit Emma Jakobsen und Le de Luxe ist beendet."

*Rumms!*

„Das war's schon, du kannst wieder gehen." Jørgen widmete sich wieder der Arbeit und ignorierte Nikolaj, der vom Stuhl aufsprang und seine Hände mit voller Wucht auf die Schreibtischplatte schlug. Seine Laune war mit einem Mal auf dem Nullpunkt angekommen.

„Was hat sie dir eigentlich getan? Ich hoffe, dafür hast du eine gute Erklärung, alter Mann!", schrie er mit wutverzerrtem Gesicht.

„Keine Sorge, das habe ich." Jørgen machte eine Pause, legte seinen Stift beiseite und faltete die Hände vor sich auf dem Schreibtisch. „Ich habe der Agentur gesagt, dass ich niemanden gebrauchen kann, der sich meinen Anweisungen widersetzt." Im Gegensatz zu seinem Sohn redete Jørgen mit der gewohnt farblosen Stimme, nur seine Augen verrieten, wie sehr ihm der Wutausbruch seines Sohnes missfiel.

„Wann hat sich Emma dir je widersetzt?" Nikolaj biss sich auf die Unterlippe. Er hatte seinem Vater einiges zugetraut, eigentlich dürfte ihn nichts mehr schocken, doch dass er Emma tatsächlich gefeuert hatte, nagte an ihm.

„Sie hätte nicht mit dir ins Bett gehen sollen. Ich hatte deine kleine Freundin eindringlich davor gewarnt. Aber wie heißt es so schön in Deutschland: Wer nicht hören will, muss fühlen." Ein schmieriges Grinsen der Genugtuung breitete sich auf Jørgen Bjerregaards Gesicht aus. „Ich habe bereits mit dieser Bea gesprochen. Sie wird Emma gegenüber die entsprechenden Maßnahmen einleiten. Mit einem Kunden das Bett zu teilen ist selbst in dieser Agentur ein absolutes No-Go!"

Nikolaj schluckte. „Du Mistkerl!", raunte er und haute mit der Faust ein weiteres Mal auf den Tisch. Einen Moment sagte er nichts, dann nickte er mit dem Kopf, als wäre ihm eben eine Idee gekommen. „Aber, du hast recht: Wer nicht hören will, muss fühlen ...!" Seine Augen funkelten gefährlich, als heckte er etwas aus. Er wartete einen Moment, bis sich sein Puls normalisiert hatte. Dann sagte er mit ruhiger Stimme: „Ich steige aus!"

„Das kannst du nicht!"

„Glaub mir, ich werde einen Weg finden, dieses verdammte Unternehmen zu verlassen!" Nikolaj sah auf die Uhr und drehte sich um.

„Auch wenn du dadurch alles verlieren wirst? Kannst du wirklich auf all das verzichten, was die Arbeit in diesem verdammten Unternehmen mit sich bringt? Den Luxus, das Geld, deinen Stand in der Gesellschaft?"

„Solange ich dir nie wieder unter die Augen treten muss, ist es mir das wert", antwortete Nikolaj mit fester Stimme. Er war sich lange nicht mehr einer Sache so sicher gewesen, und im Moment fühlte es sich absolut richtig an.

„Bedeutet sie dir wirklich so viel, dass du dafür dein Erbe aufs Spiel setzt?" Jørgen Bjerregaard stand auf und kam um seinen Schreibtisch herum. Nikolaj blieb stehen, die Hand erneut zur Faust geballt.

„Zumindest bedeutet sie mir so viel, dass ich sie nicht umbringen würde." Er drehte sich um und sah seinen Vater hasserfüllt an.

Jørgen Bjerregaard versuchte, die Fassung zu wahren, was ihm nur mühsam gelang. Er wurde blass um die Nase. „Du weißt nicht, was du da redest, Sohn!"

„Ich war noch nie so klar in meinen Gedanken. Glaub mir, ich weiß sehr wohl, was du all die Jahre getan hast, in denen es Mutter immer schlechter ging. Wie sehr du sie gequält hast ... Ich habe Mutters Tagebuch gefunden. Meiner Meinung nach bist du nichts anderes als ein Mörder!" Zufrieden nahm Nikolaj zur Kenntnis, dass er seinem Vater einen entscheidenden Schlag versetzt hatte. Jørgen stützte sich mit der einen Hand auf die Schreibtischkante, während er sich mit der anderen Hand den Hemdkragen aufknöpfte. Er war eindeutig angeschlagen und eine durch und durch bedauernswerte Erscheinung.

„Hast du dich eigentlich je gefragt, warum ich dich immer so behandelt habe?" Jørgens krächzende Stimme durchschnitt die Stille im Raum. Als koste es ihn immense Kraft, ließ er die Tischkante los, stellte sich vor Nikolaj und sah ihm entschlossen ins Gesicht.

„Ich bin so hart zu dir gewesen, weil du genauso bist wie ich. Sieh mich nicht so verachtend an. Wir beide sind uns ähnlicher, als du denkst. Hart, egoistisch, kämpferisch und extrem erfolgreich – du bist ein Bjerregaard, wie er im Buche steht. Ich wünschte, Louise und Frederik hätten nur eine dieser Eigenschaften geerbt, aber die beiden kommen ganz nach deiner Mutter." Er machte eine Pause und lachte herablassend. „Aber du, Nikolaj, kannst meine Gene nicht verleugnen. Als deine Mutter noch lebte, hat sie das Potenzial, das in dir steckte, nicht erkannt. Aber ich hab's gesehen. Und als sie nicht mehr da war, habe ich endlich alles aus dir rausholen können." Jørgen Bjerregaard sah Nikolaj triumphierend an. „Ich habe dich zu dem gemacht, was du bist. Vergiss das niemals!"

Nikolaj atmete einige Mal ruhig durch und erinnerte sich an all die Demütigungen, die er in den vergangenen Jahren durch seinen Vater hatte erleiden müssen. Nein, er war nicht wie er.

„Du irrst dich, Jørgen. Ich bin nie so erbärmlich wie du gewesen. Ohne Emma wäre ich es vielleicht geworden. Aber sie hat mir die Augen geöffnet. Sie hat mir gezeigt, was im Leben wirklich wichtig ist und dass man sich nicht dafür schämen muss, Gefühle zu zeigen. Dank ihr weiß ich, dass ich etwas habe, das du nie besessen hast." Er machte zwei Schritte vor, hob Jørgens rechte Hand und legte sie auf seine linke Brust.

„Spürst du das, Vater? Das ist mein Herzschlag. Präge dir diesen Rhythmus gut ein, denn es ist das Letzte, was du für lange Zeit von mir mitbekommen wirst."

Nikolaj hielt einen Augenblick inne, dann wandte er sich von Jørgen ab und drehte sich um. Auf der Türschwelle stoppte er noch einmal. „Møller & Nielsen werden alles in die Wege leiten. Es wäre besser, wenn du ihnen nicht in die Quere kommst."

„Tz. Møller & Nielsen. Diese Versager", bemerkte Jørgen abfällig.

„Darf ich dich daran erinnern, dass diese Anwaltskanzlei seit Jahren die Kohlen für uns aus dem Feuer holt, wenn deine Schönwetter-Anwälte sich zu fein dafür sind, sich die Hände schmutzig zu machen?“ Nikolaj ärgerte sich darüber, dass er einfach nicht dazu im Stande war, zu gehen. Er hätte sich nur umdrehen und durch die Tür gehen müssen, doch die selbstgefällige Art seines Vaters provozierte ihn so sehr, dass er nicht anders konnte, als darauf zu antworten.

„Ach, und noch etwas. Emma wird mich heute Abend selbstverständlich zu der Gala begleiten – als meine Freundin. Ich möchte, dass du dich ihr gegenüber dementsprechend verhältst.“

„Wir werden sehen“, erwiderte Jørgen Bjerregaard und ging langsam zurück zu seinem Schreibtisch.

„Es wäre besser für uns alle, wenn du es akzeptierst. Schließlich ist ein Skandal das Letzte, was das Haus Rosenborg sich derzeit leisten kann.“ Nikolaj öffnete die Tür und ging.

# KAPITEL 24

Emma erreichte Gitte, als diese gerade auf dem Weg zurück an ihren Schreibtisch war.

„Gut, dass ich dich endlich erwische", sagte Emma und war erleichtert, ihre Freundin an die Strippe zu bekommen. Seitdem sie vor ein paar Stunden aufgestanden war, hatte sie bereits mehrmals bei Gitte angerufen, hatte sie aber weder im Büro noch auf ihrem Handy erreichen können.

„Sorry, der Akku war leer", sagte Gitte entschuldigend. „Was gibt's denn?"

„Ich hab mit Nikolaj gesprochen … über seine Mutter." Emma machte eine Pause und merkte, wie Gittes Atmung sich beschleunigte.

„Und? Hast du endlich Beweise dafür, dass die Familie etwas mit ihrem Tod zu tun hat?"

Emma machte eine Pause und überlegte, wie viel sie Gitte von Nikolaj und ihr erzählen sollte. Irgendwie hatte sie das Gefühl, dass ein großer Teil von dem, der geschehen war, zu privat war und selbst ihre Cousine nichts anging. Auf der anderen Seite hasste sie es, Gitte zu belügen.

„Emma? Bist du noch dran?"

„Ich kann unseren Plan nicht in die Tat umsetzen", sagte Emma leise und machte sich auf ein Donnerwetter gefasst, was auf dem Fuße folgte.

„Was? Das ist doch nicht dein Ernst!"

„Doch, Gitte, es ist mein Ernst. Ich bringe es einfach nicht übers Herz, ihm das anzutun." Jetzt, wo es ausgesprochen war, machte sich pure Erleichterung in Emma breit. Sie hatte das Telefonat mit Gitte viel zu lange vor sich hergeschoben.

„Du machst also einen Rückzieher!" Der Vorwurf in Gittes Stimme war nicht zu überhören.

„Ja."

„Gut, da kann ich nichts machen. Es ist deine Entscheidung", sagte Gitte schnippisch.

„Es tut mir leid, Gitte, aber es wäre nicht richtig. Vielleicht ist es besser, die Vergangenheit einfach ruhen zu lassen."

„Es ist ja auch nicht deine Vergangenheit", patzte Gitte, bevor es still wurde und nur noch ihr aufgebrachtes Atmen zu hören war.

„Wie bitte?"

„Er hat ja auch nicht dein Leben ruiniert, meine ich."

„Ja, ich weiß, aber … der Tod seiner Mutter war ein schrecklicher Verlust, unter dem er noch heute leidet. Und nicht nur er, sondern auch seine Geschwister. Niemand hat sich von diesem Schicksalsschlag erholt", sagte Emma und hoffte, es würde bei Gitte auf Gehör stoßen. Sie wusste, dass sie ihre Cousine verletzt hatte.

„Jeder hat sein Päckchen zu tragen, aber es gibt einem nicht das Recht, das Leben eines anderen Menschen zu zerstören", giftete Gitte.

„Und genau aus diesem Grund halte ich es nicht für richtig, dass wir uns an ihm rächen. Er ist durch den Tod der Mutter doch schon gestraft genug. Kannst du das denn nicht verstehen?“

„Nein, Emma, das kann ich nicht. Aber gut, wie gesagt, es ist deine Entscheidung. Weiß der Himmel, was er mit dir angestellt hat, dass du dich gegen deine Familie stellst.“

„Gitte, bitte …“, unternahm Emma noch einen weiteren Versuch, aber ihre Cousine hatte längst aufgelegt.

Emma musste sich erst einmal sammeln. Sie legte das Handy beiseite und ließ sich rücklings aufs Bett fallen. Wie gerne hätte sie jetzt einfach hier gelegen und in den Tag hineingelebt, dachte sie, als sich die Verbindungstür zur Suite öffnete und Nikolaj vorsichtig seinen Kopf durch den Spalt steckte.

„Da versteckst du dich“, sagte er und trat ein.

„Solltest du nicht bei einem Termin sein?“ Emma stützte sich auf ihre Unterarme und dachte daran, wie es geendet war, als Nikolaj das letzte Mal unangemeldet in ihr Zimmer gekommen war. Bei der Erinnerung an ihre erste gemeinsame Nacht huschte ein süffisantes Lächeln über ihr Gesicht, das Nikolaj mit einem breiten Grinsen zur Kenntnis nahm.

„Ich muss mit dir reden“, sagte er und wurde ungewohnt ernst.

„Okay.“ Emma setzte sich aufrecht hin und sah, wie er sich zu ihr aufs Bett setzte und nach ihrer Hand griff.

Er seufzte, senkte den Blick und rieb mit dem Daumen über ihre sensible Stelle am Handrücken. „Ich hab mit meinem Vater gesprochen, und … was soll ich sagen …“, druckste er herum. „In dem Gespräch ist wirklich ne Menge zur Sprache gekommen.“

„Und?", sagte Emma zögerlich, da sie nicht wusste, wohin die Reise gehen sollte.

Nikolaj räusperte sich. „Ich bin ab sofort dein neuer Boss."

„Was?" *Na bravo!*

„Mein Vater hat die Zusammenarbeit mit Le de Luxe beendet. Das hat er mir heute Morgen gesagt. Tut mir echt leid", sagte er und sah sie an.

„Und warum bist du jetzt mein neuer Chef?"

„Weil ich mit der Agentur gesprochen habe und dieser Bea, die übrigens eine sehr schräge Person zu sein scheint, erklärt habe, dass ich möchte, dass du weiterhin die PR für NOVA machst. Quasi hat sich für sie nur der Auftraggeber geändert." Er lächelte zufrieden über die Lösung, die er gefunden hatte. „Sie meinte, dass es sie freut, den Auftrag doch zu behalten, hat aber auch gesagt, dass du deinen Job gekündigt hast?" Er sah sie an und runzelte die Stirn.

„Das stimmt. NOVA ist mein letzter Job bei Le de Luxe."

„Warum?"

„Ist ne lange Geschichte." Emma winkte ab. Vielmehr interessierte sie, was zwischen Nikolaj und seinem Vater vorgefallen war. „Und dein Vater hat akzeptiert, dass du jetzt mein Boss bist?" Emma konnte sich kaum vorstellen, dass ein Patriarch wie Jørgen Bjerregaard einfach klein beigeben würde.

„Er muss es akzeptieren. Genauso wie die Tatsache, dass ich künftig nicht mehr nach seiner Pfeife tanzen werde. Dass er die Zusammenarbeit nur beendet hat, weil wir beide …", er stoppte kurz und hob die rechte Augenbraue, „… etwas am Laufen haben, hat das Fass zum Überlaufen gebracht. Dieses Mal reicht es wirklich! Ich steige aus." Nikolaj wirkte immer noch zufrieden und klar in seinem Entschluss.

„Puh, klingt, als hättest du keinen entspannten Vormittag gehabt." Emma rückte näher an ihn heran und legte ihren Kopf an seine Schulter. Ihrer war auch nicht gerade besser gewesen.

„Ich möchte wirklich, dass du weiter für mich arbeitest. Ich habe gestern, als du duschen warst, einen Blick auf dein PR-Konzept geworfen. Es ist richtig gut." Nikolaj drückte ihr einen Kuss auf die Stirn. „Und außerdem bringt es den Vorteil mit sich, dass ich jetzt allein darüber bestimmen kann, wann wir uns einen Tag freinehmen und wann nicht." Er zwinkerte ihr aufmunternd zu.

„Danke." Dass Nikolaj sofort Bea angerufen und ihr ein Angebot gemacht hatte, nachdem er von Jørgens Kündigung erfahren hatte, ehrte ihn und rührte sie. Es zeigte ihr, dass sie ihm wohl wirklich nicht egal war. Und das wiederum bestärkte sie in ihrem Beschluss, ihre Mission begraben und Gitte reinen Wein eingeschenkt zu haben.

„Gerne." Er drückte sie und sah sich im Zimmer um. „War Erik schon da? Ich sehe noch gar kein Kleid für die Gala heute Abend?"

„Noch nicht. Ich warte auch schon auf ihn." Das stimmte zwar nicht, denn in der Aufregung hatte Emma die Auswahl des Abendkleids und Erik komplett vergessen, aber das musste Nikolaj ja nicht erfahren.

*

Nikolaj war längst wieder gegangen, als Erik endlich an Emmas Tür klopfte.

„Sie haben ein Designerkleid bestellt?" Er lachte Emma an, sodass seine strahlend weißen Zähne zum Vorschein kamen. Er hatte sie sich erst in der vergangenen Woche bleichen lassen, hatte er ihr verraten, als sie nach Dienstschluss gemeinsam einen Cocktail an der Bar getrunken hatten.

„Komm rein", sagte Emma und trat zur Seite. Erik rollte mit der schwarzen Kleiderstange, an der mindestens ein Dutzend schwarzer Kleidersäcke baumelten, an ihr vorbei. Ihm folgten zwei spindeldürre Frauen in perfekt sitzenden schwarzen Seiden-Jumpsuits.

„Emma, Liebes, das sind alles Kleider des dänischen Designers Søren Le Schmidt. Er ist ein wahrer Meister seines Fachs", sagte er und zwinkerte den beiden Verkäuferinnen zu. „Mit welchem Kleid möchtest du anfangen? Der Boss sagt, ich soll dir jeden Wunsch von den Augen ablesen."

„In mir kann man nicht lesen, ich bin ein Buch mit sieben Siegeln", sagte sie und zwinkerte ihm zu.

„Wieso? Hast du Angst, ich könnte ein Geheimnis entdecken?" Er sah Emma an, und für einen Moment war sie sich nicht sicher, ob er einen Scherz machte oder es tatsächlich ernst meinte.

Sie zuckte zusammen und wurde einmal mehr das Gefühl nicht los, dass er ihr auf die Schliche gekommen war.

Irritiert schaute sie in Richtung der Verkäuferinnen, die damit begonnen hatten, die restlichen Abendkleider aus ihren Kleidersäcken zu befreien.

„Ich weiß nicht, was du meinst", antwortete Emma und ärgerte sich, dass ihr keine bessere Antwort eingefallen war. „Ich habe keine Geheimnisse."

„Hör zu, Emma, ich …", sagte er, stand auf und wirkte auf einmal doppelt so groß wie sie.

„Was ist los?“ Emma sah ihn fragend an. Die lockere Stimmung zwischen ihnen war verflogen.

„Ich habe Nikolaj gern, das weißt du.“

Emma nickte. Worauf wollte er hinaus?

„Ich möchte nur wissen, ob du ihn auch gern hast. Oder ob das alles nur ein Spiel für dich ist. Weißt du, ich möchte auf keinen Fall, dass er verletzt wird. Er hat schon genug in seinem Leben durchgemacht“, fügte er erklärend hinzu.

„Warum erzählst du mir das?“

„Weil Nikolaj mir gesagt hat, dass er dich mag, und … ich glaube, er würde es nicht verkraften, wenn sich herausstellen sollte, dass du es nicht ehrlich mit ihm meinst. Er ist nicht so stark, wie er sich nach außen hin gibt.“

*Ach!*

Bei Eriks warnenden Worten zuckte Emma zusammen. Ahnte er doch etwas?

„Ja, ich mag ihn. Sehr sogar“, gestand Emma und hielt Eriks stechendem Blick stand. Er betrachtete sie, als würde er über ihre Worte nachdenken. Dann nickte er leicht und zog sich zurück.

„Gut, ich nehme dich beim Wort.“

Emma widmete sich dem Kleiderständer und verwickelte die beiden Frauen in ein zwangloses Gespräch. Sie zeigten ihr bereitwillig die Kleider, offenbar war es für sie keine große Sache, dass sie in einem Privathaushalt statt in ihrem Laden Beratungen durchführten. In den Kreisen war es wohl normal.

Emmas Wahl fiel schließlich auf ein weinrotes, schulterfreies Kleid, mit weitschwingendem Rock und hohem

Schlitz auf der Vorderseite, das ihre Brüste betonte, und einen schwarzen, trägerlosen Spitzen-BH.

„Eine sehr schöne Wahl. Wir werden nur das Oberteil noch ein wenig enger machen, damit nichts herauspurzelt", sagte die Schneiderin zufrieden und steckte die Korsage mit Nadeln ab. Als sie fertig war, zog Emma das Kleid aus und hängte es zurück in den Kleidersack.

„So, ich bin in zwei Stunden wieder da. Bis später." Die Schneiderin verabschiedete sich und schwebte förmlich aus der Tür, während die andere der beiden Frauen die restlichen Kleider zurück an den Ständer hängte und ihrer Kollegin folgte.

„Bis später."

*

Zu ihrer Überraschung war Nikolaj pünktlich. Um genau sieben Uhr klopfte es an ihre Verbindungstür, und Emma musste sich mit aller Kraft zusammenreißen, nicht doch noch die Nerven zu verlieren. Ihre Knie waren weich wie Götterspeise, und ihre Hände zitterten. Krampfhaft hielt sie sich an ihrer Clutch fest, die Marie, eine der beiden Frauen, für sie besorgt hatte. Sie warf einen letzten, prüfenden Blick in den Spiegel und kam nicht umhin zuzugeben, dass sie sich außerordentlich gut gefiel.

Der Friseur hatte ihre Haare in sanfte Wasserwellen gelegt und am Hinterkopf so fixiert, wie sie die Frauen in den 1920er-Jahren trugen. Und auch der Make-up-Artist hatte ganze Arbeit geleistet. Nicht eine ihrer Sommersprossen war mehr zu sehen, und obwohl sie Make-up, Puder und Blush im Gesicht hatte, wirkte sie nicht übermäßig geschminkt, sondern eher natürlich. Sogar roten Lippenstift hatte er ihr verpasst, doch im Gegensatz zu dem Lippenstift, den sie damals bei Gitte ausprobiert hatte, passte dieser perfekt zu ihrem Teint. Sie fühlte sich rundum wohl, und zum ersten Mal an diesem Tag freute sie sich auf das bevorstehende Event.

Emma ging zur Tür und öffnete sie.

*Wahnsinn!* Vor ihr stand Nikolaj, im schwarzen Smoking, mit passender Fliege und glänzenden Schuhen. Er sah aus wie eine bessere Version von James Bond. Seine dunkelblonden Haare waren mit Gel wie gewohnt cool gestylt, und in der Brusttasche seines Jacketts steckte ein weißes Einstecktuch.

„Kennen wir uns?“, fragte Emma und lehnte sich in den Türrahmen, um den Anblick, der sich ihr bot, zu genießen. Wie konnte ein Mensch nur so verdammt sexy aussehen?

„Ich glaube, wir beide haben ein Date“, sagte Nikolaj mit dem gewohnt frechen Lächeln im Gesicht. „Du siehst fantastisch aus.“ Er musterte sie von Kopf bis Fuß, wobei sein Blick kurzzeitig am hohen Schlitz des Kleides hängenblieb, das einen Teil ihres Knies freigab. „Wow!“ Er schüttelte bewundernd den Kopf. *Himmel*, was musste sie für eine Verwandlung vollzogen haben, wenn er so reagierte.

Emma wurde rot und schaute verlegen zu Boden. Komplimente dieser Art war sie nicht gewohnt. Aber sie gefielen ihr.

„Danke, du siehst auch gut aus“, erwiderte sie, wobei gut wirklich noch untertrieben war. Er sah verdammt heiß aus!

Überraschend peinlich berührt sah er an sich herab und legte seine Hand an den frisch gestutzten Dreitagebart.

„Findest du? Ich finde Smoking ja immer übertrieben, aber manchmal muss man sich eben herausputzen.“

„James Bond ist nichts dagegen.“ Emma legte ihre Hand an seine Brust und strich sanft darüber. Es tat gut, ihn in all ihrer Aufregung zu spüren. Er lehnte sich zu ihr nach unten und vergrub sein Gesicht in ihren Haaren.

„Ist schon was Besonderes, oder?“, murmelte Nikolaj ihr ins Ohr und löste damit einen Schauer auf ihrer Haut aus. Er drückte ihr einen sanften Kuss auf die Stirn. „Wollen wir?“

# KAPITEL 25

Nikolaj saß neben ihr in der Limousine und betrachtete Emma erwartungsvoll, als könnte er es kaum erwarten, endlich aus der Limousine auszusteigen und sie der Welt, oder zumindest Dänemark, zu präsentieren. Er griff nach ihrer Hand, drückte sie aufmunternd und strich unermüdlich mit dem Daumen über die Innenseite ihres Handgelenks. *Mein Gott, wie sie zitterte.*

„Ich kann mich noch gut an meinen ersten roten Teppich erinnern. Vor lauter Aufregung hab ich mir einen Whiskey aus der Minibar genehmigt. Anschließend musste ich mich zusammenreißen, dass ich nicht über den Teppich getorkelt bin, als ich an der Presse vorbei in den Saal ging", erzählte er amüsiert, beugte sich herunter und küsste ihre Hand, während die Limousine langsam ausrollte und zum Stehen kam.

Vor ihrem Fenster standen mehrere Fotografen hinter einem Absperrband und reckten neugierig ihre Köpfe, die Kameras am Anschlag, um zu sehen, wer wohl als Nächstes aussteigen würde. Sie mochte kaum hinsehen, während ihre Nervosität ins Unermessliche stieg.

„Ich halt dich fest. Versprochen." Er küsste sie noch schnell auf die Wange, bevor sich seine Autotür öffnete. Nikolaj stieg aus, winkte kurz nach rechts und links und ging ums Auto herum. Im nächsten Moment wurde Emmas Autotür geöffnet. Sie atmete noch ein-, zweimal tief durch und folgte ihm.

Sobald sie das Auto verlassen hatte, ging ein Raunen durch die anwesenden Presseleute. Nikolaj stellte sich dicht neben sie und umfasste ihre Hand, während Emma schüchtern nach links und rechts blickte.

Hunderte Gedanken schossen ihr durch den Kopf. Saß ihr Kleid richtig? Und hoffentlich hatte sie nichts im Gesicht! Wenn sie jetzt einen Fehler machen würde, wäre er für immer auf Fotos und Filmen festgehalten.

„Nicht so zappeln", flüsterte Nikolaj ihr zu. „Du siehst toll aus. Es kann nichts schiefgehen."

„Okay", antwortete Emma, auch wenn sie sich dessen nicht so sicher war. Sie trug hohe, spitz zulaufende Pumps, auf denen sie schon den ganzen Nachmittag geübt hatte, vernünftig zu gehen. Dass sie bislang noch nicht umgeknickt war, glich einem Wunder. Vor allem jetzt, wo ihre Beine gar nicht mehr aufhören wollten zu zittern.

Nikolaj warf ihr ein letztes, aufmunterndes Lächeln zu, und Hand in Hand schritten sie nebeneinander über den roten Teppich. Ab und zu blieben sie stehen und lächelten für die Kameras, während Nikolaj sich stets so dicht an sie schmiegte, dass auch sie seinen aufgeregten Herzschlag spüren konnte.

„Nikolaj, wie schön, dich heute Abend hier zu begrüßen. Ich glaube, deine Begleitung kennen wir noch nicht." Eine schlanke Blondine um die vierzig und im edlen Spitzenkleid kam auf ihn zu und hielt ihm ein Mikrofon direkt unter die Nase.

„Guten Abend, Berit“, sagte Nikolaj höflich und schenkte ihr sein schönstes Fünf-Sterne-Lächeln, während seine blauen Augen mit dem Blitzlicht um die Wette funkelten.

„Verrätst du uns, wer deine Begleitung ist?“, fragte sie und zeigte galant auf Emma.

„Natürlich. Das ist Emma Jakobsen, meine Freundin“, sagte er, während er mit seiner Hand beruhigend über ihren Rücken strich.

Emmas Herz machte einen kleinen Hüpfer, als Nikolaj sie noch enger an sich heranzog, als wollte er der Welt zeigen: Diese Frau gehört zu mir! Sie war hin und weg von ihm – nicht nur, weil er sie in aller Öffentlichkeit und vor laufenden TV-Kameras seine Freundin genannt hatte, sondern weil er so sehr darauf bedacht war, dass heute Abend nicht nur er, sondern sie beide im Rampenlicht standen. Als wären sie ein richtiges Pärchen.

„Sie ist ganz bezaubernd“, antwortete die Reporterin und klang dabei, als würde sie Emma und Nikolaj ihren Segen geben.

„Seid ihr schon lange ein Paar?“

„Wir haben uns vor ein paar Wochen kennengelernt. Emma kommt aus Hamburg, wo wir in Kürze ein neues NOVA-Hotel eröffnen werden. Übrigens unser erstes NOVA-Hotel außerhalb Dänemarks“, antwortete Nikolaj stolz.

Als seine PR-Frau hätte Emma es nicht besser machen können. Es war geschickt gewesen, wie er die Aufmerksamkeit auf die NOVA-Eröffnung in Hamburg gelenkt hatte. Offenbar hatte er ihre PR-Unterstützung gar nicht nötig.

„Wow, dann stimmen also die Gerüchte, und NOVA wird expandieren?"

„Tja, was soll ich sagen. Endlich mal ein Gerücht über mich, das der Wahrheit entspricht." Nikolaj zwinkerte der TV-Reporterin zu, lächelte noch einmal höflich in die Kamera und verabschiedete sich. Er nahm Emmas Hand, und gemeinsam gingen sie zum nächsten Reporter, der ihnen beinahe die gleichen Fragen stellte, wie Berit es zuvor getan hatte. Und so ging es immer weiter, bis sie endlich am Eingang zum Saal ankamen.

„Nikolaj Bjerregaard und Begleitung", sagte Nikolaj am Eingang und überreichte einem Sicherheitsmann im schwarzen Anzug und dunkler Sonnenbrille eine Einladung, woraufhin dieser begann, in einer Liste nachzusehen.

„Willkommen. Elsa wird euch zu eurem Tisch führen", sagte der Mann und machte eine leichte Verbeugung, während eine junge Frau mit langen roten Haaren und einem goldschimmernden bodenlangen Kleid sie in Empfang nahm.

„Folgt mir, bitte." Die Frau hatte etwas Elfenhaftes an sich, als sie durch den Saal zu dem Tisch schritt, an dem sich die Plätze von Nikolaj und Emma befanden.

„Warum hab ich das Gefühl, dass alle uns anstarren?", flüsterte Emma in Nikolajs Richtung und versuchte, die neugierigen Blicke zu ignorieren. Hätte sie doch bloß ein unauffälligeres Kleid angezogen.

„Weil sie es tun", antworte Nikolaj und zwinkerte ihr zu. *Wie beruhigend!*

Zu Emmas Überraschung lag der Tisch relativ weit vorne, sodass sie einen guten Blick auf die Bühne hatten. Sie war noch nie bei einer Spendengala gewesen, und um ehrlich zu sein, wusste sie noch nicht einmal, wofür gespendet wurde. Sie hatte in ihrer Aufregung glatt vergessen, sich darüber zu informieren. *Peinlich!*

Sie zupfte Nikolaj am Ärmel, sodass er sich erneut zu ihr runterbeugte. „Und wofür werden die Spenden gesammelt?"

„Die Spenden kommen der Krebsstiftung zugute", antwortete er, lächelte sanft und drückte ihre Hand. „Glückwunsch zu deinem ersten roten Teppich. Ich glaube, die Presse war von dir genauso begeistert wie ich."

„Danke." Emma senkte verlegen den Blick, setzte sich und sah sich um.

Säle wie diesen kannte sie bislang nur aus dem Fernsehen. Zwar hatte sie in ihrer Anfangszeit bei Le de Luxe in Hamburg mal die eine oder andere kleinere Gala mitorganisiert, war aber niemals zu Gast auf einer gewesen. Schon gar nicht in dieser Größenordnung. Im Saal standen unzählige große, runde, festlich eingedeckte Tische mit riesigen rot-weißen Blumengestecken darauf, an denen jeweils zehn Personen Platz hatten.

„Wer wird noch bei uns am Tisch sitzen?" Sie wunderte sich, dass sie immer noch alleine saßen.

„Ich denke, meine Schwester und ihr Freund, mein Bruder und, das ist das größere Übel, mein Vater mit seiner neuen Frau." Nikolaj sah sich um, als hielte er nach dem Rest seiner Familie Ausschau.

Emma seufzte. Sie war zwar neugierig darauf, Louise und Frederik näher kennenzulernen, aber sie hätte gut darauf verzichten können, einen ganzen Abend mit Jørgen Bjerregaard an einem Tisch zu sitzen, zumal dieser sie erst heute Morgen gefeuert hatte.

„Weiß er, dass ich auch da bin?" Sie rückte näher an ihn heran, als bräuchte sie zusätzlichen Schutz.

„Was glaubst du denn." Nikolaj grinste wie ein Honigkuchenpferd, als freute er sich ganz besonders darauf, seinen Vater mit ihrer Anwesenheit zu provozieren.

„Mir ist ganz schlecht vor Aufregung."

„Keine Angst, er wird sich benehmen. Er würde sich lieber eine Hand abhacken, als in der Öffentlichkeit für einen Skandal zu sorgen." In seinen Augen konnte Emma den Hauch von Nervosität erkennen. Vielleicht war er sich doch nicht so sicher, wie sein Vater auf sie reagieren würde?

„Ah, da kommen sie ja. *Let the show begin.*" Nikolaj erhob sich von seinem Platz, kaum dass die dunkle, ausdruckslose Stimme seines Vaters hinter ihnen ertönte. Offensichtlich war auch er bereit dazu, alles zu unternehmen, um einen Skandal zu vermeiden, dachte Emma.

*„God aften, alle sammen."*

Emma beobachtete, wie Jørgen Bjerregaard Nikolajs Hand nahm und diese kräftiger als üblich schüttelte. Er schien sich bewusst darüber zu sein, dass ihn hier alle genau unter die Lupe nahmen. Wie Nikolaj bereits angedeutet hatte, genoss sein Vater in der Gesellschaft einen besonderen Stand, der ihm große Anerkennung und Respekt eingebracht hatte. Jetzt, wo sie Jørgen Bjerregaard das erste Mal in einer großen Menschenmenge erlebte, war das nur allzu offensichtlich. Sie sah die Bewunderung für das Imperium, das er geschaffen hatte, in den Gesichtern an den Nachbartischen, während Jørgen das Bad in der Menge sichtlich genoss. Jeden einzelnen der Männer begrüßte er freundlich mit Handschlag, und die

Frauen umarmte er oder begrüßte sie mit einem Handkuss, je nachdem, wie gut er sie zu kennen schien, aber stets mit einem eingefrorenen Lächeln auf den Lippen.

Als er jedoch Emma an seinem Tisch erkannte, versteinerte sich seine Miene plötzlich, und er blieb wie angewurzelt stehen. Im Augenwinkel sah sie, wie angespannt Nikolaj seinen Vater beobachtete, als wäre er jede Sekunde bereit dazu, sich schützend vor Emma zu werfen, sollte sie seine Hilfe brauchen.

Für einen Moment trafen sich Nikolajs und Jørgens Blicke, und es war, als würde es für kurze Zeit bitterkalt um sie herum werden. Es war eine ähnliche Szenerie wie vor einigen Wochen auf der Dachterrasse des Rosenborg.

Eine dunkelhaarige Frau, mit akkurat geschnittenem Bob, stellte sich neben Jørgen und fasste ihn am Arm, als würde sie ihn vor einer Dummheit bewahren wollen. Erst jetzt schien Nikolajs Vater sich zu besinnen. Er atmete einige Male tief durch, sah sich zu den Leuten am Nachbartisch um, die allesamt so taten, als hätten sie das Schauspiel, das sich vor ihren Augen abgespielt hatte, nicht mitbekommen, und richtete das Wort an Emma.

„Wen haben wir denn da? Ich hatte schon befürchtet, Sie hätten das Land verlassen." Jørgen Bjerregaard reichte ihr die Hand, doch anders als bei seinem Sohn schüttelte er sie eher zaghaft, so als scheute er sich davor, sie zu berühren.

„Gefürchtet oder gehofft?", sagte Emma leise und biss sich im selben Moment auf die Lippe. Warum konnte sie nicht einfach ihren Mund halten? Sie wollte weder die Familie noch Nikolaj bloßstellen, aber Jørgen Bjerregaards provokante Art brachte ihre schlechteste Seite zum Vorschein.

Jørgens Mundwinkel zuckten, was Emma mit Genugtuung zur Kenntnis nahm und Nikolaj ebenfalls ein Lächeln auf die Lippen zauberte. Als würde er ihr sagen wollen „Gut gemacht", strich er ihr mit dem Daumen über die Innenseite ihres Handgelenks.

„Freut mich, Sie zu sehen", log Emma, zwang sich zu einem höflichen Lächeln und erwiderte den schwachen Händedruck.

Einen Moment lang musterte Jørgen sie. Sein Blick glitt an ihr herab, als würden er checken, dass sie wenigstens dem Anlass entsprechend gekleidet war. Dann lockerte er seinen Blick, rollte mit der linken Schulter, als wolle er eine Verspannung lösen, und sagte:

„Setzen wir uns doch. Immerhin ist das hier ja keine Stehparty."

Alle Anwesenden schienen durchzuatmen, rückten ihre Stühle zurecht und setzten sich.

Jørgen Bjerregaard ging einmal um den Tisch herum und setzte sich direkt gegenüber von Nikolaj und Emma. Wahrscheinlich, um sie kontrollieren zu können, dachte Emma und ärgerte sich über ihre leicht paranoiden Gedanken.

„Trine? Darf ich dir Emma vorstellen?" Nikolaj wandte sich an seine Stiefmutter, die ihm freudestrahlend zunickte. Dankbar dafür, dass Nikolaj dieses Mal darauf verzichtet hatte, sie als seine Freundin zu betiteln, lächelte Emma und grüßte Trine freundlich über den runden Tisch hinweg.

„Freut mich, Sie kennenzulernen", sagte sie, während Nikolajs Stiefmutter höflich nickte und sich dann wieder an Nikolaj wandte.

„Schön, dich hier zu sehen. Gut siehst du aus. Du bist viel zu lange nicht mehr bei uns in Gentofte gewesen“, rügte sie ihn. „Hattest wohl was Besseres zu tun.“

„Kann man so sagen“, antwortete Nikolaj und zwinkerte Emma zu, woraufhin sie verlegen zu Boden schaute.

„Das kann ich mir gut vorstellen. Donnerwetter, Emma, das Kleid ist atemberaubend. Wo hast du das her?“ Louise, die in ihrem blassgoldenen Kleid, das wunderbar zu ihren braunen Haaren passte, ebenfalls traumhaft aussah, schaltete sich in das Gespräch mit ein. „Gott, Nikolaj, das ist doch nicht etwa ein Kleid von Søren, oder? Das muss dich ja ein kleines Vermögen gekostet haben.“

Nikolaj kratzte sich am Kinn und lachte. „Es war jede Krone wert“, sagte er und schenkte Emma eines seiner umwerfenden Lächeln, das sie so an ihm mochte.

„Louise, ich glaube, dein Bruder ist alt genug, um zu wissen, wofür er sein Geld zum Fenster herauswirft“, brummte Jørgen Bjerregaard.

Nikolaj kniff die Lippen zusammen, um nicht auf den bissigen Kommentar seines Vaters zu reagieren. Emma bezweifelte immer mehr, dass dieser Abend glimpflich ausgehen würde, und sie hoffte, dass Nikolaj sich beherrschen und nicht von seinem Vater provozieren lassen würde.

„Wie auch immer … es sieht fantastisch aus“, raunte Frederik Bjerregaard Emma zu und klopfte seinem großer Bruder anerkennend auf die Schulter.

„Schön, dich zu sehen, Mann“, sagte er, sichtlich erfreut darüber, dass sein Bruder sich neben ihn gesetzt hatte. Es war das erste Mal, dass Emma die beiden Brüder so vertraut miteinander sah. Nikolaj und Frederik verfielen in ein tiefes

Gespräch über Arbeit und Beruf, als hätten sich die beiden wochenlang nicht gesehen. Was sie wahrscheinlich auch hatten, dachte Emma. Denn seit der Aufsichtsratssitzung vor knapp vier Wochen im Rosenborg war sie Frederik nicht wieder begegnet.

„Ich weiß ja nicht, wie es dir geht, aber man kommt sich ein wenig wie ein Fremdkörper vor", sagte ein junger Mann Mitte zwanzig, der sich neben Emma gesetzt hatte.

Emma lachte und nickte zustimmend. „Genau das habe ich auch schon gedacht", gestand sie und stellte sich vor.

„Mads. Ich bin Louises Freund, Begleiter, bessere Hälfte … wie auch immer du es nennen möchtest. Ich glaube, Jørgen würde es lieber sehen, wenn ich lediglich ein platonischer Begleiter von ihr wäre, und selbst dann würde ich meine Hand nicht dafür ins Feuer legen, dass ich seinen hohen Idealen entsprechen würde." Er zuckte mit den Schultern.

„Wie lange kennt ihr euch schon?", versuchte sich Emma am Small Talk. Sie war dankbar und froh, dass, mal abgesehen von Trine, die ihrem Mann sehr zugeneigt zu sein schien, wenigstens noch ein Weiterer mit am Tisch saß, durch den kein Bjerregaard'sches Blut floss.

„Wir sind seit knapp zwei Jahren ein Paar."

„Dann müsstest du den Zirkus mittlerweile doch kennen."

„Schon, aber ich kann mich einfach nicht daran gewöhnen. Wir wohnen in Odense, wo wir zum Glück auch die meiste Zeit verbringen. Noch, fürchte ich, denn sobald Louise ihren Abschluss gemacht hat, wird sie komplett ins Familien-Imperium einsteigen. Dann heißt es für uns, dass wir nach Kopenhagen umziehen müssen." Mads seufzte und strich Louise, die ihm den Rücken zugedreht hatte, sanft über die Schulter, woraufhin sie sich zu ihm umwandte und ihn anlächelte.

„Siehst du, wie er uns beide beobachtet?“ Mads rückte näher an Emma heran und nickte in die Richtung, wo Jørgen Bjerregaard saß.

Emma stimmte ihm zu. Beim Anblick von Jørgens Eisaugen lief ihr ein Schauer über den Rücken. „Wie zwei Eindringlinge in sein Hotelimperium und in seine ach so heilige Familie.“ Mads betrachtete sie nachdenklich, und die Bitterkeit in seiner Stimme war nicht zu überhören. Es schien fast so, als hätte auch er bei Jørgen einen schweren Stand, was Emma auf die eine oder andere Art überraschend beruhigte.

„Das trifft den Nagel auf den Kopf“, antwortete Emma, unterdrückte ein Schmunzeln und nippte an dem Glas Champagner, das ein Kellner vor sie auf den Tisch gestellt hatte.

Mads prostete ihr zu. „Willkommen im Club, Emma.“

# KAPITEL 26

Nach allem, was Emma den Abend über mitbekommen hatte, war die Spendengala ein voller Erfolg gewesen. Insgesamt waren über zehn Millionen Kronen zusammengekommen, wozu auch die Familie Bjerregaard einen nicht ganz unerheblichen Teil beigetragen hatte.

Emma war fasziniert von der anwesenden Prominenz gewesen und hatte mit Staunen immer wieder zu ihrem Nachbartisch gesehen, an dem das dänische Kronprinzenpaar mit seiner Entourage kurz vor Showbeginn Platz genommen hatte. Wann würde sie wohl mal wieder Gelegenheit dazu bekommen, Mitgliedern der königlichen Familie so nah zu sein? Vielleicht jedes Jahr, wenn sie sich darauf einlassen würde, bei Nikolaj zu bleiben, schoss es ihr durch den Kopf, und sie erschrak bei dem Gedanken daran.

„Woran denkst du?"

Louise hatte das gleiche warmherzige Lächeln, das Emma auch an Nikolaj so sehr mochte. Obwohl die beiden sich äußerlich sonst kaum ähnlich sahen. Emma betrachtete Louise, ihre leicht gebräunte Haut, die dunklen Haare, die in Wellen über ihre Schultern fielen, und die rehbraunen

Augen, die sie erwartungsvoll anschauten. Nikolaj hatte ihr einmal erzählt, dass Louise von den drei Geschwistern seiner Mutter am Ähnlichsten sah. Ellen Bjerregaard musste eine wunderschöne Frau gewesen sein, dachte sie, während sie versuchte, Louise nicht allzu sehr anzustarren.

„Ach, an nichts Besonderes", log Emma und räusperte sich. Sie hoffte, dass ihre Augen sie nicht verraten würden, denn es war offensichtlich gewesen, dass sie Nikolaj fixiert hatte.

„Er ist ein toller Mann, mein Bruder, nicht wahr?"

*Erwischt!*

„Alle bewundern ihn für seinen Ehrgeiz, etwas Besonderes zu schaffen, seinen Mut, auch mal volles Risiko zu gehen, und seine Entschlossenheit, Dinge anzupacken. Frederik und mich eingeschlossen. Wir himmeln ihn quasi an." Louise zwinkerte Emma zu und schenkte sich etwas von dem Weißwein ein, der noch auf dem Tisch stand. „Möchtest du auch noch etwas?" Sie zeigte auf die Flasche, und als Emma nickte, schenkte sie ihr ebenfalls nach.

„Skål!"

Die beiden Frauen prosteten sich zu und lächelten. Emma wusste, worauf Louise aus war. Es war offensichtlich, dass sie mehr über die Frau erfahren wollte, die ihr Bruder heute zum ersten Mal in aller Öffentlichkeit als seine Freundin betitelt hatte.

„Hinter seiner harten Schale steckt ein weicher Kern. Das hat mich zugegeben sehr überrascht", gestand Emma und fuhr mit ihrem Zeigefinger am Rand des Weinglases entlang.

„Ich habe ihn noch nie verliebt gesehen!", platzte es aus Louise heraus.

„Verliebt?" Emma begann zu lachen.

„Ach, komm, das sieht doch ein Blinder, dass ihr bis über beide Ohren verliebt ineinander seid. Allein schon wie ihr euch anschaut …“ Louise knuffte Emma in ihrer herzlichen Art in die Seite.

„Nein“, protestiere Emma. „Wir sind nicht verliebt. Es ist nur … ich meine, … es.“ Sie geriet ins Stottern und fühlte sich ertappt. „Nein!“

Wie ein altes Ehepaar hatten Nikolaj und sie die gesamte Show über unter dem Tisch Händchen gehalten. Und als er gemeinsam mit seinem Vater auf die Bühne gerufen worden war, um den Spendencheck in Höhe von mehreren tausend Kronen zu übergeben, war ihr das Herz aufgegangen, als sie ihm dabei zugesehen hatte, wie charmant er mit den beiden Gastgebern der Gala kokettiert und dabei immer wieder zu Emma gesehen hatte. Kein Wunder, dass sie sich in ihn verliebt hatte.

Jetzt, wo Louise es offen ausgesprochen hatte, traf sie die Erkenntnis wie ein Blitz. Erschrocken, als hätte sie Angst, sie könnte ihre Gedanken laut in die Welt hinausposaunen, hielt sie sich die Hand vor den Mund und sah sich um. Doch zum Glück schien niemand außer Louise, die sie mit einem breiten Grinsen im Gesicht ansah, etwas von ihrer eben gewonnenen Erkenntnis mitbekommen zu haben.

„Ist schon gut, ich verrate es keinem“, sagte Louise, legte Emma beruhigend die Hand auf die Schulter und stand auf. „Wir sehen uns bestimmt die Tage. Hab noch einen schönen Abend.“ Louise zwinkerte ihr zu, drehte sich um und ging.

Sie hatte sich in Nikolaj verliebt! *War das zu fassen?*

Jetzt, wo der Gedanke sich mehr und mehr in ihrem Kopf breitmachte, wunderte es sie, dass Louise sie erst darauf hatte stoßen müssen. Sie hatte sich mit Händen und Füßen dagegen gewehrt, sich zu verlieben. Und trotzdem war es passiert.

Sie sah sich in der Menschentraube um, die sich nach dem Ende der Spendengala um den Tisch des Kronprinzenpaares gebildet hatte, und entdeckte Nikolaj, der tief in ein Gespräch mit Kronprinz Frederik vertieft war. Seine eine Hand hatte er lässig in die Hosentasche gesteckt, während er sich mit der anderen auf einer Stuhllehne abstützte. Nikolaj nickte und lachte, als würden er und der künftige dänische König sich schon jahrelang kennen – vermutlich taten sie das auch –, und als es ihm gelang, sich loszueisen, winkte er ihr zu und kam freudestrahlend zurück an ihren Tisch.

Er setzte sich neben sie und leerte sein Glas in einem schnellen Zug.

„Wollen wir verschwinden?“, fragte er und blinzelte Emma verschwörerisch zu.

„Können wir das denn so einfach?“ Emma sah auf ihre Uhr. Sie hatte keine Ahnung, wann man eine Spendengala verlassen durfte und ob es hier eventuell auch so etwas wie eine Aftershow-Party oder so gab. Doch vermutlich war es so, dass man sich lediglich allen wichtigen Gästen gezeigt haben musste, bevor man das erlösende Weite suchen konnte.

Nikolaj nickte. „Ich habe mein Soll für heute erfüllt. Aber wenn du noch bleiben möchtest?“ Er sah sie fragend an.

Emma überlegte kurz. Jørgen Bjerregaard und seine Frau hatten wortlos ihren Tisch verlassen, nachdem Nikolaj den Scheck überreicht hatte. Und auch von Frederik, Mads und

Louise fehlte jede Spur, seit sie vor ein paar Minuten aufgebrochen waren.

„Lass uns abhauen", flüsterte sie schließlich, was Nikolaj mit einem erleichterten Grinsen zur Kenntnis nahm.

Während Nikolaj Emma durch die Menge zog, schüttelte er im Vorbeigehen erneut kräftig Hände und verabschiedete sich von den anwesenden Geschäftspartnern und Bekannten.

„Ruf mich an, Nik, dann gehen wir einen trinken. Wir könnten die alten Zeiten wieder aufleben lassen." Ein Mann, ungefähr so alt wie Nikolaj, winkte ihnen zu, während sie in Richtung Ausgang eilten, und Nikolaj hob die Hand, um ihm zu signalisieren, dass er ihn gehört hatte.

„Soso, die alten Zeiten wieder aufleben lassen", neckte Emma ihn, als sie endlich den Saal verlassen hatten und wieder frische Luft tanken konnten. Erst jetzt bemerkte sie, wie stickig es die ganze Zeit über in dem Saal gewesen war.

„Kein Interesse", sagte Nikolaj und zog sie an der Taille zu sich heran.

„Woran hast du kein Interesse?" Sie schlang ihre Arme um seinen Hals, legte den Kopf in den Nacken und lachte.

„An den alten Zeiten."

„Ich hatte schon befürchtet, du hättest kein Interesse an mir." Sie schaute ihm tief in die Augen.

„Das wird nie passieren, Emma." Er senkte seinen Kopf und küsste sie.

„Wollen wir zu Fuß gehen? Bis zum NOVA ist es nicht weit, und das Wetter wird halten." Er warf einen skeptischen Blick an den Kopenhagener Abendhimmel, der bereits sich dunkelblau zu färben begann. Auch den Abendstern konnte Emma am Firmament entdecken.

„Ich weiß zwar nicht, wie ich auf diesen Schuhen auch nur noch zehn Meter laufen soll, aber an sich ist es eine gute Idee. Nach dem langen Sitzen muss ich mir dringend die Beine vertreten." Sie hob den Saum ihres Kleides und zeigte auf ihre Pumps. Dass sie überhaupt noch darauf stehen konnte, grenzte an ein Wunder.

„Ich könnte dich tragen."

„Untersteh dich. Lass uns lieber langsam gehen."

„Aber sag nicht, dass ich dir es nicht angeboten hätte." Er ließ sie los, legte ihr seine Smokingjacke um die nackten Schultern und nahm ihre Hand, während sie nebeneinander über den Bürgersteig schlenderten.

„Das hat Spaß gemacht", sagte Emma und drückte Nikolajs Hand.

„Freut mich, dass es dir gefallen hat. Ich persönlich mag solche Events nicht besonders. Das ganze Rampenlicht und Blitzlichtgewitter und jeder möchte etwas von einem."

„Wirklich? Ich hatte nicht das Gefühl, dass es dich großartig stören würde."

„Dann bin ich wohl ein guter Schauspieler, was?" Er zwinkerte ihr zu. „Nein, im Ernst. Man muss mitspielen, wenn man es sich nicht mit der Gesellschaft verderben möchte. Ein unfreundliches Wort, eine unvorsichtige Bewegung reicht aus, um alles, was du dir aufgebaut hast, zu zerstören. Sei höflich und zuvorkommend, und lass ja niemanden von der Presse merken, dass dir seine Fragen nicht gefallen. Du kannst noch so ein Arsch sein, aber wenn du dich den richtigen Leuten gegenüber fair und freundlich verhältst, wird nie jemand in der Öffentlichkeit ein schlechtes Wort über dich verlieren oder schreiben. Das ist das Spiel."

„Als deine PR-Agentin hätte ich es nicht besser ausdrücken können“, sagte Emma und kniff Nikolaj in den Arm. Er hatte heute Abend einen hervorragenden Job gemacht und war trotz der provozierenden Worte seines Vaters ruhig geblieben.

„Dieser ganze Zirkus … ich meine, wenn ich etwas spenden möchte, kann ich es auch anonym machen. Ich brauche keine große Bühne dazu, um einen Scheck zu überreichen.“

„Ich verstehe, was du meinst. Es hält dich ja auch keiner davon ab, trotzdem im Verborgenen Gutes zu tun. Aber aus PR-Sicht muss ich dir leider sagen, dass solche Termine Gold wert sind. Sowohl für dich als Markenbotschafter als auch für deine Hotels.“

„Ich weiß“, sagte er, seufzte und stoppte. „Du warst großartig heute Abend. Ich glaube, du hast jeden im Saal verzaubert. Mich eingeschlossen.“ Er sah sie an, und einen Augenblick dachte Emma, dass er sie zu sich heranziehen und küssen würde. Doch er tat es nicht.

„Danke … für alles.“

„Siehst du, ich bin doch gar kein so übler Typ, oder?“ Er stupste sie sanft mit der Schulter an und sah erwartungsvoll auf sie herab.

„Sagen wir mal, du schlägst dich ganz gut zurzeit.“ Sie gab den kleinen Stupser zurück.

„Lust auf ein Eis?“ Er zeigte auf einen kleinen Eckladen, vor dem sie angehalten hatten.

„Puh, ich glaube nicht, dass da noch was hineinpasst.“ Skeptisch sah sie an sich herab und deutete auf ihren flachen Bauch, der dank der angepassten Corsage perfekt verpackt war.

„Ach, Quatsch! Hier gibt es das beste Eis der Stadt. Komm schon." Nikolaj zog sie mit sich in den Eisladen, in dem es köstlich nach frisch gebackenen Waffeln roch.

Emma entschied sich für ein kleines dänisches Soft-Eis mit Lakritzstreuseln, während Nikolaj sich ein *Gammeldags Is* mit allem Drum und Dran, also mehrere Kugeln Eis, Sahne, Schokokuss und Erdbeersoße, gönnte. Emma sah ihn an und fragte sich, wie er diese riesige Eisportion wohl würde bewältigen können, doch er gab sich alle Mühe, sie einmal mehr eines Besseren zu belehren. Binnen weniger als zehn Minuten hatte er sein Eis verputzt, während Emma immer noch mit den Resten ihrer Eiswaffel kämpfte und schließlich aufgab.

„Gib her, ich übernehme den Rest." Nikolaj nahm ihr das restliche Eis aus der Hand und aß es auf.

„Alle Achtung", sagte Emma und zollte ihm Respekt, als sie wenig später den Eisladen verließen und sich auf die Nyhavnbroen stellten.

„Was für dich Hot Dogs sind, ist für mich Eis. Ich kann davon einfach nicht genug bekommen." Er grinste sie an.

„Ach, nur vom Eis?", fragte sie herausfordernd und reckte das Kinn.

„Nein, nicht nur davon", antwortete er, stellte sich hinter sie und schlang seine Arme um ihre Taille. „Und, was sagst du? Ist das nicht schön hier?"

Emma wusste, was er meinte. Von der Brücke aus hatten sie einen traumhaften Blick über Kopenhagens Nyhavn, der sich beinahe bis zum Horizont erstreckte. Rechts und links des schmalen Kanals reihten sich bunte Giebelhäuschen aneinander, während die Menschen auf den Terrassen vor den

Restaurants gemütlich mit einem Bier, Cocktail oder Wein in die Nacht starteten. Es würde nicht mehr lange dauern, bis es dunkel werden würde.

Sie schmunzelte beim Anblick der vielen kleinen Lichter, die den Kanal und die angrenzende Straße in ein warmes Licht tauchten, als wäre jedes einzelne von ihnen ein Glühwürmchen, das auf der Suche nach einem neuen Abenteuer durch die Stadt flog.

„Ja, das ist es. Auch wenn es tagsüber eindeutig zu voll hier ist." Emma lachte und erinnerte sich daran, wie sie kürzlich versucht hatte, in einem der Cafés in Nyhavn einen Platz zu ergattern. Vergeblich natürlich, denn im Sommer war Nyhavn einer der meistbesuchten Plätze in Kopenhagen. Nirgendwo sonst in der Stadt war es so voll, wenn nicht gar übervoll, wie an diesem kleinen Kanal.

Kein Wunder. Nyhavn war für viele Touristen der Inbegriff dänischer Hygge geworden. Ein wunderschöner Ort, der so voller Leben und Sehnsucht war, dass man sich einfach wohlfühlen musste.

Emma ließ den Abend Revue passieren, der ihre Sicht auf so vieles verändert hatte. Die Erkenntnis, dass sie für Nikolaj mehr empfand als pure Lust und Verlangen, hatte sie aus heiterem Himmel getroffen. Sie hatte sich in ihn verliebt. Und doch: Auch wenn sie in den vergangenen Wochen viel Zeit miteinander verbracht hatten, war er so geheimnisvoll wie am ersten Tag für sie. Es war, als würden zwei Herzen in seiner Brust schlagen. Das eine, das sich nahm, was es wollte, ohne Rücksicht auf Verluste. Und das andere, das so verwundbar und zerbrechlich war, dass sie sich kaum traute, ihre Hand danach auszustrecken und es anzufassen.

„Was ist?“, fragte er, als er bemerkte, dass sie glücklich in sich hineinlachte.

„Ach, es ist gerade nur irgendwie überwältigend. Dieser ganze Abend ... das traumhafte Kleid ... du.“ Sie seufzte, als sie Nikolajs warmen Atem an ihrer Wange spürte. „Romantisch“, meinte er, während Emma sich an noch enger an seine Brust schmiegte.

„Ich hätte dir gar nicht zugetraut, dass du ein Romantiker bist.“

„Bin ich auch nicht“, antwortete er und lachte. „Normalerweise finde ich das alles hier ziemlich kitschig. Liegt vielleicht daran, dass ich noch nie wirklich v...“ Er stoppte, als traute er sich nicht weiterzusprechen, und küsste stattdessen sanft ihr Haar.

Emmas Herz machte einen Hüpfer. Hatte er ihr etwa gerade sagen wollen, dass er sich in sie verliebt hatte? Dass auch er gegen seinen Willen Gefühle für sie entwickelt hatte? Dass diese ganze Beziehung-auf-Zeit-Geschichte aus dem Ruder gelaufen war, wenn sie nicht ohnehin von Anfang an schon für mehr bestimmt gewesen war?

Sie hielt den Atem an, in der Hoffnung, dass er weitersprechen würde. Dass er ihr endlich sagen würde, was er für sie empfand. Doch Nikolaj zog sie nur noch näher an sich, lehnte seine Wange an ihre und schwieg.

# KAPITEL 27

„Hast du schon gesehen? *VIP* hat euch auf der Titelseite."

Nikolaj saß am Schreibtisch in seinem Büro, als Erik den Kopf zur Tür hereinsteckte.

„Ach, wirklich? Was schreiben sie denn dieses Mal?", fragte er beiläufig, während er sich weiter auf den Inhalt der E-Mail konzentrierte, die Møller & Nielsen ihm am Vormittag geschickt hatten. Seitdem er sie geöffnet hatte, war seine Laune auf den Nullpunkt gesackt, denn so einfach, wie er sich seinen Ausstieg bei Rosenborg vorgestellt hatte, würde es ihm sein Vater wohl nicht machen. Es galt, eine Menge Fristen einzuhalten und Regularien zu überprüfen. Er ärgerte sich darüber, dass er all dies nicht bedacht hatte, als er Jørgen seine Entscheidung um die Ohren geknallt hatte.

„Es wird dir nicht gefallen, Mann!" Erik kam herein und legte die neueste Ausgabe des Magazins auf den Schreibtisch.

Nikolaj seufzte und warf einen Blick auf die Titelseite. Er war gewohnt, dass die Zeitungen Dinge über ihn schrieben, die nicht der Wahrheit entsprachen. Als er die Überschrift sah, verschluckte er sich beinahe.

*Sie gehen über Leichen: Die Bjerregaards*
*Teil 1: Nikolaj Bjerregaard – armer, reicher Junge*

„Was zum …?“ Nikolaj blätterte durchs Magazin, bis er zu den Seiten gelangte, auf denen die Titelgeschichte platziert war. Neben dem Foto, das von Emma und ihm auf der Spendengala gemacht worden war, gab es zahlreiche Bilder, die sowohl seinen Vater als auch Frederik und Louise zeigten. Doch am meisten fiel ihm das kleine Foto ins Auge, auf dem eine Frau Mitte vierzig zu sehen war. Ihre haselnussbraunen Haare lagen in weichen Wellen über ihrer Schulter, und ihr Blick war schüchtern in die Kamera gerichtet.

„Wie kommen die an das Foto meiner Mutter?“ Nikolaj starrte auf das Bild. Er hatte nicht gewusst, dass es im Besitz der Medien war, und suchte nach dem Namen des Fotografen. „Anders Peber“, las er vor und schüttelte den Kopf. „Sagt dir der Name etwas?“

„Nein, aber ich denke, dieses Foto sollte nicht das Problem sein, mit dem du dich jetzt beschäftigst.“ Erik setzte sich auf den freien Stuhl vorm Schreibtisch. „Lies erst mal!“

Er ließ Nikolaj in Ruhe den Artikel lesen, der sich auf ganze vier Seiten erstreckte. Als er fertig war, warf Nikolaj die Zeitschrift zurück auf den Tisch. In ihm brodelte es, so wütend war er.

„Wer hat den Mist geschrieben?“, brummte er und sah Erik an, der ihm gegenübersaß und mit den Schultern zuckte.

„Steht kein Autor drunter. Aber ich kann gerne in der Redaktion nachfragen, wenn du das möchtest.“

„Nein, ich werde Hanne später selbst anrufen. Sie ist mir eh noch was schuldig.“ Nikolaj lehnte sich in seinem Stuhl zurück und strich sich mit der Hand über den Dreitagebart. „Verdammt!", schimpfte er, während sein Herzschlag sich mehr und mehr beschleunigte.

„Ich frage mich, woher *VIP* die Infos hat. Klingt fast so, als habe ihnen gegenüber jemand aus dem Nähkästchen geplaudert."

„Und wer sollte das sein?"

Erik hob eine Augenbraue. „Ich weiß, du möchtest es nicht hören, aber ich habe dich schon einmal gefragt und werde es jetzt wieder tun: Kannst du Emma trauen?"

„Du meinst doch nicht etwa, dass Emma …?" Nikolajs Augen weiteten sich, seine Wangen glühten vor Wut.

„Ich weiß doch auch nicht, aber in diesem Artikel kommen Dinge ans Tageslicht, die kann niemand wissen, es sei denn, du hast mit ihm oder ihr darüber gesprochen." Erik stoppte, als traute er sich nicht, seinen Gedanken laut auszusprechen.

„Es gibt nur zwei Leute, die wissen, wie es mir mit Mutters Tod geht. Emma und … du!"

„Du meinst doch nicht etwa, dass ich …?" Erik schüttelte den Kopf, als könne er nicht fassen, dass sein bester Freund ihn zu den Verdächtigen zählte.

„Nein, das meine ich nicht. Aber ich kann mir auch nicht vorstellen, dass …" Seine Stimme brach, und er senkte den Kopf. Konnte er sich so in ihr getäuscht haben?

„Was ist, wenn sie uns an der Nase herumgeführt hat?" Erik lehnte sich zurück und ließ seinen Blick durch den Raum schweifen. Er schien ebenso ratlos zu sein wie sein bester Freund, der immer noch auf den Artikel starrte.

„Das kann … will ich mir nicht vorstellen …", murmelte Nikolaj und las sich erneut durch den Artikel.

*Viele von uns fragen sich, wie ist es möglich, über Jahrzehnte ein Imperium zu führen, in der Öffentlichkeit zu stehen und dabei möglichst skandalfrei zu bleiben. Die Bjerregaards, eine der reichsten Familien des Landes, gehören zweifellos zu den Familien, um die sich die meisten Geheimnisse ranken. Man könnte sie beinahe als die dänischen Kennedys bezeichnen, denn das Leben des Patriarchen Jørgen Bjerregaard und seiner Familie ist von Schicksalsschlägen begleitet. Es ist eine Geschichte vom Streben nach Macht und den dunklen Abgründen der dänischen Upper Class.*

„So ein Bullshit!“ Nikolaj verschränkte die Arme vor der Brust und schaute aus dem Fenster. Das war jedoch noch kein Geheimnis. Bei dem, was danach geschrieben stand, stellten sich ihm die Nackenhaare zu Berge. Woher hatten sie diese Informationen?

Draußen regnete es bereits seit Stunden, absolut passend zu seiner derzeitigen Stimmung. „Sie kann mich unmöglich so hinters Licht geführt haben!“ Nikolaj fuhr sich mit der Hand durch die strubbeligen Haare.

„Frag sie. Vielleicht erweist sich alles ja als ein riesengroßes Missverständnis.“ Erik klang, als würde er selbst nicht daran glauben. „Ich hab's dir nicht gesagt, weil ich nicht wusste, wie und ob es wichtig war, aber … vor zwei Wochen habe ich Emma in deiner Suite gesehen … sie stand vor dem Bücherregal.“

„Was?“, brüllte Nikolaj und sprang auf. „Das sagst du mir erst jetzt?“ Er rollte das Magazin zusammen, steckte es sich in die Tasche und stürmte aus dem Büro.

Er fand Emma dort, wo er sie am Morgen zurückgelassen hatte: in seiner Suite. Sie saß auf dem Sofa und hatte den Laptop auf ihren Knien platziert. Offenbar verlieh sie dem PR-Konzept den letzten Schliff.

Als Nikolaj ins Zimmer kam, breitete sich automatisch ein Lächeln auf ihrem Gesicht aus, das sofort gefror, als er ihr das Magazin vor die Füße warf.

„Kannst du mir das erklären?", fuhr er sie an und musste sich zusammenreißen, nicht laut zu brüllen. Er war so unfassbar wütend, dass er zum ersten Mal in seinem Leben fürchtete, die Kontrolle über sich zu verlieren.

„Was ist das?" Emma schob ihren Laptop beiseite und bückte sich, um das Magazin vom Boden aufzuheben.

„Keine Ahnung, ich dachte, du erzählst es mir!" Er stemmte die Hände in die Hüften und ging rastlos im Raum umher, während Emma sich aufrichtete und zu lesen begann.

„Lies ruhig laut vor. Ich höre es mir gerne noch mal an. Besonders aus deinem hübschen oder sollte ich besser sagen *verlogenem* Mund!", befahl Nikolaj und ging weiter auf und ab.

*Nikolaj Bjerregaard – 31 Jahre alt, Frauenschwarm, Millionenerbe. Seine Geschichte erscheint märchenhaft, und doch ist sie von Tränen und Leid geprägt.*

*Nikolaj gilt – wie auch sein Vater Jørgen Bjerregaard – als knallharter Geschäftsmann. Für seinen Erfolg ist er bereit, über Leichen zu gehen. Eiskalt und berechnend, egoistisch und herzlos.*

*Was trieb ihn dazu, zu dem Mann zu werden, als den wir ihn kennen, wo dem begehrten Junggesellen, der neuerdings in festen Händen zu sein scheint, doch einst so viel Liebe mit auf den Weg gegeben wurde?*

*Denkbar ist, dass Nikolaj Bjerregaard den viel zu frühen Tod seiner Mutter nie wirklich überwunden hat.*

*Ellen Bjerregaard, die gute Seele der Familie, die ihre drei Kinder über alles liebte, wie sie uns in einem ihrer seltenen Interviews einmal erzählte, kam bei einem Unfall ums Leben. Ein rätselhafter Autounfall, der damals nicht nur die Kopenhagener High Society, sondern das ganze Land beschäftigte und der bis heute nicht vollständig aufgeklärt ist.*

*Kein Wunder also, dass es seitdem einige Gerüchte um Ellen Bjerregaards mysteriösen Tod gibt, die immer mal wieder hochkochen. Was trieb die dreifache Mutter dazu, auf regennasser Fahrbahn und bei Temperaturen nahe des Gefrierpunkts viel zu schnell zu fahren? Hat sie sich etwa selbst das Leben genommen, wie hinter verschlossenen Türen gemunkelt wird? Oder flüchtete sie vor etwas? Und wenn ja: wovor?*

*Die Aussagen einer ehemaligen Mitarbeiterin, die anonym bleiben möchte, dürfte das Feuer in der Gerüchteküche erneut anheizen. Von einem geheimen Tagebuch ist die Rede, in dem Ellen Bjerregaard schreibt, Angst um ihr Leben zu haben.*

*„Ein Bjerregaard tötet, was er liebt!“, zitiert die Mitarbeiterin aus dem Tagebuch, das sich, ihrer Aussage nach, in den Händen keines Geringen als Nikolaj Bjerregaard befinden soll.*

*Es ist ein Satz, bei dem es einem eiskalt den Rücken herunterläuft. Und es ist ein Satz, bei dem man sich fragt: Was weiß Nikolaj Bjerregaard über das Seelenleben seiner Mutter? Kennt er ihre dunklen Geheimnisse und verschweigt sie vor der*

*Öffentlichkeit, um dem Image der Familie nicht zu schaden? Wen schützt er? Und warum?*

*Nach dem Tod der Mutter wuchsen Nikolaj und seine beiden Geschwister Louise und Frederik allein mit dem Vater auf dem Familiensitz in Gentofte auf. Über diese schwere Zeit drang bislang nur wenig an die Öffentlichkeit, aber man kann davon ausgehen, dass sie Nikolajs Jugend geprägt hat und ihn zu dem Mann hat werden lassen, als den wir ihn kennen.*

*Wer die Familie beobachtet, dem entgeht nicht, wie angespannt das Verhältnis zwischen Nikolaj und Jørgen Bjerregaard ist. Wegbegleiter berichten davon, dass die Angst, den hohen Ansprüchen seines Vaters nicht gerecht zu werden, Nikolajs Leben noch heute bestimmt und ihn im Streben nach Macht nicht zu Ruhe kommen lässt.*

*Fragen nach der Vergangenheit sind bei der Familie Bjerregaard unerwünscht. Und unliebsame Personen werden schonungslos aus dem Weg geräumt. Das musste auch unsere anonyme Quelle am eigenen Leib erfahren.*

Emma stoppte und schluckte. Nikolaj suchte ihren Blick, aber sie vermied es, ihn anzusehen, was er als sicheres Zeichen dafür wertete, dass er mit seiner Vermutung doch nicht so danebengelegen haben musste.

„Hast du gar nichts dazu zu sagen?“, fragte er und hasste sich für den eiskalten Ton in seiner Stimme. Er klang wie sein Vater, wenn er ihm früher Rede und Antwort stehen musste.

Emma seufzte und atmete einige Male tief durch. „Wie ich sehe, hast du dein Urteil schon gefällt.“

*Verdammt!* Warum hatte er seine Emotionen nicht im Griff? Er wollte ihr auf keinen Fall das Gefühl geben, dass er sie bereits verurteilt hatte. Auch wenn es ihm natürlich schwerfiel, die Fakten zu ignorieren. Er wollte doch nur verstehen, was es mit diesem Artikel auf sich hatte und ob sie darin verwickelt war.

Emma war ganz blass um die Nase herum geworden, als er ihr die Zeitschrift vor die Füße geknallt hatte. Und auch jetzt konnte er sehen, dass ihre Hände zitterten und ihre Lippen bebten.

„Bitte“, sagte er und versuchte, nicht flehend zu klingen. „Sag mir die Wahrheit.“

„Die Wahrheit?“ Sie sah ihn an, während sich ihre Augen mit Tränen füllten. „Vielleicht hast du recht, und es ist Zeit dafür.“

# KAPITEL 28

Nikolajs Nähe war für Emma kaum zu ertragen. Er saß dicht neben ihr auf der Couch, seine eine Hand umklammerte ihr rechtes Knie, während seine türkisblauen Augen sie von der Seite fixierten.

In ihrem Kopf war es, als würden ihre Gedanken in einer Wildwasserbahn durcheinandergeschleudert werden. Sie wusste kaum, wo oben und unten war, und als sie den vernichtenden Artikel in der Zeitschrift gelesen hatte, musste sie sich zusammenreißen, um nicht vollends die Fassung vor ihm zu verlieren.

Wieso hatte Gitte das nur getan? Wieso hatte sie es *ihr* angetan?

„Emma, sag mir, was es mit diesem Artikel auf sich hat. Und bitte sag mir, dass du damit nichts zu tun hast", flehte Nikolaj und fuhr sich mit der anderen Hand nervös durch die Haare.

Emma wusste, dass Schweigen für viele Menschen schwerer auszuhalten war, als die Wahrheit zu erfahren. Offenbar war das für Nikolaj nicht anders. Doch sie wusste, wenn sie ihm die Wahrheit erzählen würde, wäre zwischen ihnen nichts mehr so, wie es mal war. Es wäre das Ende ihrer Beziehung, davon war sie überzeugt.

Sie schloss die Augen, versuchte, ihre Atmung zu beruhigen und ihren Herzschlag in normale Bahnen zu lenken, doch es wollte ihr nicht gelingen. Sie war viel zu aufgewühlt, wütend auf Gitte, auf Nikolaj und vor allem auf sich selbst.

Schließlich lenkte sie ein.

„I-ich …", stammelte Emma, die Augen immer noch geschlossen. Sie schämte sich so. „Meine Cousine … sie hat mir Dinge von dir erzählt, die mich unfassbar wütend gemacht haben. Ich hab versucht, an dich heranzukommen, um an geheime Informationen über dich und deine Familie zu gelangen. Diese Informationen wollte ich dann an die Öffentlichkeit geben", flüsterte sie zaghaft.

„Warum?"

„Um deinen Ruf zu ruinieren." Jetzt, wo sie es laut aussprach, klang es so lächerlich. „Ich hatte es zumindest vor, aber als wir uns näherkamen und ich …"

„Was?" Er atmete ein paar Mal heftig durch. „Moment, ich komme gerade nicht ganz mit. Wer ist deine Cousine? Kenne ich sie?" Zu ihrer Überraschung war es Nikolaj tatsächlich gelungen, ruhig zu bleiben. Doch auch wenn er gefasst wirkte, hieß das nicht, dass er nicht jeden Moment explodieren konnte. Emma wusste das.

„Ja." Sie nickte und knibbelte an ihren Fingern. „Sie hat im Rosenborg auf Bornholm gearbeitet."

„Wann?" Nikolajs Stimme klang, als wüsste er bereits, um wen es sich handeln könnte. „Vor knapp einem Jahr. Ihr Name ist Gitte …"

„Gitte?“ Ruckartig ließ Nikolaj ihr Knie los und stand auf. Wie ein nervöser, junger Hengst in seinem Gatter begann Nikolaj auf der Stelle wieder im Zimmer herumzugehen. „Könntest du das bitte lassen und dich wieder setzen?“, fragte Emma, doch Nikolaj schüttelte den Kopf. „Es macht mich ganz nervös.“

„Wenn ich es tue, raste ich aus.“ Er funkelte sie an. Der Ton in seiner Stimme änderte sich, wurde rauer und lauter, was Emma erschrocken zur Kenntnis nahm. Sie schloss die Augen und legte die Hände vors Gesicht.

„Was hat sie dir erzählt, dass du mich so hintergangen hast?“ Er blieb kurz stehen und verharrte.

„Ich weiß alles. Die Affäre mit dem verheirateten Fußballer, deine Angst um den Ruf der Familie Bjerregaard und wie du ihr gedroht und sie schließlich vor die Tür gesetzt hast. Ich weiß, was du ihr angetan hast.“ Sobald sie die Worte ausgespuckt hatte, merkte sie, dass sie einen großen Fehler begangen hatte.

„Was *ich* ihr angetan habe?“, brüllte Nikolaj und wirbelte herum. „Weißt du überhaupt, was du da sagst?“

Emma nickte und sah ihn an. Seine zusammengekniffenen Augen leuchteten wie Saphire im Abendlicht, doch dieses Mal war sie ganz und gar nicht fasziniert von ihnen. Er sollte jetzt ja nicht versuchen, sich aus der Affäre zu ziehen.

„Das hat *sie* dir erzählt?“, fragte er aufgebracht. „Wann? Bevor oder nachdem wir miteinander geschlafen haben?“, blaffte er sie an.

„Ist das nicht egal?“, fragte Emma.

„In Gittes Fall nicht!“

„Was soll das heißen?“ Emma stand auf und stellte sich vor Nikolaj, um ihm wenigstens etwas die Stirn zu bieten.

„Das soll heißen, dass deine Cousine eine verdammte Stalkerin ist, die mir auf Bornholm das Leben zur Hölle gemacht hat."

„Das ist nicht wahr", sagte Emma, doch irgendwie kamen ihr Zweifel.

„Doch … leider. Frag Erik, wenn du's mir nicht glaubst." Er rang mit sich und seiner Fassung, und seine Atmung war schwer.

„Nun, wenn du dir so sicher bist, dass meine Cousine dich gestalkt hat, wirst du deine Anschuldigungen doch bestimmt beweisen können." Sie verschränkte trotzig die Arme vor der Brust. Es war typisch für diese mächtigen Männer, dass sie unschuldige Frauen, die ihnen in die Quere kamen, grundlos an den Pranger stellten. Dass er tatsächlich auch dazugehören würde, jagte ihr einen eiskalten Schauer über den Rücken. Wie hatte sie sich nur so in ihm täuschen können?

Nikolaj drehte sich wortlos um und verschwand im Schlafzimmer. Emma hörte, wie er sich an seinem Schrank zu schaffen machte und ein leises Surren, das wie das Öffnen eines Safes klang. Kurz darauf kehrte er mit einer Mappe unter dem Arm zu ihr zurück.

„Hier." Er reichte ihr die Mappe ohne ein weiteres Wort.

„Was soll ich damit?" Sie sah ihn fragend an und fürchtete sich, die Mappe zu öffnen.

„Ich denke, nachdem du mir deine Wahrheit erzählt hast, solltest du meine Wahrheit erfahren." Er wandte sich von ihr ab und sah aus dem Fenster.

Emma legte die Mappe auf den Esstisch und beugte sich darüber. Was sie sah, verschlug ihr die Sprache. Es war eine Sammlung von Fotos, die allesamt Gitte in Hoteluniform zeigten. Mal breit grinsend, mal frivol posierend, mal in den Armen eines fremden Mannes, den Emma als Stefan Andersson identifizierte.

„Was soll das? Hast du sie beschatten lassen?"

„Ich hatte keine andere Wahl, nachdem ich wusste, was für ein Mensch sie ist", sagte Nikolaj leise.

„Diese ganzen Fotos beweisen gar nichts. Es sieht eher so aus, als hättest du sie gestalkt. Und nicht sie dich."

„Ach ja." Nikolaj drehte sich um und kam auf sie zu. Er blätterte weiter in der Mappe, und noch mehr Fotos kamen zum Vorschein. „Was ist das?", fragte Emma, als sie Bilder sah, die einen Spint zeigten, der über und über mit Fotos von Nikolaj bestückt war.

„Das war ihr Spint im Personalraum. Gruselig, oder?"

Emma sagte nichts. Ihr Blick blieb an mehreren ausgedruckten Papieren hängen, offenbar E-Mails, die Gitte an Nikolaj geschrieben hatte. Er hatte recht: Es war gruselig.

„Sie hat mir jeden Tag mehrere dieser E-Mails geschickt. Sie wollte mit mir zusammen sein, nein, schlimmer noch, sie meinte, wir wären ein Paar. Mit Stefan Andersson wollte sie mich nur eifersüchtig machen, und als ihr das nicht gelungen ist, hat sie gedroht, die Affäre öffentlich zu machen, wenn ich mich ihr nicht hingebe." Nikolajs Stimme klang bitter und distanziert, auch wenn Emma ihm ansehen konnte, wie sehr ihm die Sache immer noch zusetzte.

„Und warum bist du nicht zur Polizei gegangen?"

„Bin ich. Mehrfach sogar, aber bis auf Verwarnungen konnten sie lange Zeit nichts unternehmen." Er zeigte auf weitere Papiere, Polizeiprotokolle, die seine Besuche auf dem Revier in Rønne belegten.

„Doch dann hat sie mich erpresst. Und damit hatte ich endlich auch etwas gegen sie in der Hand."

„Und warum hast du sie da nicht angezeigt?"

Nikolaj zuckte mit den Schultern. „Sie hat mir leidgetan. Ich wollte ihr noch eine Chance geben. Ich sagte ihr, wenn sie mich nicht in Ruhe lassen würde, würde ich sie anzeigen, ohne mit der Wimper zu zucken. Daraufhin reiste sie ab, und ich dachte, sie wäre verschwunden. Heute weiß ich, dass es dumm und naiv von mir war." Er klappte die Mappe zu und sah Emma an. Sein Blick war leer.

„Das habe ich nicht gewusst", sagte Emma leise und sah betreten zu Boden. Sie kam sich so blöd vor, da sie auf Gitte hereingefallen war und ihre Geschichte nicht ein einziges Mal hinterfragt hatte. Dabei hätte sie schon stutzig werden müssen, als Gitte ihr damals den Ordner über die Bjerregaards gezeigt hatte. Rückblickend hatte sie immer gewusst, dass Gitte Stalkingtendenzen hatte, doch wie auch der Rest ihrer Familie hatte sie diese immer ignoriert oder als Phase ihres Lebens abgetan.

„Du sollst wissen, dass ich einen Rückzieher gemacht habe. Ich denke, das ist der Grund, warum Gitte sich an die Presse gewandt hat. Sie war wütend auf mich, weil ich aus unserem Plan ausgestiegen bin, nachdem das mit uns …", sagte sie, doch es klang wie ein erbärmlicher Versuch, ihre Haut zu retten.

„Uns", äffte er. „Wie verlogen das klingt."

Es von ihm zu hören, trieb Emma die Schamesröte ins Gesicht.

„Deshalb also dein Interesse an meiner Vergangenheit, am Tod meiner Mutter, an meinen Gefühlen … Und wenn ich nicht Raum war, hast du alles Infos schön brav an Gitte weitergegeben, damit sie ihre Rachegeschichte schreiben konnte."

„Das stimmt doch so gar nicht!"

„Ach nein. Wie ist es dann gewesen, Emma?"

„Ich hatte gehofft, dieses blöde Tagebuch zu finden, aber …"

„Woher weißt du von dem Tagebuch?" Er sah sie erschrocken und mit weit aufgerissenen Augen an.

„Auf Bornholm hat Gitte ein Gespräch zwischen Erik und dir belauscht, in dem es um das Tagebuch ging. Und darum, dass sich deine Mutter um ihr Leben gefürchtet hat. Daher hat Gitte die Informationen, auf denen der Artikel seine Story baut."

„Verdammt!" Nikolaj haute mit der Hand auf den Tisch und atmete tief durch.

„Wenn's dich beruhigt, ich habe das Tagebuch nicht gelesen. Was immer darin stand, ist also immer noch ein gut gehütetes Geheimnis."

„Und dafür soll ich dir noch dankbar sein?" Es war nicht zu übersehen, wie sehr er sie für das, was sie getan hatte, verachtete.

„Wie gesagt, ich hab einen Rückzieher gemacht. Was du mir anvertraut hast, habe ich Gitte niemals erzählt. Und ich wollte dir die Wahrheit sagen, aber es war nie der richtige Zeitpunkt. Ich hatte Angst, dass …" Sie stoppte, als sie merkte, dass er ihr gar nicht mehr zuhörte. Er verschränkte die Arme vor der Brust, als fürchtete er, dass sie ihm zu nahe kommen würde.

„… und warum warst du so gönnerhaft und hast einen Rückzieher gemacht?" Er klang frustriert.

„Ich hab mich in dich verliebt, Nikolaj."

Für einen Augenblick sah er sie verwirrt an, doch dann sammelte er sich. „Du hast dich in mich verliebt?“

Sie hörte das Misstrauen in seiner Stimme. Offensichtlich dachte er wirklich das Schlimmste von ihr.

Emma nickte. „Ja.“

„Spielst du jetzt diese Karte, um deinen Kopf aus der Schlinge zu ziehen, Emma? Merkst du nicht, wie armselig das ist?“ Er schnaubte und schüttelte den Kopf, als wäre es das Lächerlichste der Welt, dass sie sich in ihn verliebt hatte. *Idiot!* „Ich sage dir mal was: Noch heute Morgen beim Aufstehen wäre ich der glücklichste Mensch der Welt gewesen, wenn du mir das gesagt hättest. Ich bin die vergangenen Wochen nicht müde geworden, zu betonen, dass es noch nie eine Frau in meinem Leben gegeben hat, der ich mich so sehr geöffnet habe. Ich habe dir vertraut! Ich habe dir Dinge anvertraut, die ich niemandem, nicht einmal Erik, erzählt habe. Und weißt du was? Beinahe hätte ich mich auch in dich verliebt. Zumindest hatte ich das bis eben gedacht.“

„Na, dann ist es ja gut, dass du gerade noch rechtzeitig aufgewacht bist!“

Was bildete er sich eigentlich ein? Sie war noch nie so wütend auf einen Menschen gewesen wie jetzt gerade auf Nikolaj. Sie hatte ihm ihre Gefühle gestanden, aber er hatte es nur mit Füßen getreten und ihr eine Masche unterstellt. Sie bemerkte, wie sein Blick in Richtung ihres Laptops wanderte und dann zur offenstehenden Verbindungstür. Wollte er sie etwa rausschmeißen?

„Keine Angst. Ich packe nur noch meine Sachen, und dann verschwinde ich. Das Konzept ist übrigens fertig. Ich hab’s eben per E-Mail an dich geschickt, außerdem liegt es ausgedruckt dort drüben." Sie zeigte mit dem Kopf in Richtung des Schreibtisches in ihrem Zimmer.

Nikolaj nickte, ohne wirklich hinzusehen. Hatte er ihr überhaupt zugehört?

Emma drehte sich um und ging wortlos an ihm vorbei. Sie spürte, wie sein Blick ihr folgte, doch sie brachte es kaum übers Herz, sich noch einmal zu ihm umzudrehen. An der Verbindungstür hielt sie trotzdem inne und nahm all ihren Mut zusammen.

„Ich habe einen Fehler gemacht, Nikolaj. Und es tut mir wahnsinnig leid. Dich zu verletzen war das Letzte, was ich wollte." Sie sah ihn an, hoffte, wenigstens ein Fünkchen Hoffnung in seinen Augen zu finden, irgendetwas, wofür es sich lohnte, doch in Kopenhagen zu bleiben und um ihn zu kämpfen. Doch da war nichts als Leere.

„Was spielt das jetzt noch für eine Rolle?", sagte er, biss sich auf die Unterlippe und verschwand.

Emma presste die Lippen fest aufeinander und unterdrückte die aufsteigenden Tränen. All ihr Kampfgeist schwand, stattdessen erfüllte sie ein heftiger Schmerz. Sogar das Atmen fiel ihr schwer.

Nikolaj war fort. Und das Schlimmste war: Er hatte nicht einmal versucht, um sie zu kämpfen.

*

„Was hast du erwartet? Du bist seine Freundin!"

Die plötzliche Kälte in Gittes Stimme ließ Emma erschaudern. So abgebrüht hatte ihre Cousine noch nie mit ihr gesprochen.

Emma saß im Zug Richtung Hamburg. Nach dem Streit mit Nikolaj hatte sie in Windeseile ihren Koffer gepackt und das NOVA fluchtartig in Richtung Hauptbahnhof verlassen. Nicht einmal von Erik oder den anderen Mitarbeitern, die sie in den vergangenen Wochen liebgewonnen hatte, hatte sie sich verabschiedet. Sie wollte einfach nur weg. Und da traf es sich gut, dass noch am Nachmittag ein Zug in Richtung Hamburg fuhr.

Lediglich das weinrote Abendkleid hatte sie zurückgelassen und an einem Bügel an die Verbindungstür gehängt. Sollte es doch bleiben, wo der Pfeffer wächst!

Während der Zug durch Sjælland fuhr, hatte sich Emma überlegt, ob sie überhaupt die Kraft finden würde, Gitte für ihr Verhalten zur Rede zu stellen, doch nachdem der Zug den Tunnel unter dem Großen Belt verlassen hatte, war sie sich sicher gewesen, dass sie Klarheit darüber haben musste, was auf Bornholm damals wirklich passiert war.

„Ich bin nicht seine Freundin“, stellte Emma klar, und es versetzte ihr einen solchen Stich im Herzen, dass sie kurz davor war, erneut loszuheulen.

„Versuch ja nicht, dich herauszureden! Ich hätte es wissen müssen. Du bist so eine Verräterin. Nach allem, was er mir angetan hat, wagst du es, mit ihm ins Bett zu hüpfen? Du hast mir geschworen, dich nicht in ihn zu verlieben. Und was ist?“ Gitte war völlig außer sich.

„Ich glaube, ich muss dir gegenüber keine Rechenschaft über mein Liebesleben ablegen“, sagte Emma und versuchte so leise wie möglich zu sprechen, um die anderen Zugreisenden nicht zu stören. „Ich weiß, du hast mir vertraut …“

„Ich dir vertraut?" Gitte lachte hysterisch. „Keine Sekunde lang habe ich dir vertraut!"

„Was?"

„Glaubst du, ich lasse eine Frau, die so eng mit Nikolaj Bjerregaard zusammenarbeitet, auch nur für einen Moment unbeobachtet?"

„Was?" Emma fasste sich an den Kopf. Sie war sich nicht sicher, ob sie Gitte glauben sollte oder ob es nur wieder einer ihrer Tricks war, mit dem sie Emma reinlegen wollte. Das konnte doch alles nicht wahr sein. Sie fühlte sich wie in einem schlechten Traum.

„Ich wusste, dass du auf seine Womanizer-Masche reinfallen würdest. Frauen wie du sind anfällig dafür." Gitte schniefte.

„Gitte …" Emma war sprachlos und rang mit ihren Gefühlen. Sie wusste nicht, wie sie mit Gittes Geständnissen umgehen sollte. Hatte sie sich wirklich so von ihr täuschen lassen?

„Ich verfolge Nikolajs Leben schon lange. Er war der Grund, warum ich mich in einem Rosenborg-Hotel beworben habe. Als es dann auch noch Bornholm war und er für einen Sommer dort Manager wurde, war es perfekt. Seinen Instagram-Account hat er zwar vor einiger Zeit schon stillgelegt, aber zum Glück gibt es Google Alerts. Seitdem bekomme ich jede auch noch so kleine Nachricht, in der sein Name auftaucht. Zu blöd, dass du mit ihm auf dieser Spendengala aufgetaucht bist. Du warst Mittel zum Zweck, mehr nicht. Zugegeben, als du den Bjerregaard-Auftrag erwähnt hast, war ich völlig von der Rolle. Ich hatte Schiss, dass jetzt alles auffliegen würde. Doch dann kam der Stein irgendwie ins Rollen, es war wie ein Automatismus, der in Gang gesetzt wurde. Und als du so wütend auf diese machtbesessenen Männer warst, bekam ich endlich die Chance, mich an Nikolaj zu rächen", meinte Gitte und schniefte erneut. „Ach, Emma, warum nur hast du dir Nikolaj Bjerregaard geangelt. Meinen Nikolaj …"

„Deinen Nikolaj?", fragte Emma irritiert. „Er war nie *dein* Nikolaj."

„Aber ich liebe ihn, Emma. Ich kann einfach nicht damit aufhören. Er ist wie eine Sucht für mich."

„Das ist krank", sagte Emma. „Du brauchst Hilfe, Gitte."

„Nenn es, wie du willst. Ich hab dir auf jeden Fall nichts mehr zu sagen." Gitte legte auf.

Emmas Magen zog sich zusammen. Wie hatte sie sich in Gitte nur so täuschen können? Sie hätte doch mitbekommen müssen, dass etwas nicht stimmte.

Ihr wurde übel bei dem Gedanken daran, dass sie schuld an der ganzen Misere war. Ihre blöde Naivität hatte dazu geführt, dass sie Gitte zurück in Nikolajs Leben gelassen hatte. Was für eine blinde Idiotin war sie nur gewesen?

# KAPITEL 29

„Emma ist fort!"

Nikolaj saß im Wohnzimmer seiner Suite, den Blick stur auf das weinrote Kleid gehängt, das an der Verbindungstür zum Zimmer nebenan hing, und nippte an seinem Whiskey.

„Ich kann nicht glauben, dass sie gegangen ist, ohne sich zu verabschieden", sagte Louise und öffnete die Türen zur Dachterrasse, um frische Luft in die abgedunkelten Räume zu lassen. „Ich hatte sie anders eingeschätzt."

„Wir haben sie wohl alle anders eingeschätzt", lallte Nikolaj. Dass er seit Emmas Abreise vor drei Tagen kaum etwas gegessen und dafür umso mehr getrunken hatte, war ihm deutlich anzusehen.

„Du siehst schlimm aus. Wie lange geht das schon so?"

„Was?"

„Das Trinken." Louise zeigte auf zwei leere Flaschen und das angebrochene Whiskeyglas in Nikolajs Hand.

„Ach, das meinst du." Er sah auf die Uhr an der Wand und grinste. „Heute erst seit zwei Stunden."

„Das hört sofort auf!" Louise entriss ihm das Glas und verschwand damit im Badezimmer. Wenig später kehrte sie zufrieden zurück. „Du versinkst ganz schön in Selbstmitleid. Und ich frage mich, warum? Wo du doch nicht müde wirst zu betonen, wie egal sie dir ist.“

„Sie hat mich reingelegt und mir vorgespielt, dass sie mich gernhaben würde. Dabei war sie von Anfang nur scharf darauf, meinen Ruf zu ruinieren.“ Er schloss die Augen und legte den Kopf in den Nacken. Am liebsten würde er jetzt einfach nur schlafen. Doch Louise ließ ihn nicht in Ruhe. Erik hatte sie angerufen, nachdem selbst er Nikolaj nicht aus seinem Tief herausholen konnte.

Dabei hatte er sich zunächst noch ganz wacker gehalten und war die erste Nacht nach Emmas Abreise bis in den Morgen um die Häuser gezogen. Doch dann war er zurück in die Suite gekommen und hatte die Leere um sich herum gespürt. Und die Einsamkeit, die seitdem von ihm Besitz ergriffen hatte, konnte er einfach nicht ertragen.

„Es war nicht richtig, was sie gemacht hat, aber versetz dich in ihre Lage. Ich meine, wenn ich zu dir kommen würde und dir eine ähnliche Geschichte erzählen würde … du würdest mir doch auch glauben?“ Louise stemmte die Hände in die Hüften und bäumte sich vor ihrem Bruder auf.

„Mag sein.“

„Emma hatte vielleicht ursprünglich vor, dir und deinem Ruf zu schaden. Aber dann kam alles anders, sie hat sich in dich verliebt und war nicht mehr bereit dazu, Informationen zu suchen und weiterzugeben. Ich kenne sie nicht so gut wie du, aber meine Menschenkenntnis hat mich noch nie im Stich gelassen. Diese Frau war bis über beide Ohren in dich verliebt, Nikolaj.“

Er öffnete die Augen und sah belustigt zu seiner Schwester herüber. „Das hat sie mir auch gesagt, dass sie verliebt in mich ist. Dass ich nicht lache!"

„Hat sie das! Und was hast du ihr daraufhin geantwortet?" Louise zauberte ein Haargummi aus ihrer Hosentasche und band sich die braunen Haare zu einem lockeren Zopf zusammen.

„Ich habe ihr gesagt, dass ich der glücklichste Mensch gewesen wäre, hätte sie mir das gesagt, bevor ich herausgefunden habe, was sie für ein Spiel spielt." Er machte eine Pause und sah in Louises entsetztes Gesicht. „Das war falsch, oder?" Nikolaj kniff sein rechtes Auge zusammen, als fürchtete er, Louise könnte ihm für sein Verhalten eine Ohrfeige verpassen.

„Hast du schon mal darüber nachgedacht, dass sie ihrer Cousine genauso auf den Leim gegangen ist wie du damals?"

Nikolaj nickte. Seit ihrem Fortgang kreisten seine Gedanken nahezu unaufhörlich darum.

„Natürlich war es nicht richtig, dass sie zugestimmt hat, dich in Verruf zu bringen, aber sie hat ihren Fehler noch rechtzeitig eingesehen. Sie hätte dich nicht an die Presse verraten, glaub mir." Louise lächelte ihren Bruder aufmunternd an.

„So große, weise Worte von meiner süßen, kleinen Schwester", säuselte Nikolaj, während er sich seitlich aufs Sofa legte.

„Sei froh, dass Frederik nicht hier ist. Er hätte dir schon längst die Ohren langgezogen." Louise setzte sich zu ihm und strich ihm sanft über die Haare. „Schlaf jetzt. Und morgen reden wir darüber, wie du sie zurückgewinnen kannst." Sie wollte aufstehen, doch Nikolaj hielt ihre Hand fest.

„Warum habt ihr damals an meine Zimmertür geklopft, Frederik und du?“, fragte er unvermittelt und mit geschlossenen Augen, als sei er bereits im Halbschlaf. Doch er merkte, wie sich Louises Muskeln anspannten, als sie begriff, von welcher Nacht er sprach.

Er öffnete die Augen und sah sie an. Ihr Blick ruhte auf ihm, während er ihre Hand nahm und sanft streichelte. Er musste es wissen, musste endlich Klarheit haben, damit er nach all den Jahren zur Ruhe kommen konnte.

Louises rehbraune Augen füllten sich mit Tränen, und anders als sonst zwang sie sich jetzt nicht mehr, diese zurückzuhalten. Sie hatte noch nie geweint, wenn diese Nacht zur Sprache gekommen war, sondern immer nur stocksteif und ungerührt dagesessen. Doch dieses Mal war es anders. Als hätte sie begriffen, welchen Ballast er durch ihr Schweigen all die Jahre mit sich herumgeschleppt hatte.

„Wir haben geklopft, weil Mama gesagt hat, dass wir dich holen sollen“, flüsterte sie.

Nikolaj atmete erleichtert aus. „Warum habt ihr das nie erzählt?“

„Weil du nie danach gefragt hast.“ Louise schluckte und wischte sich die Tränen von der Wange.

„Ich hab immer gedacht, sie wollte mich nicht mitnehmen“, gestand Nikolaj.

„Sie hat niemals etwas mehr gewollt als uns drei. Glaub mir, sie hätte dich nie freiwillig alleine bei ihm zurückgelassen. Aber Vater hat so großen Druck gemacht und gesagt, dass wir gehen sollen, dass sie letztlich keinen anderen Ausweg gesehen hat.“

Nikolaj merkte, wie ihm eine Träne über die Wange lief. All die Jahre hatte er weder Louise noch Frederik gefragt, weil er sich vor der Antwort gefürchtet hatte. Dabei hätte er es besser wissen müssen.

„Emma liebt dich, Nikolaj. Mach jetzt nicht den gleichen Fehler wie damals, und verrenne dich in eine Idee, ein Hirngespinst, das nur in deinem Kopf existiert. Wähle nicht die Einsamkeit, sondern entscheide dich für das Leben. Kämpfe um sie, bevor es zu spät ist." Louise strich ihm über den Kopf, so wie seine Mutter es immer gemacht hatte, wenn er als Kind traurig gewesen war.

„Frederik, du und ich … wir alle lassen die Dämonen der Vergangenheit viel zu sehr unsere Gegenwart und unsere Zukunft bestimmen. Wir sollten das nicht mehr zulassen und uns vor den Chancen, die uns das Leben bietet, nicht länger verschließen."

Nikolaj setzte sich auf und wartete einen Moment, bis sich der Raum um ihn herum nicht mehr drehte. *Verdammter Alkohol!* Er war es nicht gewohnt, dass seine kleine Schwester in die Rolle schlüpfte, die ihm zustand. Als großer Bruder hatte er es nach dem Tod seiner Mutter als seine Aufgabe angesehen, sich um seine Geschwister zu kümmern. Sie zu beschützen und in allen Lebenslagen für sie da zu sein. Er war der Einzige, der ihnen noch geblieben war – mal abgesehen von einem tyrannischen Vater, der in seinen Kindern nichts anderes sah als die Erben seines Hotelimperium.

Doch jetzt, wo Louise neben ihm saß, fühlte er zum ersten Mal, wie sehr seine Geschwister in den vergangenen Jahren auch für ihn da gewesen waren. Frederik hatte ihm gezeigt, was für einen Spaß es machte, all seine Verpflichtungen in den

Wind zu schießen und sein Leben einfach nur zu genießen, während Louise immer der ruhige, vernünftige Pol in der Familie gewesen war. Sie war diejenige, auf die er sich immer hatte verlassen können. Diejenige, die ihm zuhörte und sich auch nicht davor scheute, ihm beizeiten den Kopf zu waschen. Er war ihnen nicht egal, sondern genauso wichtig, wie sie es ihm waren. Und das war ein unfassbar gutes Gefühl.

Er lächelte Louise an, legte seine Arme um sie und drückte sie fest an sich.

„Danke."

„Ich helfe dir, die Dämonen zu besiegen, großer Bruder", flüsterte sie, während er seinen Kopf in ihren Haaren vergrub und hemmungslos weinte.

# KAPITEL 30

*Hamburg*

Der norddeutsche Spätsommer machte seinem Ruf alle Ehre – es regnete. Seit Tagen schon hatten die dunklen, grauen Wolken am Himmel nicht einen Sonnenstrahl mehr hindurchgelassen. Zudem waren die Temperaturen in den vergangenen Tagen so dermaßen in den Keller gerutscht, dass Emma sich heute zum ersten Mal seit dem Frühjahr ihren Trenchcoat übergezogen hatte, als sie aus dem Haus gegangen war. Sie wollte auf gar keinen Fall riskieren, dass heute irgendetwas schiefging.

Seit ihrer Rückkehr nach Hamburg vor knapp drei Wochen war das Leben nur so an ihr vorbeigerauscht.

In der Agentur war sie nur noch sporadisch gewesen: einmal, um sich bei Bea für ihr Verhalten zu entschuldigen, und einmal, um ihre Sachen abzuholen.

Bea hatte beharrlich geschwiegen, ihr aber gesagt, dass Nikolaj Bjerregaard darauf bestanden hatte, dass sie weiterhin die PR für die NOVA-Eröffnung leite. Emma hatte das absurd gefunden, hätte aber schwören können, dass es eine Art Rache von Nikolaj an ihr war.

Gitte hatte noch vor Emmas Rückkehr ihre Wohnung verlassen und nichts weiter als einen knappen Gruß hinterlassen. Sie war wieder zu ihren Eltern gezogen, denen Emma vor zwei Wochen reinen Wein eingeschenkt hatte. Sie mussten wissen, dass ihre Tochter psychisch labil war und dringend Hilfe brauchte, wenn sie ihr Leben irgendwann einmal wieder in den Griff bekommen wollte. Ihre Tante und ihr Onkel waren bestürzt gewesen, hatten aber versprochen, Gitte aufzufangen und beizustehen. Jetzt hoffte Emma nur, dass ihre Cousine sich auch auf Hilfe einließ.

„Ist das noch Sommer? Oder bereits Herbst?", fragte eine ältere Dame, als Emma mit gesenktem Kopf und schnellen Schrittes an einer Bushaltestelle vorbeihuschte.

Sie lächelte freundlich und zuckte mit den Schultern. *Gute Frage!* „Hoffen wir, dass die Wolken sich bald verziehen", antwortete sie höflich und sah zum wolkenverhangenen Himmel, als könnte sie dort etwas anderes erblicken als pures, tristes Grau.

„Hoffen wir das Beste", sagte die Dame und zog sich eine durchsichtige Regenhaube über den Kopf.

Emma lächelte noch einmal und wich einem Lastwagen aus, der mit voller Wucht durch eine tiefe Pfütze fuhr. Es gelang ihr gerade noch, sich hinter einen Verteilerkasten zu retten, sodass sie kaum einen Spritzer abbekam. *Blödmann!*

Seit feststand, dass Emma die PR-Betreuung von NOVA nicht an jemand anderen abgeben konnte, hatte sie nur noch auf diesen einen Tag, die Eröffnung des NOVA Hamburg, hingelebt. Auch wenn sie die Kommunikation mit Nikolaj an Bea hatte abgeben müssen. Eine Tatsache, die zwar wehtat, aber wohl nicht zu ändern war.

Nikolaj hatte Emma seit ihrem Streit in Kopenhagen weder gesehen noch etwas von sich hören lassen, was Emma vermuten ließ, dass er immer noch sauer auf sie war. Lediglich einmal wäre sie ihm beinahe in die Arme gelaufen, als sie mit Bea die Baustelle besucht hatte, um sich über den Fortschritt der Renovierungsarbeiten zu informieren.

„Sie haben Herrn Bjerregaard gerade verpasst, aber Sie erreichen ihn bestimmt auf dem Handy", hatte der Bauleiter Bea damals gesagt, woraufhin Emma das Herz in die Hose gerutscht war. Nicht auszudenken, was passiert wäre, wenn sie unvorbereitet auf Nikolaj getroffen wäre. Wahrscheinlich wäre sie vor Schreck erstarrt oder hätte sich irgendwo versteckt.

Doch heute war sie darauf vorbereitet, ihm zu begegnen. Und sie sah gut aus. *Verdammt gut sogar!* Ihre Haare umspielten in lockeren Wellen ihr Gesicht, der Lidstrich saß perfekt, und dem Anlass entsprechend hatte sie sich auf der Mönckebergstraße ein, für ihre Verhältnisse, sündhaft teures Etuikleid gekauft, das sie mit schlichten schwarzen Pumps kombinierte. Sie warf einen prüfenden Blick in die Fensterscheibe einer Bäckerei und checkte, ob durch den Regen auch ja nichts von ihrem Make-up verwischt war. Doch sie sah immer noch makellos aus. Gut, dass sie sich für die wasserfeste Mascara entschieden hatte.

Eine Eröffnungsfeier war immer so eine Sache, denn es konnte jede Menge schiefgehen, das wusste auch Emma, als sie eine knappe halbe Stunde später endlich das NOVA erreichte. Bea wartete bereits ungeduldig vor dem Eingang und winkte erleichtert, als sie Emma auf der gegenüberliegenden Straßenseite erblickte.

„Da bist du ja endlich. Herrgott, warum hast du kein Taxi genommen?", rief sie ihr zu und schüttelte übertrieben mit dem Kopf. Verunsichert, ob sie sich auf den letzten Metern doch noch dreckig gemacht hatte, blickte Emma an sich herab, konnte aber keinen Fleck entdecken.

„Tut mir leid, aber der Taxifahrer hat mich versetzt", antwortete Emma entschuldigend. Als ob es sie nicht auch geärgert hatte, dass sie bei diesem Mistwetter mit der U-Bahn fahren musste.

„Sind denn schon alle da? Wir haben doch noch Zeit, oder?" Sie sah auf die Uhr, nur um festzustellen, dass diese stehen geblieben war. *Mist!*

„Komm jetzt", drängte Bea sie. „Ein Großteil der Gäste ist tatsächlich schon da. Nur auf die Hauptperson, Nikolaj Bjerregaard, warten wir noch immer. Keine Ahnung, wo der steckt. Er hatte doch fest zugesagt zu kommen, oder?" Bea knibbelte nervös an ihren Fingern. Es passte gar nicht zu ihr, dass sie so angespannt war.

„Die Kommunikation lief über dich. Ich habe mich lediglich um die Medien und so gekümmert." Sie konnte sich kaum vorstellen, dass Nikolaj sich die Eröffnung seines ersten Hotels in Deutschland entgehen lassen würde. Es sei denn, er wollte ihr tatsächlich aus dem Weg gehen. Die Unsicherheit, ob und wann Nikolaj zur Eröffnung erscheinen würde, machte sie nervös.

„Was ist nun schon wieder?", bemerkte Bea spitzzüngig, als Emma unbewusst den Kopf hängen ließ.

„Ach, gar nichts. Lass uns reingehen."

Sie schlossen sich einem Pulk ankommender Gäste an, darunter jede Menge Journalisten und Damen in feinen

Kleidern. Emma zog ihren Mantel aus und gab ihn an der Garderobe ab, während Bea am Eingang die Stellung hielt.

„Himmel, du siehst fantastisch aus!", sagte Bea begeistert, als Emma zu ihr zurückkehrte.

„Danke", antwortete Emma und reckte den Hals, als eine schwarze Limousine vorfuhr und vor dem Eingang hielt.

„Das wird er sein. Kümmere du dich um die anderen Gäste. Ich übernehme Bjerregaard", sagte Bea, griff nach einem Regenschirm und eilte hinaus in den Regen, um dem ankommenden Gast einen Schirm über den Kopf zu halten.

Emma stellte sich auf die Zehenspitzen, um besser sehen zu können, doch ein plötzlicher Andrang von ankommenden Journalisten verlangte ihre uneingeschränkte Aufmerksamkeit.

Emma widmete sich ihrer Liste, händigte die Pressemappen aus und führte die Pressevertreter zu Simon, einem von Nikolajs Mitarbeitern, den sie bereits in Kopenhagen kennengelernt hatte und der sich bereit erklärt hatte, die Führung der Journalisten durch das Hotel zu übernehmen. Als sie sicher war, dass alle betreut und versorgt waren, verabschiedete sie sich.

Als Emma zum Eingang zurückkehrte, sah sie Nikolaj gerade noch in der Menge verschwinden. Sie stand wie angewurzelt an ihrem Platz und sah ihm nach. Selbst von hinten sah er unfassbar gut aus. Seine breiten Schultern ragten aus der Menge heraus. Er trug einen hellgrauen Anzug, seine Haare waren wie immer leicht verwuschelt, so wie sie es liebte. Ihn plötzlich wieder in ihrer Nähe zu spüren, jagte ihr einen wohlbekannten Schauer über den Rücken, den sie schon viel zu lange vermisst hatte.

Sie löste sich von ihrem Platz am Eingang und folgte dem Pulk von Menschen, die sich um Nikolaj scharten, als wäre er der Messias persönlich. Bea blieb immer dicht an seiner Seite, als wolle sie ihn von allem abschirmen, was die Eröffnung gefährden könnte, wie Emma zum Beispiel. Erst gestern hatte sie Bea eindringlich davor gewarnt, irgendeinen Blödsinn zu machen und Nikolaj Bjerregaard während der Eröffnungsfeier seines Hotels zu belästigen. Als ob sie das tun würde! *Also wirklich!*

Es stellte sich heraus, dass die Eröffnung des NOVA in vielerlei Hinsicht ein voller Erfolg wurde. Bea strahlte wie ein aus der Form geratenes Honigkuchenpferd, nachdem Nikolaj die Arbeit der Agentur in seiner Rede lobend erwähnt hatte, und hoffte, sie würde dadurch ein, zwei weitere Neukunden an Land ziehen können. Stolz wie ein Pfau schritt sie durch die Räume des NOVA und ließ sich nur allzu gerne für die gelungene Eröffnungsparty feiern.

Auch Emma streunte durch den Raum und suchte nach irgendeinem Anzeichen von Nikolaj, der nach seiner Rede auf einmal spurlos verschwunden war. Selbst Bea, die ihn den ganzen Abend über umkreist hatte wie die Motten das Licht, hatte ihn aus den Augen verloren. Hoffentlich war er noch nicht gegangen. Emma eilte zum Eingang zurück, doch die Limousine, mit der er vorgefahren war, stand nicht mehr an ihrem Platz. Er musste tatsächlich verschwunden sein, ohne sich zu verabschieden. Ohne ihr überhaupt einmal Hallo zu sagen.

Die Erkenntnis traf Emma wie ein Schlag in die Magengrube. Hatte Bea ihn tatsächlich deshalb so abgeschirmt und an ihm wie eine Klette gehangen? Nur, damit Emma nicht die Chance hatte, Kontakt zu ihm aufzunehmen?

Es war ein stechender Schmerz, der sich von ihrem Herzen langsam über den gesamten Körper ausbreitete. Sie musste wahnsinnig gewesen sein, dass sie angenommen hatte, noch eine Chance bei ihm zu bekommen, nachdem er sich wochenlang nicht gemeldet hatte. Was war sie nur für eine Idiotin?

Frustriert und den Tränen nahe stieg Emma in einen der Aufzüge, der sie binnen Sekunden ins oberste Stockwerk beförderte. Sie konnte das Treiben in der überfüllten Halle unten nicht mehr ertragen. Sie wollte einfach nur weg, allein sein mit sich und ihrer unendlichen Traurigkeit.

Ein großes Plus des NOVA war, dass es über ein Rooftop verfügte, das zwar nicht so groß wie das des *Rosenborg* in Kopenhagen war und auch keinen eigenen Pool besaß, dafür aber eine traumhafte Aussicht auf den Hamburger Hafen zu bieten hatte. Schon als die Türen des Lifts sich öffneten, erstrahlte vor ihr das Lichtermeer der Containerschiffe, die entladen wurden, und der umliegenden Häuser. Es war ein ruhiger Ort, an dem selbst der Lärm der Millionenmetropole kaum zu hören war.

Sie machte ein paar Schritte und stellte erleichtert fest, dass es aufgehört hatte zu regnen. Die Türen des Lifts schlossen sich mit einem leisen Rauschen hinter ihr, und sie war allein. Endlich.

Die Luft war frisch und klar. Emma ging bis zum äußersten Rand der Dachterrasse, lehnte sich gegen das Geländer und nahm ein paar tiefe Atemzüge. Langsam merkte sie, wie ihre Lunge sich mit Sauerstoff füllte.

Sie beugte sich ein wenig vor und sah nach unten. Obwohl das Hotel nicht sehr hoch war, wirkten die Menschen, die unten auf der Straße am Gebäude vorbeihuschten, wie kleine Ameisen. Schon merkwürdig, wie friedlich alles aus einer anderen Perspektive aussah.

Ein frischer Wind wehte ihr um die Nase, und sie ärgerte sich, dass sie ihren Mantel nicht mitgenommen hatte. Der Sommer schien endgültig vorbei zu sein. Diese Nacht war alles andere als lau.

Emma drehte ihren Kopf nach rechts in Richtung Elbphilharmonie, deren stolzer Bau sich wie eine Königin in den Abendhimmel streckte.

Ihr Herz rutschte ihr in die Hose, als sie bemerkte, dass sie nicht alleine war. Etwas abseits von ihr stand Nikolaj. Er hatte ihr den Rücken zugewandt.

Emma betrachtete seine breiten Schultern und erinnerte sich daran, wie er sie vor noch nicht allzu langer Zeit auf Händen getragen hatte. Wie er sie mit seinen starken Oberarmen gehalten hatte und wie seine Finger zärtlich über ihre Haut gewandert waren.

Emma seufzte. Hier also hatte er sich versteckt. Weit weg von den Menschen. Weit fort von *ihr*. Sie schluckte.

Nikolaj hatte sie noch nicht bemerkt. Es war ihre Chance, einfach auf ihn zuzugehen und ihn anzusprechen. Hier oben waren sie allein. Niemand würde sie stören.

Er stand gar nicht so weit von ihr entfernt. Es waren nur ein paar Schritte.

Sie nahm all ihren Mut zusammen und setzte vorsichtig einen Fuß vor den anderen, doch das Klackern ihrer Absätze verriet sie, lange bevor sie sich ihm genähert hatte.

Sie sah, wie er zusammenzuckte, sich aber nicht zu ihr umdrehte.

Emmas Herz klopfte jetzt so laut, dass sie fürchtete, es würde jeden Moment aus ihrer Brust springen. Sie war kurz davor zu kneifen, doch just in dem Moment, als sie beschlossen hatte, davonzurennen, neigte Nikolaj den Kopf zur Seite und sah sie aus dem Augenwinkel heraus an.

„H-hej", sagte Emma zögernd und mit heiserer Stimme. Was, wenn er jetzt an ihr vorbeigehen und sie hier oben stehen lassen würde?

Emma holte tief Luft. Das durfte nicht passieren, nicht nachdem das Schicksal ihnen noch einmal die Chance gegeben hatte, miteinander zu reden. „Herzlichen Glückwunsch zur Eröffnung." Wenn sie es schaffte, so unverfänglich wie möglich zu bleiben, würde sie ihn vielleicht in ein Gespräch verwickeln können.

„Danke." Er drehte ihr wieder den Rücken zu und stützte die Hände auf das glänzende Aluminiumgeländer vor sich. Sein Blick wanderte über den Hafen, fixierte die Elbphilharmonie und glitt dann weiter die Elbe entlang bis zur Turmspitze des Michels, die auf der anderen Seite des Hotels in den Himmel ragte.

Als sie sich neben ihn ans Geländer stellte, bemerkte Emma, dass er seinen Rücken anspannte. Aber er blieb stehen und ergriff nicht gleich die Flucht, was sie als gutes Zeichen wertete.

„Wie ich sehe, hast du mich gefunden", sagte Nikolaj und löste seine Aufmerksamkeit von der Aussicht vor ihm. Er schien nicht begeistert davon zu sein, sie in seiner Nähe zu haben.

„Nun, wenn ich ehrlich bin, habe ich dich gar nicht wirklich gesucht“, gestand Emma, woraufhin Nikolaj belustigt die Augenbrauen hob.

„Ach nein?“

„Ich brauchte einfach einen Moment für mich und ein bisschen frische Luft. Dort unten in der Lobby ist so viel Trubel.“

„Du hättest einfach auf die Straße gehen können“, sagte Nikolaj und klang, als würde er ihr kein Wort glauben. Hielt er sie jetzt etwa auch für eine Stalkerin?

„Dann hätte ich aber nicht diese Aussicht genießen können“, konterte Emma. Dies war zwar sein Hotel, aber er hatte ihr noch lange nicht vorzuschreiben, wo sie frische Luft zu schnappen hatte.

„Stimmt.“ Er drehte sich um, lehnte sich mit dem Rücken gegen die Brüstung und stützte sich mit den Ellenbogen auf dem Geländer ab. Seine türkisblauen Augen fixierten sie, und er schaute an ihrem Körper herab, als wollte er sich versichern, dass sich alles noch an Ort und Stelle befand, so wie er es in Erinnerung hatte.

Emma stockte der Atem. Warum sah er sie so an? Sie stand wie angewurzelt da, unfähig, etwas zu sagen. Er hatte nichts von seiner Wirkung auf sie eingebüßt. Am liebsten hätte sie ihn gepackt, an sich gezogen und leidenschaftlich geküsst, damit er endlich kapierte, dass sie ihn liebte. Ja, sie war nicht mehr nur verliebt, sie liebte diesen Mann. Doch seine distanzierte Art hielt sie zurück.

„Danke, dass ich das Projekt von Hamburg aus weiter betreuen durfte“, sagte Emma so neutral wie möglich, auch wenn ihre Stimme leicht bebte. „Das rechne ich dir hoch an.“

„Es wäre unsinnig gewesen, so kurz vor der Eröffnung die PR jemand anderem zu überlassen", sagte er, ganz Geschäftsmann, kühl und knapp. „Außerdem hätte es mich wohl eine Stange Geld gekostet, in so kurzer Zeit noch eine geeignete Agentur zu finden."

Emma spürte einen Stich im Herzen, hatte sie doch gehofft, etwas anderes von ihm zu hören. Die anschließende Stille wog schwer zwischen ihnen.

„Hör zu", sagte er plötzlich, löste sich vom Geländer und stellte sich vor Emma. „Wir können jetzt weiter um den heißen Brei herumreden, oder aber wir reden über Dinge, die wirklich wichtig für uns sind."

Emma nickte. „Dann werde ich wohl anfangen, oder?" Unsicher sah sie ihn an, und als er keine Regung zeigte, fuhr sie fort. „Es war falsch von mir, dir nicht die Wahrheit zu sagen."

„Stimmt."

„Ich hätte es dir sagen müssen, spätestens nachdem wir uns nähergekommen waren", erklärte Emma niedergeschlagen und angespannt. Sie durfte es nicht schon wieder vermasseln.

„Hättest du."

Gott, konnte er nicht einfach normal mit ihr reden?

„Ich könnte mich jetzt rausreden und sagen, dass ich Gitte ebenso auf den Leim gegangen bin wie alle anderen auch. Dass Gitte allein schuld an allem ist. Aber das wäre nicht die Wahrheit. Die Racheaktion war mein Plan. Ich bin damals auf die Idee gekommen, w-weil … ich fand, dass ihr Unrecht getan wurde. Und dass diese machthungrigen Männer endlich kapieren müssen, dass sie nicht alles mit uns Frauen machen können."

Das Schweigen, das folgte, war für Emma kaum zu ertragen. *Bitte sag etwas!*

„Diesbezüglich mache ich dir keinen Vorwurf. Auch wenn es eine kindische Idee war", sagte Nikolaj. Das Schimmern in seinen Augen machte ihr Hoffnung.

„Das stimmt." Emma machte wieder einen Schritt nach vorne und lehnte sich in seine Richtung. „Es war eine vollkommen idiotische Idee. Eine Schnapsidee, die ich übrigens mit sehr viel Sekt im Blut getroffen habe. Nicht, dass ich mich jetzt damit herausreden will, das möchte ich auf keinen Fall … Es tut mir leid. Wenn ich in der Zeit zurückreisen könnte, würde ich es tun … und Gitte nebenbei auch noch einen ordentlichen Arschtritt verpassen. Aber, unter uns gesagt, ich …"

„Emma, du redest zu viel." Er streckte seinen Arm nach ihr aus und strich eine Haarsträhne hinter ihr Ohr. Es erinnerte sie an ihren ersten Abend in Kopenhagen, an die aufregendste Autofahrt ihres Lebens und an den Kuss, der alles zwischen ihnen verändert hatte. „Wenn das mit uns funktionieren soll, dann müssen wir uns bedingungslos vertrauen." Mit seinem Zeigefinger strich er sanft über ihre Wange, während er seine andere Hand auf ihre Taille legte und sie vorsichtig an sich heranzog.

Emma schluckte. „Ich hab ein unfassbar schlechtes Gewissen", flüsterte sie.

„Das solltest du auch, so wütend, wie ich auf dich bin." Sein Zeigefinger berührte ihre Lippen und schickte Millionen kleiner Stromstöße durch ihren Körper. „Und trotzdem bin ich bereit, mich wieder auf dich einzulassen. Und weißt du warum?" Er hielt in seiner Bewegung inne und sah Emma tief in die Augen.

„Nein“, hauchte Emma mit heiserer Stimme.

„Weil ich mich in dich verliebt habe. Mehr noch, weil ich dich liebe. All die Jahre habe ich Angst davor gehabt, mich jemandem zu öffnen, jemanden in mein Herz zu lassen. Denn da war immer die Angst, dass ich genau so werde wie mein Vater. Dass ich womöglich gar nicht fähig bin, einen Menschen wirklich zu lieben. Doch dann kamst du, und ich merkte, dass es in mir noch eine viel größere Angst gibt: den Menschen, den ich liebe, zu verlieren … So, wie ich meine Mutter verloren habe … Seit … seit du fortgegangen bist, gibt es keine Minute, in der ich nicht an dich denke. Ich möchte dich spüren, dich lieben, und vor allem möchte ich dich küssen können, wann immer ich will …“ Seine Stimme klang rau, als wäre er ebenso überwältigt von all den Gefühlen, wie sie es war.

„Warum tust du es dann nicht?“, fragte Emma und nahm seinen Kopf zwischen ihre Hände.

„Was?“

„Mich küssen.“

Nikolaj senkte den Kopf, als hätte er nur auf ihre Erlaubnis gewartet, und hauchte Emma den sanftesten Kuss auf die Lippen, der ihre Beine sofort weich werden ließ.

„Es tut mir so leid.“ Emma stellte sich auf die Zehenspitzen, umklammerte seinen Kopf und küsste ihn erneut. Sie spürte, wie er sich zunehmend entspannte und wie auch sie lockerer wurde, je länger sie sich küssten, als wäre es die einzige Art von Kommunikation, die sie brauchten, um auch die letzten Zweifel aus der Welt zu schaffen.

Nikolaj vertiefte den Kuss, während Emma ihn noch fester an sich heranzog und am liebsten gar nicht mehr gehen lassen wollte.

Es dauerte eine gefühlte Ewigkeit, bis sie sich wieder voneinander lösten. Emmas Puls raste, und es war, als hätte sie jegliche Bodenhaftung verloren. Sie hatte ihn so vermisst!

„Was hältst du davon, wenn ich eine Zeit lang hier bei dir in Hamburg bleibe? Ich glaube, uns würde ein Tapetenwechsel guttun, außerdem kann ich dann sicher sein, dass mit dem Hotel hier auch wirklich alles gut anläuft. Zumal NOVA jetzt einzig und allein mir gehört. Mein Vater hat eingewilligt, mir die Hotelanteile zu überschreiben, wenn auch zähneknirschend."

„Hier in Hamburg? Das wird deinem Vater nicht gefallen."

„Gerade darum ist es ja so reizvoll." Er zwinkerte ihr zu.

„Nur darum?" Emma sah ihn an, und ihr Herz setzte aus, als sie die brennende Intensität in seinem Blick sah. „Außerdem hab ich gehört, dass du in einem ziemlich verrückten Mietshaus in Altona wohnst. Das würde ich zu gerne mal sehen." Er stupste ihr in die Seite.

„Nein, würdest du nicht." Emma lachte und nahm sein Gesicht in ihre Hände. „Ich liebe dich, Nikolaj."

„Und ich liebe dich."

# EPILOG

„Und du möchtest mir die Leitung deines Hotels wirklich überlassen? Ich meine, immerhin habe ich Kommunikation und nicht Management studiert."

Louise Bjerregaard stand vor dem Eingang zum NOVA am Nyhavn und sah ihrem Bruder dabei zu, wie er zwei große Koffer in der Limousine verstaute.

„Es ist doch nur für die Zeit, in der Emma und ich in Hamburg sein werden. Wenn sich im neuen NOVA alles eingespielt hat, kommen wir nach Kopenhagen zurück und gründen die Stiftung für psychisch kranke Menschen", sagte Nikolaj, drückte auf einen kleinen Knopf und sah zu, wie der Deckel des Kofferraums sich langsam senkte.

Emma und er hatten sich dazu entschlossen, eine Stiftung ins Leben zu rufen, die Menschen, die einen Hang zum Stalken hatten, unterstützte. Sie hatten bereits erste Gespräche geführt, und wenn sie aus Hamburg zurückkehren würden, würde es konkreter werden.

„Außerdem bin ich ja auch noch da!" Erik trat heraus und stellte sich grinsend neben Louise. „Wenn du Fragen hast, wende dich einfach an mich."

„Ich werde dich beim Wort nehmen, Erik", sagte Louise und lachte. Ihr war nicht wohl bei dem Gedanken daran, die Verantwortung für Nikolajs Hotel zu übernehmen. Irgendwie fühlte sie sich noch nicht bereit dazu. Es war wie immer, wenn es darum ging, Verantwortung für etwas zu übernehmen. Im letzten Augenblick hatte sie bislang immer kalte Füße bekommen.

„Hej, du schaffst das!" Emma stieg aus dem Wagen und lächelte Louise aufmunternd an. „Außerdem ist Hamburg ja nicht aus der Welt."

„Genau, wir bekommen es ganz sicher mit, wenn du Mist baust!" Nikolaj lachte.

„Typisch mein Bruder. Erst betraut er mich mit großen Aufgaben, und dann macht er mir Angst." Louise rollte mit den Augen.

„Ach, Quatsch, ich mache doch nur Spaß!" Nikolaj schloss Louise in ihre Arme und küsste sie liebevoll aufs Haar.

„Danke für dein Vertrauen", sagte Louise und schmiegte sich an seine breiten Schultern.

„Ich möchte ja nicht drängen, aber wenn wir nicht in den Feierabendverkehr kommen möchte, sollten wir langsam aufbrechen." Emma zeigte auf ihre Uhr. Bis Hamburg hatten sie noch ein gutes Stück zu fahren. Und sie wollte auf gar keinen Fall irgendwo unnötig im Stau stehen.

„Na, dann." Nikolaj löste sich aus Louises Umarmung und schenkte ihr ein zuversichtliches Lächeln.

„Du hast ein Auge auf sie, oder?" Er klopfte Erik auf die Schulter.

„Klar!"

„Und wenn was ist … mit Brian oder so, sag mir Bescheid."

„Wenn was ist, rufe ich dich an. Im Moment ist aber eher Funkstille.“ Erik sah traurig zu Boden, fing sich aber schnell wieder.

„Wie gesagt, ruf einfach an!“ Nikolaj umarmte Erik und ging dann zu Emma, die vor dem Auto auf dem Bürgersteig wartete, nachdem sie sich von Louise verabschiedet hatte.

„Wir danken euch wirklich für alles. Louise, lass dich von Vater nicht ärgern. Und wenn er doch meint, er muss dich schikanieren, dann …“

„Ruf ich dich an!“, unterbrach Louise ihn und rollte mit den Augen. „Jetzt fahrt schon los!“

Nikolaj öffnete Emma die Tür seines Autos und wartete, bis sie sich hineingesetzt hatte.

„Heute gar keine High Heels, Frau Jakobsen?“, fragte er und sah belustigt auf ihre flachen Ballerinas.

„Ich habe mir sagen lassen, dass es die Hölle ist, mit hohen Absätzen aus diesen flachen Sportwagen auszusteigen. Wolltest du diese Erfahrung nicht auch noch machen?“ Sie zwinkerte ihm zu.

„Das heb ich mir für Hamburg auf.“ Er lachte und schloss die Tür.

Als sie wenig später davonfuhren, sah Louise ihnen noch eine Weile nach. Sie strich sich über ihren Bauch und spürte einen Stich in ihrem Herzen. Ihr Bruder hatte es geschafft, sich aus den Fängen seines Vaters zu befreien und die Dämonen der Vergangenheit zu besiegen – ein Weg, den sie noch vor sich hatte.

# Danksagung

Das Leben geht schon manchmal seltsame Wege. Wer hätte zum Beispiel gedacht, dass ich jemals einen Roman schreiben würde? Ich wahrscheinlich am allerwenigsten. Und trotzdem habe ich mich eines Tages an meinen Computer gesetzt und das weiße Blatt vor mir mit Wörtern gefüllt. Ach, was sag ich: mit Leben gefüllt!

Dieses erste Buch der Rosenborg Saga hat mich in den vergangenen Monaten so sehr beschäftigt, wie kein anderes zuvor. Es hat mich dazu gebracht, über meine Grenzen zu gehen und meine Komfortzone zu verlassen. Und was soll ich sagen? Es lebt sich dort draußen gar nicht mal so schlecht …

Ich möchte an dieser Stelle ein paar Leuten danken, die mich auf meinem Weg aus der Komfortzone hinaus begleitet haben.

Zunächst ein riesengroßer Dank an Stefanie Kruschandl und das gesamte Team von SAGA Egmont. Danke für das Brainstorming, die Ideen, die Geduld und das gute Zureden während der Schreibkrisen meines Lebens.

Danke auch an Marlene Hekk, die meinen Figuren eine wundervolle Hörbuchstimme geschenkt hat, und an meine Lektorin Cathérine Fischer – es war mir eine Freude, mit dir zusammenzuarbeiten!

Natürlich auch von Herzen Danke an jede Leserin und jeden Leser, für die*den ich schreiben darf. Das bedeutet mir so viel.

Ich danke meinem Mann, der zu einem Zeitpunkt in mein Leben gestolpert ist, als ich gar schon selbst nicht mehr daran geglaubt habe. Und meiner Tochter, die das größte und wunderbarste Geschenk ist, das mir das Leben gemacht hat!

Danke an Julia, Nils und Hans-Dieter, der bald unser aller Leben bereichern wird. Und danke, Mama, dass du nicht aufgibst.

Und zu guter Letzt: Danke Papa. Du hättest dieses Buch bestimmt gerne gelesen. Aber das Leben hatte leider andere Pläne mit dir. Trotzdem hast du mich beim Schreiben begleitet – in jedem Kapitel, auf jeder Seite, in jeder einzelnen Zeile. Danke.